Otto A. Böhmer

# *Das Abenteuer der Inspiration*

*Porträts deutscher Dichter von Lessing bis Dürrenmatt*

Diogenes

Das vorliegende Buch
schließt an Untersuchungen an,
die der Verfasser in den Bänden
*Sternstunden der Philosophie,*
*Zeit des schönen Scheins,*
*Sternstunden der Literatur* und
*Lexikon der Dichter* vorgelegt hat
Umschlagillustration:
Henri Matisse, ›Végétaux‹, 1952

Foto: Acquavella Galleries New York,
Private Collection

*Für Christel und Mareike*


www.diogenes.ch
30/12/8/1
ISBN 978 3 257 06831 3

# *Inhalt*

*Wir werden doch nicht nur geboren, um hinzunehmen oder aufzuschreiben, was war und wie es war, sondern alles wartet auf uns, die Dinge suchen ihren Dichter und wollen auf uns bezogen sein.*

Ernst Bloch

# *Vorwort*

Daß es bevorzugt die Literatur ist, die von inspirativen Momenten lebt, gilt als verbreitete und, letztlich, wohl auch begründete Annahme, die allerdings etwas in die Jahre gekommen ist – so wie die Literatur insgesamt etwas in die Jahre gekommen ist und sich doch noch wacker schlägt. In ernüchterten Zeiten vertraut man weniger auf Inspirationen, die es schwer haben, wenn Wissen wuchert und das Geheimnis entfällt; zu bedeckt hält sich ein einstmals schönes und nun sehr angegriffenes Leben, zu zäh kommt ein Pflichten- und Stimmungsalltag daher, als daß aus ihm noch zündende Funken zu schlagen wären. Dabei machte der Zündflug des Gedankens das Wesen der Inspiration (lat. »Einatmung«, »Einhauchung«) aus: Er traf, traf zu, und Erleuchtung, Eingebung, Erhellung waren die Folge. Wer das Glück hatte, inspiriert zu sein, wurde ergriffen: »Man zog ein Gesicht dazu wie zu einem Gebet, und hielt den Schritt an«, schreibt Nietzsche in der *Fröhlichen Wissenschaft*, »ja man stand stundenlang auf der Straße still, wenn der Gedanke ›kam‹ … So war es ›der Sache würdig‹.«

Inspirationen sind unterschiedlich intensiv, so wie auch die Gefühle, die uns zusetzen, unterschiedlich intensiv sind. Entsprechend fallen die Wertungen aus, die wir mit ihnen verbinden; wir hätten es gerne groß und heftig, haben indes, begründeterweise, Angst davor und sind zuletzt froh und dankbar, wenn wir es überhaupt noch schaffen, fortzukommen von den gewöhnlichen Beschwernissen, vom unspektakulären Lasten- und Leidensdruck, vom Mißmut des Positiven, und sei es nur für den einen *erfüllten Augenblick*, der vorgesehen ist für das absolute Genügen, für Entrükkung und Klarsichtigkeit ohne Ich. In der Geistesgeschichte waren es denn auch meist die großgemusterten Erleuchtungen, die von sich reden machten; leidenschaftliche Zumutungen, Blitzeinschlag im Kopf, Einflüsterungen, die das Wahre, »das Licht einer wunderbaren Einsicht« (Descartes) erahnen ließen. Das Ganze vollzog sich ungestraft und durfte nur unwiderstehlich sein: »Eine wahrhaft beglückende, entrückende, zweifellose und gläubige Inspiration«, glaubt der Teufel in Thomas Manns *Doktor Faustus* versprechen zu können, »eine Inspiration, bei der es keine Wahl, kein Bessern und Basteln gibt, bei der alles als seliges Diktat empfangen wird, der Schritt stockt und stürzt, sublime Schauer den Heimgesuchten von Scheitel zu den Fußspitzen überrieseln, ein Tränenstrom des Glücks ihm aus den Augen bricht (...).« Eine solche massive, vor Gedankengewalt nicht zurückschreckende Einwirkung hatte schon Nietzsche, von dem Thomas Mann bekanntlich viel hielt, der Inspiration zugeschrieben und damit auch und vor allem sich selbst gemeint: »Man hört nicht, man sucht nicht«, heißt es in *Ecce Homo,* »man nimmt, man fragt nicht, wer da gibt; wie ein Blitz leuchtet ein Gedanke auf, mit Notwendigkeiten, in der Form ohne Zögern – ich habe nie eine Wahl gehabt. Eine Entzückung, deren ungeheure Spannung sich mitunter in einen Tränenstrom auslöst; bei der der Schritt unwillkürlich bald stürmt, bald langsam wird; ein vollkommenes Außer-sich-Sein mit dem distinktesten Bewußtsein einer Unzahl feiner Schauder und Überrieselungen (...); eine Glückstiefe, in der das Schmerzlichste und Düsterste nicht als Gegensatz wirkt, sondern als bedingt, als herausgefordert (...). Alles geschieht im höchsten Grade unfreiwillig, aber wie in einem Sturme von Freiheits-Gefühl, von Unbedingtsein, von Macht, von Göttlichkeit (...). Es scheint wirklich, um an ein Wort Zarathustras zu erinnern, als ob die Dinge selber herankämen und sich zum Gleichnisse anböten.«

Die Inspirationen, von denen wir in unserem Buch erzählen, fallen allerdings meist unspektakulärer aus; sie ergeben sich beiläufig, wachsen aus einer Ordnung auf, die von untergründigen Freiheiten lebt. Sie kommen von Stimmungen her, von Erlebnissen, die so lange Haltung annehmen, bis sie ihre Folgerungen anmahnen und Vollzug melden können; ein Geschehensverlauf, der notwendig anmutet und, in der Rückschau, gleichwohl von Freiheit und Abenteuer kündet. Es ist eine *Zeit des schönen Scheins,* der die Inspiration entspricht; wenn sie kommt, sollte der Dichter sie für sich nutzen und zur tragenden Idee werden lassen: »Denn eine Idee: das bist du; in einem bestimmten Zustand«, läßt Robert Musil seinen *Mann ohne Eigenschaften* sagen. »Irgend etwas haucht dich an; wie wenn in das Rauschen von Saiten plötzlich ein Ton kommt; es steht etwas vor dir wie eine Luftspiegelung; aus dem Gewirr deiner Seele hat sich ein unendlicher Zug geformt, und alle Schönheiten der Welt scheinen an seinem Wege zu stehn. Das bewirkt oft eine einzige Idee.«

Verdichtet sich diese Idee, ist sie nicht nur jäh und fordernd, sondern auch nachhaltig, kann man sie rückblickend als Schlüsselerlebnis deuten, dem man nicht mehr davonkonnte. »Zweiundzwanzigjährig«, notierte Ernst Bloch, »kam der Blitz: die Entdeckung des Noch-Nicht-Bewußten, die Verwandtschaft seiner Inhalte mit dem ebenso Latenten in der Welt. Besonders in der schöpferischen Arbeit wird eine eindrucksvolle Grenze überschritten, die ich als die Übergangsstelle zum noch nicht Bewußten bezeichne. Mühe, Dunkel, krachendes Eis, Meeresstille und glückliche Fahrt liegen um diese Stelle. An ihr hebt sich, bei gelingendem Durchbruch, das Land, wo noch niemand war, ja das selber noch niemals war. Das den Menschen braucht, Wanderer, Kompaß, Tiefe im Land zugleich.«

Ähnlich sah es Elias Canetti, der den »entscheidenden, den eigentlich aufschlußreichen Moment im Leben eines Menschen« als Empfindungs- und Deutungskonzentrat beschrieb, »in dem die disparaten Elemente, die er in sich trägt, die zerstreut und unverbunden in ihm herumliegen, plötzlich zu einem unsichtbaren Kristall zusammenschießen, der nie mehr aufzulösen ist, von dessen harter, spürbarer, ja vielleicht schmerzlicher Form alles bestimmt sein wird, was er je unternimmt. Von diesem inneren Kristall wird er sich nie mehr befreien können, und ob er durch ihn scheitern wird oder ihm schließlich entspricht, wird sich erst sehr spät, manchmal sogar erst lange nach seinem Tod erweisen, nämlich dann, wenn Sinn oder auch Unsinn seines Werkes anderen aufgeht. Dieser Moment kann blitzartig sein, er kann sich aber auch zu Jahren dehnen.«

Wer in der Lage ist, sein Leben von außen, gleichsam wie ein wohlwollender Beobachter zu betrachten, der wird feststellen, daß es immer wieder Phasen des Neubeginns gibt, die, zumindest in der nachträglichen Wertung, als eminent wichtig erscheinen und einer Läuterung gleichkommen. Man ist sich fast sicher, daß eine andere Zeit begonnen hat, – eine Zeit des phantastischen Gelingens, das auch mit Fehlschlägen auskommen kann. Ein solches Wissen ist wie ein neues Leben; Hermann Hesse hat es seinen Siddhartha sagen lassen, der sein altes Dasein abstreift, um einen Anfang zu wagen, der wie eine Wiedergeburt ist – unter dem Zeichen des schönen Scheins: »O wie gut ist dies Geflohensein, dies Freigewordensein! Wie rein und schön ist hier die Luft, wie gut zu atmen! (...) Lange sann er noch über seine Verwandlung, lauschte dem Vogel, wie er vor Freude sang. War nicht dieser Vogel in ihm gestorben, hatte er nicht seinen Tod gefühlt? Nein, etwas anderes in ihm war gestorben, etwas, das schon lange sich nach Sterben gesehnt hatte (...). Er war gestorben, ein neuer Siddhartha war aus dem Schlaf erwacht. Auch er würde alt werden, auch er würde einst sterben müssen, vergänglich war Siddhartha, vergänglich war jede Gestaltung. Heute aber war er jung, war ein Kind, der neue Siddhartha, und war voll Freude. Diese Gedanken dachte er, (...) hörte dankbar einer summenden Biene zu. Heiter blickte er in den strömenden Fluß, nie hatte ihm ein Wasser so wohl gefallen wie dieses, nie hatte er Stimme und Gleichnis des ziehenden Wassers so stark und schön vernommen. Ihm schien, es habe der Fluß ihm etwas Besonderes zu sagen, etwas, das er noch nicht wisse, das noch auf ihn warte. In diesem Fluß hatte sich Siddhartha ertränken wollen, in ihm war der alte, müde, verzweifelte Siddhartha heute ertrunken. Der neue Siddhartha aber fühlte eine tiefe Liebe zu diesem strömenden Wasser und beschloß bei sich, es nicht so bald wieder zu verlassen.«

Inspirationen, die nachhaltig sein wollen, orientieren sich an zukünftiger Maßarbeit, folgen aber auch einem Muster, das näher am Geduldsspiel und am Unscheinbaren steht als an überbordenden Inszenierungen. Gefordert bleibt eine Aufmerksamkeit, die sich für Nebensächlichkeiten nicht zu schade ist, ohne das Große und Ganze aus den Augen zu verlieren. Originalität, so Bloch, kommt ohnehin von alleine, sie läßt sich nicht herbeireden. Geduld ist gefragt, auch für das Abenteuer der Inspiration: »Neuer Ton geht anfangs nur wenigen ein, selten anders. Solcher Anfang kann lange dauern, doch einmal hört er auf (...). So notwendig ein Blick ist, der sich aufs Verreisen versteht und aufs Nebenbei, das oft instanzenreiche, so sehr ist das im Grunde Einheitliche, ja Einfache seiner Sache dem Philosophen unerläßlich. Ein Punkt gehört dazu, worin sich, einmal gespürt, das ganze Wesen konzentriert (...).«

Das Abenteuer der Inspiration, das zum schönen Schein führt, weiß die Gunst des erfüllten Augenblicks zu schätzen, der immer mehr will, als ihm in der Rückschau zugetraut wird. »Verweile doch, du bist so schön«: Im Idealfall bleibt dieser erfüllte Augenblick sich selbst treu, wächst über sich hinaus und wird zu einer Idee, die Haltung bewahrt, sogar im Alltag, der den schönen Schein ansonsten gekonnt zu behindern weiß. Noch einmal Ulrich Clarisse, die Hauptfigur in Robert Musils Roman *Mann ohne Eigenschaften*: »Nach einer Weile wird« die Idee »allen anderen Ideen, die du schon gehabt hast, ähnlich, sie ordnet sich ihnen unter, sie wird ein Teil deiner Anschauungen und deines Charakters, deiner Grundsätze oder deiner Stimmungen, sie hat die Flügel verloren und eine geheimnislose Festigkeit angenommen.«

Das Abenteuer der Inspiration ist mehr als ein Abenteuer, es bekennt sich zum Wagnis des großen Wurfs und gleicht einem kleinen, unscheinbaren Wunder. Der schöne Schein, von dem zu berichten ist, läßt durchblicken, was formidabel war und doch sehr vergänglich. Es ist ein seltsam gutes Leben, von dem er kündet, das uns, ein ums andere Mal, dazu bringt, ins Unbekannte vorzustoßen, um dann doch wieder dort anzukommen, wo, nach Novalis, jegliche Reise endet – es geht »immer nach Hause«.

# *Ich bin nur eine Mühle*
## Lessing und der Glaube an die Vernunft

*Gotthold Ephraim Lessing,*
*geb. am 22. Januar 1729 in Kamenz (Lausitz),*
*gest. am 15. Februar 1781 in Braunschweig*

Es ist nicht einfach für einen Dichter, einfach zu schreiben; das Komplizierte macht mehr her. Von einem Dichter, der dunkle Satzgebilde strickt, nimmt man an, daß er schlauer sein könnte als andere, gerade weil man ihn nicht recht versteht. Wer einfach schreibt, muß zudem mutig sein: Er lehnt sich weit aus dem Fenster, alles, was er sagt, kann gegen ihn verwendet werden. Der Dichter Lessing war solch ein mutiger Mann; er ließ sich nicht verbiegen, glaubte an die Vernunft im Menschen, an seine Mitleidsfähigkeit, an eine Bildung des Herzens, die mehr wert ist als kalte Gelehrsamkeit. Lessing kommt als Sohn eines Pfarrers zur Welt, der ehrgeizige Pläne hat: Der Sohn soll ein bekannter Prediger werden. Dafür unterrichtet er ihn erst einmal selbst (»versichern kann man, daß Lessing, sobald er nur etwas lallen konnte, zum Beten angehalten wurde«), gibt ihn dann auf die örtliche Lateinschule und erreicht, daß er eine Freistelle an der renommierten Fürstenschule St. Afra in Meißen erhält. Der Sohn macht brav mit, zeigt sich als hervorragender Schüler; in einer Bewertung des Lehrerkollegiums heißt es allerdings, daß er gelegentlich eine »mokante« Art habe.

Sein Rektor spart dennoch nicht mit Lob und findet dafür auch einen passenden Vergleich: »Er ist ein Pferd, das doppeltes Futter haben muß: Die Lectiones, die andern zu schwer werden, sind ihm kinderleicht. Wir können ihn fast nicht mehr brauchen.«

1746 geht Lessing nach Leipzig; dort studiert er zuerst Theologie und dann Medizin, beide Fächer behagen ihm nicht. Inzwischen hat er nämlich seine Liebe zum Theater entdeckt und ein Stück geschrieben (*Der junge Gelehrte*), das zwei Jahre später mit Erfolg uraufgeführt wird.

Vor den Büchern kommt das Leben, erkennt Lessing; Lesen ist Zeitvertreib, macht einen zuweilen klüger, geht aber nur selten zu Herzen und verursacht, wenn die Lektüre gar zu vertrackt anmutet, nur Kopfschmerzen. Nach einem weiteren zähen und somit verschenkten Nachmittag in der Bibliothek wird ihm klar, daß er etwas ändern muß; eine Existenz, wie sie sich der Vater für seinen Sohn vorstellt, kann er nicht führen. In einem Brief an die Mutter wird er grundsätzlich: »Ich komme jung von Schulen, in der gewissen Überzeugung, daß mein ganzes Glück in den Büchern bestehe. Ich komme nach Leipzig, an einen Ort, wo man die ganze Welt im Kleinen sehen kann. Ich lebte die ersten Monate so eingezogen, als ich sie in Meißen nicht gelebt hatte… Doch es dauerte nicht lange, so gingen mir die Augen auf: Soll ich sagen, zu meinem Glücke, oder zu meinem Unglücke? Die künftige Zeit wird es entscheiden.« In Wahrheit aber hat Lessing die Entscheidung der künftigen Zeit schon vorweggenommen, und er ist selbstbewußt genug, sich davon nicht abhalten zu lassen: »Ich lernte einsehen, die Bücher würden mich wohl gelehrt, aber nimmermehr zu einem Menschen machen. Ich wagte mich von meiner Stube unter meinesgleichen. Guter Gott! Was für eine Ungleichheit wurde ich zwischen mir und anderen gewahr...« Ganz ohne Bücher geht es aber auch nicht, weiß der junge Lessing, der 23 Jahre später als Bibliothekar nach Wolfenbüttel berufen wird; mit den Büchern ist es wie mit den Menschen, man muß etwas genauer hinschauen, um herausfinden zu können, mit wem man gern Umgang hat und mit wem nicht. Lessing hat da für sich schon die Probe aufs Exempel gemacht; im Zweifelsfall läßt er sich lieber eine Komödie als ein Trauerspiel vorführen: »Ich legte die ernsthaften Bücher eine Zeitlang auf die Seite, um mich in denjenigen umzusehen, die weit angenehmer und vielleicht ebenso nützlich sind. Die Comoedien kamen mir zuerst in die Hand. Es mag unglaublich vorkommen, wem es will, mir haben sie sehr große Dienste getan. Ich lernte daraus eine artige und ungezwungene, eine grobe und natürliche Aufführung unterscheiden. Ich lernte wahre und falsche Tugenden daraus kennen, und die Laster ebensosehr wegen ihres Lächerlichen als wegen ihrer Schändlichkeit fliehen.« Auch in Lessings Jugendwerk *Der junge Gelehrte* (1748) wird diese Einsicht ans Publikum weitergegeben, als das junge Dienstmädchen Lisette dem zu Arroganz und Abgehobenheit neigenden Vielleser Damis erklärt: »Über den Büchern können Sie doch unmöglich die ganze Zeit liegen. Die Bücher, die toten Gesellschafter! Nein, ich lobe mir das Lebendige.«

Lessing beschließt, ganz Schriftsteller zu sein, ein kühner Entschluß, denn schon in Leipzig lebt er über seine Verhältnisse und muß vor seinen Gläubigern auf der Hut sein.

Er flieht nach Berlin, betätigt sich als Journalist für verschiedene Blätter, u.a. für *Das Neueste aus dem Reiche des Witzes*, eine Beilage der *Vossischen Zeitung*. Witzig ist Lessing, keine Frage, das fällt auf, gefällt aber nicht jedem. Immerhin kann er sich von den gröbsten wirtschaftlichen Sorgen befreien und sogar sein Studium 1752 mit dem Magisterexamen abschließen. Dort äußert er sich u.a. anerkennend über den spanischen Arzt und Philosophen Juan Huarte, der ihm als Vorbild gilt: »Er ist kühn, er verfährt nie nach den gemeinen Meinungen, er beurteilt und treibt alles auf seine besondere Art, er entdeckt alle seine Gedanken frei und ist sich selbst sein eigner Führer.« Sein eigner Herr sein, das möchte auch Lessing, was aber schwer ist in Zeiten, die sich lange, viel zu lange, an das Diktat der herrschenden Potentaten gewöhnt haben. Einer davon ist der preußische König Friedrich II., der sich aus eigenen Gnaden aufgeklärt gibt, gern französisch spricht und den Dichterfürsten Voltaire zu Gast hat. Lessing imponiert das nicht, er hat die Mechanismen der Macht durchschaut und scheut sich nicht, sie mit feinem Spott beim Namen zu nennen: »Dort, der Regent, ernährt eine Menge schöner Geister, und braucht sie des Abends, wenn er sich von den Sorgen des Staates durch Schwänke erholen will, zu seinen lustigen Räten. Wieviel fehlt ihm, ein Mäcen zu sein! Nimmermehr werde ich mich fähig fühlen, eine so niedrige Rolle zu spielen; und wenn auch Ordensbänder zu gewinnen stünden. Ein König mag immerhin über mich herrschen; er sei mächtiger, aber besser dünke er sich nicht.«

Lessing schreibt viel, gilt bald als einer der führenden deutschen Literaturkritiker. Dabei stellt er folgendes fest:

»Es gibt eine Art des Tadels, welche dem Getadelten Ehre macht. (...) Man schätzt jeden nach seinen Kräften. Einen elenden Dichter tadelt man gar nicht; mit einem mittelmäßigen verfährt man gelinde; gegen einen großen ist man unerbittlich. Bleibt sich dieser nicht allezeit gleich, entwischt ihm hier und da eine matte Zeile; diese matte Zeile, welche die Zierde eines mittelmäßigen Dichters sein könnte, wird unerträglich.«

Es beginnen unruhige Jahre für den Schriftsteller Lessing: Von 1755 bis 1758 ist er wieder in Leipzig, begibt sich dann auf eine Bildungsreise, die er jedoch bald schon wegen des Siebenjährigen Krieges abbrechen muß. Er kehrt nach Berlin zurück, wo es ihn aber nicht hält: Zur Verwunderung seiner Freunde wechselt er die Fronten und wird 1760 Regimentssekretär des preußischen Generals Tauentzien in Breslau. Er kann das begründen: Die Festanstellung, die er gewählt hat, verlangt wenig Einsatz, dafür läßt sie ihm Zeit zum Schreiben. Das Lustspiel *Minna von Barnhelm* entsteht und eine ästhetische Abhandlung mit dem Titel *Laokoon oder Über die Grenzen der Malerei und Poesie. Minna von Barnhelm* ist eine der ersten selbstbewußten Frauen auf deutschen Theaterbühnen; ihrem ein wenig steifen, zur Schwermütigkeit neigenden Verehrer Major von Tellheim, der ihr vorhält: »Sie wollen lachen, mein Fräulein. Ich beklage nur, daß ich nicht mitlachen kann«, entgegnet sie: »Was haben Sie denn gegen das Lachen? Kann man denn nicht auch lachend sehr ernsthaft sein?« Noch einmal kehrt Lessing nach Berlin zurück; dann geht er auf Reisen und arbeitet von 1767 bis 1769 als Dramaturg in Hamburg. Die *Hamburgische Dramaturgie,* die er entwickelt, setzt Maßstäbe für ein

Theater, das sich von den damaligen starren Regeln befreien will. Der Schriftsteller Lessing erweitert zudem die Arbeitsplatzbeschreibung des Kritikers Lessing, der sich an folgende Grundsätze hält: »Wenn ich Kunstrichter wäre (…), so würde meine Tonart diese sein: gelinde und schmeichelnd gegen den Anfänger; mit Bewunderung zweifelnd, mit Zweifeln bewundernd gegen den Meister; abschreckend und positiv gegen den Stümper; höhnisch gegen den Prahler (…). Der Kunstrichter, der gegen alle nur einen Ton hat, hätte besser gar keinen. Und besonders der, der gegen alle nur höflich ist, ist im Grunde gegen die er höflich sein könnte, grob.« In Hamburg scheitert Lessing, erst am Theater, das geschlossen wird, dann bei dem Versuch, sich als Verlagsbuchhändler durchzusetzen. 1770 nimmt er, der Not gehorchend, wieder eine feste Stelle an: Er wird Bibliothekar in Wolfenbüttel, wo er zwar über eine der ansehnlichsten Bibliotheken Europas wachen darf, aber einen gehobenen Hungerlohn bezieht und von den Launen seines Dienstherrn, des Herzogs von Braunschweig, abhängig ist. Zu den Büchern indes, die ihm früher für schwere Wissenslast und trockene Gelehrsamkeit standen, entwickelt er nun eine späte Herzensbindung; er erkennt, daß Bücher einer Wertschätzung bedürfen, die, geht man denn nur hochachtungsvoll genug mit ihnen um, die »toten Gesellschafter« auf einmal wieder zum Leben erweckt. Seine Arbeitsdevise beschreibt der Bibliothekar Lessing so: »Ich bin Aufseher von Bücherschätzen (…). Wenn ich nun unter den mir anvertrauten Schätzen etwas finde, von dem ich glaube, daß es nicht bekannt ist: so zeige ich es an. (…) und bin ganz gleichgültig dabei, ob es dieser für wichtig oder jener für unwichtig erklärt, ob es denn dem einen frommt oder dem andern schadet. Nützlich und verderblich sind ebenso relative Begriffe als groß und klein. (…)«

Obgleich sein Bibliothekarsdasein, von außen betrachtet, eher beschaulich anmutet, wird Lessing, der zeit seines Lebens ein reizbarer Unruhegeist bleibt, nicht viel bedächtiger; er streitet sich weiterhin gern, hat die Auseinandersetzungen, an denen er beteiligt ist, lieber pointiert und polemisch als wachsweich und vornehm. Allerdings läßt der Reiz des Kontroversen nach; die ersten Altersmalaisen setzen ihm zu, von denen man bekanntlich nicht fröhlicher wird. Er bemüht sich um Gelassenheit, die ihm jedoch nicht einfach so in den Schoß fällt. Lessing geht gegen seine Reizbarkeit an, steht im Beruhigungsgespräch mit sich selbst; über Willkür und Dummheit, die ihn als jungen Mann geradezu reflexhaft in Protesthaltung brachten, will er sich nicht mehr aufregen als unbedingt nötig. »Ich, ich will mich nicht ärgern oder mich geschwind, geschwind abärgern, damit ich bald wieder ruhiger werde und mir den Schlaf nicht verderbe, um dessen Erhaltung ich besorgter bin als um alles in der Welt. – Nun wohlan, meine liebe Irascibilität! Wo bist du! Wo steckst du? Du hast freies Feld. Brich nur los, tummle dich brav! (…) Nun mach bald, was du machen willst, knirsch mir die Zähne, schlage mich vor die Stirn, beiß mich in die Unterlippe! (…) Und doch will ich es heute nicht fühlen, so gern ich es auch heute fühlen möchte.«

Lessings Bestandsaufnahme in eigener Sache fällt nicht sonderlich optimistisch aus; am Ende hat man sich Mühe gegeben und war in den entscheidenden Momenten allein: »Ich bin wahrlich nur eine Mühle und kein Riese. Da stehe ich auf meinem Platze ganz außer dem Dorfe, auf einem Sandhügel allein, und komme zu niemandem und helfe niemandem und lasse mir von niemandem helfen. Wenn ich meinen Steinen etwas aufzuschütten habe, so mahle ich es ab, mit welchem Winde es will. Von der ganzen weiten Atmosphäre verlange ich nicht einen Fingerbreit mehr, als gerade meine Flügel zu ihrem Umlaufe brauchen. Nur diesen Umlauf lasse man ihnen frei. Mücken können dazwischen hin schwärmen: aber mutwillige Buben müssen nicht alle Augenblicke sich darunter durchjagen wollen; noch weniger muß sie eine Hand hemmen wollen, die nicht stärker ist als der Wind, der mich umtreibt. Wen meine Flügel mit in die Luft schleudern, der hat es sich selbst zuzuschreiben: auch kann ich ihn nicht sanfter niedersetzen, als er fällt.«

Durch vereinzelte Reisen möchte sich Lessing aus seiner Isolation befreien; das Klima an den Fürstenhöfen aber macht ihn noch immer frösteln, ihm hilft nur die altbewährte Ironie: »Bei Hofe (...) habe [ich] mit andern getan, was zwar nichts hilft, wenn man es tut, aber doch wohl schaden kann, wenn man es beständig unterläßt; ich habe Bücklinge gemacht und das Maul bewegt.« 1776 ernennt man ihn dennoch zum Hofrat, und er heiratet seine langjährige Verlobte Eva König. Weihnachten 1777 wird sein erster Sohn geboren, der nur 24 Stunden am Leben bleibt. Vierzehn Tage später stirbt seine Frau. Gegen die Trauer geht er mit seinen Mitteln an: »Ich verlor ihn so ungern, diesen Sohn! Denn er hatte so viel Verstand! So viel Verstand! (...) War es nicht Verstand, daß er die erste Gelegenheit ergriff, sich wieder davonzumachen?« »Meine Frau ist tot; und diese Erfahrung habe ich nun auch gemacht. Ich freue mich, daß mir viel dergleichen Erfahrungen nicht mehr übrig sein können (...), und bin ganz leicht.« Er versucht, über den doppelten Verlust hinwegzukommen: »Totsein hat nichts Schreckliches; und insofern Sterben nichts als der Schritt zum Totsein ist, kann auch das Sterben nichts Schreckliches haben.« Als er fast schon zur Ruhe gekommen ist, sieht sich Lessing doch noch einmal veranlaßt, streitbar zu werden: Er legt sich mit dem einflußreichen Hamburger Hauptpastor Goeze an, der seine Frömmigkeit mit rhetorischem Aufwand und so unduldsam betreibt, daß »er seine Leute« am liebsten »an den Haaren in den Himmel schleppt«. In der Kontroverse mit Goeze, die er mit der Empfehlung »Lieber Herr Pastor! Poltern Sie doch nicht so in den Tag hinein, ich bitte Sie« einleitet, läuft Lessing noch einmal zu großer Form auf. Der Gott, den er meint, braucht keinen Namen, keine devoten Beschreibungen, man muß nicht einknicken vor diesem Gott. Das Christentum kam einst als frohe Botschaft daher; unter dem Zugriff der Kirchenverwalter wurde sie jedoch in Glaubensakte und Anbetungsvorschriften zerlegt, die den Gottesglauben zu einer freudlosen Sache machen. Lessings persönliches Glaubensbekenntnis wird in dem berühmten Stück *Nathan der Weise* (1779) dargelegt, das sein Vermächtnis geworden ist: »Ich weiß«, sagt Lessings Nathan, »wie gute Menschen denken, weiß; daß alle Länder gute Menschen tragen.«

Der Dichter und Kritiker Lessing hat der deutschen Literaturgeschichte, die man als schwebendes Verfahren nehmen sollte, das kein abschließendes Urteil braucht, ausgesprochen gutgetan. Als ein Mann mit Witz hat er die Vernünftigkeit anmutig und die Schwere unseres Denkens leicht werden lassen. Der Mensch soll sich nicht in seinem Besitz verschanzen, schon gar nicht im Besitz vorgeblicher Wahrheit(en); nur wer sucht, findet, wer aber hat, dem wird auch genommen: »Nicht die Wahrheit, in deren Besitz irgendein Mensch ist oder zu sein vermeinet, sondern die aufrichtige Mühe, die er angewandt hat, hinter die Wahrheit zu kommen, macht den Wert des Menschen. Denn nicht durch den Besitz, sondern durch die Nachforschung der Wahrheit erweitern sich seine Kräfte (...). Der Besitz macht ruhig, träge, stolz.«

# *Das alles schläft in dir*
## Herder und die Sprache des Herzens

*Johann Gottfried Herder,*
*geb. am 25. August 1744 in Mohrungen (Ostpreußen),*
*gest. am 18. Dezember 1803 in Weimar*

Er gehört zu den Weimarer Größen, von deren Ruhm die Stadt heute noch zehrt: Johann Gottfried Herder. Mißt man seinen Bekanntheitsgrad allerdings an dem der Herren Goethe und Schiller, scheint Herder womöglich doch kein ganz Großer gewesen zu sein; die landläufige Meinung, zu Herders Lebzeiten auf den Weg gebracht und bis auf den heutigen Tag fortgeführt, hat ihn eher am Rande belassen, in jenem Warteraum der Geistesgeschichte, in dem noch andere Dichter und Denker der Wiederentdeckung harren. Dass Herder nicht ganz nach oben kam, hatte allerdings auch mit ihm selbst zu tun: Er machte es sich und anderen nicht leicht, war launisch, neigte zu Depressionen. Der gutmütige Spott war seine Sache nicht, eher schon die schneidende Ironie, die manchmal unangenehm nah an die Selbstüberschätzung rückt – damit schafft man sich keine Freunde. So ist Herder, insgesamt, wohl unter seinen Möglichkeiten geblieben, die größer waren, als es seine Zeitgenossen wahrhaben wollten.

Johann Gottfried Herder wird am 25. August 1744 im ostpreußischen Mohrungen geboren, das er selbst »die kleinste

Stadt im dürren Lande« nennt, was übertrieben war, denn das Städtchen hatte mehr als 1000 Einwohner, ein Schloß, etliche Kirchen und eine Stadtmauer mit drei Toren. Herders Blick zurück indes blieb eingetrübt; Mohrungen verband er mit Enge und einer, wie er sagt, »dunklen Mittelmäßigkeit«. Herders Vater betätigt sich zunächst als Tuchmacher und wird später, als sein Geschäft immer weniger abwirft, Küster und Glöckner in städtischen Diensten. Von seinen fünf Kindern überleben drei; ein recht guter Schnitt, denn damals ist die Säuglingssterblichkeit hoch und jede Geburt ein Wagnis für Mutter und Kind. Die Herders sind fromme Leute; ihr Gottesglaube gehört zur Grundausstattung der Familie und bleibt über wesentliche Zweifel erhaben. Von seiner Mutter, die die Welt in stiller Demut und manchmal sogar mit Fröhlichkeit nimmt, sieht sich Johann Gottfried Herder mehr geprägt als von seinem Vater; »ein verwöhntes und mütterliches Kind« sei er gewesen, sagt er von sich. Herder wird zunächst von seinem Vater unterrichtet und kommt dann an die Mohrunger Stadtschule. Dank eines privaten Förderers kann er später an der Universität Königsberg studieren. Im Vergleich zu Mohrungen ist Königsberg eine Metropole. Mehr als 60 000 Menschen leben hier, Russen und Deutsche; die Universität, an der auch Kant lehrt, der zum weltberühmten Philosophen wird, hat einen ausgezeichneten Ruf. Herder versucht sich zunächst als Medizinstudent, doch schon beim ersten chirurgischen Eingriff fällt er in Ohnmacht und muß hinausgetragen werden. Am 11. August 1762 schreibt er sich an der Theologischen Fakultät ein. Was er von diesem Studium erwartet, weiß er nicht so recht; seine Erwartungen sind gedämpft, für sich selbst allerdings hegt er ehrgeizige Pläne. Eine grundsätzliche Schwierigkeit kommt hinzu: Zu unkritisch, buchstabenlastig, phantasielos erscheint ihm die zeitgenössische Theologie – der Gott, den er in ihren dickleibigen Büchern zu erkennen meint, ist ein mürrischer, alter Mann geworden. Herder jedoch glaubt an einen lebendigen Gott, der den Menschen nach seinem Ebenbild geschaffen hat, damit er in einer wunderbaren Welt große Dinge vollbringt; jegliche Kleingeistigkeit und Duckmäusertum sind Gott zuwider. Der Mensch, glaubt Herder, muß sich begeistern lassen: Es gilt »von dem zu reden, was unsre wahre Bestimmung (...) sei: die eigentliche herrliche Natur des Menschen, zu der ihn sein Gott geschaffen, mit allen ihren Vorzügen ins Licht zu setzen: (...) wie sehr wir unser Glück bauen, wenn wir den Anlagen unserer Natur treu bleiben, unsre Vernunft und Gewissen herrschend in uns machen, keine unsrer Pflichten und Bestimmungen verkennen, in jeder Tätigkeit der Seele vollkommen werden, und bloß dadurch Anspruch auf Glückseligkeit haben, wenn wir vor Gott und unsrem Gewissen in allem Umfange unsrer Bestimmung und Pflicht, mit aller Redlichkeit des Herzens und aller Wirksamkeit das sind, was wir sein *sollen* (...).«

Mehr als zur Theologie fühlt sich Herder zu Philosophie und Literatur hingezogen. Er hört Vorlesungen bei Kant, der damals selbst noch ein Suchender ist. Seine *Kritik der reinen Vernunft*, jenes bahnbrechende Werk, das den Erkenntnisanspruch der Philosophie auf eine neue Grundlage stellt, hat er noch nicht geschrieben; Kant befindet sich in einem Stadium des vorbereitenden Denkens und läßt seine Studenten daran teilhaben. Herder, der dem reifen Kant kritisch gegenübersteht, bewahrt dem jungen Kant ein ehrendes Andenken: »Ich habe das Glück genossen, einen Philosophen zu kennen, der mein Lehrer war. Er in seinen blühendsten Jahren hatte die fröhliche Munterkeit eines Jünglings. – Seine offene, zum Denken gebaute Stirn war ein Sitz unzerstörbarer Heiterkeit und Freude; die gedankenreichste Rede floß von seinen Lippen; Scherz und Witz und Laune standen ihm zu Gebote, und sein lehrender Vortrag war der unterhaltendste Umgang. (...) Nichts Wissenswürdiges war ihm gleichgültig, (...) kein Namenehrgeiz hatte je für ihn den mindesten Reiz gegen die Erweiterung und Aufhellung der Wahrheit. (...) Dieser Mann, den ich mit größter Dankbarkeit und Hochachtung nenne, ist Immanuel Kant: sein Bild steht angenehm vor mir.«

Neben Kant war es der philosophische Schriftsteller Johann Georg Hamann, der Herder beeinflußte. Hamann, ein wortmächtiger Denker, der das Zusammenspiel von Gott, Mensch und Offenbarung in tiefsinnigen Überlegungen umkreist und mehr vom lichtvollen Dunkel der Bilder als vom flachen Buchstabenglauben philosophischer Aufklärung hält, bringt ihn dazu, sich mit Poesie und Sprache zu beschäftigen. Herder stellt fest, daß ihn eine Philosophie, die sich vom Leben entfernt und ins blasse Reich der Spekulation aufsteigt, nichts bringt; er hat vor, mit beiden Beinen auf der Erde zu bleiben, setzt auf Anschaulichkeit, nicht auf trockene Gelehrsamkeit: »Meine Seele konnte sich in diesem Totenreich lebloser Begriffe ohne Grund und Boden nicht wohlbefinden – nach jeder metaphysischen Vorlesung eilte ich ins Freie mit einem Dichter – oder ich las Rousseau oder ähnliche Schriftsteller, um jene Eindrücke durch ganz entgegengesetzte zu schwächen und loszuwerden – denn sie peinigten mich.« Inzwischen ist man auf Herder aufmerksam geworden, man bietet ihm eine Predigerstelle in Riga an. Dort gefällt es ihm, aber dann erkennt er, daß die große weite Welt noch mehr zu bieten hat. An Kant schreibt er: »Ich schnappe nach nichts als nach Veränderung, und verzehre bei dieser Unzufriedenheit wahrhaftig mich selbst. Der erste Ruf von hier aus, es sei wohin und wozu es auch wolle, gefällt mir schon im voraus, und nichts soll mich hindern, jede Gelegenheit zu ergreifen, um mehr Länder und Menschen kennenzulernen.« Herder ist sich mittlerweile auch über sein poetisches Programm klargeworden: Es soll die Mitte zwischen Dichtkunst und Philosophie halten und mehr der Anschauung als der Spekulation verpflichtet sein. Die Sprache ist es, die den Künstler macht; sie muß zur Höchstleistung gebracht werden, erst dann scheint in ihr auf, was wahr und richtig ist. Das Idealbild eines Schriftstellers, der nach bestem Wissen und Gewissen sein Darstellungsvermögen entfaltet, zeichnet Herder so: »Sinnliche *Aufmerksamkeit* heftet sich auf jeden Punkt des Gegenstandes, fliegt von Seite zu Seite, und auf jeden wirft sie Strahlen; seine Idee wird lebhaft, gehäuft, helle, und seine Rede schimmert. Das Licht ist nicht scharf, nicht streng, aber ausgebreitet, immer im neuen Zustrome. Er wird faßlich, durch die *Menge* seiner Merkmale; er klärt auf, wenn er auch nicht bewiese: (…) er macht sicher, gewiß, stark: wenn er auch nicht *überzeugte*, so *überredet* er bis zum Augenschein. (…) Feurig; er hat ein starkes Gefühl für das *Schöne*, das *Menschliche* und *Sittliche* (…).«

Am 5. Juni 1769 verläßt Herder Riga; er befindet sich an

Bord eines Schiffes, das ihn zunächst bis Kopenhagen bringen soll. Danach sieht man weiter. Um seine Zukunft, die ihm wie ein längst überfälliges, nun endlich eintretendes Abenteuer erscheint, macht er sich nicht mehr Sorgen als unbedingt nötig. Am 17. Juni landet Herder in Dänemark. Von dort aus geht es weiter nach Frankreich. Unterwegs bringt er seine Reiseeindrücke zu Papier, die sich um Fassung bemühen angesichts der Großartigkeit der Elemente. Herder wird eine Inspiration zuteil, die sich in ihrer Eindrücklichkeit als unwiderruflich erweisen muß: Wie klein ist der Mensch doch vor der Unendlichkeit des Meeres, sein Schiff treibt auf den Wogen, darüber Wolken und Wind – so und nicht anders geht auch das Schicksal mit ihm um, das immer erst im nachhinein zu deuten ist, ein Buch von göttlicher Abkunft, das der Mensch annehmen und bewundern, nie aber in Gänze verstehen kann. Im Angesicht des Meeres schrumpfen Herders Zukunftspläne auf Normalmaß: »Wo ist das feste Land, auf dem ich so feste stand? Und die kleine Kanzel und der Lehrstuhl und das Katheder, worauf ich mich brüstete? Wo sind die, vor denen ich mich fürchtete und die ich liebte! (...) – Welch neue Denkart! (...) Wann werde ich soweit sein, um alles, was ich gelernt, in mir zu zerstören und nur selbst zu erfinden, was ich denke und lerne und glaube! (...) Welcher Standpunkt, unter einem Maste auf dem weiten Ozean sitzend, über Himmel, Sonne, Sterne, Mond, Luft, Wind, Meer, Regen, Strom, Fisch, Seegrund philosophieren, und die Physik alles dessen aus sich herausfinden zu können. Philosoph der Natur, das sollte dein Standpunkt sein (...).«

Ein Philosoph der Natur sein – das kommt einem in den

Sinn, wenn man in der Natur ist, in diesem Fall an Deck eines kleinen Schiffes auf dem weiten Ozean. Geht man aber zurück unter Deck, in die Kabine, kehren alte Gedanken zurück: Sie gelten weniger der Natur als dem eigenen Ich, seinem bisherigen Werdegang und den weiteren Aussichten. Herders bisherige Leistungen geben zu berechtigten Hoffnungen Anlaß, mehr aber auch nicht; es liegt noch viel Arbeit vor ihm. Was muß einer wie er, der ehrgeizig und begabt ist, von Haus aus aber keinerlei Privilegien oder Geldmittel mitbekommen hat, tun, um Karriere zu machen? Zunächst einmal faßt er gute Vorsätze: »Unnütze Kritiken und tote Untersuchungen aufgeben; mich über Streitigkeiten und Bücherverdienste erheben, mich zum Nutzen und zur Bildung der lebenden Welt einweihen, das Zutrauen der Regierung, des Gouvernements und Hofes gewinnen, Frankreich, England und Italien und Deutschland in diesem Betracht durchreisen, französische Sprache und Wohlstand, englischen Geist der Realität und Freiheit, italienischen Geschmack feiner Erfindungen, deutsche Gründlichkeit und Kenntnisse (...) einsammeln, (...) mich meinem Zeitalter bequemen und den Geist der Gesetzgebung, des Kommerzes und der Polizei gewinnen, alles im Gesichtspunkt von Politik, Staat und Finanzen einzusehen wagen, keine Blöße mehr geben (...), Welt, Adel und Menschen zu überreden, auf meine Seite zu bringen wissen – edler Jüngling, das alles schläft in dir, aber unausgeführt und verwahrlost!«

Von diesem Programm wird Herder, obwohl er sich Mühe gibt, nur weniges realisieren können; um problemlos erfolgreich zu sein, fehlt es ihm an diplomatischem Geschick. Überdies steht er quer zu den herrschenden Übereinkünften seiner Zeit: Mit dem höfischen Treiben hat er nichts im Sinn, den Adel betrachtet er, insgeheim, als überflüssig, der deutschen Kleinstaaterei steht er kritisch gegenüber; eine an sich ja löbliche Absicht wie »die Menschen auf« seine »Seite zu bringen« läßt sich unter diesen Vorzeichen nicht in die Tat umsetzen. Während sein Berufsleben etwas stagniert, hat Herder Glück in der Liebe: Im Sommer 1770 lernt er die 20jährige Caroline Flachsland kennen. Sie ist Waise und lebt in Darmstadt im Hause ihrer unglücklich verheirateten Schwester. Herder, als feuriger Prediger und eigenwilliger Dichter angekündigt, ist für Caroline der Mann ihrer Träume; auf ihn hat sie gewartet, das weiß sie bereits, als sie seiner ersten Predigt lauscht. Ihre Liebe beginnt mit Heimlichkeiten. Herder steckt Caroline einen Zettel zu: »Ihr Bild steht mir (...) Tag und Nacht vor Augen; ich sehe Sie in allen Äußerungen Ihrer schönen Seele und in allen Situationen, wo Sie mein Herz gerührt. Dies Bild, dieser geliebte Schatten wird mich auch in meiner Entfernung nicht verlassen, wenn nur der meinige eben so um Sie schwebte (...).« Herder scheint seinen Gefühlen zunächst nicht zu trauen, Caroline weiß jedoch, was sie will: »O wie segne ich den Tag, da wir uns gekannt und geliebt haben, wissen Sie es noch? Nach der Predigt im Tannenwalde! Ich weinte wie ein Kind, als ich nach Hause kam (...). Es ist mir alles neu (...). Ich bin froh, ich bin glücklich, daß unsere Herzen sich kennen. (...). Ihr Geist ist bei mir. Schreiben Sie mir oft, süßer, feuriger Freund!«

Herder weiß, daß Caroline ihn liebt, scheut sich jedoch, bei ihrem Schwager offiziell um ihre Hand anzuhalten. Was ihn zweifeln läßt, ist nicht nur sein chronisch beeinträchtigter Gesundheitszustand, sondern die wirtschaftliche Lage; von einer freien Schriftstellerexistenz wird er nicht leben können, und eine Festanstellung ist nicht in Sicht. So begnügt er sich, bis auf weiteres, mit dem Bild der Geliebten, er sieht sie vor sich: »Ihr unschuldiges, einfaches, freies Gesicht, ihr blaues, stilles, fühlendes Auge, ihr leichter Körper, in jeder Stellung ganz Natur, ganz Munterkeit, ganz sanfte Zärtlichkeit und Anmut (…).« Als Herder zu lange zögert, ergreift Caroline die Initiative – für damalige Verhältnisse ein mutiger Schritt. Sie schreibt ihm: »Hätte ich Dich nie gekannt, was wäre aus mir geworden? Einsam! Verlassen! Du bist doch der einzige, den meine Seele so ganz umfaßt! O wie will ich Dich lieben, Du mein Schutzengel, mein Freund der Seele! Du bist Luther, das habe ich mir immer gesagt, und es freut mich, daß Du's fühlst, wenn Du's gleich nicht gestehen willst (…).«

Im August 1770 reist Herder nach Straßburg. Er will sich von der Tränenfistel, einer hartnäckigen Augenkrankheit, die ihn schon länger quält, befreien lassen und wird operiert. Die erhoffte Besserung tritt jedoch nicht ein, im Gegenteil: Herders Auge schwillt furchterregend an; er hockt in einem abgedunkelten Zimmer im Gasthaus Zum Geist, haßt sich und die Welt, vor allem aber die Ärzte. Abwechslung bieten ihm nur die Besuche eines jungen Verehrers, der ihm, unaufgefordert, die Aufwartung gemacht hat; sein Name ist Johann Wolfgang Goethe. Er studiert in Straßburg und hat gehört, daß Herder ein berühmter Dichter und Prediger sein soll; von ihm, meint er, kann er lernen. In Goethes Autobiographie *Dichtung und Wahrheit* wird Herder wie folgt beschrieben: »Er hatte etwas Weiches in seinem Betragen, das sehr schicklich und anständig war, ohne daß es eigentlich adrett gewesen wäre. Ein rundes Gesicht, eine bedeutende Stirn, eine etwas stumpfe Nase, einen etwas aufgeworfenen, aber höchst individuell angenehmen, liebenswürdigen Mund. Unter schwarzen Augenbrauen ein paar kohlschwarze Augen, die ihre Wirkung nicht verfehlten, obgleich das eine rot und entzündet zu sein pflegte.« Goethe hat Herder, zumindest vorübergehend, als Lehrmeister gesehen. Daß der Schüler später an seinem Lehrmeister vorbeizog, mußte bei dem Lehrmeister, verständlicherweise, Befremden auslösen. In Straßburg sind die Kräfteverhältnisse noch umgekehrt: Herder doziert, und Goethe hört zu. Dabei kann es passieren, daß der Vortrag abrupt abgebrochen und der Zuhörer des Zimmers verwiesen wird, ein Rausschmiß ohne Folgen: Herder ist nun mal launisch, darauf hat man sich einzustellen. Goethe schreibt: »Herder konnte allerliebst einnehmend und geistreich sein, aber ebensoleicht eine verdrießliche Seite hervorkehren. (...) Von Herder aber konnte man niemals eine Billigung erwarten, man mochte sich anstellen, wie man wollte. Indem nun also auf der einen Seite meine große Neigung und Verehrung für ihn und auf der andern das Mißbehagen, das er in mir erweckte, beständig miteinander im Streit lagen, so entstand ein Zwiespalt in mir, der erste in seiner Art, den ich in meinem Leben empfunden hatte. (...) Herder hingegen vergällte sich und andern immerfort die schönsten Tage, da er jenen Unmut, der ihn in der Jugend notwendig ergriffen hatte, in der Folgezeit durch Geisteskraft nicht zu mäßigen wußte (...).«

Als das Jahr 1770 zu Ende geht, zeichnet sich für Herder

eine Perspektive ab, die einen Ausweg aus seinen anhaltenden wirtschaftlichen Problemen verspricht: Der Graf von Schaumburg-Lippe bietet ihm eine Stelle als Konsistorialrat in Bückeburg an. Herder, der seine früheren ehrgeizigen Pläne noch keineswegs vergessen hat, zögert; in die Provinz will er nicht, schon gar nicht nach Bückeburg. Aber bleibt ihm eine andere Wahl?

Ende April 1771 trifft er in Bückeburg ein. Er hat keine günstigen Erwartungen an sein neues Amt und den neuen Wohnort, was sich als Vorteil erweist: Wer sich keine Illusionen macht, kann nur positiv überrascht werden; es kommt immer besser, als man denkt. Am 2. Mai 1773 heiraten Caroline Flachsland und Johann Gottfried Herder in Darmstadt, ein halbes Jahr später zieht sie zu ihm nach Bückeburg. Ihre Ehe wird bemerkenswert glücklich. In guten wie in schlechten Tagen steht Caroline ihrem Herder bei, sie erträgt seine Launen, glaubt geradezu unerschütterlich an seine Fähigkeiten; daß er nicht die gebührende Wertschätzung erfährt, davon ist sie schließlich noch mehr überzeugt als er. Sie wohnen standesgemäß; das Pfarrhaus hat zwölf Zimmer und zwei Gärten. Das Ehepaar Herder bekommt denn auch bald Zuwachs: Ende September 1774 wird der erste Sohn geboren und erhält den Namen Gottfried.

Als Herder einen Ruf an die Universität Göttingen erhält, sagt er zu, aber es gibt unerwartete Schwierigkeiten: Konservative Kreise opponieren gegen den Freigeist Herder. Er soll zusätzliche Wohlverhaltenserklärungen abgeben, was er – Herder bleibt Herder – empört und in scharfem Ton von sich weist. So wird die Berufung zurückgezogen. Herder ist verdrießlich, aber da widerfährt ihm eine Wohltat, mit der er gar nicht gerechnet hat: Sein ehemaliger Schüler Goethe, inzwischen berühmter Dichter und umtriebiger Minister am Hofe von Weimar, erinnert sich seiner. Der Ruf, den er seinerseits an Herder ergehen läßt, ist von klassischer Kürze und unmißverständlich: »Lieber Bruder, der Herzog bedarf eines Generalsuperintendenten. Hättest Du die Zeit Deinen Plan auf Göttingen geändert, es wäre hier wohl was zu tun.« Herder sagt zu. Am 1. Oktober kommt Familie Herder in Weimar an. Sie bezieht das Pfarrhaus hinter der Stadtkirche, das Goethe, der sich sogar die Zeit nimmt, persönlich zur Begrüßung zu erscheinen, zuvor noch hat renovieren lassen. Die Dinge lassen sich gut an; Herder schreibt frohgemut: »Ich bin also jetzt in Weimar, nicht Prediger so schlechtweg, wie Ihr meint, sondern Oberhofprediger, Oberkonsistorial- und Kirchenrat, Generalsuperintendent, Pastor Primarius und zehn Dinge mehr, ebenso lange Namen. Hoffe mich aber mit der Zeit recht gut zu stehn und zu finden (...) und den Herrn in lebendigen Menschen zu leben, brav zu schaffen und in sieben Fächern umherzuwählen.«

Die Munterkeit läßt jedoch schnell nach, was zum einen an Herders Naturell liegt, zum andern aber mit den realen Machtverhältnissen in Weimar zu tun hat: Die nämlich werden von Herzog Karl August und Goethe diktiert. Für den jungen Regenten, der die Nachfolge der beliebten Herzoginmutter Anna Amalia angetreten hat, ist Goethe Vorbild, Kumpel und Vaterersatz in einem – auf ihn, seine Allzweckwaffe im Amt, läßt er nichts kommen. Mit Herder, dem ein ungünstiger Ruf als Freigeist und Querulant vorausgeeilt war, kann er nicht viel anfangen; der Mann ist ihm zu schwierig und zu »verklemmt«, wie er Goethe gegenüber anmerkt. So muß Herder mit ansehen, daß für ihn auf der Aussichtsterrasse der Macht nur ein Platz in der zweiten und dritten Reihe vorgesehen ist. Seine Übellaunigkeit kehrt zurück. Im März 1778 notiert er: »Eingeklemmt in das einsame Wirrwarr und geistliche Sisyphus-Handwerk, (...) ermattet man (...): die Kirchenmauer, die gerade vor mir steht, scheint mir unaufhörlich die wahre Bastille, und ich habe von jeher mein Haus, groß und verschnitzelt, unbewohnbar und, wo es bewohnt wird, eingeklemmt und drückend als das wahre Symbol meines Amtes angesehen.« Herder wurmt es, daß sein früherer Schüler Goethe als Genie gilt, während von ihm kaum die Rede ist. Zwar findet er Anerkennung bei einer anderen Weimarer Größe, dem Dichter Christoph Martin Wieland, der sich als Prinzenerzieher betätigt und ansonsten frohgemut im Kreis seiner vielköpfigen Familie lebt, aber das genügt ihm nicht. Als Goethe, auf der Höhe seiner Macht, im Juni 1782 geadelt wird, liefert Herder dazu seinen boshaften Kommentar: »Er ist also jetzt Wirklicher Geheimer Rat, Kammerpräsident, Präsident des Kriegskollegii, Aufseher des Bauwesens bis zum Wegbau hinunter, dabei auch (...) Hofpoet, Verfasser von schönen Festivitäten, Hofopern, Ballets, Redoutenaufzügen (...), Kunstwerken etc., Direktor der Zeichenakademie (...), selbst überall der erste Akteur, Tänzer, kurz das Faktotum des Weimarschen und, so Gott will, bald der maior domus sämtlicher Ernestinischer Häuser, bei denen er zur Anbetung herumzieht (...).« Und resignierend fügt er hinzu: »Meine Gegenwart ist hier beinah unnütz und wird mir von Tag zu Tag lästiger.« Rückhalt findet Herder in der Familie, die sich vergrößert hat; weitere Kinder sind hinzugekommen. Caroline, im Haushalt mehr als ausgelastet, steht ihrem Mann bei, wo sie nur kann. Auf ihren Herder läßt sie nichts kommen; sie verteidigt ihn auch dann, wenn er gar nicht verteidigt werden muß.

Trotz seiner beruflichen Belastung findet Herder Zeit für die literarische Arbeit. Er sieht sich dabei von höherer Warte aus angesprochen; etwas ist in ihm, das zur Sprache und aufs Papier gebracht werden will. Ein Dichter darf nicht von eigenen Gnaden wirtschaften, er dient als Resonanzboden; sein Ideengeber, der wahre Autor, der ihn von fernher anspricht, bleibt unerkannt. Wenn es an der Zeit ist, muß man der inneren Stimme entsprechen: »Wenn ich etwas schreibe, so wach ich und schlaf ich nie; des Nachts im Bett wälzt es sich in mir herum, ich bin immer wie in einem Traum.« 1778 erscheint Herders Schrift *Vom Erkennen und Empfinden der menschlichen Seele*. 1783 beginnt er mit seinem eigentlichen Hauptwerk, den mehrbändigen *Ideen zur Philosophie der Geschichte der Menschheit*. Obwohl ihn die Amtsgeschäfte belasten und er ja nicht gerade als Erfinder der guten Laune gelten kann, bemüht er sich um die heitere Grundierung seiner Wissenschaft, der Theologie, die er sich undogmatisch und als lebensbejahende Gottesbotschaft vorstellt: »Ich weiß nicht, warum man bei der Theologie nicht so freien Sinnes und heiteren Geistes sein könne als bei einer der andern Wissenschaften. Theologie ist gewissermaßen die liberalste von allen; eine freie Gottesgabe ans Menschengeschlecht (...). Theologen waren die Väter der Menschenvernunft, des Menschengeistes und Menschenherzens. (...) Offenbarung Gottes ist Morgenrot, Aufgang der Frühlingssonne fürs Menschengeschlecht mit allem Licht, mit aller

Wärme und Lebensfülle derselben; was soll zu ihr die gedrückte grämliche Miene, als ob die zu Bibel und Theologie wie der Bettelsack zum Betteln gehörte?« Der Geschichtsphilosoph Herder ist Humanist und Weltbürger: Vor Gott sind alle Menschen und Völker gleich, es darf keine Vorrechte, keine ungeprüften Privilegien geben.

Im August 1788 bekommt Herder Gelegenheit, einen langgehegten Traum zu verwirklichen: Er reist nach Italien. Als Begleiter des Trierer Domherrn von Dalberg trifft er am 10. September in Rom ein. Seine anfängliche Hochstimmung ist allerdings schon wieder verflogen, denn der Domherr hat auch seine Mätresse mitgenommen, die ihm nun eindeutig die Schau stiehlt. Seine Mißstimmung läßt Herder an den römischen Sehenswürdigkeiten aus, die bei ihm nicht gut wegkommen. Am 9. Juli 1789 ist er wieder in Weimar. Hier empfangen ihn die alten Sorgen, die vor allem finanzieller Natur sind. Herder hat mittlerweile sechs Kinder, 1790 wird ihm ein weiterer Sohn geboren. Herder freut sich, aber er denkt auch schon über den Tod nach. Seine Überzeugung ähnelt der Goethes: Das Sterben markiert eine Grenze des Lebens, das danach weitergeht – in anderer Gestalt und Ausprägung. Herder glaubt an Seelenwanderung; sie ist von Gott für alles Lebendige vorgesehen: »Was wir Überleben unsrer selbst, also Tod, nennen, ist bei bessern Seelen nur Schlummer zu neuem Erwachen, eine Abspannung des Bogens zu neuem Gebrauch. So ruhet der Acker, damit er desto reicher trage; so erstirbt der Baum im Winter, damit er im Frühling neu sprosse und treibe. Den Guten verläßt das Schicksal nicht, solange er sich nicht selbst verläßt (...).«

In den Jahren 1793 bis 1797 kommen Herders *Briefe zur*

*Beförderung der Humanität* heraus. Noch einmal geht er auf sein eigentliches Anliegen ein, das sich, wenn man so will, in einem Begriff von heute wiederfinden läßt, dem »Weltkulturerbe«. Ungeachtet ihrer Unterschiede nämlich sind die Menschen Brüder im Geist einer gemeinsamen, dem gütigen Gott geschuldeten Herkunft; das sollte ihr Wissen und Gewissen sein. Von den Deutschen, die im politischen Tagesgeschäft so gern zu spät kommen, erhofft sich Herder, daß sie mit gutem Beispiel vorangehen: »Was hindert uns Deutsche, uns allesamt als Mitarbeiter an einem Bau der Humanität anzuerkennen, zu ehren und einander zu helfen? Haben wir nicht alle eine Sprache? Ein gemeinschaftliches Interesse? Eine Vernunft? Ein und dasselbe menschliche Herz? Der Philosophie und Kritik hat man nirgend den Weg versperren können; sie arbeitet sich überall durch; sie wird in allen guten Köpfen rege. Ihre Regeln sind allenthalben dieselben; ihr Zweck allenthalben nur einer. Auch der Wetteifer verschiedner Provinzen gegeneinander kann nicht anders, als diesen Zweck befördern.«

Allmählich wird Herder mürbe und müde. Die Geldsorgen wollen nicht abreißen; zu Goethe, der in Friedrich Schiller einen neuen Freund gefunden hat, läßt sich kein rechter Kontakt mehr herstellen. Dafür tritt mit dem jungen Jean Paul ein Dichter in sein Leben, der ihn endlich so ungeniert lobt, wie er es schon immer verdient zu haben glaubt. Für Jean Paul, der 1798 für zwei Jahre nach Weimar zieht, ist Herder der größte der Weimarer Autoren; mit dieser Einschätzung revanchiert er sich dafür, daß Goethe und Schiller ihn eher kühl, ja ein wenig herablassend behandelt hatten. In einem Brief schreibt er: »Es gibt einen deutschen

Schriftsteller, den Sie meines Wissens kennen, welcher wie die Engel nach den Scholastikern vor einem Meere steht, das alle Völker nachspiegelt, und der, indes wir Individuen schonen und Völker mißhandeln, beide errät und beschützt, und der statt jener Toleranz – deren Name selber eine Intoleranz ist – etwas Humaneres und Höheres predigt und übt (...): er heißt Johann Gottfried Herder.« Im Alter macht sich auch Herders Augenleiden wieder bemerkbar, das er zwischenzeitlich überwunden glaubte. An manchen Tagen, das ist nicht ohne traurige Komik, sieht er die Welt nur durch einen Tränenschleier – was ihn nicht fröhlicher stimmt. Herders Altersdepressionen haben indes nicht nur mit Alter und Krankheit zu tun – ihm ist auch das Lebensziel abhanden gekommen. Was er sagen wollte, hat er gesagt; mehr fällt ihm nicht ein. Alles Weitere liegt in Gottes Hand. Die traurige Bilanz seiner Tage zieht er bereits, als er noch drei Jahre zu leben hat: »Ich werde alt und unschmackhaft mir selbst und anderen. (...) Ich bin so abgestorben, und alles um mich her ist so abgestorben, daß mir die Welt und ich selbst mir oft genug Schatten und Traum dünken.«

Das hört sich nicht gut an. Caroline, obwohl gesundheitlich ebenfalls angeschlagen, versucht ihren Mann immer wieder aufzuheitern, auf Dauer vergebliche Liebesmüh'. Längst hat sie begriffen, daß Herders mangelndes Talent zum Glücklichsein eine tiefere Ursache haben muß; sie schreibt es seiner inneren Unruhe zu, einem hartnäckigen Gefühl des Ungenügens, das auch für gelungene Konstellationen eine Korrektur im Sinne nachträglich eingreifender Schicksalsmächte erwartet. In ihren *Erinnerungen* heißt es: »In heiteren Augenblicken glaubte er zuweilen die Erfüllung seines heißesten Wunsches zu ahnen, nur eine Zeitlang frei von Amtsgeschäften bloß seinen geistigen Plänen und der ungestörten Ausführung seiner Entwürfe leben zu können: aber dunklere Ahnungen verdrängten diese lichteren gewöhnlich wieder in der nämlichen Stunde. Sein Gefühl dabei kann ich mit nichts anderem vergleichen als mit dem eines auf eine wüste Insel Verschlagenen, der sich an gar nichts anderes als an eine unerwartete Hilfe von oben halten kann. Dies Gefühl von etwas *Unerwartetem* im Lauf seines Lebens lag tief in seiner Seele, und oft träumte es ihm von einer unerwarteten Abreise, wo er vorher mit seinen Geschäften nicht fertig geworden. Daß er nicht alt werden würde, ahnte ihm oft, und er sagte mir es in den letzten Jahren mehrmals bestimmt.«

Herder stirbt langsam. Von der Welt verabschiedet er sich mit jedem neuen Tag, den er noch zu leben hat. Inzwischen sieht nicht nur Caroline nach ihm, sondern auch sein ältester Sohn Gottfried, der sich in Weimar als Arzt niedergelassen hat. Am 30. September 1803 hat Herder ein Examen in Dresden abzuhalten. Die Prüfung findet in überheizten Räumen statt; auf der kalten, zugigen Rückfahrt nach Weimar zieht er sich eine heimtückische Erkältung zu. Caroline erinnert sich: »Von diesem Tage an war seine Gesichtsfarbe ganz verändert und sehr übel – er fühlte und sagte es auch, daß er eine Zerstörung in seiner Gesundheit empfinde – es kamen noch mehrere Erhitzungen und Erkältungen dazu (...). Es stellte sich, da er sich selbst nicht schonte, nach und nach eine gänzliche Atonie aller Lebensfunctionen ein (...), so sah er seine Kräfte sinken, bei völligem Bewußtsein, bei voller Kraft seines Geistes, und in täglicher Hoffnung zur Besserung. (...) Er verbat sich alle Krankenbesuche, die ihn nur kränker machten. (...) Da die schlaflosen unruhvollen Nächte fortdauerten, sagte er: ›Ich begreife meine Krankheit nicht: mein Geist ist gesund und nur mein Körper so krank; wenn ich aus dem Bette sein könnte, ich wollte viel, viel arbeiten.‹« Herder stirbt am 18. Dezember 1803. Auf seinem Grabstein stehen die Worte »Licht, Liebe, Leben«. Sie verweisen auf die großherzige Überzeugung eines Mannes, der Güte und Reinheit wollte, mit sich selbst aber nicht oft im reinen war. Er nahm die Zwiespältigkeit unserer modernen Existenz vorweg, die sich, bei günstigem Verlauf, bester Absichten rühmen darf, in Wirklichkeit aber nicht so viel zuwege bringt, wie es an sich möglich und nötig wäre. Herder war seiner Zeit voraus: Was er als Programm hinterlassen hat, ist nicht eingelöst, von wahrer Humanität sind wir weit entfernt. Um so mehr lohnt es, an einen Dichter und Denker zu erinnern, der Wegweisendes dachte, aber nicht den Weg des geringsten Widerstandes gehen wollte: »Vollkommenheit eines einzelnen Menschen ist (...), daß er im Continuum seiner Existenz Er selbst sei und werde; daß er die Kräfte brauche, die die Natur ihm als Stammgut gegeben hat; daß er damit für sich und Andere wuchere. (...) Je reiner eine Religion war, desto mehr mußte und wollte sie die Humanität befördern. (...) Je besser ein Staat ist, desto angelegentlicher und glücklicher wird in ihm die Humanität gepflegt; je inhumaner, desto unglücklicher und ärger. Dies geht durch alle Glieder und Verbindungen desselben von der Hütte an bis zum Throne. (...) Das Christentum hatte ein Band unter Völkern geknüpft, wie es durch die Eroberungen Alexanders, der Römer und Hunnen nie geknüpft worden; seinem Zweck nach« ist es »ein friedenstiftendes Band, so oft es auch zu Streit und Händeln Gelegenheit gab oder mißbraucht wurde.«

# *Einem Nachtwandler ähnlich*
## Goethe und der Gebrauchswert der Literatur

*Johann Wolfgang von Goethe,*
*geb. am 28. August 1749 in Frankfurt a.M.,*
*gest. am 22. März 1832 in Weimar*

Ein Dichter, sonderlich einer, der sein Handwerk versteht, kann mit seinem Schreiben einiges bewirken, auch wenn uns immer wieder gern versichert wird, das Interesse für Literatur lasse geradezu dramatisch nach; das Lesen sei immer mehr aus der Mode gekommen, was speziell die sogenannte Belletristik zu spüren bekomme, für die sich allenfalls noch die passionierten Leser, also meist Frauen, zu begeistern vermöchten. Dieses Klagelied ist bekannt, es wird versiert und vielstimmig gesungen, aber es hört sich auch durch unerschrockene Wiederholungen nicht besser an. Die Verlage zeigen sich maßvoll betrübt; an der Steigerung der Buchproduktion wirken sie weiterhin tapfer mit. Der Dichter muß sich also keineswegs an einer Arbeitsplatzbeschreibung orientieren, die herrschendem Krisengerede entspricht; er sollte sich auf sich selbst besinnen und der Literatur zu dem verhelfen, was sie am besten kann. Sie kann zum Beispiel den Leser, das unbekannte Wesen, erfreuen; das ist allemal löblich und beglückt fast alle, die sich mit Literatur befassen. Weniger beglückt zeigt sich womöglich nur der Literaturkritiker, dem Leserfreuden oder gar einhelliger Publikumszuspruch schon immer höchst verdächtig waren. Aber auch ihm kann geholfen werden, indem der Dichter nämlich ein Buch schreibt, das nur für den Kritiker bestimmt ist; ein bißchen verrätselt muß es sein, seinen Anspruch anspruchsvoll vortragen und der Überzeugung Ausdruck verleihen, daß das Leben mißlich, der Mensch eine Fehlkonstruktion und die Erde ein kreisendes Auslaufmodell ist. Der Dichter kann sich aber auch, indem er schreibt, selbst etwas Gutes tun; das ist nicht verboten, es gehört im Gegenteil zu den altbewährten Funktionen, die der Literatur zugestanden werden. Sie soll, sagt man, der Selbstfindung dienen, der Befreiung von innerem Leidensdruck, sie soll Erfahrungen verarbeiten und persönliche Klarheit schaffen; man schreibt sich also buchstäblich etwas von der Seele, und wenn es aufgeschrieben ist, fühlt sich der Autor, egal ob er nun als Profi oder Amateur ans Werk ging, deutlich besser. Dieser sehr nützlichen Eigenschaft von Literatur, nämlich zur Bewältigung von Krisen zu verhelfen und gleichzeitig eine neue, auf Sprache gegründete Gewißheit ans Licht zu bringen, folgte einst auch der Deutschen bekanntester Dichter, Johann Wolfgang Goethe. Er war damals ein junger Mann, noch keine 25 Jahre alt, hatte sein juristisches Studium ordentlich, aber lustlos zu Ende gebracht und wirkte nun, auf Wunsch seines Vaters, als Praktikant am Reichskammergericht in Wetzlar. Man schreibt das Frühjahr 1772. Goethe, der in seiner Heimatstadt Frankfurt bereits als Rechtsanwalt vor Gericht aufgetreten ist und dabei nicht sonderlich erfolgreich war, sieht sich als Dichter im Wartestand; er hat einige kleinere Arbeiten veröffentlicht, sein erstes Theaterstück *Götz von Berlichingen* fand bemerkenswerte Resonanz. Was ihm fehlt, glaubt er, ist ein großes Werk, das ihn so leidenschaftlich ergreift, daß jeder Widerstand zwecklos erscheint. In Wetzlar, dieser »kleinen und übelgebauten« Kleinstadt, findet er, möglicherweise, Anregungen für ein solches Werk, obwohl hier nicht sehr viel passiert. Eine eigenartige Atmosphäre durchzieht den Wetzlarer Frühsommer von 1772; es ist ein schwermütig heiteres, zwischen Sehnsucht und ahnendem Glück aufgelegtes Gefühl, das Goethe zu schaffen macht, und er will diesem Gefühl, das ihn an alles mögliche, nur nicht an Rechtsmitteldienste und -belehrungen denken läßt, Raum geben; vielleicht kommt ja etwas dabei heraus. In seiner Autobiographie *Dichtung und Wahrheit* heißt es: »Ich suchte mich innerlich von allem Fremden zu entbinden, das Äußere liebevoll zu betrachten und alle Wesen, vom menschlichen an, so tief hinab, als sie mir nur faßlich sein möchten, jedes in seiner Art auf mich wirken zu lassen. Dadurch entstand eine wundersame Verwandtschaft mit den einzelnen Gegenständen der Natur, und ein inniges Anklingen, ein Mitstimmen ins Ganze, so daß ein jeder Wechsel, es sei der Ortschaften und Gegenden, oder der Tags- und Jahreszeiten, oder was sonst sich ereignen konnte, mich aufs innigste berührte. Der malerische Blick gesellte sich zu dem dichterischen, die schöne ländliche, durch den freundlichen Fluß belebte Landschaft vermehrte meine Neigung zur Einsamkeit und begünstigte meine stillen, nach allen Seiten hin sich ausbreitenden Betrachtungen.«

Das ist Goethes Altersstil: Die Wogen der Jugendlichkeit sind künstlich geglättet, die Stürme des Herzens wehen nur noch als laues Lüftchen, dem der wachsame, in die Jahre gekommene Dichter einen Tonfall besseren Wissens beigibt. In Wirklichkeit ist es damals natürlich nicht so gemessen zugegangen; der junge Goethe ergeht sich keineswegs nur in der forcierten Einsamkeit ruhigen Betrachtens und Sinnens, das wäre seinem Alter auch unangemessen gewesen, sondern er sucht nach einem anrührenden, einem tiefreichenden Erlebnis, welches ihn hin- und fortreißt und so hineintreibt in die Literatur, daß sich jedes Erzählen, auch solches von Leidenschaft, wie von selber verfaßt und zur Sprache bringt. Im Juni 1772 schreibt Goethe an seinen Freund Herder: »Wenn du kühn im Wagen stehst, und vier neue Pferde wild unordentlich sich an deinen Zügeln bäumen, du ihre Kraft lenkst, den austretenden herbei-, den aufbäumenden hinabpeitschest, und jagst und lenkst, und wendest, peitschest, hältst, und wieder ausjagst, bis alle sechzehn Füße in einem Takt ans Ziel tragen – das ist Meisterschaft (...), Virtuosität. Wenn ich nun aber überall herumspaziert bin, überall nur dreingeguckt habe, nirgends zugegriffen. Dreingreifen, pakken ist das Wesen jeder Meisterschaft ... Ich möchte beten, wie Moses im Koran: ›Herr mache mir Raum in meiner engen Brust!‹« Was Goethe packt, alsbald, ist die Liebe. Ein Überraschungsangriff, wenn man so will, denn das Mädchen, das seine Neigung weckt, ist eigentlich vergeben und zudem nicht so, wie er sich eine neue Liebe vorgestellt hat: Charlotte, genannt Lotte, war das zweitälteste von dreizehn Kindern des verwitweten Amtmannes Buff in Wetzlar; im sogenannten Deutschen Haus, wo die Familie wohnt, ist sie der Mutterersatz für die Kinder und dient ihrem Vater, der eine freundliche Weltfremdheit pflegt, als Stütze des Haushalts. Lotte hat sich vor einiger Zeit mit einem Bekannten Goethes, dem späteren Hofrat Kestner aus Hannover, verlobt; eine Verbindung, von der Goethe zunächst nichts gewußt haben will. Im Altersrückblick beschreibt er Lotte mit gravitätischer Milde; von der Liebe, so scheint es, bleibt nicht der Aufruhr der Gefühle, sondern nur wohliges, aus der Erinnerung abgezogenes Wehmutsbehagen: »Sie gehörte zu denen, die, wenn sie nicht heftige Leidenschaften einflößen, doch ein allgemeines Gefallen zu erregen geschaffen sind. Eine leicht aufgebaute, nett gebildete Gestalt, eine reine gesunde Natur und die daraus entspringende frohe Lebenstätigkeit, eine unbefangene Behandlung des täglich Notwendigen, das alles war ihr zusammen gegeben. In der Betrachtung solcher Eigenschaften ward auch mir immer wohl, und ich gesellte mich gern zu denen, die sie besaßen; und wenn ich nicht immer Gelegenheit fand, ihnen wirkliche Dienste zu leisten, so teilte ich mit ihnen lieber als mit andern den Genuß jener unschuldigen Freuden, die der Jugend immer zur Hand sind und ohne große Bemühung und Aufwand ergriffen werden.« Die Liebe, einmal begonnen und dorthin gebracht, wo man sie haben will, gerät in den routinierten Regulierungsbetrieb einer besonders heimtückischen Sektion der Zeit, die mit der Verwaltung des Alltags beschäftigt ist. Dort werden Überschwenglichkeiten gedämpft, das Mütchen der großen Gefühle wird gekühlt, es darf nun mal, was unsere Liebes- und Glücksbevorratung betrifft, keine Bäume geben, die in ebenjenen Himmel wachsen, von dem noch kein Meister gefallen ist. Auch die Liebe entwickelt, allerdings auf dem schönen Umweg über die Leidenschaft, einen Anspruch darauf, zurechtgestutzt zu werden. Sie kann dann, könnte man wohlwollend hinzufügen, ähnlich der Pflanze, die fachmännisch beschnitten wird, noch beständiger, wenngleich kleiner gemacht, gedeihen. »Die heiterste Luft wehte in ihrer Umgebung«, schreibt der alte Goethe über den Umgang mit Lotte. Das ist schon viel, wenn man bedenkt, daß der Dichter seiner Jugend zwar ihr Recht beließ, das höhere Weisheits- und Behauptungsrecht aber auf seiten des Alters sah. Kestner, Lottes gutmütiger Verlobter, mochte Goethe und war im nachhinein wohl ein wenig stolz darauf, daß sich der berühmte Mann ausgerechnet in sein Mädchen verguckte, an dem andere, eben weil es eher unscheinbar als auffallend hübsch war, ansonsten nichts Bemerkenswertes entdecken konnten. Goethe hatte in seinen Liebesgeschichten ohnehin einen Hang zu den Wonnen des Gewöhnlichen; keine seiner Freundinnen, mit Ausnahme vielleicht der Verlobten Lili Schönemann, wird als Schönheit geschildert; sie, die Schönheit, liegt im Auge des Betrachters, und da war Goethe, in diesem wundersamen Sommer des Jahres 1772, zu allem bereit. Die Luft, schien es, war reiner Liebesduft, sanfter Wind wehte unter einer nachgiebigen Sonne; man mußte nur bereit sein für den Zuspruch des Herzens: »Müßig und träumerisch, weil ihm keine Gegenwart genügte, fand er das, was ihm abging, in einer Freundin, die, indem sie fürs ganze Jahr lebte, nur für den Augenblick zu leben schien. Sie mochte ihn gern zu ihrem Begleiter; er konnte bald ihre Nähe nicht missen, denn sie vermittelte ihm die Alltagswelt, und so waren sie, bei einer ausgedehnten Wirtschaft, auf dem Acker und den Wiesen, auf dem Krautland wie im Garten, bald unzertrennliche Gefährten. Erlaubten es dem Bräutigam seine Geschäfte, so war er an seinem Teil dabei;

sie hatten sich alle drei aneinander gewöhnt, ohne es zu wollen, und wußten nicht, wie sie dazu kamen, sich nicht entbehren zu können. So lebten sie, den herrlichen Sommer hin, eine echt deutsche Idylle, wozu das fruchtbare Land die Prosa, und eine reine Neigung die Poesie hergab. Durch reife Kornfelder wandernd erquickten sie sich am taureichen Morgen; das Lied der Lerche, der Schlag der Wachtel waren ergetzliche Töne, heiße Stunden folgten, ungeheure Gewitter brachen herein, man schloß sich nur desto mehr aneinander, und mancher kleine Familienverdruß war leicht ausgelöscht durch fortdauernde Liebe. Und so nahm ein gemeiner Tag den andern auf, und alle schienen Festtage zu sein; der ganze Kalender hätte müssen rot gedruckt werden.«

Schließlich waren es für Kestner, den Bräutigam, doch wohl zu viele Festtage, er wurde erst mißtrauisch, dann, soweit es seine Gutmütigkeit zuließ, ungehalten. Er sieht, daß Goethes Auftreten nicht ganz ohne Wirkung bleibt bei seiner Lotte, die sich zwar um ordentliches Betragen bemüht, aber unter dem variantenreichen Liebeswerben des Dichters, das mal zärtlich verbrämt, mal unverhohlen anspielungsreich daherkommt, doch noch einzuknicken droht. Was Poesie und Phantasie wortreichen Bezirzens angeht, kann Kestner nicht mithalten, das weiß er; seine Stärke, nämlich Verläßlichkeit und das Grundsolide, macht zugleich seine Schwäche aus. Er redet seiner Verlobten ins Gewissen: »Als Freund muß ich Ihnen sagen, daß nicht alles Gold ist, was glänzt, daß man sich auf die Worte, welche vielleicht aus einem Buche nachgesagt, oder nur darum gesagt werden, weil sie glänzend sind, nicht verlassen kann (...). Es ist keine Kunst, munter und unterhaltend zu sein, wenn man völlig sein eigener Herr ist, wenn man tun und lassen kann, was man will.« Wohl wahr. Goethe kann tatsächlich tun und lassen, was er will; er muß sich keine finanziellen Sorgen machen, das behält er übrigens ein Leben lang bei, und auch, daß er die Dichtkunst einsetzt, um Wirkung beim anderen Geschlecht zu erzielen. Aus anderen Büchern zitieren, wie Kestner mutmaßt, muß er deshalb nicht; Goethe kann aus sich selber schöpfen, und das tut er so weidlich, daß die idyllisch genannte Dreierbeziehung prekär zu werden droht. Lotte beichtet Kestner einen Kuß, den Goethe ihr aufgenötigt habe, in Wahrheit wird es wohl etwas freiwilliger zugegangen sein; auf jeden Fall dämmert es dem Dichter, daß er ein Ende machen muß. Das fällt ihm um so leichter, als er die Konturen dieser Liebe, die sich nicht recht austoben darf, längst ausgemessen hat; sie ist, obwohl offiziell gar nicht abgeschlossen, bereits Geschichte geworden, zu seiner Geschichte; in seinem Kopf hat er sie zu einem Stoff gemacht, dem er nur noch zur passenden Form verhelfen muß. Goethes Lebensrückblick, der erst »Wahrheit und Dichtung« heißen sollte, dann aber, des besseren Klangs wegen, in *Dichtung und Wahrheit* umbenannt wurde, was auch viel mehr der Absicht des Buches entsprach, vermerkt über seinen plötzlichen Abschied aus Wetzlar: »Auch dieses Verhältnis war durch Gewohnheit und Nachsicht leidenschaftlicher als billig von meiner Seite geworden; sie dagegen und ihr Bräutigam hielten sich mit Heiterkeit in einem Maße, das nicht schöner und liebenswürdiger sein konnte, und die eben hieraus entspringende Sicherheit ließ mich jede Gefahr vergessen. Indessen konnte ich mir nicht verbergen, daß diesem Abenteuer sein Ende bevorstehe: denn von der zunächst erwarteten Beförderung des jungen Mannes hing die Verbindung mit dem liebenswürdigen Mädchen ab; und da der Mensch, wenn er einigermaßen resolut ist, auch das Notwendige selbst zu wollen übernimmt, so faßte ich den Entschluß, mich freiwillig zu entfernen, ehe ich durch das Unerträgliche vertrieben würde.« Als aus einem denkwürdigen Sommer Herbst geworden ist, hat sich Goethe abgesetzt; man muß es wie eine Flucht, eine Nacht- und Nebelaktion empfinden. Auf einem Zettel, den er dem braven Kestner hinterläßt, steht: »Wäre ich einen Augenblick länger bei Euch geblieben, ich hätte nicht gehalten. Nun bin ich allein, und morgen geh ich. O mein armer Kopf.« Auch das wird wohl weniger dramatisch gewesen sein, als es sich anhört: Goethe ist nicht verzweifelt, sondern er hat eine Episode beendet, die sich ansonsten zäh und mit unguten Komplikationen behaftet über Gebühr lange hingezogen hätte. Das mag er nicht, damals nicht und später noch viel weniger. Alles hat seine Zeit, glaubte er, und die Liebe, soll sie wahr werden, genügt sich nicht in den handelnden Personen; ihre eigentliche Bestimmung erschließt sich im Zeitlosen, auf überindividuellem Terrain, dort, wo es eine Wiederkehr gibt, die sich über das Gewesene erhebt, um, vielleicht, nur noch Geist zu sein. Das ist mehr Altersphilosophie, zugegeben, aber sie reift doch schon in jungen Jahren. Goethes Geschichte wird danach, ohne sein Zutun, noch um eine dramatische Pointe ergänzt: Er hört vom Selbstmord eines entfernten Bekannten, des Legationssekretärs Karl Wilhelm Jerusalem, der sich derart heftig und niederschmetternd in die Gattin eines Freundes verliebt, daß ihn die schiere Hoffnungslosigkeit überfällt und er sich erschießt. Für den Roman, den Goethe sich bislang ausgedacht hat, bedeutet dies, daß er sein endgültiges Konzept und ein passendes Finale erfährt; der Dichter, zuvor noch Träumer und Visionär von eigenen Gnaden, muß nun zur Sache kommen. Anfang 1774 zieht er sich zurück und wirft *Die Leiden des jungen Werther* aufs Papier; dabei gibt er nur wieder, was sich in ihm versammelt hat, er schreibt im bedachten, im unwiderstehlichen Affekt: »Jerusalems Tod (...) schüttelte mich aus dem Traum, und weil ich nicht bloß mit Beschaulichkeit das, was ihm und mir begegnet, betrachtete, sondern das Ähnliche, was mir im Augenblicke selbst widerfuhr, mich in leidenschaftliche Bewegung setzte; so konnte es nicht fehlen, daß ich jener Produktion, die ich eben unternahm, alle die Glut einhauchte, welche keine Unterscheidung zwischen dem Dichterischen und dem Wirklichen zuläßt.« Es ist dies eine Erkenntnis, die auch andere Dichter machten, die von der Gewalt der Inspiration überwältigt wurden und sich ergeben mußten: In den gelungenen, langanhaltenden Momenten einer künstlerischen Produktivität, die aus sich heraus lebt, wird die gewöhnliche Unterscheidung »zwischen dem Dichterischen und dem Wirklichen« hinfällig, sie tut nichts zur Sache. Der Dichter schreibt, und es ist eine Reise in ein fernes, bekanntes Land; ist er angekommen, erkennt er sich im fremden Vertrauten wieder. Er hat etwas getan, was er tun mußte, eine Auftragserfüllung, eine Erledigung von hohen Graden, die keinen Aufschub duldet. Goethe hat sich, schreibend, aus einer mißlichen Lage befreit; Literatur ist, noch bevor sie, möglicherweise, zu höherer Einsicht und Moral führt, auch und vor allem praktisch zu gebrauchen, was man sich zunutze machen sollte, wenn es in der Lagerhaltung der Seele zu voll wird. »Da ich dieses Werklein ziemlich unbewußt, einem Nachtwandler ähnlich, geschrieben hatte, so verwunderte ich mich selbst darüber, als ich es nur durchging, um daran etwas zu ändern und zu bessern. (...) ich hatte mich durch diese Komposition, mehr als durch jede andere, aus einem stürmischen Elemente gerettet, auf dem ich durch eigne und fremde Schuld, durch zufällige und gewählte Lebensweise, durch Vorsatz und Übereilung, durch Hartnäkkigkeit und Nachgeben auf die gewaltsamste Art hin und wider getrieben worden. Ich fühlte mich, wie nach einer Generalbeichte, wieder froh und frei, und zu einem neuen Leben berechtigt. Das alte Hausmittel war mir diesmal vortrefflich zustatten gekommen. Wie ich mich nun aber dadurch erleichtert und aufgeklärt fühlte, die Wirklichkeit in Poesie verwandelt zu haben, so verwirrten sich meine Freunde daran, indem sie glaubten, man müsse die Poesie in Wirklichkeit verwandeln.« Tatsächlich läßt sich Wirklichkeit in einer Weise in Poesie verwandeln, daß sie damit nur gewinnen kann; sie wird dichter, reichhaltiger, es ist, als ob Wasser in Wein verwandelt würde. Umgekehrt wird es fad: Man trinkt nicht gern dünnen Wein, und auf die Verwandlung von Wein in Wasser läßt sich gut verzichten; das Kunstwerk aber wird zu Recht über die Wirklichkeit erhoben, von der wir nur wegkommen, wenn wir die Freiflüge wahrnehmen, die uns im Geist angeboten werden. Goethe mußte dennoch erleben, daß man seinem Roman ein nachträgliches Realitätssiegel aufdrückte, das gar nicht zu ihm paßte; man las nämlich *Die Leiden des jungen Werther* nicht nur als erzählte Gefühlserkundung mit Herzschmerzeffekt, sondern als Anleitung zur Kunst des großen Abgangs. Zum ersten Mal traten Nachahmungstäter in der deutschen Literatur auf, sie meinten es ernst, todernst: mit sich selbst, mit der unglücklichen Liebe, mit dem ganzen hoffnungslosen Leben – und erschossen sich wie der arme Werther, dem es zu schwer wurde unter der Last seiner Gefühle: »Hier, Lotte! Ich schaudre nicht, den kalten, schrecklichen Kelch zu fassen, aus dem ich den Taumel des Todes trinken soll! Du reichtest mir ihn, und ich zage nicht. All! All! So sind alle die Wünsche und Hoffnungen meines Lebens erfüllt! So kalt, so starr an der ehernen Pforte des Todes anzuklopfen (...). In diesen Kleidern, Lotte, will ich begraben sein, du hast sie berührt, geheiligt (...), ach, ich dachte nicht, daß mich der Weg hierherführen sollte! – Sei ruhig! Ich bitte dich, sei ruhig! – Sie sind geladen – es schlägt zwölfe! So sei es denn! – Lotte! Lotte, lebe wohl! Lebe wohl!« Werthers Ende wird so berühmt, daß man auf die Idee kommt, es leibhaftig nachzustellen; ein Spiel, das die Literatur nicht mitspielen kann, wofür es nur einen Schuldigen gibt, den Autor, der seine Figuren kommentar- und hilflos zurückläßt: »Morgens um sechse tritt der Bediente herein mit dem Lichte. Er findet seinen Herrn an der Erde, die Pistole und Blut. Er ruft, er faßt ihn an; keine Antwort, er röchelte nur noch (...). Als der Medikus zu dem Unglücklichen kam, fand er ihn an der Erde ohne Rettung, der Puls schlug, die Glieder waren alle gelähmt. Über dem rechten Auge hatte er sich durch den Kopf geschossen, das Gehirn war herausgetrieben (...). Er lag gegen das Fenster entkräftet auf dem Rücken, war in völliger Kleidung, gestiefelt, im blauen Frack mit gelber Weste.«

Daß sich drei oder vier Nachahmungstäter wie Werther erschossen, wurde dem Buch angelastet – als hätte Goethe eine Anleitung zum Suizid schreiben wollen und dafür einen Roman gewählt, in dem es nur so zittert und bebt vom Hochdruck gesteigerter Empfindsamkeit. Für sich mochte der Autor zwar feststellen, daß bei den Nachahmungstätern wohl schon vorher »das Gehirn herausgetrieben« war; es nutzte ihm nichts: Der Werther wurde ein grandioser Erfolg, und er blieb, mit Blick auf die Wirkungen, die er auslöste, eine heikle Angelegenheit. Goethe ließ sich davon nicht mehr stören; für ihn war »die Sache (...) völlig abgetan«. Er hatte sich neu orientiert, die Weimarer Karriere stand ihm bevor; er wußte es nur noch nicht so genau. Der Gebrauchswert der Literatur verlangt eine nüchterne Betrachtung, man muß ihm keine weiteren Zuwendungen mehr aufdrängen. Wenn der Zweck eines Werkes erfüllt ist, spürt das in erster Linie sein Autor; ob ihm dabei jemand zu folgen vermag, muß ihn, zunächst, nicht interessieren. »(...) daneben trat das alte Vorurteil wieder ein, entspringend aus der Würde eines gedruckten Buchs, daß es nämlich einen didaktischen Zweck haben müsse. Die wahre Darstellung aber hat keinen. Sie billigt nicht, sie tadelt nicht, sondern sie entwickelt die Gesinnungen und Handlungen in ihrer Folge, und dadurch erleuchtet und belehrt sie.«

Goethe sieht sich im Verlauf eines langen Lebens vorwiegend durch sich selbst erleuchtet und belehrt, aber er ist generös, das einer höheren, vorwiegend günstig gestimmten Macht zuzuschreiben, die sich gern im Bannkreis herausgehobener Menschen aufhält. Dort ist dichteste Aufnahmekraft gegeben, dort setzt es Widerhall. Letztlich aber hängt alles an einem selbst, was indes nicht auf freie Selbstverwirklichung hinausläuft, wie wir sie heute so gerne pflegen, sondern auf Gunst und Begünstigung, auf die Annahme des Gegebenen in seinem innersten Konzentrat, das man auch wohl, etwas altmodischer und besser, als Seele bezeichnen kann. Auf die Stimme der Seele kommt es an, auf den Geist, der tödlich entschlossen ist zu überdauern: »So mußt du sein, dir kannst du nicht entfliehen«, notiert Goethe, und dem jungen Schopenhauer schreibt er ins Stammbuch: »Willst du dich deines Wertes freuen, so mußt der Welt du Wert verleihen!« Welt und Ich im Werk so innig zusammengeführt, daß etwas Neues mit eigenem Wert zustande kommt: Das macht den Gebrauchswert der Literatur aus, den man flach halten kann, der aber nach oben hin, auf der offenen Genialitätsskala, keine Grenzen hat, außer denen, die dem Menschen nun mal zu eigen sind und ihm hoffentlich, trotz allen Zukunfts- und Leistungsgetöses, noch ein wenig länger bleiben. »Je früher der Mensch gewahr wird daß es ein Handwerk, daß es eine Kunst gibt, die ihm zur geregelten Steigerung seiner natürlichen Anlagen verhelfen, desto glücklicher ist er«, schrieb Goethe am 17. März 1832, fünf Tage vor seinem Tod, an Wilhelm von Humboldt. »Das beste Genie ist das, welches alles in sich aufnimmt, sich alles zuzueignen weiß, ohne daß es der eigentlichen Grundbestimmung, demjenigen, was man Charakter nennt, im mindesten Eintrag tue, vielmehr solches erst recht erhebe und durchaus nach Möglichkeit befähige.«

## *Wie die erste Liebe*
Schiller und das große Band der Schöpfung

*Friedrich Schiller,*
*geb. am 10. November 1759 in Marbach (Neckar),*
*gest. am 9. Mai 1805 in Weimar*

Fragt man nach den bekanntesten deutschen Dichtern, dann nennt man ihn gleich nach Goethe; daß er in der deutschen Literaturgeschichte so weit nach vorn kam, war jedoch lange nicht abzusehen. Anders als Goethe, der sich auf sein Glück verlassen konnte, mußte es Schiller zunächst so vorkommen, als werde er vom Schicksal entweder stiefmütterlich behandelt oder übersehen.

Er verlebt eine karge Kindheit. Der Vater ist ein ordnungsversessener Offizier, die Mutter so fromm, daß ihr Gottesglauben alles einschnürt, was nach Freude aussieht. Schiller besucht die Lateinschule, gilt als begabt und redegewandt. Das erweist sich als Nachteil, denn der Herzog von Württemberg, ein versponnener, zu Jähzorn und Selbstüberschätzung neigender Fürst, hat beschlossen, eine eigene Eliteanstalt, seine »militärische Pflanzschule« für begabte Landeskinder zu gründen. Zu den Schülern, die ihm empfohlen werden, gehört auch der 13jährige Schiller. Er muß auf der Stuttgarter Solitude einrücken, dem Sitz der herzoglichen Akademie; es beginnt eine Zeit des Leidens. Der Unterricht in der Anstalt ist gnadenlos reglementiert, ebenso die knapp bemessene Freizeit. Für Herzog Karl Eugen ist die Schule sein Lieblingsspielzeug; er schaut persönlich nach dem Rechten. Schillers Haar mißfällt ihm, er mag keine Rothaarigen und befiehlt, daß der Schüler es sich mit Puder einzufärben habe. Auf die Unterdrückung, die ihm widerfährt, reagiert Schiller mit nachlassenden Leistungen, er flüchtet sich erst in Krankheiten, dann in die Bücher, aus denen abzulesen ist, daß man sich von Tyrannen auch mit einem Freiflug der Gedanken absetzen kann. Shakespeare wird sein Vorbild; er hat das Theater, »die Bretter, die die Welt bedeuten«, mit Leben erfüllt, das so viel leidenschaftlicher, gerechter anmutet als das, was sich im Kleinstaat Württemberg abspielt. Karl Eugen möchte aus Schiller einen Regimentsarzt machen; also studiert er, unter Protest, Medizin, bringt eine Dissertation zustande (»Über den Zusammenhang der tierischen Natur des Menschen mit seiner geistigen«) und darf sich danach Regimentsmedikus nennen. Im geheimen hat er sein erstes Theaterstück, *Die Räuber*, geschrieben, das im Januar 1782 in Mannheim uraufgeführt und zu einem spektakulären Erfolg wird: »Das Theater glich einem Irrenhause, rollende Augen, geballte Fäuste, heisere Aufschreie im Zuschauerraum! Fremde Menschen fielen einander schluchzend in die Arme, Frauen wankten, einer Ohnmacht nahe, zur Türe. Es war eine allgemeine Auflösung wie im Chaos, aus dessen Nebeln eine neue Schöpfung hervorbricht.« Der Autor erlebt die Uraufführung als Zuschauer, er hat sich unerkannt unters Publikum gemischt. Prompt bekommt er Ärger mit seinem Herzog; er wird zum Rapport bestellt und erhält den Befehl: »Ich sage, bei Strafe der Kassation, schreibt Er keine Komödien mehr!« Einen letzten Versuch unternimmt Schiller noch, den Landesherrn versöhnlicher zu stimmen, er bittet »untertänigst und treugehorsamst (...) um die gnädigste Erlaubnis, ferner literarische Arbeiten bekannt machen zu dürfen«. Vergeblich, der Herzog verweigert die Annahme des Gesuchs, und für Schiller ist klar, daß er fliehen muß, »wenn« seine »Knochen nicht in Schwaben vermodern sollen«. Im September 1782 setzt er sich mit einem Freund nach Mannheim ab, der Stadt seines ersten und bislang einzigen Triumphes. Die Hoffnung, daß der Mannheimer Theaterintendant Dalberg, ein intriganter Höfling, etwas für ihn tun könne, erfüllt sich nicht: Dalberg ist viel zu obrigkeitshörig, als daß er es sich mit dem Herzog von Württemberg verderben will. Schiller setzt seine Flucht fort, kommt über Frankfurt a. M. und Worms schließlich ins thüringische Bauerbach. Dort, in einem abgelegenen Dorf, bewohnt er ein Häuschen, das ihm eine Stuttgarter Gönnerin, die Freifrau Henriette von Wolzogen, zur Verfügung gestellt hat; er kann aufatmen. Es ist Winter, das Land tief verschneit, der Herzog weit weg. Seine Gönnerin hat zwei Zimmer für ihn herrichten lassen, und er kann erst einmal ausschlafen. Danach sieht er die thüringische Einöde in freundlicherem Licht: »Liebster Freund! Endlich bin ich hier, glücklich und vergnügt, daß ich einmal am Ufer bin. Ich traf alles noch über meine Wünsche. Keine Bedürfnisse ängstigen mich mehr, kein Querstrich von außen soll meine dichterischen Träume, meine idealistischen Täuschungen stören. Das Haus meiner Wolzogen ist ein recht hübsches und artiges Gebäude, wo ich die Stadt gar nicht vermisse. Ich habe alle Bequemlichkeit, Kost, Bedienung, Wäsche, Feuerung, und alle diese Sachen werden von den Leuten des Dorfes auf das vollkommenste und willigste besorgt (...). Gegenwärtig kann und will ich keine Bekanntschaften machen, weil ich entsetzlich viel zu arbeiten habe.«

Schiller schreibt an einem neuen Stück: *Luise Millerin* heißt es, ist ein »bürgerliches Trauerspiel« und wird später am Theater mit jenem griffigen Titel bedacht, unter dem es heute noch zur Aufführung kommt: *Kabale und Liebe*. Überhaupt ist Schiller, nachdem er meint, in Bauerbach eine zweite Heimat gefunden zu haben, voller Pläne: Er skizziert die Handlung des *Don Carlos* und stößt auf eine historische Figur, die im Mittelpunkt eines weiteren bekannten Stücks stehen wird, *Maria Stuart*. Eine gewisse Ungeduld zeichnet den Dramatiker und Menschen Schiller aus; am liebsten möchte er die Ideen so verarbeiten, wie sie ihm zu Kopf steigen – im Schwung des ersten phantastischen Zutragens, mit Begeisterung und Liebe seinem literarischen Personal gegenüber, für das er sich in Fürsorgepflicht nimmt. Der Winter jedoch ist lang in Bauerbach, und Schillers anfänglicher Schwung läßt nach. Nun macht ihm die Einsamkeit zu schaffen, er wünscht sich Freunde herbei. Einen Vertrauten gewinnt er in dem Meininger Bibliothekar Reinwald, der später, nachdem er Schillers Lieblingsschwester Christophine geheiratet hat, sein Schwager wird. Reinwald, ein guter Zuhörer, dem es jedoch an Begeisterungsfähigkeit mangelt, versorgt ihn mit Lektüre. Insbesondere historische Werke haben es Schiller jetzt angetan, er sieht in der Geschichte eine Fundgrube, aus der sich nicht zuletzt auch die Literatur bedienen soll. Schiller, dem es an Alternativen mangelt, erklärt Reinwald zu seinem Freund: »Ich wünschte Sie so oft (...) in meine einsame grillenhafte Zelle hinein und möchte oft meine tägliche Kost um eine menschliche Gesellschaft dahingeben. (...) Mühsam und wirklich oft unter Druck muß ich eine Laune, eine dichterische Stimmung hervorarbeiten, die mich in zehn Minuten bei einem guten denkenden Freund sonst anwandelt.« Als er ihn länger und vor allem näher kennt, geht Schiller zu Reinwald auf Distanz; er warnt seine Schwester Christophine vor der Eheschließung mit einem Mann, den er nun »griesgrämig und staubtrocken« nennt, »ein fleißiger, nicht ganz ungeschickter Philister (...), aus einem kleinstädtischen Ort, durch Verhältnisse gedrückt und beschränkt durch hypochondrische Kränklichkeit noch mehr darniedergebeugt«.

Als es endlich Frühling wird, atmet Schiller auf. Die Welt, zuvor noch schneegrau und verhangen, nimmt wieder Licht und Wärme an. Was verdeckt und verworren schien, löst sich in Klarheit auf. Am 14. April 1783, einem »herrlichen« Frühlingsmorgen, erläutert Schiller in einem programmatischen Brief an Reinwald seine literarische Arbeitsweise, die auf das Subjekt als Erneuerer des Objektiven setzt: »Wir schaffen uns einen Charakter, wenn wir *unsere* Empfindungen und unsere historische Kenntnis von *fremden* in andere Mischungen bringen – bei den Guten das Plus oder Licht – bei Schlimmeren das Minus oder den Schatten vorwalten lassen. Gleichwie aus einem einfachen weißen Strahl, je nachdem er auf Flächen fällt, tausend und wieder tausend Farben entstehen, so bin ich zu glauben geneigt, daß in unsrer Seele alle Charaktere nach ihren Urstoffen schlafen (...). Liebe, mein Freund, das große unfehlbare Band der empfindenden Schöpfung, ist zuletzt nur ein glücklicher Betrug. Erschrecken, entglühen, zerschmelzen wir für das Fremde, uns ewig nie eigen werdende Geschöpf? Gewiß nicht. Wir leiden jenes alles nur für uns, für das Ich, dessen Spiegel jenes Geschöpf ist. Ich nehme selbst Gott nicht aus.« Zwischen Freundschaft und Dichtkunst besteht eine Wesensähnlichkeit der Innigkeit nach, ohne daß sich daraus eine Folgewirkung ergibt, auf die man Anspruch erheben könnte: »Können wir den Zustand eines Freundes feurig fühlen, so werden wir uns auch für unsere poetischen Helden erwärmen. Aber die Folgerung, daß die Fähigkeit zur Freundschaft und platonischen Liebe sonach auch die Fähigkeit zur großen Dichtung nach sich ziehen müsse, würde sehr übereilt sein. Denn ich kann einen großen Charakter durchaus fühlen, ohne ihn schaffen zu können. (…) Das ist unstreitig wahr, daß wir die Freunde unserer Helden sein müssen, wenn wir in ihnen zittern, aufwallen, weinen und verzweifeln sollen.« Am Ende seines Briefes befällt Schiller die Melancholie; die Frühlingssonne verschwindet hinter schwerem Gewölk: »Teurer Freund! Ich bin nicht, was ich gewiß hätte werden können. Ich hätte *vielleicht* groß werden können, aber das Schicksal stritt zu früh wider mich. Lieben und schätzen Sie mich wegen dem, was ich unter besseren Sternen geworden wäre, und ehren Sie die Absicht in mir, die die Vorsicht in mir verfehlt hat. Aber bleiben Sie mein!«

Als er sich gerade daran gewöhnt hat, seine Erwartungen so gering wie möglich zu halten, erreicht Schiller ein Schreiben des Herrn von Dalberg, den er zwischenzeitlich fast schon vergessen hatte. Der Mannheimer Intendant hat mitbekommen, daß Schiller nicht mehr in Acht und Bann steht; der Herzog von Württemberg hat anderes zu tun, als nach einem entlaufenen Regimentsarzt fahnden zu lassen.

Auch von den neuen Theaterstücken, an denen sein einstiger Erfolgsautor schreibt, ist Dalberg in Kenntnis gesetzt worden; nun erkundigt er sich mit lauernder Freundlichkeit nach dem Fortgang der Arbeit, bekundet sein Interesse an der *Luise Millerin* und deutet an, daß er sich mittlerweile sogar vorstellen könne, ihn zum festangestellten Theaterautor zu machen. Schiller, gewitzt durch die bisherigen Erfahrungen, reagiert zunächst ausweichend, fühlt sich dann aber doch so geschmeichelt, daß er sich daranmacht, eine Bühnenfassung seines Stücks für das Mannheimer Theater zu erstellen. Er kommt gut voran: »Meine Luise Millerin jagt mich schon um 5 Uhr aus dem Bette. Da sitz ich, spitze Federn und käue Gedanken. Es ist gewiß und wahrhaftig, daß der Zwang dem Geist alle Flügel abschneidet. So ängstlich für das Theater – so hastig, weil ich pressiert bin, und doch ohne Tadel zu schreiben, ist eine Kunst. Doch gewinnt meine Luise Millerin, das fühl ich.« Auch seine Gönnerin, die Freifrau von Wolzogen, läßt sich in Bauerbach blicken. Sie hat ihre 17jährige Tochter Charlotte dabei, in die sich Schiller, der auf eine solche Gelegenheit gewartet hat, bereitwillig verliebt. Allerdings stößt er auf wenig Gegenliebe, was er fast als beleidigend empfindet. Reinwald, erstaunlich einfühlsam in dieser Situation, rät ihm zum Ortswechsel: Statt sich auf eine Verwirrung des Herzens einzulassen, die ihn von der Arbeit abhalte, möge Schiller lieber nach Mannheim fahren, um mit Dalberg zu verhandeln, der ihm ja, wenngleich etwas verbrämt, ein Angebot gemacht habe. Das klingt überzeugend, und Schiller vergißt seinen Liebeskummer so schnell, wie er ihn sich zugezogen hatte. Am 26. Juli 1783 trifft er in Mannheim ein. Tatsächlich bietet ihm Dalberg einen Vertrag als Theaterautor und Dramaturg an, der allerdings so schlecht dotiert ist, daß Schiller ihn eigentlich hätte ablehnen müssen. Eine Festanstellung am Theater erscheint ihm jedoch verführerisch, so daß er gar nicht daran denkt, um höhere Bezüge zu feilschen. Sein alter Freund Streicher, den er in Mannheim wiedergetroffen hat, berichtet: »Seine Zufriedenheit über die Anstellung sprach aus jedem Wort, aus jedem Blick, und er mochte sich dabei wohl denselben Himmel in der Wirklichkeit denken, der auf dem Theater oft so täuschend dargestellt wird.« Kurz darauf wird Mannheim vom »kalten Fieber«, einer malariaähnlichen Seuche, heimgesucht. Auch Schiller erkrankt; auf ärztliches Anraten unterzieht er sich einer rigorosen Hungerkur, die ihn von den Beinen holt. An Henriette von Wolzogen schreibt er: »Schon vierzehn Tage habe ich weder Fleisch noch Fleischbrühe gesehen. Wassersuppen heute, Wassersuppen morgen, und dieses geht so mittags wie abends. Allenfalls gelbe Rüben oder saure Kartoffeln (...). Fieberrinde eß ich wie Brot, und ich habe sie mir expreß von Frankfurt verschrieben.« Bei seinem Versuch, gegen die tückische Krankheit anzugehen, mutet sich Schiller, der ja schon als Regimentsmedikus auf Gewaltkuren setzte, zuviel zu; er drückt das Fieber herab, kuriert es aber nicht aus, so daß es sich nur oberflächlich zurückzieht und ihn in maliziöser Anhänglichkeit ein Leben lang begleitet. In Mannheim ruiniert Schiller seine Gesundheit, will es aber nicht recht wahrhaben, obwohl er in Momenten erschöpfter Ruhe bereits ahnt, was er sich eingefangen hat: »Denken Sie sich in meine äußerst anstrengende Situation. – Um mit Anstand hier zu leben, und die mir vorgesetzte Summe Geld zur Bezahlung meiner Schulden herauszuschlagen – um zugleich die Ungeduld des Theaters und die Erwartungen des hiesigen Publikums zu befriedigen, habe ich unter meiner Krankheit mit dem Kopf arbeiten müssen und durch starke Portionen China [Chinin] meine wenigen Kräfte so hinhalten müssen, daß mir dieser Winter vielleicht auf zeitlebens einen Stoß versetzte.«

Endlich, am 11. Januar 1784, erfolgt die Uraufführung des *Fiesko*. Sie wird ein Mißerfolg, das Publikum zeigt sich gelangweilt. Schiller nimmt es gelassen: Er hatte das Stück ein weiteres Mal umgeschrieben, die Regie hatte ihm ein bombastisches Finale verpaßt, das aber auch nichts mehr retten kann. Nach nur drei Aufführungen nimmt Dalberg den *Fiesko*, der zum Fiasko zu werden droht, aus dem Programm. Besser ergeht es Schiller mit der *Luise Millerin*, die bereits drei Monate später auf die Bühne kommt. Auf Vorschlag des Starschauspielers Iffland, der auch eine der Hauptrollen spielt, war das Stück in *Kabale und Liebe* umbenannt worden, ein, wie man fand, deutlich zugkräftigerer Titel, der dazu beitrug, das Publikum ins Theater zu locken. Bei der Premiere saß Schiller neben seinem Freund Streicher, der ihn genau beobachtet: »Ruhig, heiter, aber in sich gekehrt und nur wenige Worte wechselnd erwartete Schiller das Aufrauschen des Vorhangs. Aber als nun die Handlung begann – wer vermöchte den tiefen, erwartenden Blick – das Spiel der unteren gegen die Oberlippe – das Zusammenziehen der Augenbrauen, wenn etwas nicht nach Wunsch gesprochen wurde – den Blitz der Augen, wenn auf Wirkung berechnete Stellen diese auch hervorbrachten – wer könnte dies beschreiben! – Während des ganzen ersten Aufzugs entschlüpfte ihm kein Wort, und nur zum Schluß wurde ein ›Es geht gut‹ gehört. Der zweite Akt (…) wurde mit so vielem Feuer und ergreifender Wahrheit dargestellt, daß, nachdem der Vorhang schon niedergelassen war, alle Zuschauer auf eine damals ungewöhnliche Art sich erhoben und in stürmisches, einmütiges Beifallrufen und Klatschen ausbrachen. Der Dichter wurde so sehr davon überrascht, daß er aufstand und sich gegen das Publikum verbeugte. In seinen Mienen, in der edlen, stolzen Haltung zeigte sich das Bewußtsein, sich selbst genug getan zu haben, sowie die Zufriedenheit darüber, daß seine Verdienste anerkannt und mit Auszeichnung geehrt wurden.«

Ansonsten aber wird Schiller in Mannheim nicht froh. Er spürt, daß die Schauspieler mit seiner am Ideal ausgerichteten Sprache nichts anfangen können und lieber derbe Volksstücke haben, die auf die üblichen Effekte setzen. Schiller ist zudem ein Autor, der sich einmischt: Er wohnt den Proben bei, scheut sich nicht, einzugreifen und lautstark zu tadeln. Das kommt nicht gut an, und der Theaterautor Schiller hat den Eindruck, daß auf den Brettern, die die Welt bedeuten, Dienst nach Vorschrift absolviert wird. Gewichtiger, weil anhaltend sind andere Sorgen, die ihm zu schaffen machen. Schon immer konnte Schiller mit Geld nicht sonderlich gut umgehen, auch mit dem, das er sich über Schulden besorgt. Einen Großteil seines knappen Jahresgehalts hatte er bereits darauf verwendet, sich neu, d. h. standesgemäß einkleiden zu lassen – eine unsinnige Investition, wie er bald feststellt, denn aus der Schuldenfalle, die sich immer enger um ihn zieht, kommt er nicht mehr heraus. Einige seiner Gläubiger, bislang eher zurückhaltend, werden nun fordernder und schlagen unfreundliche Töne an. In dieser Situation erinnert er sich seines Bauerbacher Refugiums, das ihm wie ein verlorenes Paradies vorkommt. An Reinwald schreibt er: »Gott weiß, ich habe mein Leben hier nicht genossen (...). Ungeachtet meiner vielen Bekanntschaften, dennoch einsam und ohne Führung, muß ich mich durch meine Ökonomie hindurchkämpfen, zum Unglück mit allem versehen, was zu unnötigen Verschwendungen reizen kann. Tausend kleine Bekümmernisse, Sorgen, Entwürfe, die mir ohne Aufhören vorschweben, zerstreuen meinen Geist, zerstreuen alle dichterischen Träume und legen Blei an jeden Flug der Begeisterung. (...) Den ganzen Winter hindurch verließ mich das kalte Fieber nicht ganz. Bester Freund, ich bin hier noch nicht glücklich gewesen, und fast verzweifle ich, ob ich je in der Welt wieder darauf Anspruch machen kann. Halten Sie es für kein leeres Geschwätz, wenn ich gestehe, daß mein Aufenthalt in Bauerbach bis jetzt mein seligster gewesen, der vielleicht nie wieder kommen wird.« Der resignative Tonfall, den Schiller anschlägt, erscheint berechtigt, zumal ihn wenig später eine weitere Hiobsbotschaft erreicht: Dalberg weigert sich, seinen Vertrag als Theaterautor zu verlängern. Damit hat Schiller, gerade nach dem Erfolg von *Kabale und Liebe*, nicht gerechnet. Die Empfehlung des Intendanten, er möge sich lieber wieder in seinem erlernten Beruf als Mediziner betätigen, muß ihm wie blanker Hohn erscheinen. Schiller nimmt auch diesen Rückschlag scheinbar ungerührt hin. Mittlerweile hat er sich ein etwas stabileres Selbstwertgefühl zugelegt, das vom äußeren Zuspruch weitgehend unabhängig bleibt. In einem Vortrag vor der Kurpfälzischen Gesellschaft, bei dem auch ein mißgelaunter Dalberg zugegen ist, gewinnt Schiller seiner persönlichen Befindlichkeit eine allgemeingültige Botschaft ab: Nur wer seine Bestimmung erkannt hat und ihr konsequent folgt, findet seinen Platz in der Gesellschaft und kann Gutes für sie bewirken. Es ist dies auch eine Frage der Würde, die sich jeder Mensch zusprechen muß – unabhängig von dem, was andere über ihn denken: »Dann nur, wenn wir bei uns selbst erst entschieden haben, was wir sind und was wir nicht sind, nur dann sind wir der Gefahr entgangen, von fremdem Urteil zu leiden – durch Bewunderung aufgeblasen oder durch Geringschätzung feig zu werden. Man verurteilt den jungen Mann, der, gedrungen von innerer Kraft, aus dem engen Kerker einer Brotwissenschaft hervortritt und dem Rufe des Gottes folgt, der in ihm ist? – Ist das die Rache der kleinen Geister an dem Genie, dem sie nachzuklimmen versagen?«

Nachdem er als Theaterautor entlassen worden ist, verfällt Schiller auf eine seltsame Idee: Er möchte eine literarische Zeitschrift herausgeben, der er den Titel *Rheinische Thalia* gibt, was sich gut anhört, ihm aber keinen Verleger bringt. Er entschließt sich, den Vertrieb selbst in die Hand zu nehmen, und wirbt um Subskribenten. In dem Anschreiben, das er für diesen Zweck aufsetzt, ist weniger von der geplanten Zeitschrift die Rede als vom Autor Schiller, der unaufgefordert Rechenschaft ablegt über seinen bisherigen Werdegang. Dabei wählt er die dramatische Pose: »Ich schreibe als Weltbürger, der keinem Fürsten dient. Frühe verlor ich mein Vaterland, um es gegen die große Welt auszutauschen, die ich nur eben durch die Fernröhre kannte. Ein seltsamer Mißverstand der Natur hat mich in meinem

Geburtsort zum Dichter verurteilt. Neigung für Poesie beleidigte die Gesetze des Instituts, worin ich erzogen ward, und widersprach dem Plan seines Stifters. Acht Jahre rang mein Enthusiasmus mit der militärischen Regel; aber Leidenschaft für die Dichtkunst ist feurig und stark, wie die erste Liebe. Was sie ersticken sollte, fachte sie an. Verhältnissen zu entfliehen, die mir zur Folter waren, schweifte mein Herz in eine Idealenwelt aus – aber unbekannt mit der wirklichen, von welcher mich eiserne Stäbe schieden – unbekannt mit den Menschen – (...) unbekannt mit den Neigungen freier, sich selbst überlassener Wesen.« Jemand, der einen solchen Werdegang hinter sich bringt, hat nicht viele Möglichkeiten: Er wird entweder verrückt oder behauptet sich, mehr schlecht als recht, in einer gebrochenen Existenz. Oder er schafft Großes, was Schiller in gespielter Bescheidenheit für sich in Anspruch nimmt. Das Große allerdings, das er hervorbringt, ist nicht ausgewogen, nicht wohlproportioniert; es leidet unter einem Geburtsfehler, der vom Vergangenen herrührt: »(...) unbekannt mit Menschen und Menschenschicksalen mußte mein Pinsel notwendig die mittlere Linie zwischen Engel und Teufel verfehlen, mußte er ein Ungeheuer hervorbringen, das zum Glück in der Welt nicht vorhanden war, dem ich nur darum Unsterblichkeit wünschen möchte, um das Beispiel einer Geburt zu verewigen, die der naturwidrige Beischlaf der *Subordination* und des *Genius* in die Welt setzte. – Ich meine die ›Räuber‹.« Der Erfolg der *Räuber*, so sieht es Schiller im nachhinein, hat ihn bekannt gemacht, aber auch aus vertrauten Bindungen gerissen und der Heimat verwiesen. Darunter leidet er noch immer: »Die Räuber kosteten mir Familie und

Vaterland in einer Epoche, wo noch der Ausspruch der Menge unser schwankendes Selbstgefühl lenken muß, wo das warme Blut eines Jünglings durch den freundlichen Sonnenblick des Beifalls munterer fließt, tausend einschmeichelnde Ahndungen künftiger Größe seine schwindelnde Seele umgeben und der göttliche Nachruhm in schöner Dämmerung vor ihm liegt – mitten im Genuß des ersten verführerischen Lobes, das unverhofft und unverdient aus entlegenen Provinzen mir entgegenkam, untersagte man mir in meinem Geburtsort bei Strafe der Festung – zu *schreiben*. Mein Entschluß ist bekannt – ich verschweige das übrige (...).« Da die Vergangenheit nur noch bedingt zählt, auch wenn die *Räuber*, wie Schiller an anderer Stelle spöttisch vermerkt, »nicht totzukriegen« sind, muß er als Autor einen Neuanfang wagen: »Nunmehr sind alle meine Verbindungen aufgelöst. Das Publikum ist mir jetzt alles, mein Studium, mein Souverän, mein Vertrauter. Ihm allein gehöre ich jetzt an. Vor diesem und keinem anderen Tribunal werde ich mich stellen. Dieses nur fürchte ich und verehr ich. Etwas Großes wandelt mich an bei der Vorstellung, keine andere Fessel zu tragen als den Ausspruch der Welt – an keinen anderen Thron mehr zu appellieren als an die menschliche Seele.«

Als es für Schiller, der noch das wehmütig tragende Idyll von Bauerbach im Kopf hat, immer enger wird und er sich von seinen Gläubigern »umzingelt« fühlt, erreicht ihn eine Einladung, nach Leipzig zu kommen; unbekannte Verehrer, der Konsistorialrat Körner und sein Freund Huber, haben ihm geschrieben. Schiller ahnt, daß sich, nach Bauerbach, ein weiterer inspirativer Zufluchtsort für ihn auftun kann;

sein Schicksal, glaubt er, wird von nun an freundlicher mit ihm umgehen, er sagt zu: »Menschen, Verhältnisse, Erdreich und Himmel sind mir zuwider. (…) meine Seele dürstet nach neuer Nahrung – nach bessern Menschen – nach Freundschaft, Anhänglichkeit und Liebe. Bei Ihnen will (…) ich alles doppelt, dreifach wieder sein, was ich ehemals gewesen bin, und mehr noch als das alles, o meine Besten, ich werde glücklich sein. Ich wars noch nie.«

In Leipzig und Dresden erlebt Schiller tatsächlich eine glückliche Zeit: Körner und Huber, die mit Dora und Minna Stock verlobt sind (»zwei reizenden Schwestern«), setzen ihren Ehrgeiz daran, ihm das Leben so angenehm wie möglich zu machen. Als sich seine Gläubiger wieder melden, stehen sie ihm finanziell zur Seite und achten dabei auf Diskretion. Schiller fühlt sich »aufgehoben wie im Himmel«, er macht Pläne: »Mein Herz wurde warm. Es war nicht Schwärmerei – philosophisch feste Gewißheit wars, was ich in der herrlichen Perspektive der Zeit vor mir liegen sah. Mit weicher Beschämung, die nicht niederdrückt, sondern männlich emporrafft, sah ich rückwärts in die Vergangenheit, die ich durch die unglücklichste Verschwendung mißbrauchte. (…) Eine Hälfte wurde durch die wahnsinnige Methode meiner Erziehung und die Mißlaune meines Schicksals, die zweite und größere aber durch mich selber vernichtet. Tief (…) habe ich das empfunden, und in der allgemeinen feurigen Gärung meiner Gefühle haben sich Kopf und Herz zu einem herkulischen Gelübde vereinigt – die Vergangenheit nachzuholen und den edlen Wettlauf zum höchsten Ziele von vorn anzufangen.« Bezeichnenderweise ist in dieser glücklichen Zeit Schillers bekanntestes Gedicht, die Hymne *An die Freude,* entstanden. Anderthalb Jahre bleibt er in Dresden, vollendet dort (u.a.) sein Theaterstück *Don Carlos;* dann aber packt ihn die alte Unruhe. Auf seine Freunde läßt er nichts kommen; die Sachsen jedoch bezeichnet er, zunehmend schlecht gelaunt, als »seichtes, zusammengeschrumpftes, unleidliches Volk, bei dem es einem nie wohl wird«. Im Sommer 1787 reist er nach Weimar, das zur entscheidenden Station seines Lebens wird. Zunächst erlebt er jedoch eine Enttäuschung: Goethe, der berühmteste deutsche Dichter, von dem sich Schiller, insgeheim, ein wenig Protektion erhofft hat, ist verreist. Er sieht sich, einmal mehr, auf sich selbst zurückgeworfen, aber dieses Mal will er das Beste daraus machen. Das geht nur über Arbeit, über die Bereitschaft, von anderen zu lernen, ohne den Wert der eigenen Leistung geringzuschätzen: »Um nun zu werden, was ich soll und kann, werd ich besser von mir denken lernen und aufhören, mich in meiner eigenen Vorstellungsart zu erniedrigen.« Das ist allerdings auch eine finanzielle Frage: »Ich muß von Schriftstellerei leben, also auf das sehen, was einträgt.« Überdies soll die Liebe nun dazu beitragen, seiner Unruhe Herr zu werden. Er hat die Schwestern Caroline und Charlotte von Lengefeld kennengelernt, die ihm ausnehmend gut gefallen. Caroline, die ältere, ist hübscher und charmanter als Charlotte; am liebsten hätte er beide geheiratet, aber das geht leider nicht. So entscheidet er sich, nach reiflicher Überlegung, für Charlotte, von der er, selbstbezogen wie Künstler gerne sind, einiges erwartet: »Ich muß ein Geschöpf um mich haben, das mir gehört, das ich glücklich machen kann und muß, an dessen Dasein mein eigenes sich erfrischen kann (...). Ich bedarf eines Mediums, durch das ich die anderen Freuden genieße. Freundschaft, Geschmack, Wahrheit und Schönheit werden mehr auf mich wirken, wenn eine ununterbrochene Reihe feiner wohltätiger, häuslicher Empfindungen mich für die Freude stimmt und mein erstarrtes Wesen wieder durchwärmt.« Inzwischen hat sich Schiller als Historiker betätigt: Er legt eine opulente *Geschichte des Abfalls der vereinigten Niederlande* vor, die auch deswegen zum Erfolg wird, weil der Dramatiker Schiller dem Historiker Schiller das Konzept vorgibt: Er erzählt Geschichte als »Universalgeschichte«, verliert sich nicht in randständigen Begebenheiten, sondern spürt den Ideen nach, die den Geschichtsverlauf prägen. Auf Vermittlung Goethes wird ihm eine Professur in Jena angetragen; er sagt zu, ohne zu ahnen, daß die Lehrtätigkeit unbesoldet und mit beträchtlichen Unkosten verbunden ist. »Diese Professur soll der Teufel holen«, beschwert er sich in einem Brief an Körner, weiß aber, daß er es sich nicht leisten kann, die eingegangene Verpflichtung gleich wieder aufzugeben. Auch mit Goethe ist er mittlerweile zusammengetroffen; ohne besonderes Vergnügen. Die beiden Dichter haben sich nicht viel zu sagen. Schiller findet den berühmten Kollegen blasiert und kalt: »Öfters um Goethe zu sein, würde mich unglücklich machen«, notiert er und fügt wütend hinzu: »Ich glaube in der Tat, er ist ein Egoist in ungewöhnlichem Grade. (…) Er macht seine Existenz wohltätig kund, aber nur wie ein Gott, ohne sich selbst zu geben – dies scheint mir eine (…) Handlungsart, die ganz auf den höchsten Genuß der Eigenliebe kalkuliert ist. (…) Eine ganz sonderbare Mischung von Haß und Liebe ist es, die er in mir erweckt hat.« Mit Goethe, der ein Glückskind ist, kann er sich nicht messen: »Wie leicht ward sein Genie von seinem Schicksal getragen, und wie muß ich bis auf diese Minute noch kämpfen! Einholen läßt sich alles Verlorene für mich nicht mehr – nach dem dreißigsten bildet man sich nicht mehr um (...).« Dann aber geschieht das Unerwartete: Die beiden Dichter werden zu Freunden. Im Juli 1794 kommen sie eher zufällig in ein Gespräch, es geht um Anschauung und Form in der Natur; auf einmal entdecken sie den Gleichklang ihres Denkens. Diese spät, aber nicht zu spät entdeckte Geistesverwandtschaft versetzt Schiller in Aufbruchstimmung; er sieht vieles klarer, auch sich selbst. In einem Brief an Goethe schreibt er: »Weil mein Gedankenkreis kleiner ist, so durchlaufe ich ihn eben darum schneller und öfter, und kann eben darum meine kleine Barschaft besser nutzen, und eine Mannigfaltigkeit, die dem Inhalte fehlt, durch die Form erzeugen. Sie bestreben sich, Ihre große Ideenwelt zu simplifizieren, ich suche Varietät für meine kleinen Besitzungen. Sie haben ein Königreich zu regieren, ich nur eine etwas zahlreiche Familie von Begriffen, die ich herzlich gern zu einer kleinen Welt erweitern möchte.« Die Freundschaft mit Goethe bedeutet für Schiller die langersehnte, günstige Wendung des Schicksals: Er wähnt sich nun endgültig auf der glücklichen Seite und macht dies durch einen Ortswechsel deutlich: 1799 gibt er seinen Jenaer Wohnsitz auf und zieht mit der Familie nach Weimar. In seinem letzten, ungemein produktiven Jahrzehnt schreibt er seine bedeutendsten Theaterstücke (*Wallenstein; Die Jungfrau von Orleans; Maria Stuart; Wilhelm Tell*); mit seinen Briefen *Über die ästhetische Erziehung des Menschen* legt er eine noch immer anregende Theorie des Schönen vor, die Philosophie und Dichtkunst harmonisch ineinanderfügt. Den Konflikt zwischen Pflicht und Neigung, den der von ihm verehrte Philosoph Kant als grundlegend für die praktische Weltauffassung des Menschen erkannt hatte, löst Schiller, indem er eine dritte Größe einbringt: den »Spieltrieb«, der sich im wahren, d.h. hingebungsvollen Umgang mit dem Schönen zu erkennen gibt: »Mit dem Angenehmen, mit dem Guten, mit dem Vollkommenen ist es dem Menschen *nur* ernst, aber mit der Schönheit spielt er. (...) Denn, um es endlich auf einmal herauszusagen, der Mensch spielt nur, wo er in voller Bedeutung des Worts Mensch ist, und *er ist nur da ganz Mensch, wo er spielt.*« Schiller, vor die Wahl gestellt, sich für Philosophie oder Poesie zu entscheiden, bekennt sich zur Poesie: »Dort ist alles so heiter, so lebendig, so harmonisch aufgelöst und so menschlich wahr, hier«, in der Philosophie, »alles so strenge, so rigid und abstrakt und so höchst unnatürlich (...). Soviel ist gewiß, der Dichter ist der einzig wahre Mensch, und der beste Philosoph ist nur eine Karikatur gegen ihn.« Das ist übertrieben – (manche Philosophen haben sich längst als bessere Dichter erwiesen) –, aber es entspricht Schillers Erkenntnisinteresse, das endgültig in höhere Gefilde drängt: »Zürne der Schönheit nicht, daß sie schön ist, daß sie verdienstlos«, schreibt er, »laß sie die Glückliche sein; – du *schaust* sie, du bist der Beglückte!« Als Dichter, der, so ahnt er bereits, nicht mehr lange zu leben hat, schwebt ihm die Auflösung des Irdischen in einem unerhört leichten, zur Ewigkeit aufgehobenen Schlußbild vor: »Denken Sie sich (...) den Genuß, lieber Freund, in einer poetischen Darstellung alles Sterbliche ausgelöscht, lauter Licht, lauter Freiheit, lauter

Vermögen – keinen Schatten, keine Schranke, nichts von dem allen mehr zu sehen.« Das Allgemeine nimmt das Individuelle zu sich auf, über der Erde dehnt sich der unendliche Raum des Himmels, in den der Mensch – »flüchtet« er »aus der Sinne Schranken / In die Freiheit der Gedanken« – an dem ihm bestimmten Tag (»froh des neuen ungewohnten Schwebens«) eingeht. Diese klassische Vorstellung, die keinen persönlichen Gottesglauben braucht, um andächtig und stolz zu sein, wird von Goethe und Schiller gemeinsam bedient; in Sprache und Poesie folgt sie einem ureignen »Rhythmus«: »Er leistet (...) dieses Große und Bedeutende, daß er, indem er alle Charaktere und alle Situationen nach Einem Gesetz behandelt, und sie, trotz ihres innern Unterschiedes, in Einer Form ausführt, er dadurch den Dichter und seinen Leser nötigt, von allem noch so Charakteristisch-Verschiedenen etwas Allgemeines, rein Menschliches zu verlangen. Alles soll sich in dem Geschlechtsbegriff des Poetischen vereinigen, und diesem Gesetz dient der Rhythmus sowohl zum Repräsentanten als zum Werkzeug, da er alles unter seinem Gesetze begreift. Er bildet auf diese Weise die Atmosphäre für die poetische Schöpfung, das Gröbere bleibt zurück, nur das Geistige kann von diesem dünnen Elemente getragen werden.«

Schiller, nie ganz gesund, hat sich am Ende zuviel zugemutet; er konnte nicht anders. Er wollte »tätig sein, nur tätig«; wenn ihn eine Idee gepackt hatte, mußte er ihr, um den Preis äußerster Erschöpfung, entsprechen. Wie man sich seine Arbeitsweise vorzustellen hat, beschreibt Goethe: »Schiller behauptete, der Mensch müsse können, was er wolle, und nach dieser Manier verfuhr er. Ich will Ihnen ein

Beispiel geben: Schiller stellte sich die Aufgabe, den *Tell* zu schreiben. Er fing damit an, alle Wände seines Zimmers mit so viel Spezialkarten der Schweiz zu bekleben, als er auftreiben konnte. Nun las er Schweizer Reisebeschreibungen, bis er mit Weg und Stegen des Schauplatzes des Schweizer Aufstandes auf das genaueste bekannt war. Dabei studierte er die Geschichte der Schweiz; und nachdem er alles Material zusammengebracht hatte, setzte er sich über die Arbeit, und buchstäblich genommen stand er nicht eher vom Platze auf, bis der *Tell* fertig war. Überfiel ihn die Müdigkeit, so legte er den Kopf auf den Arm und schlief. Sobald er wieder erwachte, ließ er sich nicht, wie ihm fälschlich nachgesagt wurde, Champagner, sondern starken schwarzen Kaffee bringen, um sich munter zu halten. So wurde der *Tell* in sechs Wochen fertig; er ist aber auch wie aus *einem* Guß.«

Schiller war ein Dichter, an dem sich, mehr als an Goethe, die Geister scheiden. Seine Kritiker bemängeln eine für Schwulst und Pathos anfällige Sprache, seinen Anhängern gilt er als Meister des Guten, Wahren und Schönen, der dem Menschen zutraute, zum Gesamtkunstwerk zu werden. Erschwerend wirkte, daß Goethe und Schiller ihr Programm der deutschen Klassik als Alleinunterhalter betrieben, es fehlte an frischem Wind von außen, an fähigem Nachwuchs. Was an Schiller überzeugt, ist die Tateinheit von Poesie und Praxis, die er vorlebte: »Immer strebe zum Ganzen, und kannst du selber kein Ganzes / Werden, als dienendes Glied schließ an ein Ganzes dich an. (...) Willst du dich selber erkennen, so sieh, wie die andern es treiben / Willst du die andern verstehn, blick' in dein eigenes Herz.« Sein Realitätssinn, den er aus einer verunglückten Erziehung bezog, ist

Schiller, trotz seines Drangs zum Höheren, erhalten geblieben; zum Stichwort »Würde des Menschen«, die ja bis heute als höchstes Gut gehandelt wird, notierte er: »Nichts mehr davon, ich bitt euch. Zu essen gebt ihm, zu wohnen. /Habt ihr die Blöße bedeckt, gibt sich die Würde von selbst.«

## *Das Auge des Todes*
## Jean Paul und die Entdeckung des fügsamen Ich

*Jean Paul,*
*geb. am 21. März 1763 in Wunsiedel (Fichtelgebirge),*
*gest. am 14. November 1825 in Bayreuth*

Eine der spannendsten Fragen für den Menschen ist die Frage nach sich selbst; damit hat er ein Leben lang zu tun, und oftmals sind die Antworten, die ihm gegeben werden, nicht haltbar genug, um vor der Prüfinstanz, die er, selbstlauernd, in sich aufgebaut hat, Bestand zu haben. Das Selbst, das er ist oder sein will oder auch nur zu sein vorgibt, hüllt ihn ein wie ein bergender Mantel; ab und zu lugt dann sein sogenanntes Ich hervor, das vermutlich eher mehr auf Gewöhnung und vertrauensbildenden Maßnahmen als auf unangefochtener Individualität beruht. Dennoch oder gerade deswegen ist das Ich dem Menschen lieb und teuer; er will es haben, durchschauen, er will es, vom ersten Tag an, nicht mehr loslassen. Manchmal allerdings, und das ist selten und kommt fast nur bei Dichtern, Künstlern und Meditationsexperten vor, genügt schon die einmalige Bekanntschaft mit dem eigenen Ich, um gleich wieder genug von ihm zu haben und auf wohlbedachte Distanz zu gehen. So geschah es mit Johann Paul Friedrich Richter, der sich als Dichter Jean Paul nannte und – nach Lessing – einer der ersten Berufsschriftsteller in deutschen Landen war. Der kleine Richter,

Sohn eines armen Dorfschulmeisters im Fichtelgebirge, sah eines Tages sein eigenes Ich; es kam über ihn wie eine Erleuchtung, setzte sich jedoch nicht in ihm fest, sondern bot sich als Bild an, das zur vorübergehenden Betrachtung freigegeben wurde. In einem autobiographischen Fragment Jean Pauls, das er, mit der für ihn typischen überlistenden Wortwahl, Selberlebensbeschreibung nennt, heißt es: »Nie vergeß ich die noch keinem Menschen erzählte Erscheinung in mir, wo ich bei der Geburt meines Selbstbewußtseins stand, von der ich Ort und Zeit anzugeben weiß. An einem Vormittag stand ich als ein sehr junges Kind unter der Haustüre und sah links nach der Holzlege, als auf einmal das innere Gesicht ›ich bin ein Ich‹ wie ein Blitzstrahl vom Himmel vor mich fuhr und seitdem leuchtend stehenblieb; da hatte mein Ich zum ersten Male sich selber gesehen und auf ewig. Täuschungen des Erinnerns sind hier schwerlich denkbar, da kein fremdes Erzählen sich in eine bloß im verhangnen Allerheiligsten des Menschen vorgefallne Begebenheit, deren Neuheit allein so alltäglichen Nebenumständen das Bleiben gegeben, mit Zusätzen mengen konnte.«

Das verhangne Allerheiligste des Menschen, von dem Jean Paul spricht, ist die Seele, jener geheimnisvolle Wesensgrund, der tiefer reicht, als das Bewußtsein des Menschen je ausloten kann. Für einen Moment reißt dieses Allerheiligste auf und bringt die Selbstgewißheit, das Ich, hervor. Es ist da, es bleibt, aber seinen inneren Bezirk vermag es nur nach Art eines kleinen Lichts, das in großen Räumen glimmt, zu erhellen; seine Präsenz bleibt in mildes Halbdunkel getaucht. Der Mensch indes, und das ist wohl ein Geschenk, das er keineswegs geringschätzen darf, hat nicht nur mit sich selbst zu tun, sondern, mehr noch, mit der Welt, in der er lebt. In der wird er gefordert; aus Selbsterkenntnis und Weltwissen muß er das Beste machen. Das ist eine sowohl praktische als auch geistesfördernde Aufgabe, die ihm genug zu tun gibt; staunen über das Wunder, das er für sich selber darstellt, kann er dennoch. Aus seiner leiblichen Begrenztheit, aus der Enge seines gewöhnlichen Denkverschlags darf er immer wieder ausbrechen und auffliegen zum Unerhörten und Niegesehenen: »Ist denn nicht selber der Menschengeist (mit allen seinen unendlichen Himmelsräumen) eingepfählt in einen fünf Fuß hohen Körper mit Häuten und (...) Schleim und Haarröhren und hat nur fünf enge Weltfenster von fünf Sinnentreffern aufzumachen für das ungeheure rundaugige und rundsonnige All – und doch sieht und wiedergebärt er ein All.«

Johann Paul Friedrich Richter wird am 21. März 1763 im fränkischen Wunsiedel geboren. Er ist ein eher schwächliches Kind, an dem auch in der Folgezeit die Armut des Elternhauses abzulesen bleibt. Was dem Knaben Johann Paul zur Wohlgenährtheit fehlt, und das ist viel, ersetzt er durch ungestümen Wissensdurst; er erfährt die Welt über Lesen, Nachdenken und Träumen. Sein früh entdecktes Ich leitet ihn dabei; es ist hilfreich und keineswegs störend. Schon bald meldet es den Wunsch nach einer eigenen Schriftstellerexistenz an, der sich schließlich zum Lebensplan ausweitet. Ihn setzt er mit einer Hartnäckigkeit um, die ihm kaum einer zutraut. Seine anfängliche Erfolglosigkeit nimmt er wie ein notwendiges Übel, dem er mit verschärftem Fleiß begegnet. Mit 18 hat er bereits einen ersten Roman und jede Menge Satiren geschrieben; der Tonfall des jungen Johann Paul Friedrich Richter, der sich dann, der Eingängigkeit halber, den Künstlernamen Jean Paul zulegt, ist von Anfang an unverkennbar und unverwechselbar. Erste Rezensionen erscheinen und empfehlen ihm, mit seinem Talent hauszuhalten; er handhabe seinen Witz, heißt es, im Stile eines verschwendungssüchtigen Maulhelden. Jean Pauls Durchbruch erfolgt 1793, als sein Roman *Die unsichtbare Loge* erscheint, den er zunächst anonym an den einflußreichen Literaten Karl Philipp Moritz geschickt hat, der darüber anhaltend in Begeisterung gerät. Er schreibt sogleich an die Deckadresse, die ihm der unbekannte Autor genannt hat: »Und wenn Sie am Ende der Erde wären, und müßt' ich hundert Stürme aushalten, um zu Ihnen zu kommen, so flieg' ich in Ihre Arme. Wo wohnen Sie? Wie heißen Sie? Wer sind Sie? – Ihr Werk ist ein Juwel.«

Da *Die unsichtbare Loge* zu einem überraschenden Erfolg wird, gilt der Verfasser sogleich als Erfolgsschriftsteller. Sogar Goethe, der mit seinem *Werther* den bis dahin fulminantesten Einstieg in den Literaturbetrieb geschafft hatte, nimmt von ihm Kenntnis: Als Jean Paul nach Weimar kommt, findet er ihn amüsant, nennt ihn »ein komisches Wesen« und reicht ihn an Schiller weiter, dem der Kollege aus dem Fichtelgebirge »wie vom Monde gefallen« vorkommt. Sein frisch erworbener Ruhm festigt sich; die meisten finden Jean Paul interessanter, vor allem witziger als die Statthalter der Klassik, die sich in Weimar, auch weil es ihnen an hochbegabten Schülern mangelt, überwiegend als Alleinunterhalter betätigen müssen. Dabei hätte gerade Goethe, der, auf Grund zahlreicher Pflichten und eigener Bedeutungslastigkeit, nur noch zum Lesen der ihm genehmen Schriften kommt, in Jean Pauls

Roman etwas von der herzzerreißenden Sehnsucht wiederfinden können, die auch den jungen Werther umgetrieben hatte. Sie zeigt sich als Glück, Liebe und Leid und wird getragen vom großen Wunder des Lebens. Jean Paul schreibt: »(...) mit stockendem Atem, mit erdrücktem Auge, mit überschütteter Seele steht er vor dem unübersehlichen Angesicht der Natur (...). Als er aber nach dem ersten Erstarren seinen Geist aufgeschlossen, aufgerissen hatte für diese Ströme – als er die tausend Arme fühlte, womit ihn die hohe Seele des Weltalls an sich drückte – als er zu sehen vermochte das grüne taumelnde Blumenleben um sich und die nickenden Lilien (...), und als er sich scheute vor dem Herunterbrechen der herumziehenden schwarzroten Wolkengebirge (...), als er die Berge wie neue Erden auf unserer liegen sah – und als ihn umrang das unendliche Leben, das gefiederte neben der Wolke fliegende Leben, das summende Leben zu seinen Füßen, das goldene kriechende Leben auf allen Blättern, die lebendigen auf ihn winkenden Arme und Häupter der Riesenbäume (...): so fing der Himmel an zu brennen, der entflohenen Nacht loderte der nachschleifende Saum ihres Mantels weg, und auf dem Rand der Erde lag, wie eine vom göttlichen Throne niedergesunkene Krone Gottes, die *Sonne*.«

Auf Gott war Jean Paul, der im Grunde schon immer eine eigene, ihm wesensgemäße Frömmigkeit geübt hatte, drei Jahre zuvor gekommen. Nach der Entdeckung des eigenen Ich in frühen Jahren wird ihm am 15. November 1790 eine zweite Erleuchtung zuteil, die ihn entscheidend beeinflußt. Es ist eine Heimsuchung in Schwarz, die ihm widerfährt: Jean Paul, der sich zu jener Zeit noch als Dorfschullehrer in Schwarzenbach an der Saale abmüht, hat seinen eigenen Tod vor Augen, und er kann ihn nicht abschütteln. Es ist ein Alptraum, den er mit offenen Augen über sich ergehen lassen muß. Erst als seine Wirtin ins Zimmer kommt und ihren verstörten Untermieter wiederholt anspricht, wird er, so scheint es ihm, für das gewöhnliche Leben noch einmal gerettet. Das gewöhnliche Leben aber ist von Stund an nicht mehr gewöhnlich; es wird erhoben und neu beglaubigt. In seinem Tagebuch vermerkt er: »Wichtigster Abend meines Lebens: denn ich empfand den Gedanken des Todes; daß es schlechterdings kein Unterschied ist, ob ich morgen oder in 30 Jahren sterbe, daß alle Pläne und alles mir davonschwindet und daß ich die armen Menschen lieben soll, die so bald mit ihrem bißchen Leben niedersinken (...). An jenem Abend drängte ich mich vor mein künftiges Sterbebette (...), sah mich mit der hängenden Totenhand, mit dem eingestürzten Krankengesicht, mit dem Marmorauge – ich hörte meine kämpfenden Phantasien in der letzten Nacht (...). Ich vergesse den 15. November nie. Ich wünsche jedem Menschen einen 15. November. Ich empfand, daß es einen Tod gebe (...).«

Diese Phantasien müssen blutrünstig gewesen sein. Der Tod läßt das im Alptraum geschaute Leben nicht zur bloßen Schreckensmaske gerinnen, vielmehr sorgt er dafür, daß es, sichtbar für alle, verreckt und verblutet. In *Die unsichtbare Loge* wird die Todesvision bis ins Unerträgliche hinein verdichtet; es heißt dort: »Dieses Blut sprützte nachher an alle Phantasien meiner Fiebernächte; das eingetauchte All stieg blutrot daraus herauf, und alle Menschen schienen mir an einem langen Ufer einen Strom zusammenzubluten, der über die Erde hinaus in eine saufende Tiefe hinabsprang – Gedanken, häßliche Gedanken rückten vor mir grinsend vorüber, die kein Gesunder kennt, keiner nachschafft, keiner erträgt (...). Ich schien mir unten im chaotischen Abgrund zu stehen, und oben weit über mir zog die Erde mit ihren Lebendigen. Mich ekelte Leben und Tod. Auf das, was neben mir lag, sogar auf meine Mutter sah ich starr und kalt wie das Auge des Todes, wenn er ein Leben zerblickt (...). Ich redete das Ich an, das ich noch war: ›Was bist du? was sitzt hier und erinnert sich und hat Qual? – Du, ich, etwas – wo ist denn das hin, das gefärbte Gewölk, das seit dreißig Jahren an diesem Ich vorüberzog und das ich Kindheit, Jugend, Leben hieß?‹«

Der Tod, der damals ohnehin häufiger zu Besuch war bei den Menschen, hatte sich in Jean Pauls Bekanntenkreis umgesehen; er nahm ihm die Freunde Oerthel und Hermann, sein Bruder Heinrich beging Selbstmord. Das mußte zu denken geben; allerdings ging man mit der Sterblichkeit unaufgeregt um, denn die durchschnittliche Lebenserwartung lag bei 36 Jahren. Der Tod war kein wirklicher Überraschungsgast; wer leben wollte, hatte mit ihm zu rechnen. Jean Pauls Sterbevision dient denn auch, trotz oder gerade wegen ihrer Ausschmückung, eher metaphysischer Besinnung als der Vermehrung bereits vorhandener Ängste; ihre Botschaft holt er ein in sein Schreiben: »Ein ganzes horazisches Jahrneun hindurch wurde des Jünglings Herz von der Satire zugesperrt und mußte alles verschlossen sehen, was in ihm selig war und schlug, was wogte und liebte und weinte. Als es sich nun endlich im achtundzwanzigsten Jahre öffnen und lüften durfte: da ergoß es sich leicht und mild wie eine warme überschwellende Wolke unter der Sonne – ich brauchte nur zuzulassen und dem Fließen zuzusehen – und kein Gedanke kam nackt, sondern jeder brachte sein Wort mit und stand in seinem richtigen Wuchse da ohne die Schere der Kunst.«

Die Schere der Kunst ist für das wahre Leben entbehrlich; für die Wahl der Worte jedoch, die für den Dichter auch die Wahl der Waffen meint, erweist sie sich als unverzichtbar: Wer sich einmal zum Künstler erklärt hat, wird die Schere der Kunst nicht mehr aus der Hand legen wollen. Jean Paul ist nach seiner Todesvision behutsam mit ihr umgegangen. In einem seiner großartigsten Prosastücke, der *Rede des toten Christus vom Weltgebäude herab, daß kein Gott sei,* die sich im Roman *Siebenkäs* (1796) findet, ist der Tod Bestandteil einer Himmel- und Fahndungsfahrt verzweifelter Gottessuche. »Ich ging durch die Welten, ich stieg in die Sonnen und flog mit den Milchstraßen durch die Wüsten des Himmels, aber es war kein Gott. Ich stieg herab, soweit das Sein seine Schatten wirft, und schauete in den Abgrund (…), aber ich hörte nur den ewigen Sturm, den niemand regiert, und der schimmernde Regenbogen aus Wesen stand ohne eine Sonne, die ihn schuf, über dem Abgrunde und tropfte herunter. Und als ich aufblickte zur unermeßlichen Welt nach dem göttlichen Auge, starrte sie mich mit einer leeren bodenlosen Augenhöhle an; und die Ewigkeit lag auf dem Chaos und zernagte es und wiederkäuete sich (…)«

Zuletzt allerdings ist die Gottesschau, nachdem sie zuvor Ödnis und Leere des auseinandertreibenden Weltalls und den Zerfall jeglicher Ordnung gesehen hat, doch noch erfolgreich: Gott lebt, aber er lebt nur, wenn man ihn leben lassen will. Jean Paul entscheidet sich für seinen Gott, er mag sich das Leben ohne ihn nicht vorstellen; ein gottloses Dasein hat keinen Sinn. Freudigen Herzens glaubt er, was von der kalten Vernunft als unglaubwürdig bestimmt wurde: Gott existiert, und die Seele vermag ihn zu schauen. Es gibt ein gutes Leben vor dem Tode und ein noch besseres danach; was es zu bieten hat, bleibt ein Mysterium, dem der gläubige Mensch näher kommt als der ungläubige. Der Todesvision ist damit der Schrecken genommen, sie hat sich befrieden lassen, und es wird hell, weil wir, wie auch Goethe wußte, am göttlichen Licht, »am farbigen Abglanz (…) das Leben« haben. (…) Ein unermeßlich ausgedehnter Glockenhammer sollte die letzte Stunde der Zeit schlagen und das Weltgebäude zersplittern (…) als ich erwachte. Meine Seele weinte vor Freude, daß sie wieder Gott anbeten konnte – und die Freude und das Weinen und der Glaube an ihn waren das Gebet. Und als ich aufstand, glimmte die Sonne tief hinter den vollen purpurnen Kornähren und warf friedlich den Widerschein ihres Abendrots dem kleinen Monde zu, der ohne eine Aurora im Morgen aufstieg (…).«

Das Ich lebt, der Tod ist überwunden, und sein Gott hat ein Auge auf ihm: Jean Paul kann nun Ruhe in sein Leben bringen. Er schreibt und ist fleißig; der Erfolg, den er als Autor hat, läßt ein wenig nach, was ihn aber nicht groß bekümmern muß. Aus dem armen, dünnen Poeten ist ein beleibter Dichter geworden, den die Sorge um gutes Bier mindestens ebensosehr umtreibt wie die Frage nach dem tieferen Sinn von Politik und Geschichte. Mit zunehmendem Alter, und er befindet sich da in bester Gesellschaft, nehmen bei ihm die resignierenden Töne zu; es ist, wie es ist, und noch vor jeglichem Königreich verfallen Körper und Geist. Gelegentlich flüchtet er sich vor diesen trüben Aussichten in eine fingierte Behaglichkeit, die heute noch, ebenso wie seine Wortfindekraft und Ironiemächtigkeit, seinem literarischen Ruf angehören. Der Empfehlung, die Jean Paul im Vorwort zum *Leben Fibels* ausspricht, darf man dennoch getrost Folge leisten: »Ich für meine Person bekenne gern, daß ein solches Werkchen, wie ich eben hier der Welt darreiche, mir, wenn ich's von einem dritten bekäme, ein gefundnes Essen wäre und Leben in mich brächte; denn ich würd' es auf die rechte Weise lesen, nämlich Ende Novembers (...) oder auch sonst bei starkem Schneegestöber und Windspfeifen – ich würde an einem solchen Abend mehr Holz nachlegen lassen und die Stiefel ausziehen, ferner die politischen Zeitungen einen Tag zu lange liegen- oder sie ungelesen fortlaufen lassen – ich (...) würde mir ein vernünftiges Abendbrot aus der Kindheit bestellen und für den Morgen ein halbes Lot Kaffee Überschuß, weil ich schon voraus wüßte, wie sehr ich durch ein so treffliches, ruhiges Buch (wofür dem Verfasser ewiger Dank sei!) zur Anspannung für ein eignes glänzendes ausgeholet hätte (...). So würd' ich das Werkchen lesen – aber leider hab' ich es selber vorher gemacht.«

# *Es ereignet sich aber das Wahre*
## Hölderlin und das unschuldigste aller Geschäfte

*Friedrich Hölderlin,*
*geb. 20. März 1770 in Lauffen am Neckar,*
*gest. am 7. Juni 1843 in Tübingen*

Manchmal schauen wir ohne Absicht und erhalten doch schon das Ganze. Aus dem Bannkreis eines Anblicks, der nicht für uns erdacht wurde, ergibt sich das Innige und Wahre, und wir erfahren den Anspruch des Heiligen. Eine andere Welt als die offensichtliche tut sich auf; sie ist mehr zu erahnen, als daß sie nachzuzeichnen oder zu bewahren wäre. Denn auch das große, das erhabene Bild unterliegt der Zeit, die an jedem ihrer geglückten Momente zwar die Ewigkeit hat, in ihrem gewöhnlichen Verlauf jedoch das Wissen am Vergessen bemißt. So kann der ergreifende Anblick, der alles umfassen kann, was dem Menschen nahegeht, Gestalt, Landschaft, Natur, Kunstschönheit, Seelenanmut und Glücksgefühl, sich auch nicht selber erhalten; er wird der Erinnerung überstellt, die das grandiose Bild, sofern sie ein Aufhebens davon macht, bestenfalls zum gelungenen Abbild werden läßt. Friedrich Hölderlin, ein Dichter, wie später vielleicht nur noch Rilke einer war, sah sich in jungen Jahren einem solchen Bild ausgesetzt; es war unspektakulär und stimmig, und es berichtet von einer ersten Verstörung. Der sechzehnjährige Hölderlin versucht sie im Gedicht für einen Freund mitzuteilen: »Guter Carl! – in jenen schönen Tagen / Saß ich einst mit dir am Neckarstrand. / Fröhlich sahen wir die Welle an das Ufer schlagen, / Leiteten uns Bächlein durch den Sand. / Endlich sah ich auf. Im Abendschimmer / Stand der Strom. Ein heiliges Gefühl / Bebte mir durchs Herz; und plötzlich scherzt' ich nimmer, / Plötzlich stand ich ernster auf vom Knabenspiel.«

Der heimatliche Neckar, den Hölderlin sieht, ist nicht groß, aber im Abendlicht nimmt er Größe an und wird zum Bild, das bleiben soll. Zwei Jahre später steht Hölderlin an einem wirklichen Strom, am Rhein bei Speyer, und erneut hält er Andacht; sein Reisetagebuch vermerkt: »Ein Strom, der dreimal breiter ist als der Neckar, wo der am breitesten ist – dieser Strom von oben herab an beiden Ufern von Wäldern beschattet – und weiter hinab die Aussicht über ihn so lang, daß einem der Kopf schwindelte – das war der Anblick – ich werd' ihn nie vergessen, er rührte mich außerordentlich (...).«

Was damals in Gang gesetzt wurde, war eine Selbstfindung, die nicht auf dem Selbst beruht, sondern auf einer Schenkung, deren Urheber unerkannt bleiben will. Gleichwohl ist sie drängend: »Von nun an konnt' ich nichts mehr denken, was ich zuvor dachte, die Welt war mir heiliger geworden, aber geheimnisvoller. Neue Gedanken, die mein Innerstes erschütterten, flammten mir durch die Seele. Es war mir unmöglich, sie festzuhalten, ruhig fortzusinnen (...). Wir sind nichts; was wir suchen, ist alles.« Hölderlin hat das Bild vom Strom immer wieder verwendet. Der Strom, frei verharrend im Blick seines Betrachters, ist Teil einer anderen, dem Erhabenen zugewandten Ordnung, die in versunkenen schönen Tagen ruht, aber weiterlebt für den, der sich empfänglich zeigt für die Zeichen ihrer Anwesenheit. Sie steht für Fraglosigkeit, nicht für fraglose Gewißheit: »Könnt ich sie dir zurückbringen, diese stille Feier, diese heilige Ruhe im Innern, wo auch der leiseste Laut vernehmbar ist, der aus der Tiefe des Geistes kommt, und die leiseste Berührung von außen, vom Himmel her, und aus den Zweigen und Blumen – ich kann es nicht aussprechen, wie mir oft ward, wenn ich so dastand vor der göttlichen Natur, und alles Irdische in mir verstummte – da ist er uns so nahe, der Unsichtbare!«

Für den großen Unsichtbaren und sein Wirken ist Hölderlin überaus empfänglich; der Spannung zwischen dem gewöhnlichen Vernünftigen und dem göttlichen Übermächtigen, den der Alltagsmensch, aus gutem Grund, nicht fassen kann, weil er dabei seine ganze notdürftige Identität zu verlieren droht, konnte er nur um den Preis eines gewaltsamen, den normalen Verstand beeinträchtigenden Friedens entkommen; danach hatte er seine Ruh', die den anderen als Wahnsinn erschien oder, in etwas vornehmerer Formulierung, für geistige Umnachtung gehalten wurde. Das eine heilige Bild: Es ruft erst Ergebenheit und Demut, dann schiere Verzweiflung hervor; das Bild fügt sich zwar dem Geheimnis, das es auch in der Offenheit noch bleibt, nicht aber dem Kopf, in dem es bewahrt werden soll. Im Sommer 1794 schreibt Hölderlin: »Es muß heraus, das große Geheimnis, das mir das Leben gibt oder den Tod (…). Oft konnte ich insgeheim von einem kleinen erkauften Besitztum, von einer Kahnfahrt, von einem Tale, das mir ein Berg verbarg, erwarten, was ich suchte (…). Meine ganze Seele sträubt sich gegen das Wesenlose. Was mir nicht Alles und ewig Alles ist, ist mir Nichts (…) wo finden wir das Eine, das uns Ruhe gibt, Ruhe? Wo tönt sie uns einmal wieder, die Melodie unseres Herzens in den seligen Tagen der Kindheit?«

Wenn der Mensch überhaupt je bei sich selbst sein kann und dabei von seinem Gott nicht verlassen ist, dann gelingt ihm dies als Kind. Das Kind ist gutherzig, unschuldig, neugierig, es spielt mit der Welt, die ihm groß und staunenswert vorkommt, aber zugleich fügsam genug erscheint, um sich ihm, dem Kind, anverwandeln zu können. Die Zeit steht ihm unbegrenzt zur Verfügung: Indem es von Augenblick zu Augenblick lebt und, ganz ohne Arg, in sich selbst ruht, ist es an sich schon unsterblich. Es gehört einer Geistwelt an, zu der, wenig später, auch die alten Leute wieder Zugang haben, auf deren Gesichtern sich das gelebte Leben wie eine Rätselschrift ablesen läßt. Kindsein, erklärt Hölderlin, soll einfach und unvergänglich sein: »Es ist ganz, was es ist, und darum ist es so schön. / Der Zwang des Gesetzes und des Schicksals betastet es nicht; im Kind ist Freiheit allein. / In ihm ist Frieden; es ist noch mit sich selber nicht zerfallen. Reichtum ist in ihm; es kennt sein Herz, die Dürftigkeit des Lebens nicht. Es ist unsterblich, denn es weiß vom Tode nichts.«

Der Tod aber, der zum Leben gehört, wird, wenn das Kind dem Kindsein entwächst, zu einer seltsamen Gewißheit, die zunächst nur den anderen droht. Diese Eigenart des Todes, der, bei aller Präsenz, etwas Verhuschtes hat, weil er die persönliche Auseinandersetzung zu scheuen scheint, macht seine unwiderlegbare Tücke aus; man wird ihn nicht los, nicht mal in Gedanken. Für das Kind, das schließlich erwachsen geworden ist, bleibt nur der gefaßte Blick zurück: »Da ich ein Knabe war, / Rettet' ein Gott mich oft / Vom Geschrei und der Rute der Menschen, / Da spielt' ich sicher und gut / Mit den Blumen des Hains, / Und die Lüftchen des Himmels / Spielten mit mir / (...). – O all ihr treuen / Freundlichen Götter! / Daß ihr wüßtet, / Wie euch meine Seele geliebt! – Zwar damals rief ich noch nicht / Euch mit Namen, auch ihr / Nanntet mich nie, wie die Menschen sich nennen / Als kennten sie sich. / – Doch kannt ich euch besser, / Als ich je die Menschen gekannt, / Ich verstand die Stille des Äthers / Der Menschen Worte verstand ich nie. / – Mich erzog der Wohllaut / Des säuselnden Hains / Und lieben lernt' ich / Unter den Blumen. / – Im Arme der Götter wuchs ich groß.«

Das Kind Friedrich Hölderlin, das sich die Denkweise der Erwachsenen nie ganz zu eigen macht, wird am 20. März 1770 in Lauffen am Neckar geboren. Der Vater stirbt früh an einem Schlaganfall. Zwei Jahre später heiratet die Mutter, eine gottesfürchtige Frau, den Nürtinger Weinhändler und Bürgermeister Johann Christoph Gok, der ihren Kindern ein liebevoller Stiefvater wird; auch dieser Ehe ist nur kurzes Glück beschieden. Das Kind Friedrich Hölderlin erlebt zwei Väter und ihren Tod; seine Mutter verfällt daraufhin nicht der Verzweiflung, sondern haust sich, mehr noch als vorher, in den Unterstand ihres versiegelten Gottesglaubens ein. Hölderlin ist ein begabter Schüler; er besucht die Klosterschulen in Denkendorf und Maulbronn. Er soll Geistlicher werden, aber das kann kein Beruf für ihn sein, wie sich bald herausstellen sollte. Von 1788 bis 1793, in heftig bewegter Zeit, die von Revolutionswirren und neuen

Ideen geprägt ist, studiert er am renommierten Tübinger Stift und befreundet sich dort (u.a.) mit den späteren Philosophen Schelling und Hegel. Nach dem Studium, das er mit dem Magisterexamen abschließt, schlägt er sich als Hauslehrer durch und studiert an der Universität Jena. Seine dichterischen Versuche finden nicht die Würdigung, die sie verdienen; Goethe kann mit ihnen rein gar nichts anfangen, Schiller gibt sich wohlwollend und ratlos. 1796 tritt Hölderlin eine Stelle als Hauslehrer bei der Familie Gontard in Frankfurt am Main an. Susette Gontard, die Dame des Hauses, wird seine große, lebenssprengende Liebe, und diese Liebe wird erwidert, obwohl alle Umstände gegen sie sprechen. Es kommt, wie es kommen muß: Als das Verhältnis offenbar wird, setzt Gontard den Magister Hölderlin vor die Tür. 1797 erscheint der erste Band seines Romans *Hyperion,* 1799 der zweite; in dem Widmungsexemplar, das er Susette Gontard an geheimem Ort übergibt, steht zu lesen: »Wem sonst als Dir«. Noch einmal versucht er sich, gesundheitlich bereits angeschlagen, als Hauslehrer; er geht in die Schweiz und nach Bordeaux. Als er 1802 aus Frankreich zurückkehrt, erreicht ihn die Nachricht, daß Susette gestorben ist: Als Todesursache werden Röteln genannt, aber in Wahrheit starb sie wohl an gebrochenem Herzen.

Hölderlin hat Mühe, sich zurechtzufinden. Er ist verwildert; die Erfahrungswelt wird ihm zur Last. Unter seinem Dasein leidet er jetzt wie unter einer unheilbaren Krankheit, die ihm stille Schmerzen bereitet; schon das einfache Sprechen fällt ihm schwer. Auch die Poesie kann nicht mehr helfen, das Sagbare ist unsagbar geworden, das Heilige geht ein in die Grimassen des Gewöhnlichen. Noch einmal versucht er, sich aufzuraffen, aber sein Leid, schwerfällig bedeckt gehalten, entzieht sich der Ordnung der Worte. An seinen Freund Böhlendorff schreibt er: »Mein Teurer! Ich (…) bin in Frankreich gewesen und habe die traurige einsame Erde gesehen; die Hütten des südlichen Frankreichs und einzelne Schönheiten (…). Das gewaltige Element, das Feuer des Himmels und die Stille der Menschen, ihr Leben in der Natur, und ihre Eingeschränktheit und Zufriedenheit, hat mich beständig ergriffen (…). Es war mir nötig, nach manchen Erschütterungen und Rührungen der Seele mich festzusetzen auf einige Zeit, und ich lebe indessen in meiner Vaterstadt. Die heimatliche Natur ergreift mich umso mächtiger, je mehr ich sie studiere. Das Gewitter, nicht bloß in seiner höchsten Erscheinung, sondern in eben dieser Ansicht, als Macht und als Gestalt (…), das Licht in seinem Wirken (…), daß uns etwas heilig ist (…), daß alle heiligen Orte der Erde zusammen sind um einen Ort und das philosophische Licht um mein Fenster sind jetzt meine Freude (…) bis hierher.«

Der Rest von Hölderlins Leben ist schnell erzählt: 1806 wird er in die Autenriethsche Klinik in Tübingen eingeliefert, man erklärt ihn für unheilbar geisteskrank; seine Lebenserwartung, heißt es, betrage noch drei Jahre. Dann aber wird dem kranken Hölderlin doch noch ein Glücksfall zuteil: Der Schreinermeister Ernst Zimmer, ein grundsolider Mann und erklärter Freund der Dichter, nimmt sich seiner an; er holt den Pflegefall Hölderlin in sein Haus, wo er ein Turmzimmer mit Blick auf den Neckar bewohnen darf, das heute gern von Touristen bestaunt wird. Hier verbringt Hölderlin die zweite Hälfte seines Lebens: 36 Jahre sind ihm noch vergönnt, in der er seine eigene Welt besetzt hält, äußerlich zur Ruhe gekommen und in mühsam ausbalanciertem Frieden mit den Mächten, die ihn so heftig bedrängten. Daß ein Dichter, der mehr sieht als andere, gefährdet ist, ahnte er früh; es blitzte ihm, kaum merklich, schon im friedfertigen Bild vom Strom mit auf und wurde zur Einsicht, als es keine Rückzugsmöglichkeiten mehr gab. Im Sommer 1800 hatte er geschrieben: »Aber in Hütten wohnet der Mensch, und hüllet sich ins verschämte Gewand, denn inniger ist achtsamer auch und daß er bewahre den Geist, wie die Priesterin die himmlische Flamme / dies ist sein Verstand. / Und darum ist die Willkür ihm / und höhere Macht zu fehlen und zu vollbringen dem Götterähnlichen / der Güter gefährlichstes, die Sprache dem Menschen / gegeben, damit er schaffend, zerstörend, und / untergehend, und wiederkehrend zur ewigliebenden, / zur Meisterin und Mutter, damit er zeuge, was / er sei geerbet zu haben, gelernt von ihr, ihr / Göttlichstes, die allerhaltende Liebe.«

Hölderlin, von Mut und Verzweiflung geschwächt, hat sich als Dichter immer wieder Rechenschaft über sein Tun abgelegt. Er wägt Wissen und Poesie gegeneinander ab und befindet, daß jedes Wissen sich klein machen muß unter dem unendlichen Himmel; Poesie indes, Dichtkunst, »das unschuldigste aller Geschäfte«, wie er sie nennt, weist über sich hinaus, sucht das Große im Ganzen, eint zerrissene Herzen. Der Dichter vermag ihn zu schauen, den imaginären Vereinigungspunkt, der die Natur Gottes noch mit dem Menschen zusammenhielt. In seiner Sehnsucht nach Wiedervereinigung, nach Versöhnung der Gegensätze, nach Ankunft und Heimkehr dämmert dem Dichter die Einsicht in ein Sein, das nicht grundlos sein kann, auch wenn es der Begründung entsagt: »Wir durchlaufen alle eine exzentrische Bahn, und es ist kein anderer Weg möglich von der Kindheit zur Vollendung. – Die selige Einigkeit, das Seyn, im einzigen Sinne des Worts, ist für uns verloren, und wir mußten es verlieren, wenn wir es erstreben, erringen sollten. Wir reißen uns los vom friedlichen Hen Kai Pan [Einen und Allen] der Welt, um es herzustellen, durch uns Selbst. Wir sind zerfallen mit der Natur, und was einst, wie man glauben kann, Eins war, widerstreitet sich jetzt, und Herrschaft und Knechtschaft wechselt auf beiden Seiten. Oft ist uns, als wäre die Welt Alles und wir Nichts, oft aber auch, als wären wir Alles und die Welt Nichts (...) Jenen ewigen Widerstreit zwischen unserem Selbst und der Welt zu endigen, den Frieden alles Friedens, der höher ist denn alle Vernunft, den wiederzubringen, uns mit der Natur zu vereinigen zu Einem unendlichen Ganzen, das ist das Ziel all' unseres Strebens, wir mögen uns darüber verständigen oder nicht. – Aber weder unser Wissen noch unser Handeln gelangt in irgend einer Periode des Daseyns dahin, wo aller Widerstreit aufhört, wo alles Eins ist; die bestimmte Linie vereinigt sich mit der unbestimmten nur in unendlicher Annäherung.«

Wer sich um die Wiedereingliederung in einen unvordenklichen Seinsgrund bemüht, ist zu loben; man kann aber davon ausgehen, daß eine solche Unternehmung, der Würde und Kühnheit nicht abzusprechen sind, zum Scheitern verurteilt bleibt. Mit den Mitteln des Bewußtseins, unter dem Störfeuer des Selbstbewußtseins gar, läßt sich keine Versöhnung erzielen; es darf sich glücklich schätzen, wer beim Bedenken des Undenkbaren mit heilem Kopf davonkommt.

Hölderlin war dies nicht beschieden, er konnte nicht unbeschädigt bleiben an Leib und Seele. Als die Qualen seine ganze Natur ergriffen, versagte ihm auch der Geist; danach wurde er neu justiert und nahm Blickkontakt auf mit dem Harmlosen, das nie so harmlos ist, wie es den Anschein hat. Der späte, der zur Ruhe gekommene Hölderlin, der sich in der zweiten Hälfte seines Lebens mal verschlossen, mal einfältig-zutraulich gibt, lebt in seiner eigenen Welt, die er, wenn ihm danach ist, einen Spaltbreit öffnet. Dann darf man hineinschauen zu ihm, darf Ruhe und Rückzug bewerten, die von früher her kommen, vom Kindsein, vom Ufer des Stromes, und ein ferner, verloren geglaubter Klang wird eingespielt, dem nichts mehr hinzuzufügen ist; der Mensch steht für eine Möglichkeit ein, die seine Möglichkeiten übersteigt: »Ein Zeichen sind wir, deutungslos, / Schmerzlos sind wir und haben fast / Die Sprache in der Fremde verloren. / Wenn nämlich über Menschen / Ein Streit ist an dem Himmel und gewaltig / Die Monde gehn, so redet / Das Meer auch, und Ströme müssen / Den Pfad sich suchen. Zweifellos / Ist aber Einer. Der / Kann täglich es ändern. Kaum bedarf er / Gesetz. Und es tönet das Blatt und Eichbäume wehn dann neben / Den Firnen. Denn nicht vermögen / Die Himmlischen alles. Nämlich es reichen / Die Sterblichen eh an den Abgrund. Also wendet es sich, das Echo, / Mit diesen. Lang ist / Die Zeit, es ereignet sich aber / Das Wahre.«

# *Immer nach Hause*
## Novalis und das Feuer des Schönen

*Novalis,*
*geb. am 2. Mai 1772 in Oberwiederstedt (Mansfeld),*
*gest. am 25. März 1801 in Weißenfels*

Friedrich von Hardenberg stammte aus altem niedersächsischem Adelsgeschlecht. Den Namen Novalis nahm er erst später an und benutzte ihn vorwiegend für seine literarischen Arbeiten. Novalis heißt soviel wie »Der Neuland-Besteller«, und als ein solcher hat sich der Freiherr von Hardenberg, der ein Mann von beträchtlichen Talenten war, auch tatsächlich gesehen: Er betrat Neuland, das bei genauerem Hinsehen aber so neu gar nicht war, sondern nur die andere Seite der bekannten und durchdachten Welt, von der wir uns ein Bild machen. Dieses Bild aufzuhellen auf Erden und unter einem der Ewigkeit verschworenen Himmel – das war das Bestreben des Freiherrn von Hardenberg genannt Novalis, der dafür jedoch nicht viel Zeit hatte; sein Leben war kurz bemessen.

Am 2. Mai 1772 wird er im elterlichen Schloß Oberwiederstedt im damaligen Kursachsen geboren. Die Hardenbergs können auf eine respektable Familientradition zurückblikken: Seit dem 12. Jahrhundert gibt es sie, der Stammbaum ist weit verzweigt und weist einige bedeutende Persönlichkeiten auf. Karl August von Hardenberg etwa aus der niedersächsischen Linie der Hardenbergs, der von 1750 bis 1822 lebt, bringt es zum preußischen Staatskanzler. Novalis indes stammt aus der obersächsischen Linie, in der es beschaulicher und überschaubarer zugeht: Schloß Oberwiederstedt, das heute u.a. ein Novalis-Museum und eine Forschungsstätte für Frühromantik beherbergt, 1989 jedoch fast abgerissen worden wäre, wenn sich nicht im Ort selbst Widerstand gegen das Vorhaben gerührt hätte, ist im Jahre 1772 eher ein bescheidenes Landgut als ein Schloß: Mit der Bausubstanz steht es nicht zum besten, und für Reparaturen fehlt das Geld. Heinrich Ulrich Erasmus von Hardenberg, Novalis' Vater, ist ein strenggläubiger Mann: Er hat sich, nachdem ihm in erster kinderloser Ehe die Frau weggestorben war, der Herrnhuter Brüdergemeinde angeschlossen und hängt seinem protestantischen Gottesweltbild an, das vom Grau-in-Grau der irdischen Sündhaftigkeit grundiert wird. Alles, was der Mensch auf Erden zu seiner eigenen Freude tut, kann höheren Orts gegen ihn verwendet werden; von dieser Überzeugung läßt sich Heinrich von Hardenberg leiten, und er macht es seiner Familie damit nicht leicht. Gut, daß es da noch die Mutter gibt: Bernhardine Auguste von Bölzig, Hardenbergs zweite Frau, war als arme Verwandte vom Hausherrn geehelicht worden, was sie immer wieder zu spüren bekommt. Sie läßt es sich jedoch nicht verdrießen, ist lebensbejahend und verständnisvoll, auch wenn ihr, kein Wunder bei diesem Mann, wiederkehrende Schwermutsanfälle zusetzen, gegen die sie jedoch tapfer angeht. Elf Kinder – sieben Söhne und vier Töchter – bringt sie zur Welt, von denen nur ein einziges, der 1781 geborene Georg Anton von Hardenberg, die Mutter überlebt. Der Tod, so scheint es, hat schon frühzeitig sein besonderes Augenmerk auf die Hardenberg-Kinder gerichtet; für den Vater ist dies nichts Ungewöhnliches und eine Bestätigung seiner strengen Frömmigkeit. Friedrich von Hardenberg ist der Zweitälteste, ein schwächliches Kind, an dem überdies keine besonderen Geistesgaben zu entdecken sind, im Gegenteil. Sein Blick, meint man, ist träge, seine Bewegungen muten langsam an, von frühen Begabungen kann keine Rede sein. Der Vater macht sich schon Sorgen, ob ihm da nicht eine weitere schwere Probe zugemutet werde, indem ihm der Herrgott ein zurückgebliebenes Kind ins Haus gesetzt hat; die Mutter jedoch hängt an dem Kind mit besonderer Zärtlichkeit, was ein Leben lang anhält. Friedrich dankt es ihr mit einer Liebe, die über das übliche Maß hinausgeht; die Mutter wird ihm zur Geliebten schlechthin, sie weckt Begehrlichkeiten in ihm, die eingehen in sein späteres Frauenbild. Im Sommer 1791, er ist 19 Jahre alt, schreibt er der Mutter aus Jena: »Ich weiß, daß Du es so gern siehst, wenn ich an Dich schreibe, ob ich Dich gleich versichre, daß auch gewiß sonst die Erinnerung an Dich mir die glücklichsten meiner Stunden macht, wenn meine Phantasie schwelgt und Dein Bild lebendig mir vorschwebt. Wenn alle die schönen Szenen der Vorzeit und Zukunft, die ich mit Dir erlebte und erleben werde, vor mir stehn und jeder Zug in ihnen beseelt ist: Wenn gar der blaue Schleier der Zukunft sich hebt und ich Dich als Schöpferin aller jenen kühnen Entwürfe sehe, die eine allzukühne Zuversicht in meine Kräfte wagte. Denn wem dankten alle Männer beinah, die etwas Großes für die Menschheit wagten, ihre Kräfte; keinem als ihren Müttern.«

Der kleine Friedrich von Hardenberg, von der Mutter geliebt und vom Vater argwöhnisch beäugt, bleibt zunächst das merkwürdig schwächliche Kind. Das ändert sich erst, als er seine erste große Kraftprobe besteht: Friedrich, gerade 9 Jahre alt geworden, trotzt einer der heimtückischsten Krankheiten seiner Zeit, der Ruhr. Wochenlang liegt er darnieder, die Ärzte machen sorgenvolle Gesichter. Auch der Vater bangt um seinen Sohn. Als der kleine Friedrich, allen ungünstigen Prognosen zum Trotz, die Krankheit besiegt, steht er, so scheint es, als ein anderer vor den Eltern: Er wirkt selbstbewußter, nicht mehr so verhuscht und verschüchtert, und auf einmal interessiert er sich für alles, was um ihn herum vorgeht. Der Vater sieht es mit Wohlwollen und beginnt sich ernsthaft für seinen Sohn zu interessieren. Er nimmt ihn jetzt manchmal sogar auf Reisen mit, was einer Auszeichnung gleichkommt. Heinrich von Hardenberg hat allerdings wirtschaftliche Sorgen; er bewirbt sich um den Posten des Direktors der kursächsischen Salinen. Die Bewerbung hat Erfolg, er erhält eine zusätzliche Besoldung von 650 Talern im Jahr. So zieht die Familie 1785 in die kleine Stadt Weißenfels um, die damals knapp 4000 Einwohner hat und verkehrsgünstig im Dreieck Leipzig, Jena, Weimar liegt. In dieser Region, so zeigt sich später, fühlt sich Novalis zu Hause; er bleibt ein Kursachse, der zwar gelegentliche Reisepläne hegt, aber den anmutigen Landstrich zwischen Harz, Thüringer Wald, Erzgebirge und Elbe nicht verlassen mag. Hier findet er seine Welt, in der sich die Grenzen zwischen Tag und Traum, zwischen Endlichkeit und Unendlichkeit zugunsten einer anderen Wirklichkeit auflösen lassen. Die Hardenbergs werden in Weißenfels schnell heimisch; dennoch geht manch wehmütige Erinnerung nach Oberwiederstedt zurück: »Wie schön spielte es sich in dem dämmerigen großen Hausflur, in den langen Gängen, auf der steinernen Wendeltreppe mit den kleinen runden Fensterscheiben, durch welche das Licht so seltsam gebrochen hereinfiel, und welche vom Turm herab durch die kleine verborgene Tür in den engen Hof geleitete, wo eine Menge alter hochstämmiger Fliederbäume im Frühling so köstlich blühten (...). Fürwahr, es war eine fröhliche Kinderzeit, ein glückliches Leben.«

Friedrich von Hardenberg wird von Hauslehrern unterrichtet; er zeigt sich als fleißiger Schüler. Zur Literatur fühlt er sich hingezogen, auch zur Philosophie und Rechtswissenschaft, und er versucht sich, eher spielerisch als systematisch, als Dichter, dem es allerdings noch an Originalität mangelt, was er selbst freimütig zugibt. Am 23. Oktober 1790 wird er als Student der Jurisprudenz an der Universität Jena eingeschrieben, die damals bei etwa 4500 Jenenser Einwohnern immerhin 800 Studenten zählt und besonders in den Geisteswissenschaften einen ausgezeichneten Ruf hat. Als Berühmtheiten gelten der Philosoph Karl Leonhard Reinhold, ein Kantianer auf der Suche nach einer eigenständigen Philosophie, und Schiller, der in Jena als außerordentlicher Professor der Geschichte und Philosophie wirkt und auf den jungen Novalis sogleich einen außerordentlichen Einfluß ausübt: »(...) sein Blick warf mich nieder in den Staub und richtete mich wieder auf«, bekennt er und fühlt sich in einer Weise inspiriert, die er zuvor nicht gekannt hat. Er setzt seine Inspiration sogar in tätige Nächstenliebe um: Als Schiller im Januar 1791 schwer erkrankt, hält er Nachtwachen am Bett des verehrten Lehrers. Schiller, dem es bald darauf wieder bessergeht, bleibt bis auf weiteres der Leitstern des jungen Hardenberg, der allerdings weiß, daß seine eigenen Talente noch nicht in die rechte Bahn gekommen sind: Eine gewisse Unstetheit tritt hervor, ein überbordendes, schnell zu entzündendes und noch schneller abzulenkendes Interesse, das sich um die vom Philosophen Hegel – der selbst später nach Jena kommt – geforderte »saure Arbeit des Begriffs« einstweilen noch herumzuwinden weiß. Er versucht, sich an eine Devise zu halten, die Schiller gerade allen praktizierenden Schriftstellern angeraten hatte: »Der Dichter muß damit anfangen, sich selbst fremd zu werden, den Gegenstand seiner Begeisterung von seiner Individualität loszuwickeln, seine Leidenschaft aus einer mildernden Ferne anzuschauen (...).« Und er »nehme sich ja in acht, mitten im Schmerz den Schmerz zu besingen«.

In Jena bleibt Friedrich von Hardenberg, trotz Schiller, nur ein Jahr; danach wechselt er an die Universität Leipzig. Er ist voller Pläne und guter Absichten; an seinen Bruder Erasmus schreibt er: »Ich werde (...) nach einer gänzlich veränderten Lebensordnung zu leben dort anfangen. Jurisprudenz, Mathematik und Philosophie sollen die drei Wissenschaften sein, denen ich diesen Winter mich mit Leib und Seele ergeben will (...). Ich muß mehr Festigkeit, mehr Bestimmtheit, mehr Plan, mehr Zweck mir zu erringen suchen.« Im Vergleich zu Jena ist Leipzig eine Großstadt von 30000 Einwohnern. Es gibt für den Studenten Hardenberg nicht nur die Wissensangebote, sondern auch diverse Zerstreuungen, so daß er Mühe hat, seine guten Vorsätze in die Tat umzusetzen. Die Unstetheit, das eigenartig Getriebene seines Wesens, das er schon früh in sich entdeckte und zu disziplinieren sucht, wird er so schnell nicht los. Er spielt mit dem Gedanken, Offizier zu werden. Davon erhofft er sich, wie er mitteilt, mehr »Männlichkeit« und ein »Festerwerden« seines Charakters. Die Zeiten sind zudem so, daß Soldaten gebraucht werden. In Frankreich hat sich, begrüßt von nicht wenigen deutschen Intellektuellen, die Revolution durchgesetzt. Am 20. April erklärt die Gesetzgebende Versammlung in Paris Österreich den Krieg, auch das verbündete Preußen ist betroffen. Hardenbergs Pläne sind indes nicht mehr als Planspiele; er hat zudem nicht genug Geld, um sich in eine Offizierslaufbahn einzukaufen. So bleibt ihm nichts anderes übrig, als, umgeben von äußeren Konflikten, seinen inneren Konflikt mit sich selbst auszutragen. Dabei kommt ihm ein Freund zu Hilfe, der in der Folgezeit außerordentlich wichtig für ihn werden soll: der Dichter, Philosoph und Literaturkritiker Friedrich Schlegel, der, obwohl nur sieben Wochen älter als Novalis, damals in seiner Entwicklung schon so weit fortgeschritten ist, daß er Friedrich von Hardenbergs Talente deutlich zu erkennen vermag. Im Januar 1792 schreibt er an seinen Bruder August: »Nur von einem muß ich doch erzählen: Das Schicksal hat einen jungen Mann in meine Hand gegeben, aus dem alles werden kann. – Er gefiel mir sehr wohl, und ich kam ihm entgegen; da er mir denn bald das Heiligtum seines Herzens weit öffnete. Darin habe ich nun meinen Sitz aufgeschlagen und forsche. – Ein noch sehr junger Mensch – von schlanker guter Bildung, sehr feinem Gesicht mit schwarzen Augen, von herrlichem Ausdruck, wenn er mit Feuer von etwas Schönem redet – unbeschreiblich viel Feuer – er redet dreimal mehr und dreimal schneller als wir andre – die schnellste

Fassungskraft und Empfänglichkeit. Das Studium der Philosophie hat ihm üppige Leichtigkeit gegeben, schöne philosophische Gedanken zu bilden – er geht nicht auf das Wahre, sondern auf das Schöne.«

Im April 1793 verläßt Novalis Leipzig und wechselt an die Universität Wittenberg, an der 250 Studenten eingeschrieben sind. Auch für Wittenberg bringt Novalis gute Vorsätze; sie sollen seinen Fleiß untermauern und reichen bereits über die Studentenzeit hinaus. Seinem Vater in Weißenfels meldet er: »Die Arbeit schmeckt mir (...) Staatsrecht, Statistik, Völkerrecht und Referieren füllen meine Stunden völlig. Mich treibt eine Sehnsucht nach einer Anstellung, wo ich bald von Deinem Beutel unabhängig bin.« Aber dann kommen doch die alten Zweifel wieder, und er schreibt: »Mein Wesen besteht aus Augenblicken. Will ich diese nicht ergreifen mit männlicher Hand, so bleibt mir nichts übrig als eine unerträgliche Vegetation.« Wenn dem aber so ist, wenn eigentlich nur der Augenblick zählt, dann muß man aus der Not eine Tugend machen: Das Leben als Abfolge von Augenblicken läßt sich steigern und erleuchten, wenn jedem dieser Augenblicke ein besonderes Gewicht verliehen wird. Inhaltsschwer und einzigartig muß jeder Augenblick sein – so als könnte er ein erstes und letztes Geschenk des auf Tiefe und Nachfragen angelegten Bewußtseins sein. Diesem Erkenntnisprogramm möchte er nicht allein wissenschaftlich, sondern auch als Ahnender folgen; seine Begeisterungsfähigkeit, die ungebrochen ist, muß deswegen nicht künstlich herabgestimmt werden. Friedrich Schlegel macht ihm ausdrücklich Mut: »Du wirst sicher noch glücklich werden; übersiehe nur die schönen Kräfte Deiner Seele, die Fülle

Deiner Einbildungskraft, die Schnellkraft Deines Herzens, die Leichtigkeit Deines Verstandes (...).«

Am 14. Juni 1794 legt Friedrich von Hardenberg sein juristisches Staatsexamen ab; seine Leistungen werden, wie er stolz vermerkt, mit »der ersten Zensur« bedacht. Sein Selbstbewußtsein, obwohl noch immer ablenkbar und verführbar, hat sich gefestigt; er glaubt nun zu wissen, was er kann und was er will. Ja, er hat sich die dazu passende Überzeugung zurechtgelegt: Wer etwas werden will im Leben, muß etwas wollen. »Reine Willenskraft«, schreibt er, »ist das Element des Mannes, der ohne sie nie Mann, sondern ein halber Verschnittner ist. Sie ist's, wodurch wir gesund sind und werden. Denn gewiß nur die Harmonie unsrer Kräfte, die nur durch sie möglich ist, macht uns zu wahren Menschen, zu echten Wesen in der Reihe der Dinge und dem wunderbaren Zusammenhang der moralischen und physischen Welt. Wo kranke Phantasie, da ist auch kranke Empfindung und kranker Verstand.« Novalis kehrt nach Weißenfels zurück. Er ist stolz auf das Erreichte. Seine eigene, noch junge Geschichte hat er selbsttätig in die Hand genommen und mit Leben erfüllt, das auf einem deutlich erweiterten Wissen beruht. Man kann dies, möchte er glauben, sogar modellhaft sehen: Was seine Geschichte ausmacht, läßt sich nämlich auch, sieht man einmal von individuellen Besonderheiten ab, als Bestandteil einer allgemeinen Geschichte denken, die, erhoben über das zeitlich Begrenzte, schließlich »jedes Menschen Geschichte« ist. Die Gewißheit, die Novalis daraus bezieht, reicht weit über die eigene Person hinaus, deren Wert er gerade erst entdeckt hat. Eine ungeheure Zeit steht ihm bevor – eine Abenteuerzeit des Denkens, in der vielleicht auch die Liebe, der nicht wenige seiner Tag- und Nachtträume gelten, ihren Platz findet: »Ich habe nur einen Zweck – der ist überall erreichbar, wo ich tätig sein kann. Doch hab ich mir nicht, wie ein Spießbürger, allzu enge Grenzen gemacht. Bleib ich gesund, so muß ich ein Maximum für mich – erreichen (...). Es sind die Tage des Brautstandes – noch frei und ungebunden und doch schon bestimmt aus freier Wahl. – Ich sehne mich ungeduldig nach Brautnacht, Ehe und Nachkommenschaft (...). Das Herz drückt mich – daß nicht jetzt schon die Ketten fallen wie die Mauern von Jericho.«

Nach Abschluß seines Studiums findet Hardenberg im November 1794 eine Anstellung: Er wird Verwaltungsassistent am Kreisamt in Bad Tennstedt im nördlichen Thüringen. Wenig später hat er eine Begegnung, die er zwar erhofft, aber nicht unmittelbar erwartet hat: Er lernt die Liebe seines Lebens kennen, Sophie von Kühn. Sie lebt mit Mutter, Stiefvater und neun Geschwistern im Nachbarort Grüningen. Daß Sophie die Liebe seines Lebens ist, weiß er, wie er bekennt, »innerhalb einer Viertelstunde«; Sophie indes hat mit der Liebe eigentlich noch nicht viel im Sinn, denn sie ist jung, sehr jung, gerade mal zwölfeinhalb Jahre. Novalis kommt seine Liebe wie eine langersehnte Rettung vor; er hat einen Menschen für sich entdeckt, den er in den Mittelpunkt seiner heftig bewegten Gefühlswelt stellen kann. Zwar mutet er der Liebe damit mehr zu, als sie zu leisten vermag, aber er braucht für die Sprache des Herzens ein Anforderungsprofil, das sich nicht am Gewöhnlichen bemißt. Er lebt auf in der Liebe, macht sie schließlich zu einem Welterklärungsmodell, das die Gegensätze versöhnt und auseinandertreibende Tendenzen wieder zusammenführt. Sophie von Kühn, ein patentes und bodenständiges Mädchen, ist mit den Höhenflügen, die ihr zugedacht werden, überfordert; dennoch willigt sie ein, sich mit Hardenberg zu verloben, den sie, die seine Überspanntheiten durchaus erfaßt hat, jedoch auch auf Distanz zu halten weiß. Novalis stört das nicht weiter; von der Liebe erwartet er nun mal mehr als eine schnell verglimmende Glut des Herzens. An Friedrich Schlegel schreibt er: »Mein Lieblingsstudium heißt im Grunde wie meine Braut. Sophie heißt sie – Philosophie ist die Seele meines Lebens und der Schlüssel zu meinem eigensten Selbst (...). Ich fühle in allem immer mehr die erhabnen Glieder eines wunderbaren Ganzen – in das ich hineinwachsen, das zur Fülle meines Ichs werden soll – und muß ich nicht alles gern leiden, da ich liebe und mehr liebe, als die 8 Spannen lange Gestalt im Raume, und länger liebe, als die Schwingung der Lebenssaite währt.«

Novalis wirft sich, beschwingt von der Liebe, der er überirdische Reichweiten zutraut, auf das Studium der Philosophie. Sein philosophischer Einflüsterer wird ein Denker, der gerade in aller Munde ist: Johann Gottlieb Fichte. Dessen waghalsiges Erkenntnisprogramm, das Universum aus einer grundlegenden Tathandlung des Ich hervorgehen zu lassen, wurde allgemein als kühner Entwurf angesehen, der etwas vollbrachte, was zuvor nur verschämt versucht worden war, nämlich aus dem Bannkreis des großen Kant herauszutreten. Von Fichte zeigt sich Novalis, den die Bildung des Ich schon lange beschäftigt, mächtig beeindruckt; er merkt jedoch bald, daß sich hinter dem Ich, wie absolut es auch immer gesetzt werden mag, noch etwas Größeres auftut – eine allererste, ganz und gar unabhängige Wahrheit.

Sie nennt er Gott. Gott steht zwar über den Menschen, ist aber auch der Herr ihrer Herzen; Endlichkeit und Unendlichkeit sind in ihm vereinigt. Wenn der Mensch, beseelt von der Liebe, sich für die Stimme Gottes offenhält, verfällt ihm die gewöhnliche Zeit, und er wird Teil der wahren Ewigkeit: »Die Menschheit grünt und blüht, welkt und ruht zu gleicher Zeit. (…) Das Prinzip ist in jeder Kleinigkeit des Alltagslebens, in allem sichtbar. Das Wahre erhält sich immer – das Gute dringt durch – der Mensch kommt wieder empor – die Kunst bildet sich – die Wissenschaft entsteht – und nur das Zufällige, das Individuale verschwindet. Es ist der Kampf des Vergänglichen mit dem Bleibenden (…).« Dieser Kampf, glaubt Novalis, kann nur zugunsten des Bleibenden entschieden werden. Das Individuum stirbt, aber es lebt weiter in der Gattung; eines Menschen Geschichte wird jedes Menschen Geschichte, die aufgehoben ist in der Menschheit Gottes: »Wenn wir von uns sprechen, so reden wir von der Gattung und dem Einzelnen. Unser Ich ist Gattung und Einzelnes – allgemein und besonders. Die zufällige oder einzelne Form unsers Ich hört nur für die einzelne Form auf – der Tod macht nur dem Egoismus ein Ende (…). Was du wirklich liebst, das bleibt dir.«

Mit dieser Einsicht wird Novalis schon bald auf eine schmerzliche Probe gestellt: Sophie erkrankt schwer. Die Lage ist ernst. An Erasmus schreibt er am 20. November 1795: »Die Leber war stark entzündet – die heftigsten Schmerzen, seit dem Montag schlaflose Nächte, brennendes Fieber. Schon (…) zweimal zur Ader gelassen. Sie war sehr matt, konnte sich nicht rühren – aber heiter und gelassen.« In der Tat ist Sophie ungemein tapfer; ihre Leidensfähigkeit, die sich auch an den damaligen, aus heutiger Sicht geradezu furchteinflößenden Behandlungsmethoden der Medizin bemißt, wird von allen gerühmt. Sie unterzieht sich einer Operation in Jena, die kurzfristige Besserung bringt, dann jedoch das alte Leiden wieder hervortreten läßt. Anfang März 1797 sieht Friedrich von Hardenberg seine Sophie zum letzten Mal; sie stirbt, so steht es im Grüninger Kirchenbuch, am »19. März 1797, früh um 9 Uhr, 2 Tage nach ihrem fünfzehnten Geburtstag, an den Folgen einer Lungensucht«. Was du wirklich liebst, das bleibt dir – diese Erkenntnis läßt sich leicht aufschreiben, angesichts des leibhaftigen Todes aber nur schwer durchstehen: »Es ist Abend um mich geworden, während ich noch in die Morgenröte hineinsah. Meine Trauer ist grenzenlos, wie meine Liebe. Drei Jahre ist sie mein stündlicher Gedanke gewesen. Sie allein hat mich an das Leben, an das Land, an meine Beschäftigung gefesselt. Mit ihr bin ich von allem getrennt, denn ich habe mich selbst fast nicht mehr.« – Kaum ist Sophie zu Grabe getragen worden, wird ihm der nächste Schicksalsschlag auferlegt: Am Karfreitag 1797 stirbt sein Lieblingsbruder Erasmus an Tuberkulose; er ist noch keine 23 Jahre alt. Dieser zweite Todesfall innerhalb kürzester Zeit, der den Lebensschmerz eigentlich ins Unerträgliche steigern müßte, bewirkt erstaunlicherweise eine Beruhigung; aus all dem, so macht sich Novalis klar, kann es nur den Weg ins Licht geben. Der Tod ist nicht das Ende, er zeichnet vielmehr, modellhaft für jedes Menschen Geschichte, die unendlich feinen und eindringlichen Linien eines absoluten Neubeginns vor: »Das Blütenblatt ist nun in die andere Welt hinübergeweht, – der verzweifelte Spieler wirft die Karten aus der Hand und lächelt, wie aus einem Traum erwacht, dem letzten Ruf des Wächters entgegen und harrt des Morgenrots, das ihn zum frischen Leben in der wirklichen Welt ermuntert. Je ängstlicher die Träume, desto näher die erquickende Frühe (...). Ich habe noch einiges zu verrichten – dann mag die Flamme der Liebe und Sehnsucht auflodern und dem geliebten Schatten die liebende Seele nachsenden. Der Augenblick des Wiedersehens ist der freudigste Aufblick, den ich noch unter dieser Sonne habe.«

Novalis gelingt es nun, sich dem wirklichen Leben zu widmen, ohne seine eigentliche Welt, die er »die unsichtbare Welt« nennt, aus den Augen zu verlieren. Er arbeitet konzentriert, ist um sein berufliches Fortkommen bemüht. Zugleich spricht er in Briefen immer wieder davon, seiner Sophie »nachsterben« zu wollen; der rechte Zeitpunkt dafür sei nicht mehr fern, es gelte nur noch, die eine oder andere Kleinigkeit zu erledigen. Je mehr er allerdings zurückfindet ins reale Leben, desto mehr verlieren seine Todespläne an Gewicht; sie werden, da er jetzt auch in seiner Philosophie festes Terrain gewinnt, schließlich unerheblich und haben nur noch theoretischen Wert. Novalis arbeitet inzwischen in der Behörde, der Heinrich von Hardenberg als Direktor dient; man hat seinen Sohn als Salinenassessor in Weißenfels angestellt. Da sein Wissensdurst ungestillt ist, entschließt er sich zu einem zusätzlichen Studium an der Bergakademie Freiberg, für das ihn die kurfürstliche Behörde im November 1797 freistellt.

Im Jahr 1798 tritt der Schriftsteller Novalis an die Öffentlichkeit: Bislang hat er eher im verborgenen geschrieben, nun findet er, daß er sich hervorwagen darf. Friedrich Schlegel hat zusammen mit seinem Bruder August eine literarische Zeitschrift gegründet, die *Athenaeum* heißen soll, nachdem man zuvor ernsthaft erwogen hat, sie *Schlegeleum* zu nennen, was so ganz abwegig nicht gewesen wäre, da die Brüder die Absicht hegen, die meisten Beiträge selber zu schreiben. Im *Athenaeum* erscheint im April 1798 unter dem rätselhaft-einschmeichelnden Titel *Blütenstaub* die erste selbständige Arbeit Friedrich von Hardenbergs, der sich als Schriftsteller Novalis nennt. Es sind »Vermischte Bemerkungen«, die da das Licht der Öffentlichkeit erblicken, »romantische Fragmente«, in denen der Autor, wie er selbst bekennt, »Bruchstücke des fortlaufenden Selbstgesprächs in mir« nach draußen läßt. Obwohl er mit dieser Form nicht sonderlich zufrieden ist und auch an den Inhalten nachträglich einiges zurechtgerückt wissen will, enthält die Sammlung *Blütenstaub* doch bereits wesentliche Bekenntnisse des Dichters und Denkers Novalis. Er formuliert einige seiner Grundgedanken, die um das Verhältnis von Endlichkeit und Unendlichkeit, von Tod und Leben, von Zeit und Zeitlosigkeit kreisen. Novalis, der im wirklichen Leben längst zu einem pflichtbewußten Beamten geworden ist, sieht sich als Bürger einer höheren Welt. Diese höhere Welt ist unsichtbar und lebt vom reichen Seelenleben, das jeder Mensch in sich trägt: »Wir träumen von Reisen durch das Weltall: ist denn das Weltall nicht in uns? Die Tiefe unseres Geistes kennen wir nicht. – Nach innen geht der geheimnisvolle Weg. In uns oder nirgends ist die Ewigkeit mit ihren Welten, die Vergangenheit und Zukunft.« Dennoch wäre der Mensch schlecht beraten, wenn er sich nur darauf beschränkte, die Tiefen seiner Seele auszuloten. Die Außenwelt, das wirkliche Leben, darf nicht geringgeschätzt werden, im Gegenteil:

»Der erste Schritt wird Blick nach innen, absondernde Beschauung unseres Selbst. Wer hier stehen bleibt, gerät nur halb. Der zweite Schritt muß wirksamer Blick nach außen, selbsttätige, gehaltne Beobachtung der Außenwelt sein.« Das Band, das die ideale Verbindung zwischen Innen- und Außenwelt schafft, ist die Poesie. Ihr mutet Novalis viel, wenn nicht gar alles zu: Poesie, wie er sie versteht, steht sogar noch über Philosophie und Religion, ja sie soll auch die geheime Triebfeder sein, die das Staats- und Gesellschaftsleben prägt.

Inzwischen hat Friedrich Schlegel seine Überlegungen aufgenommen; im *Athenaeum* nennt er die Poesie, der sein Freund Novalis zutraut, »die Welt zu romantisieren«, eine »progressive Universalpoesie«, die nichts Geringeres bewirken soll, als »die Poesie lebendig und gesellig und das Leben und die Gesellschaft poetisch« zu machen. Novalis sucht derweil nach einer Art Weltformel. Sie soll die geheime Klammer des Wissens benennen, die das Kleine mit dem Großen, das Innere mit dem Äußeren verbindet; sollte es sie geben und sollte sie, dies vor allem, den Menschen zugänglich sein, wäre sie der eigentliche Schlüssel zum Reich Gottes. Von den zeitgenössischen, an sich ja kühnen Entwürfen der Philosophie hat sich Novalis inzwischen entfernt; er glaubt, die Philosophie Fichtes hinter sich gelassen zu haben, weil er eben nicht beim Ich stehengeblieben ist, sondern die ganze Reichhaltigkeit des Lebens, das sich durch reine Begriffe nicht fassen läßt, in sein Denken mit einbezieht. Leben ist magisch – diese Erkenntnis, die ihn nicht schaudern läßt, sondern noch ergriffener und neugieriger macht – wird ihm zur erkenntnisleitenden Idee: »Zur Welt suchen wir den Entwurf – dieser Entwurf sind wir selbst (…). Wir werden die Welt verstehn, wenn wir uns selbst verstehn, weil wir und sie integrante Hälften sind.« Als Dichter sieht er sich indes nicht, wohl aber als Autor, der sein Schreiben wie sein Denken dazu benutzt, zu höheren Einsichten zu gelangen: »Die Schriftstellerei ist eine Nebensache (…). Wenn ich gut, nützlich, tätig – liebevoll und treu bin – so lassen Sie mir einen unnützen, unguten und harten Satz passieren. Schriften unberühmter Menschen sind unschädlich – denn sie werden wenig gelesen und bald vergessen. Ich behandle meine Schriftstellerei als ein Bildungsmittel – ich lerne etwas mit Sorgfalt durchdenken und bearbeiten – das ist alles, was ich verlange. Kommt der Beifall eines klugen Freundes, so ist meine Erwartung übertroffen.«

Zu Beginn des neuen Jahrhunderts schreibt Novalis Gedichte nieder, die im August 1800 unter dem Titel *Hymnen an die Nacht* im letzten Heft des *Athenaeum* erscheinen. Sie ziehen eine lyrische Summe seines bisherigen Denkens, das sich zum »magischen Idealismus« geläutert hat, der, durch auf- und absteigende Potenzierungen, die unsichtbare mit der sichtbaren Welt vereinigen will und das Gewöhnliche mit dem Ungewöhnlichen zusammendenkt. Deshalb ist die Nacht, die Novalis besingt, auch nicht bedrohliche Finsternis, sondern die andere Seite des Lichts; in der Nacht kommt es zur Versöhnung, wird Liebe zur wahren Offenbarung. Gott, der kein persönlicher, kein strenger Gott ist, ruft die Seinen, und sie erkennen ihn, ihrer Zeitlichkeit enthoben, in seiner zugänglichen Ewigkeit. Es ist ein Moment, der für alle zählt, und Novalis beschreibt ihn als aufblitzende Vision, die die

Wahrheit als Bild nimmt, das sich eingräbt, auch wenn es schon wieder verloschen ist: »Da kam aus blauen Fernen – von den Höhen meiner alten Seligkeit ein Dämmerungsschauer – und mit einem Male riß das Band der Geburt – des Lichtes Fessel. Hin floh die irdische Herrlichkeit und meine Trauer mit ihr – zusammen floß die Wehmut in eine neue, unergründliche Welt – du Nachtbegeisterung, Schlummer des Himmels kamst über mich – die Gegend hob sich sacht empor; über der Gegend schwebte mein entbundner, neugeborner Geist. Zur Staubwolke wurde der Hügel – durch die Wolke sah ich die verklärten Züge der Geliebten. In ihren Augen ruhte die Ewigkeit – ich faßte ihre Hände, und die Tränen wurden ein funkelndes, unzerreißliches Band. Jahrtausende zogen abwärts in die Ferne, wie Ungewitter (...).«

Obwohl er gesundheitliche Probleme hat, ringt Novalis sich weitere literarische Arbeiten ab: Er hat einen Roman begonnen, die *Lehrlinge von Sais,* der aber liegenbleiben muß, weil ihm die Zeit fehlt; er schreibt *Geistliche Lieder,* die wegen ihrer ergreifenden Schlichtheit zu Lebzeiten seine erfolgreichsten Werke sind; er bringt unter dem programmatischen Titel *Die Christenheit oder Europa* eine geschichtsphilosophische Abhandlung zu Papier, in der er Religion und politische Erwartungshaltung auf eine Weise ineinanderführt, daß beide wie neu belebt erscheinen, was auch und im besonderen gegen den zeitgenössischen, sich philosophisch gebärdenden Materialismus geht, der gegen die alten Werte wettert, nur weil sie alt sind und einem rigorosen Fortschrittsverständnis widersprechen: »Das Resultat der modernen Denkungsart nannte man Philosophie und rechnete alles dazu, was dem Alten entgegen war, vorzüglich also jeden Einfall gegen die Religion (…). Noch mehr – der Religions-Haß dehnte sich sehr natürlich und folgerecht auf alle Gegenstände des Enthusiasmus aus, verketzerte Phantasie und Gefühl, Sittlichkeit und Kunstliebe, Zukunft und Vorzeit, setzte den Menschen in der Reihe der Naturwesen mit Not obenan, und machte die unendliche schöpferische Musik des Weltalls zum einförmigen Klappern einer ungeheuren Mühle, die vom Strom des Zufalls getrieben und auf ihm schwimmend, eine Mühle an sich, ohne Baumeister und Müller und eigentlich ein echtes Perpetuum mobile, eine sich selbst mahlende Mühle sei.«

Im Dezember 1799 beginnt er mit der Arbeit an einem neuen Roman, der *Heinrich von Ofterdingen* heißen soll und von einem mittelalterlichen Dichter erzählt, der im 13. Jahrhundert, zusammen mit seinen Dichterkollegen Wolfram von Eschenbach, Walther von der Vogelweide und Reinmar von Hagenau, am legendären Sängerkrieg auf der Wartburg teilgenommen hatte. Dennoch ist *Heinrich von Ofterdingen* kein historischer Roman, sondern eher ein Glaubensbekenntnis in Romanform. Es geht wieder um die Poesie, die Novalis noch einmal beim Wort nimmt, auf daß sie – nunmehr im Erzählgang eines Romans – die ganze, welt- und seelentrösterische Vielfalt ihrer unendlichen Möglichkeiten darlege. Man kann sagen, daß Novalis in seinen *Heinrich von Ofterdingen* alles hineinlegt, was er bisher erdacht, erfühlt und erlitten hat. In der berühmtesten Szene des Romans erfährt Heinrich von Ofterdingen die visionäre Kraft der Erlösung, für die ein besonderes Symbol steht, die blaue Blume: »Er sah nichts als die blaue Blume und betrachtete sie lange mit unnennbarer Zärtlichkeit. Endlich wollte er sich ihr nähern, als sie auf einmal sich zu bewegen und zu verändern anfing; die Blätter wurden glänzender und schmiegten sich an den wachsenden Stengel, die Blume neigte sich nach ihm zu, und die Blütenblätter zeigten einen blauen ausgebreiteten Kragen, in welchem ein zartes Gesicht schwebte.« Heinrich von Ofterdingen, der, wie sein Autor Novalis, eine starke Mutterbindung hat, die allerdings, soweit das überreicher Phantasie überhaupt möglich ist, im Sinne reiner Liebe von Zweideutigkeiten weitgehend frei bleibt, darf schließlich, mit Blick auf die bestaunenswerten Grundfragen des Lebens, denen er Tag und Nacht nachsinnt, des Rätsels Lösung erfahren, das allerdings wiederum nur die Gewißheit des einen erfüllten Augenblicks anzubieten hat; darüber hinaus dreht sich das Geheimnis, in dem der Mensch und letztlich wohl auch sein Gott aufgehoben ist, im Kreise – eine unaufhörliche Bewegung, die den Schleier der Unwissenheit hebt, um ihn gleich darauf wieder fallenzulassen: »Das große Geheimnis ist allen offenbart und bleibt ewig unergründlich. Aus Schmerzen wird die neue Welt geboren, und in Tränen wird die Asche zum Trank des ewigen Lebens aufgelöst. In jedem wohnt die himmlische Mutter, um jedes Kind ewig zu gebären (...).«

Inzwischen haben die Ärzte eine Lungentuberkulose bei Novalis diagnostiziert; sie verordnen Trinkkuren und regelmäßige Spaziergänge. Der Kranke macht sich seine eigenen Gedanken: Er besorgt sich heilkundliche Schriften und sucht darin nach einer Diagnose, die mit seiner Philosophie vereinbar erscheint. Schließlich kommt er darauf, daß Krankheiten, wie alles andere auf Erden auch, unter dem göttlichen

Diktat freier Notwendigkeit stehen. Der Mensch soll die ihm auferlegte Krankheit als Herausforderung sehen: »Krankheiten zeichnen den Menschen vor den Tieren und Pflanzen aus. Zum Leiden ist der Mensch geboren (…). Wahrscheinlich sind sie der interessanteste Reiz und Stoff unseres Nachdenkens und unserer Tätigkeit (…). Krankheiten, besonders langwierige, sind Lehrjahre der Lebenskunst und der Gemütsbildung.«

Friedrich von Hardenberg stirbt am 25. März 1801. Bald danach wird er zum Dichter einer Romantik erklärt, der das von ihm geprägte Zeichen der blauen Blume aufgeprägt wird – was sich jedoch als ein eher zweifelhaftes Qualitätssiegel herausstellt. Denn Novalis' Werk ist vielschichtiger; sein »magischer Idealismus« unternimmt eine Denkanstrengung, die auch heute noch lohnend erscheint: Sie versucht, getrennte Sphären zu vereinen, an denen wir mal schwach und demütig, mal großspurig und zukunftsversessen teilhaben. Das Sichtbare und das Unsichtbare, Natur und Geist, Innen- und Außenwelt, Rationalität und Gläubigkeit wollte Novalis zusammenbringen und darauf eine Religion des Wissens gründen, die zwar Bodenhaftung einfordert, aber zugleich hoch hinauf in die Göttlichkeit und in die unendlichen Weiten des Alls drängt, von denen wir das sinnstiftende Konzentrat in unseren Herzen tragen. Eine solche religiös grundierte Philosophie führt, wie Novalis kühnerweise annehmen konnte, »immer nach Hause«; ihr zu folgen bedeutet, anders als es das blaublumige Romantik-Bild meint, nicht ausschweifendes Träumen, nicht Sinnieren um jeden Preis, sondern die Teilhabe an einer realistisch gedachten und um die nötigsten Illusionen erweiterten Weltauffassung, aus der sich Andacht ebenso beziehen läßt wie Erkenntnisgewinn: »Ist denn nicht das Leben des gebildeten Menschen eine beständige Aufforderung zum Lernen? Der gebildete Mensch lebt durchaus für die Zukunft. Sein Leben ist Kampf; seine Erhaltung und sein Zweck Wissenschaft und Kunst. Je mehr man lernt, nicht mehr in Augenblicken, sondern in Jahren zu leben, desto edler wird man. Die hastige Unruh, das kleinliche Treiben des Geistes geht in große, ruhige, einfache und vielumfassende Tätigkeit über, und die herrliche Geduld findet sich ein.« Die Geduld aber wird ausgehalten von existentieller Ungeduld; sie ahnt, daß ein einziges Leben womöglich nicht ausreichen kann, um all das zu erfahren, was erfahrenswert ist. Überhaupt hat sich Novalis, der – nicht nur, weil er jung zu sterben hatte – eine jugendbewegte Philosophie des träumerischen Realismus entwickeln konnte, mitten hinein ins bedenkliche Leben gestellt, dem er die Poesie anbietet; sie läßt sich als das begreifen, was den desillusionierten Alten abhanden kommt, den Jungen jedoch, das muß ihr Vorrecht sein, zumindest einmal im Leben zufliegen sollte: als »Sinn für das Eigentümliche, Personelle, Unbekannte, Geheimnisvolle, zu Offenbarende, das Notwendig-Zufällige. Er stellt das Undarstellbare dar. Er sieht das Unsichtbare, fühlt das Unfühlbare (...).« Poesie wird zur kreativen Welt- und Ich-Auffassung, sie macht den Kopf zum Ideenwebstuhl, dem gleichwohl eines gewiß bleibt: »Für das Lebendige ist kein Ersatz.« So liegt denn, möglicherweise, alles unendlich nah beisammen: »das Gewöhnlichste, Nächste« wäre »als ein Wunder und das Fremde, Übernatürliche als etwas Gewöhnliches zu betrachten«, so daß einen »das alltägliche Leben selbst wie ein wundervolles Märchen«

umgibt »und jene Region, die die meisten Menschen nur als ein Fernes, Unbegreifliches ahnden oder bezweifeln wollen«, schließlich »wie eine liebe Heimat« erscheint. Novalis mutet seiner Philosophie den ganzen Reichtum des Lebens zu, den das Denken, das allerdings nur ein »Traum des Fühlens« sein könne, nachzuzeichnen und wahrzumachen hat. Dazu gehören auch die Zweifel, ja die Verzweiflung, die den Jungen oft ganz plötzlich widerfährt, den Alten jedoch Teil ihrer bitteren Abwicklungsroutine wird; in seinem Tagebuch notiert der achtzehnjährige Novalis: »Von unsrer Wiege an verfolgen uns Vorurteile, Schwachheiten und Mängel, die uns das Drückende des Lebens in seiner ganzen Schwere fühlen lassen. Alle unsre Wünsche bleiben unerfüllt, unsre Pläne scheitern, unsre schönsten Hoffnungen, unsre blühendsten Aussichten verschwinden. Oft schein ich mir allein in der Welt zu sein (...). Skeptizismus an allem, trauriger Menschenhaß muß unmittelbar daraus entstehen. (...) Unglücklicher, dem dies Schicksal zuteil ward – bin ich der Unglückliche?« Auf diese Frage gab sich Novalis selbst seine Antworten; sie sind weit hergeholt und gehen gegen unsere heutigen, fast immer begründeten Überzeugungen an, unglücklich sein zu müssen: Nein, lautet die Antwort in ihrer letztgültigen Fassung, eigentlich bin ich der Glückliche.

## *Eine Oper im Geiste*
Hoffmann und die Faxen des Seins

*E. T. A. Hoffmann,*
*geb. am 24. Januar 1776 in Königsberg,*
*gest. am 25. Juni 1822 in Berlin*

Manchmal hat ein Dichter nicht nur Talent zum Dichten, sondern er ist auch noch begabt in anderen Disziplinen; dann hat er womöglich ein Problem: Er kann sich nicht recht entscheiden, welchen von seinen Begabungen er nachgehen will, und darüber kann man schon mal trübsinnig werden oder gar verzweifeln. E. T. A. Hoffmann war ein solches Mehrfachtalent; er studierte die Rechtswissenschaften, war Musiker und Zeichner und wurde schließlich als Dichter bekannt, der seinen Lesern alles mögliche zumutete, nur keine einfachen Wahrheiten. Der Mensch ist ein mehrfach gebrochenes und begabtes Wesen, erfährt der Leser aus Hoffmanns Erzählungen (die sich schließlich sogar zum Titel einer vielgespielten Oper summieren); nie läßt er sich auf eine Eigenart, einen Charakter reduzieren, er hat eine Tag- und eine Nachtseite und viele Gesichter.

Ernst Theodor Wilhelm Hoffmann, der 1809 seinen dritten Vornamen, Wilhelm, Mozart zu Ehren durch Amadeus ersetzt, ehe dann, der künstlerischen Einprägsamkeit wegen, das Kürzel E.T.A. zur Anwendung kommt, wächst in nicht ganz unkomplizierten Verhältnissen auf. Der Vater ist von

Haus aus Jurist, wäre aber lieber Musiker geworden, die Mutter neigt zu Depressionen. Die Ehe der Eltern wird früh geschieden; ein penibler Onkel, ebenfalls Jurist, tritt an die Stelle des Vaters. Am besten versteht sich das Kind Ernst Theodor mit der jüngsten Tante Charlotte, die zur Laute singt und ihn zum Träumen bringt. Hoffmann hat sie später als »Tante Füßchen« in seiner Erzählung *Lebensansichten des Katers Murr* verewigt. »Manchmal geschah es, daß die Schwester eine Arie sang. Ach, wie freute ich mich immer darauf! Ich liebte sie sehr; sie gab sich viel mit mir ab und sang mir oft mit ihrer schönen Stimme, die so recht in mein Innerstes drang, eine Menge herrlicher Lieder vor, die ich so in Sinn und Gedanken trage, daß ich sie noch leise für mich zu singen vermag. (...) Schon wenn sie die Einleitung spielten und meine Tante noch nicht angefangen zu singen, klopfte mir das Herz, und ein ganz wunderbares Gefühl von Lust und Wehmut durchdrang mich, so daß ich mich kaum zu fassen wußte.« Auch die zeitlos schöne Welt der Musik ist jedoch nicht unangreifbar, sie zerbricht, wenn ein Ereignis eintritt, das für Kinder um so unbegreiflicher anmutet, je mehr sich die Erwachsenen um Haltung bemühen. Als die Tante erst krank wird und dann stirbt, ist nichts mehr so, wie es war: »Ich weinte, ich schrie, ich wollte zu Tante Füßchen. Sowie ich in jenes Zimmer gekommen, trippelte ich hin an das Bett, in dem Tante Füßchen gelegen, und zog die Gardinen auseinander. Das Bett war leer, und eine Person, die nun wieder eine Tante von mir war, sagte, indem ihr die Tränen aus den Augen stürzten: ›Du findest sie nicht mehr, sie ist gestorben und liegt unter der Erde.‹ Ich weiß wohl, daß ich den Sinn solcher Worte nicht verstehen konnte, aber noch jetzt, jenes Augenblicks gedenkend, erbebe ich in dem namenlosen Gefühl, das mich damals erfaßte. Der Tod selbst preßte mich hinein in seinen Eispanzer, seine Schauer drangen in mein Innerstes, und vor ihnen erstarrte alle Lust der ersten Knabenjahre.«

Neben der Musik sind es Bücher, die inspirierend auf den jungen Hoffmann wirken. Dabei kommt seinem Ersatzvater, dem bereits erwähnten Onkel, der seine Familie mit krausen Lebensregularien und Diätvorschriften traktiert, eine tragende Rolle zu; er sorgt dafür, daß die frühen Lektüreerfahrungen seines Neffen schließlich zur schlagenden Einsicht werden. »Der Oheim hatte eine ziemlich starke Bibliothek, in der ich nach Gefallen stöbern und lesen durfte, was ich wollte; mir fielen Rousseaus *Bekenntnisse* in der deutschen Übersetzung in die Hände. Ich verschlang das Buch … Gleich elektrischen Schlägen traf mich nämlich die Erzählung, wie der Knabe Rousseau, von dem mächtigen Geist seiner inneren Musik getrieben, sonst aber ohne alle Kenntnis der Harmonik des Kontrapunktes … sich entschließt, eine Oper zu komponieren, wie er die Vorhänge des Zimmers herabläßt, wie er sich aufs Bett wirft, um sich ganz der Inspiration seiner Einbildungskraft hinzugeben, wie ihm nun sein Werk aufgeht, gleich einem herrlichen Traum!« Der Knabe Hoffmann beschließt, es dem Knaben Rousseau gleichzutun: »Ich kam dahin, es meinem Vorbilde nachmachen zu wollen. Als nämlich an einem stürmischen Herbstabend der Oheim wider seine Gewohnheit das Haus verlassen, ließ ich sofort die Vorhänge herab und warf mich auf des Oheims Bett, um, wie Rousseau, eine Oper im Geiste zu empfangen. So vortrefflich aber die Anstalten waren, so sehr ich mich abmühte, den dichterischen Geist heranzulocken, doch blieb er in störrischem Eigensinn davon.« Der dichterische Geist will sich nicht einstellen, dafür gehen Hoffmann diverse Melodien durch den Kopf, die allesamt in einem einfältigen Refrain enden, der nicht werkfördernd, sondern einschläfernd ist. »Mich weckten laute Stimmen, indem ein unerträglicher Geruch mir in die Nase fuhr und den Atem versetzte! Das ganze Zimmer war von dickem Rauch erfüllt, und in dem Gewölk stand der Oheim und trat die Reste der flammenden Gardine, die den Kleiderschrank verbarg, nieder (...). Der Rauch zog langsam durch die Fenster. ›Wo ist nur der Unglücksvogel?‹ fragte der Oheim, indem er im Zimmer umherleuchtete. Ich wußte wohl, welchen Vogel er meinte, und blieb mäuschenstill im Bette, bis der Oheim herantrat und mit einem zornigen: ›Will er wohl gleich heraus!‹ auf die Beine half.« Der Zorn des Onkels ist nur mühsam gebändigt; dennoch will er hören, was der Neffe zu seiner Entschuldigung zu sagen hat. »Ich versicherte auf weiteres Befragen ganz ruhig, daß ich auf dieselbe Weise, wie der Knabe Rousseau nach dem Inhalt seiner *Bekenntnisse* es getan, eine *Opera seria* im Bette komponiert hätte, und daß ich durchaus gar nicht wisse, wie der Brand entstanden. ›Rousseau? Komponiert? Opera seria?‹ – ›Pinsel‹, so stotterte der Oheim vor Zorn und teilte mir die kräftige Ohrfeige zu, (...) so daß ich vor Schreck erstarrt, sprachlos stehenblieb (...).« Warum der Wohnzimmerbrand letztlich ausbrach, bleibt rätselhaft; am inspirativen Feuer eines Kunstwerks, das nicht zustande kam, kann es nicht gelegen haben. Den Schaden jedenfalls hat der Onkel, der auch für den Spott nicht mehr sorgen muß: »(...)

noch in diesem Augenblick ist es mir unbegreiflich, durch welchen Zufall die Gardine in Brand geriet und einen schönen Schlafrock des Oheims sowie drei oder vier schön frisierte Toupets, die der Oheim als partielle Perückenstudien aus einer Gesamtfrisur aufzusetzen pflegte, mit in ihr Verderben riß.«

Der junge Hoffmann empfindet sich als häßlich; er geht dagegen an, indem er sich beliebt machen will und den allgegenwärtigen Witzbold gibt, eine Rolle, die er schon als Schüler auf sich nimmt und als Student der Rechte noch versierter spielt. Seinem zunächst schwach entwickelten Selbstbewußtsein hilft die Liebe auf, die ihn unverhofft und mit Wucht trifft: Er verliebt sich in die drei Jahre ältere Dora (»Cora«) Hatt, die in einer faden Ehe mit einem Weinhändler feststeckt und für Hoffmanns Werben durchaus empfänglich ist. Das Glück der Liebenden wiegt schwer: Zwar bekennt Hoffmann, daß er Cora »bis zum Unsinn liebe, und daß gerade das« sein »ganzes Unglück macht«, aber er hat auch Bedenken, seine »behagliche Ruhe stören« zu lassen, denn »das (...) würde mich aus meiner vielleicht imaginären Glückseligkeit herausreißen, und ich erschrecke schon, wenn ich nur an den Troß denke, der solch einem Gefühl auf den Fersen folgt – da kommen Seufzer – bange Sorgen – Unruhe – melancholische Träume – Verzweiflung pp – ich meide daher alles, was so etwas involvieren könnte.« Schließlich flüchtet er selbst in den Hafen der Ehe, heiratet (1802) die junge Polin Maria Thekla (»Mischa«) Rorer-Trzynska, die nicht seine ganz große Liebe ist, was den Vorteil hat, daß ihm nicht mehr Nähe abverlangt wird als unbedingt nötig.

Nach dem Examen tritt Hoffmann in eine juristische Laufbahn ein; er wird nach Berlin versetzt und arbeitet als Regierungsassessor in Posen. Das ist die eine, die ordentliche und geregelte Seite seines Daseins, die andere, für ihn wichtigere, ist die Kunst. Zunächst überwiegen Musik und Malerei, der Schriftsteller Hoffmann braucht noch Zeit. »Wenn ich von mir selbst abhinge«, notiert er, »würd' ich Komponist und hätte die Hoffnung, in meinem Fache groß zu werden, da ich in dem jetzt gewählten ewig ein Stümper sein werde.« Hoffmann fällt auch als Karikaturist auf, allerdings negativ: Als er einen seiner Vorgesetzten so treffend porträtiert, daß der das nicht mehr lustig findet, wird er nach Warschau versetzt. Dort gibt es Probleme, als die Franzosen einmarschieren und Hoffmann, übertrieben tapfer, sich weigert, den Amtseid auf Napoleon abzulegen. Es sind keine guten Zeiten, in denen er steckt; das Geld ist knapp, in seinem Kopf schwirren allerlei Pläne, die er zumeist mit selbstausgedachter, sehnsüchtiger Musik unterlegt. 1808 geschieht ein kleineres Wunder: Hoffmann wird als Orchesterdirigent nach Bamberg berufen. Er bleibt fast fünf Jahre, obwohl die örtliche Musikkritik ihn für eine Fehlbesetzung hält und nach Kräften niedermacht. Seine Einkünfte empfindet er als »lachhaft«, manchmal weiß er nicht, wie die nächste Woche zu durchstehen ist. »In der höchsten Not den alten Rock verkauft«, schreibt er in seinem Tagebuch, »um nur fressen zu können.« Auch die Liebe kommt ihm noch mal in die Quere; seine Leidenschaft für eine sehr junge Gesangsschülerin namens Julia Mark, die von ihrer resoluten Mutter anderweitig verheiratet wird, ist allerdings von vornherein zum Scheitern verurteilt. Nach einem Zwischenspiel in Dresden, wo Hoffmann als Musikdirektor wirkt und mit dem Buch *Der goldene Topf* einen ersten Erfolg hat, kehrt er nach Berlin zurück; der Staatsdienst nimmt ihn in Ehren auf und befördert ihn mit den Jahren bis zum Kammergerichtsrat. Die damit verbundene Sicherheit scheint ihn zu beflügeln: Der Dichter Hoffmann erlebt seine erfolgreichste Zeit. In rascher Folge erscheinen Prosastücke und Erzählungen, darunter *Die Elixiere des Teufels, Nachtstücke, Die Serapionsbrüder* und *Lebensansichten des Katers Murr.* Dem Beamten Hoffmann kommt der Dichter Hoffmann nur selten in die Quere, er kann Dienstgeschäfte und literarische Tätigkeit auseinanderhalten, bedient beide Sparten so gekonnt, daß es für Belobigungen reicht. In einer Beurteilung, die der Vizepräsident des Kammergerichts Berlin zu Papier gibt, heißt es: »Sein hervorstechendes Talent, sein Scharfsinn und die Präzision seiner Arbeiten sind Ew. Exz. ebenso bekannt wie die Gründlichkeit derselben und das angenehme Gewand, worin er auch die abstraktesten Sachen zu kleiden weiß. Seine schriftstellerischen Arbeiten, denen er zuweilen noch die Stunden der Erholung und Muße widmet, tun seinem Fleiß keinen Eintrag, und die üppige, zum Komischen sich hinneigende Phantasie, die in denselben vorherrschend ist, kontrastiert auf eine merkwürdige Art mit der kalten Ruhe und mit dem Ernst, womit er als Richter an die Arbeit geht.« Zu seinen phantastischen Exkursionen läßt sich der Dichterbeamte Hoffmann gern im Wirtshaus anregen, er ist ein Genußtrinker, dem die alkoholischen Getränke nicht die Sinne vernebeln, sondern zusätzlich schärfen. Ein Zechkumpan erinnert sich: »Er trank, um sich zu montieren; dazu gehörte anfangs, wo er noch kräftig war, weniger; später natürlich mehr; – aber war er einmal montiert, wie er es nannte, in exotischer Stimmung, die, oft bei einer halben Flasche Wein, auch nur *ein* gemütlicher Zuhörer hervorrufen konnte, so gab es nichts Interessanteres, als das Feuerwerk von Witz und Glut der Phantasie, das er dann unaufhaltsam, oft fünf, sechs Stunden hintereinander, vor der entzückten Umgebung aufsteigen ließ.« Wer genauer hinschaute, meinte die zwei Seelen, die in Hoffmanns Brust schlugen, auch in seinem Mienenspiel entdecken zu können; Neugier zeichnete ihn aus, die pure Lust, sich von Anregungen einfangen und beflügeln zu lassen. Die Schriftstellerin Helmina von Chézy, der Hoffmann in einem Gerichtsverfahren beistand, das von preußischen Überwachungsbehörden angestrengt worden war, beschrieb ihren Dichterkollegen so: »Mit zwei wunderkleinen zarten Händchen und einer Gestalt von regelmäßigstem Knochenbau, mit seinen zwei Funkelaugen, deren Augäpfel so beweglich waren, daß gewiß niemand erfahren hat, ob diese Augen groß oder klein, mit seinen feinen Lippen, die man niemals lächeln sah, glich Hoffmann einem gespenstischen Wesen, an welches die Natur nur das unentbehrlichste Quantum von Fleisch und Bein gewendet hatte, um ihn unter die Körper reihen zu können. Glut und Beweglichkeit war alles, was man von ihm wahrnahm. Manche höchst geistvolle Männer stehen unabgeordnet durch ihr Äußeres zwischen den übrigen Menschen da, Hoffmann war von innen und außen ein Wesen für sich, wie man noch nie eins gesehen.«

Hoffmann zählt eine Zeitlang zu den bekanntesten deutschen Schrifstellern; sein meist etwas schräger Humor, dazu seine Eigenart, sich auf die dunklen, abwärts gewandten Pfade der menschlichen Seele zu begeben und dort seltsame Entdeckungen zu machen, finden jedoch nicht nur Freunde: Goethe etwa kann mit »dem Hoffmann« nichts anfangen. Kurios erscheint auch, daß Hoffmann in einer Zensurkommission tätig ist und dort über Anstößigkeiten von Schriftstellerkollegen zu wachen hat. Die Konflikte, die sich daraus ergeben, liegen auf der Hand; der Dichter und Kammergerichtsrat weiß, daß der Mensch sich in seiner Bewußtseinsmaschine verlieren kann; eigene Welten entstehen, in denen sich die herkömmlichen Grenzen von Normalität und Wahn, von Wirklichem und Unwirklichem, von Eigenem und Fremdem verstörend verschieben. Zusammengehalten werden die divergierenden Welten, wenn überhaupt, nur im Kopf, der Schwerstarbeit zu leisten hat, besonders dann, wenn die gewöhnliche Realität sich verliert und das Phantastische, in kaum merklicher Schwergewichtsverlagerung, an die Stelle des Normalen tritt. Hoffmann sieht die Tücke mehrfach gebrochener Erkenntnismöglichkeiten allerdings eher unaufgeregt: »Ich meine, daß die Basis der Himmelsleiter, auf der man hinaufsteigen will in höhere Regionen, befestigt sein müsse im Leben, so daß jeder nachzusteigen vermag. Befindet er sich dann immer höher und höher hinaufgeklettert in einem fantastischen Zauberreich, so wird er glauben, dies Reich gehöre auch noch in sein Leben hinein und sei eigentlich der wunderbar herrlichste Teil desselben.« Die Verschmelzung von phantastischer Überhöhung und Normalität gelingt nur in Ausnahmefällen, zum Regelfall kann sie nicht werden, weil das Realitätsprinzip, aus gutem Grund, das Sagen hat und unser aller Orientierung dominiert. Hoffmann sah sich, was ihn nicht zur Resignation veranlaßte, sondern verhalten vergnügt sein ließ, ein Leben lang beargwöhnt. Einem wie ihm war nicht zu trauen und gerade deswegen alles zuzutrauen: Es bleibt »ein gewagtes Unternehmen, das durchaus Fantastische ins gewöhnliche Leben hineinzuspielen und ernsthaften Leuten, Obergerichtsräten, Archivaren und Studenten tolle Zauberkappen überzuwerfen, daß sie wie fabelhafte Spukgeister am hellen lichten Tage durch die lebhaftesten Straßen der bekanntesten Städte schleichen und man irre werden kann an jedem ehrlichen Nachbarn.« Nur so aber, fügt Hoffmann anderswo hinzu, vor nicht festlegbarer Realität und flüchtigen Identitäten funktioniert auch das, »was wir Deutschen Humor nennen, die wunderbare, aus der tiefsten Anschauung der Natur geborene Kraft des Gedankens, seinen eigenen ironischen Doppelgänger zu machen, an dessen seltsamlichen Faxen er die seinigen und – ich will das freche Wort beibehalten – die Faxen des ganzen Seins hienieden erkennt und sich daran ergötzt (...).«

Nach Hoffmanns Tod erlischt sein deutscher Ruhm; vom Ausland indes kommt eine neue Welle der Anerkennung. Seine Bücher werden übersetzt; man preist sein Können als literarischer Seelenkundler und nennt ihn den »Meister des Unheimlichen« (Freud). Wie es aussehen mag, wenn sich ein mühsam zusammengehaltenes Ich verliert und neu sortieren muß, hat Hoffmann in den *Elixieren des Teufels* so beschrieben: »Ich bin das, was ich scheine, und scheine das nicht, was ich bin, mir selbst ein unerklärliches Rätsel, bin ich entzweit mit meinem Ich.«

## *Wenn man Tränen schreiben könnte*

Kleist und die Kunst, sich das Leben schwerzumachen

*Heinrich von Kleist,*
*geb. am 18. Oktober 1777 in Frankfurt (Oder),*
*gest. am 21. November 1811 am Wannsee (Berlin)*

Das moderne Verantwortlichkeitsgefühl, das wir uns zu eigen gemacht haben, schätzt es, wenn ein Mensch nicht behäbig in sich selber ruht, sondern sich als zerrissen empfindet, durchjagt von den zwiespältigsten Gefühlen und Gedanken. Wenn er sich zudem betroffen zeigt, weil er am Zustand der Welt und der Gesellschaft leidet, obwohl ihn manches gar nichts angeht, gilt er als vorbildlich sensibel. Manchmal liegt die Zerrissenheit des Menschen auch auf dunklem Terrain begründet, in der menschlichen Seele, die ein übersensibles, für die Verzweiflung besonders empfängliches Erkenntnisinstrument ist. Doch muß einem die moderne Zerrissenheit gar nicht so modern vorkommen; jede Zeit hat ihre Moderne, hat Künstler, die, bis zum Überschwang leidensbereit und von der Welt unverstanden, an sich selber zugrunde gehen. Der Dichter Heinrich von Kleist war so ein Mensch; sein Leben glich einem Bühnenwerk, das mit hohem Anspruch und kühnen Entwürfen begonnen wird, aber schon nach den ersten Bildern den Unmut eines verwöhnten Publikums hervorruft. Kleist stammt aus einer altadligen Offiziersfamilie, eigentlich ist seine Laufbahn vorgezeichnet:

Er soll Offizier werden. 1792, im vergleichsweise zarten Alter von 15 Jahren, tritt er in das Potsdamer Garderegiment ein, 1797 wird er Leutnant. Der militärische Drill fällt ihm schwer, er beginnt in aller Vorsicht zu zweifeln. Die Welt besteht nicht nur aus Kriegsspiel und Pflichterfüllung, sie kann auch, als Landschaft beispielsweise, aus der man sich für einen langanhaltenden Moment nur die Menschen wegdenken muß, vorbehaltlos schön sein. Eine erste Ahnung davon bekommt der junge Kleist ausgerechnet bei der Belagerung des französisch besetzten Mainz, an der auch Goethe teilnimmt. Der junge Kleist sieht sich von einer Landschaft inspiriert, die wenig von sich hermacht, bei besonderem Licht aber unverwechselbar anmutet und zukunftsverführisch wird. Das Bild, das sich daraus ergab, konnte er auch noch nach Jahren abrufen: »Das war damals die üppigste Sekunde in der Minute meines Lebens! Sechzehn Jahre, der Frühling, die Rheinhöhen (...). War die Anlage nicht günstig, einen großen Eindruck tief zu begründen?« Aus einem solch verschwörerischen Moment läßt sich viel herleiten: Die Zukunft, freigiebig beglänzt, liegt vor einem, sie wird sich, ist man in diesem Moment überzeugt, so erkenntlich zeigen, wie man es glaubt zu verdienen. Allerdings sind die Augenblicke des schönen Scheins nicht von langer Dauer, sie neigen dazu, sich zu verflüchtigen, und vor der Realität geben sie, besonders wenn diese vereinnahmend und belastend wird, schnell klein bei. Was von ihnen bleibt, ist auf Erinnerung angewiesen, der Kleist, gerade weil sie sich als eigenwillig und unzuverlässig erweist, auch nach Jahren noch gerne Gehör schenkt: »Damals entwickelten sich meine ersten Gedanken und Gefühle. In meinem Innern sah es so poetisch aus wie in der

Natur, die mich umgab. Mein Herz schmolz unter so vielen begeisternden Eindrücken, mein Geist flatterte wollüstig, wie ein Schmetterling über honigduftende Blumen, mein ganzes Wesen ward fortgeführt von einer unsichtbaren Gewalt, wie eine Fürsichblüte von der Morgenluft. – Mir war's, als ob ich vorher ein totes Instrument gewesen wäre und nun, plötzlich mit dem Sinn des Gehörs beschenkt, entzückt würde über die eigenen Harmonien.« Eine solche Begeisterung kann nur so lange anhalten, wie es die Umstände zulassen, die sich in der Regel aber als wenig begeisterungsfördernd erweisen. Kleist gelang es jedoch, das Belagerungsgeschehen rund um Mainz auszublenden und sich statt dessen ein Standbild auszudenken, das verfügbar blieb, auch wenn es sich mit der Zeit immer mehr verlor. Die Betrachtungsweise, die ihm zugrunde lag, war der einer erhöhten Aussicht, für die sich sogar, wenn man denn schon einmal beim Ausschmücken war, göttliche Beaufsichtigung und Gewähr hinzudichten ließ: »In der Tiefe liegt Mainz, wie der Schauplatz in der Mitte eines Amphitheaters. Der Krieg war aus dieser Gegend geflohen, der Friede spielte sein allegorisches Stück. Die Terrassen der umschließenden Berge dienten statt der Logen, Wesen aller Art blickten als Zuschauer voll Freude herab und sangen und sprachen Beifall. – Oben in der Himmelsloge stand Gott. Hoch an dem Gewölbe des großen Schauspielhauses strahlte die Girandole der Frühlingssonne, die entzückende Vorstellung zu beleuchten. Holde Düfte stiegen, wie Dämpfe aus Opferschalen, aus den Kelchen der Blumen und Kräuter empor. Ein blauer Schleier, wie in Italien gewebt, umhüllte die Gegend und es war, als ob der Himmel selbst hernieder gesunken wäre auf die Erde.«

1799 quittiert Kleist den Militärdienst, der ihm, bezogen auf Stand und Karriere, immerhin eine gewisse Sicherheit gebracht hatte, und immatrikuliert sich an der Universität Frankfurt (Oder). Er erhofft sich davon verläßliches Wissen und Erkenntnisse, die man nicht andauernd in Frage stellen muß, aber statt dessen wird alles noch viel unsicherer als zuvor, was nicht nur an den Studienfächern liegt, sondern auch mit Kleists Veranlagung zu tun hat: Die gerade erst aufgeflackerte Selbstgewißheit erlischt, die Zweifel, die ihn oft schon fast zur Verzweiflung bringen, gewinnen wieder die Oberhand. An seine Lieblingsschwester Ulrike schreibt er: »Ach, ich passe mich nicht unter die Menschen, es ist eine traurige Wahrheit, aber eine Wahrheit; und wenn ich den Grund ohne Umschweif angeben soll, so ist es dieser: sie gefallen mir nicht.« Das beruht auf Gegenseitigkeit: Auch seine Zeitgenossen wissen mit Kleist meist wenig anzufangen, er kommt ihnen gehemmt vor, scheint in undurchdringlichen Grübeleien befangen, von denen er, wenn überhaupt, nur stockend zu berichten vermag. So werden ihm gesellschaftliche Auftritte schnell zur Qual: »Die Notwendigkeit, eine Rolle zu spielen, und ein innerer Widerwillen dagegen machen mir jede Gesellschaft lästig, und froh kann ich nur in meiner eigenen Gesellschaft sein, weil ich da ganz wahr sein darf. Das darf man unter Menschen nicht sein, und keiner ist es. – Ach, es gibt eine traurige Klarheit, mit welcher die Natur viele Menschen, die an dem Dinge nur die Oberfläche sehen, zu ihrem Glücke verschont hat. Sie nennt mir zu jeder Miene den Gedanken, zu jedem Worte den Sinn, zu jeder Handlung den Grund – sie zeigt mir Alles, was mich umgibt, und mich selbst in seiner ganzen armseeligen Blöße, und dem Herzen ekelt zuletzt vor dieser Nacktheit.«

Kleist ist auch deswegen gehemmt, weil sich ihm als angehendem Schriftsteller ein denkbar ungünstiger Verdacht aufdrängt: Die Sprache, das Handwerkszeug des Dichters, taugt wohl zu gelegentlichen Höhenflügen und manch bemerkenswerter Sonderleistung; ansonsten aber ist sie kaum mehr als ein Verständigungsmittel mit eingeschränkten Möglichkeiten. In die Tiefe gelangt Sprache nur selten: »Sie kann die Seele nicht malen, und was sie uns gibt, sind nur zerrissene Bruchstücke.«

Der Student Heinrich von Kleist beginnt sein Studium nicht gerade hoffnungsfroh; er sieht sich, noch bevor es richtig losgeht, bereits als unglückliche Figur, die am Ende bestenfalls viel unbrauchbares Wissen zusammengetragen hat und damit so schlau ist wie zuvor. »Mir ist es unmöglich, mich wie ein Maulwurf in ein Loch zu graben und alles andere zu vergessen. Mir ist keine Wissenschaft lieber als die andere, und wenn ich eine vorziehe, so ist es nur wie einem Vater immer derjenige von seinen Söhnen der liebste ist, den er eben bei sich sieht. – Aber soll ich immer von einer Wissenschaft zur andern gehen, und immer nur auf ihrer Oberfläche schwimmen und bei keiner in die Tiefe gehen? Das ist die Säule, welche schwankt.«

Beruhigung für sein zweifelndes Gemüt erhofft sich Kleist vom großen Philosophen Kant, aber da gerät er an den Falschen: Kant hat mit seinen philosophischen Kritiken zwar das Erkenntnisfundament des Menschen neu abgesteckt, das dadurch aber noch lange nicht sicheres Terrain wird, im Gegenteil. Kleist muß feststellen, daß Kant ein Sicherheitsberater ist, der keine Sicherheiten kennt. Diese Erkenntnis macht ihm zu schaffen, seiner Verlobten Wilhelmine von Zenge schreibt er: »Vor kurzem ward ich mit der neueren sogenannten Kantischen Philosophie bekannt – und Dir muß ich jetzt daraus einen Gedanken mitteilen, indem ich nicht fürchten darf, daß er Dich so tief, so schmerzhaft erschüttern wird als mich.« Tatsächlich hat Kant, von seinen Zeitgenossen auch »der Alleszermalmer« genannt, Kleists Weltsicht in ihren Grundfesten erschüttert. Die waren zwar vorher schon einigermaßen wacklig, jedoch schien es bei der Betrachtung und Bewertung des äußeren Wirklichkeitsgeschehens durchaus eine gewisse Verläßlichkeit zu geben, die auf Erfahrungswerten und Wiedererkennung beruhte. Davor macht Kant jedoch nicht halt, so daß sich Kleist, noch bevor ihm Freigang gewährt wird, in das Gefängnis des eigenen Ich zurückgeworfen sieht: »Wenn alle Menschen statt der Augen grüne Gläser hätten, so würden sie urteilen müssen, die Gegenstände, welche sie dadurch erblicken, *sind* grün und nie würden sie entscheiden können, ob ihr Auge ihnen die Dinge zeigt, wie sie sind, oder ob es nicht etwas zu ihnen hinzutut, was nicht ihnen, sondern dem Auge gehört. So ist es mit dem Verstande. Wir können nicht entscheiden, ob das, was wir Wahrheit nennen, wahrhaft Wahrheit ist, oder ob es uns nur so scheint. Ist das letzte, so *ist* die Wahrheit, die wir hier sammeln, nach dem Tode nicht mehr – und alles Bestreben, ein Eigentum sich zu erwerben, das uns auch in das Grab folgt, ist vergeblich.« Kleist ahnt, daß diese Einsicht möglicherweise nur auf ihn erschütternd wirkt, andere Zeitgenossen jedoch, die weniger empfindsam sind, nicht unbedingt in Aufregung versetzt. So wünscht er seiner Verlobten denn auch, daß sie besser nicht verstehen möge, was ihn so beunruhigt: »Ach, Wilhelmine, wenn die Spitze dieses Gedankens Dein Herz nicht trifft, so lächle nicht über einen andern, der sich tief in seinem heiligsten Innern davon verwundet fühlt. Mein einziges, mein höchstes Ziel ist gesunken, und ich habe nun keines mehr.« Das hörte sich dramatisch an, war auch so gemeint, mußte die angesprochene Wilhelmine jedoch nicht schrecken: Bekenntnisse dieser Art waren ihr nicht ganz unbekannt, ihr Verlobter sprach gern große Gefühlslagen an, die keineswegs immer zu Tode betrübt waren, sondern bei Gelegenheit auch himmelhoch jauchzend sein konnten. Um seiner Verlobten klarzumachen, was es heißt, wenn man den Erkenntnisboden unter den Füßen verliert, legt Kleist nach, er beschreibt sich als nervös Gehetzten, den eine Angst besetzt hält, die er vermutlich nicht mehr loswird: »Seit diese Überzeugung, nämlich daß hienieden keine Wahrheit zu finden ist, vor meine Seele trat, habe ich nicht wieder ein Buch angerührt. Ich bin untätig in meinem Zimmer umhergegangen, ich habe mich an das offne Fenster gesetzt, ich bin hinausgelaufen ins Freie, eine innerliche Unruhe trieb mich zuletzt in Tabagien und Caféhäuser, ich habe Schauspiele und Concerte besucht, um mich zu zerstreuen (...), und dennoch war der einzige Gedanke, den meine Seele in diesem äußeren Tumulte mit glühender Angst bearbeitete, immer nur dieser: dein *einziges*, dein *höchstes* Ziel ist gesunken (...)«

Auch die Verlobung vermag die trüben Aussichten nicht aufzuhellen; er sagt sich von Wilhelmine los, die das gefaßt zur Kenntnis nimmt und wohl auch deswegen nicht in Schmerz versinkt, weil sich ihr Verlobter, der in seine Liebesbriefe gern die eine oder andere Belehrung mit einfließen ließ, durchweg als anstrengender Partner erwiesen hatte. Kleist glaubt zu wissen, daß er fürs gewöhnliche Glück nicht taugt, womit er immerhin die Voraussetzung für eine veritable Schriftstellerexistenz erfüllt, die sich von jeher lieber das Unglücklichsein zum Thema werden lässt als das Glück. Kleist versucht, sich in einer Ordnung einzurichten, die keine Ordnung mehr ist, sondern Fassade. Er muß allerdings erleben, daß andere diese Meinung keineswegs teilen; vor allem der bewunderte Goethe möchte sich mit Zweifeln, Ängsten und anderen unnützen Gefühlszuständen nicht aufhalten: Autoren wie Kleist, dem er »Zwiespalt der Sinne« vorhält, oder Hölderlin ärgern ihn mehr, als daß sie ihn erfreuen könnten. Kleists innerer Unruhe entspricht äußere Umtriebigkeit: Er ist viel unterwegs, reist nach Paris, will Bauer in der Schweiz werden, wo er sich jedoch eine langwierige Krankheit zuzieht. Danach sind ihm zwei Jahre relativer Ruhe vergönnt: Er kommt im preußischen Staatsdienst unter, vollendet eines seiner bekanntesten Theaterstücke, *Der zerbrochene Krug*, und beginnt mit Erzählungen, darunter *Michael Kohlhaas* und *Die Marquise von O…* Preußen liegt, nach der Niederlage bei Jena und Auerstädt (1806), am Boden; Napoleon ist der starke Mann in Europa. An dieser weltgeschichtlich dominanten Figur reibt sich der Dichter Kleist, den man als Dichter kaum wahrnimmt; er sieht Napoleon als Herausforderung für die nationale Sache und die Bestimmung des Menschen. Im Januar 1807 scheidet er aus dem Staatsdienst aus. Auf einer Wanderung von Königsberg nach Berlin wird er festgenommen, weil man ihn für einen Spion hält; bis zum Juli des Jahres bleibt er in französischer Haft. Danach versucht sich Kleist als Herausgeber verschiedener Zeitschriften, die zwar zunächst Beachtung finden, letztlich aber erfolglos bleiben und wieder eingestellt werden. 1808 kommt sein Theaterstück *Penthesilea* heraus, das er mit großen Erwartungen belegt: »Mein innerstes Wesen liegt darin (...), der ganze Schmutz zugleich und Glanz meiner Seele.« Nur zwei seiner Stücke sieht er aufgeführt, den *Zerbrochenen Krug* und *Das Käthchen von Heilbronn* (1810). Wenn aber die Zweifel immer verzweifelter werden, wenn die Seele Brandwunden hat und ein äußeres Scheitern hinzukommt, das auf kalte Verachtung hinausläuft, ist jeder »Lebensplan« zum Scheitern verurteilt. Fast täglich muß Kleist sich durch einen Zustand kämpfen, den er so beschreibt: »Ich sitze, wie an einem Abgrund, das Gemüt immer starr über die Tiefe geneigt, in welcher die Hoffnung meines Lebens untergegangen ist: jetzt wie beflügelt von der Begierde, sie bei den Locken noch heraufzuziehen, jetzt niedergeschlagen von dem Gefühl unüberwindlichen Unvermögens.« Und doch stirbt die Hoffnung zuletzt; sie könnte sich, wenn ihr denn schon keine persönliche Bevorzugung abzuhandeln ist, immerhin als übergreifendes Prinzip begreifen lassen, hinter der eine Macht steht, die Wert darauf legt, absolut unerkannt zu bleiben. Kleist schreibt ihr eine gewisse Grundgüte zu, die für die Regelung der irdischen Tagesgeschäfte aber unerheblich ist: »Es kann kein böser Geist sein, der an der Spitze der Welt steht: es ist ein bloß unbegriffener! Lächeln wir nicht auch, wenn die Kinder weinen? Denken Sie nur, diese unendliche Fortdauer! Millionen von Zeiträumen, jedweder ein Leben, und für jedweden eine Erscheinung, wie diese Welt! Wie doch der kleine Stern heißen mag, den man auf dem Syrius, wenn der Himmel klar ist, sieht? Und dieses ganze ungeheure Firmament, das die Phantasie nicht ermessen kann, nur ein Stäubchen gegen den unendlichen Raum! O mein edler Freund, ist dies ein Traum? Zwischen je zwei Lindenblättern, abends, wenn wir auf dem Rücken liegen, eine Aussicht, an Ahndungen reicher, als Gedanken fassen und Worte sagen können!« Mehr gibt es auf Erden nicht einzusammeln, die Gewißheiten sind bestenfalls Ahnungen, das Leben selbst bleibt auf Widerlegungskurs. Das bekommt im besonderen der einzelne zu spüren, der sich beizeiten darauf einstellen sollte, seine Existenz als »ein Pensum zum Abarbeiten« (Schopenhauer) zu begreifen, an das man sich besser nicht allzusehr klammert: »Ach, was ist dies für eine Welt! Wie kann ein edles Wesen, ein denkendes und empfindendes, wie der Mensch, hier glücklich sein! Wie kann er es nur *wollen*, hier, wo Alles mit dem Tode endigt! Wir begegnen uns, drei Frühlinge lieben wir uns, und eine Ewigkeit fliehen wir wieder auseinander! Und was ist des Strebens wert, wenn es die Liebe nicht ist! O, es muß noch etwas Anderes geben, als Liebe, Ruhm, Glück (...), wovon unsere Seelen nichts träumen. Nur darum ist dieses Gewimmel von Erscheinungen angeordnet, damit der Mensch an *keiner* hafte.«

Als die Hoffnungen nicht mehr greifen, ist Kleist am Ende. »Meine Seele ist so wund«, schreibt er, »daß mir, ich möchte fast sagen, wenn ich die Nase aus dem Fenster stecke, das Tageslicht wehe tut, das mir darauf schimmert. Das wird mancher für Krankheit und überspannt halten; aber (...) dadurch, daß ich mit Schönheit und Sitte, seit meiner frühsten Jugend an, in meinen Gedanken und Schreibereien, unaufhörlichen Umgang geflogen, bin ich so empfindlich geworden, daß mich die kleinsten Angriffe, denen das Gefühl jedes Menschen nach dem Lauf der Dinge hienieden ausgesetzt ist, doppelt und dreifach schmerzen.« Kleist nimmt Abschied; seiner Lieblingsschwester Ulrike, die ihm, im Rahmen ihrer Möglichkeiten, eine treue und verständnisvolle Begleiterin war, schreibt er: »Wirklich, Du hast an mir getan, ich sage nicht, was in Kräften einer Schwester, sondern in Kräften eines Menschen stand, um mich zu retten: die Wahrheit ist, daß mir auf Erden nicht zu helfen war. Und nun lebe wohl; möge Dir der Himmel einen Tod schenken, nur halb an Freude und unaussprechlicher Heiterkeit, dem meinigen gleich: das ist der herzlichste und innigste Wunsch, den ich für Dich aufzubringen weiß.« Seinen eigenen Tod inszeniert Kleist als überlegte Tathandlung: Am Berliner Wannsee erschießt er erst seine krebskranke Bekannte Henriette Vogel, dann sich selbst. Zu Lebzeiten war Kleist kein Ruhm vergönnt; die Nachwelt meinte es besser mit ihm und beförderte ihn zum anerkannten Dichter. In einem kurzen Prosastück mit dem Titel *Über die allmähliche Verfertigung der Gedanken beim Reden* hat dieser Dichter eine originelle Theorie aufgestellt: So wie der Appetit bekanntlich beim Essen kommt, werden die wichtigen Ideen erst über das Reden zur Klarheit gebracht; dabei ist die Anwesenheit eines Gesprächspartners zweckmäßig – wer mit sich selber redet, sieht sich dem Verdacht der Wunderlichkeit ausgesetzt: »(…) siehe da, wenn ich mit meiner Schwester (…) rede, welche hinter mir sitzt und arbeitet, so erfahre ich, was ich durch ein vielleicht stundenlanges Brüten nicht herausgebracht haben würde. Nicht, als ob sie es mir, im eigentlichen Sinne *sagte* (...). Auch nicht, als ob sie mich durch geschickte Fragen auf den Punkt hinführte, auf welchen es ankommt (...). Aber weil ich doch irgendeine dunkle Vorstellung habe, die mit dem, was ich suche, von fern her in einiger Verbindung steht, so prägt, wenn ich nur dreist damit den Anfang mache, das Gemüt, während die Rede fortschreitet, (...) jene verworrene Vorstellung zur völligen Deutlichkeit aus.« Kleist, der bis heute im Ruf steht, ein Dichter von verzweifelter Ernsthaftigkeit zu sein, verstand sich auch aufs Heitere, das bei ihm mit Vorsicht zu genießen war. Er betätigte sich als Sammler von Anekdoten; in der Anekdote wird die an sich humorlose Macht des Schicksals klein und überschaubar, sie stellt sich dem menschlichen Ermessen: »Ein junger Doktor der Rechte und eine Stiftsdame, von denen kein Mensch wußte, daß sie miteinander in Verhältnis standen, befanden sich einst (...) in einer zahlreichen und ansehnlichen Gesellschaft. Die Dame, jung und schön, trug, wie es zu derselben Zeit Mode war, ein kleines schwarzes Schönpflästerchen im Gesicht, und zwar dicht über der Lippe, auf der rechten Seite des Mundes. Irgendein Zufall veranlaßte, daß die Gesellschaft sich auf einem Augenblick aus dem Zimmer entfernte, dergestalt, daß nur der Doktor und die besagte Dame darin zurückblieben. Als die Gesellschaft zurückkehrte, fand sich, zum allgemeinen Befremden derselben, daß der Doktor das Schönpflästerchen im Gesicht trug; und zwar gleichfalls über der Lippe, aber auf der linken Seite des Mundes. –«

Heinrich von Kleist hat, weit vor unserer Zeit, eine Existenz geführt, aus der sich, mit ironischen Abstrichen, prägende Muster unserer heutigen Lebensführung ableiten lassen. Er probte den Selbstentwurf und das Wagnis, er versuchte sich in Anpassung und Pflichterfüllung, er suchte Hilfe von der großen Philosophie und war kühn genug, das Leben als dramatisches Ereignis nachspielen zu lassen, das, wenn denn Glück mit dabei ist, sogar Erfüllung kennt und ein erstaunliches Gelingen. Doch das Leben ist undankbar: Es straft ab und belobigt nach undurchsichtigen Kriterien. Daran kann man, wie Kleist, verzweifeln, man kann sich daraus aber auch, wie es z.B. Schopenhauer gelang, eine philosophisch wetterfeste Heiterkeit herleiten, die einem hilft, das Leben nicht nur zu ertragen, sondern es gelegentlich sogar lebenswert zu finden. Kleist gab sich auf Erden Mühe, dazuzugehören, aber das undankbare Leben wollte ihn nicht mit dabeihaben. Kleist wollte das nicht hinnehmen, er wählte eine andere Lösung. Er verstand sich darauf, sein unglückliches Bewußtsein, das gar nicht immer so unglücklich war, über den Eigenbedarf hinaus zu kultivieren. Die damit verbundene Tragik, von der in der Kleist nachgereichten Literatur meist im Tonfall verständnisvoller Betroffenheit berichtet wird, ist jedoch womöglich gar nicht so tragisch, wie es (bis heute) den Anschein hat. Man muß Leben und Werk des Dichters Kleist nicht notwendigerweise vom Ende her aufrollen: Nicht jeder, dem ein unglückliches Bewußtsein zugeteilt wurde, geht damit die Verpflichtung ein, Suizid am Wannsee zu begehen – es geht auch anders. Man sollte es in der Kunst, sich das Leben schwerzumachen, lieber nicht zur Meisterschaft bringen, denn dann wird es eng. Das unglückliche Bewußtsein, das auch heute noch in so vielen empfangsbereiten Köpfen lauert, verlangt nach Zuwendung; darauf muß man allerdings nicht unbedingt eingehen.

## *Was ist aus uns geworden*
## Brentano und die Phantasie des zerrissenen Herzens

*Clemens Brentano, nach eigenen Angaben geb. am 8. September (Mariä Geburt), in Tat und Wahrheit am 9. September 1778 in Ehrenbreitstein/Koblenz, gest. am 28. Juli 1842 in Aschaffenburg*

Die deutsche Romantik, sagt man, suchte die Wahrheit auf vernachlässigtem Terrain, in den Märchen- und Sehnsuchtslandschaften des Menschen, in seiner Nacht- und Traumwelt, seiner »geheimarbeitenden Seele«. War das so? Einer der Romantiker ist Clemens Brentano gewesen, ein Dichter und Wundergläubiger, ein verzweifelt Liebender, dem religiösen Wahn nicht fern, der zeit seines Lebens, auch in der Nichtbeachtung, die er erfuhr, für Verwirrung sorgte. Brentano betrat die literarische Szene als ein spottmächtiges Wunderkind, sprachgewaltig und ironiebegabt; er durcheilte das Spektrum romantischer Selbstgefälligkeiten und geriet dann, bereitwillig, wie er sich's ausgedacht hatte, an den Wahrheitsfundus der katholischen Kirche, in dem er sich ruhigstellen ließ. Dieser Werdegang wirkte auf die Mehrzahl von Brentanos Schriftstellerkollegen wie eine mutwillige Verschleuderung von Talent; man beklagte, daß da ein Dichter am Werke war, der zunächst mit allerlei Kabinettstückchen auf sich aufmerksam gemacht hatte, um dann doch nur als spitzbübisch-frömmelnder Spießer zu enden. Heinrich Heine, wie Brentano ein Virtuose pointierter Distanzierungskunst, der den direkten Umweg liebte, schrieb in seinem 1836 erschienenen Buch *Die romantische Schule*: »Kennt Ihr China, das Vaterland der geflügelten Drachen und der porzellanenen Teekannen? Das ganze Land ist ein Raritätenkabinett (...). Es gibt dort weder Schatten noch Perspektive. Auf den buntscheckigen Häusern heben sich, übereinander gestapelt, eine Menge Dächer, die wie aufgespannte Regenschirme aussehen und woran lauter metallne Glöckchen hängen, so daß sogar der Wind, wenn er vorbeistreift, durch ein närrisches Geklingel sich lächerlich machen muß. – In einem solchen Glockenhause wohnte einst eine Prinzessin (...), in deren kleinem kichernden Herzen die allertollsten Launen nisteten. Es war nämlich ihre höchste Wonne, wenn sie kostbare Seiden- und Goldstoffe zerreißen konnte. Wenn das recht knisterte und krackte unter ihren zerreißenden Fingern, dann jauchzte sie vor Entzücken. Als sie aber endlich ihr ganzes Vermögen an solcher Liebhaberei verschwendet, als sie all ihr Hab und Gut zerrissen hatte, ward sie, auf Anraten sämtlicher Mandarine, als eine unheilbar Wahnsinnige in einen runden Turm eingesperrt. – Diese chinesische Prinzessin, die personifizierte Caprize, ist zugleich die personifizierte Muse eines deutschen Dichters (...). Es ist die Muse, die uns aus den Poesien des Herrn Clemens Brentano so wahnsinnig entgegenlacht. Da zerreißt sie die glattesten Atlasschleppen und die glänzendsten Goldtressen, und ihre zerstörungssüchtige Liebenswürdigkeit und ihre jauchzend blühende Tollheit erfüllt unsere Seele mit unheimlichem Entzücken und lüsterner Angst. Seit fünfzehn Jahr lebt aber Herr Brentano entfernt von der Welt, eingeschlossen, ja eingemauert in seinem Katholizismus. Es gab nichts Kostbares mehr zu zerreißen. Er hat, wie man sagt, die Herzen zerrissen, die ihn liebten, und jeder seiner Freunde klagt über mutwillige Verletzung. Gegen sich selbst und sein poetisches Talent hat er am meisten seine Zerstörungssucht geübt.«

Heines Einschätzung, daß ein Dichter, der das poetische Reißen hat, selber ein Zerrissener sein müsse, hat Schule gemacht. Brentano, der Schwierige, ließ sich damit ein bißchen besser begreifen; die Rätsel, die er aufgab, mußten lösbar erscheinen vor dem Hintergrund eines Lebensweges, der aus der Zerrissenheit direkt in die Bleikammern des Kirchenglaubens führte. Daß es sich eine solche Einschätzung allerdings leichtmachte, womöglich zu leicht, darauf hat ein anderer Romantiker hingewiesen, der es wie kein zweiter verstand, von Gelassenheit, Trauer und Glück und von der Wehmut des Vergänglichen zu sprechen: Joseph von Eichendorff. Ihm, der Brentano in Heidelberg persönlich kennengelernt hatte, schien Brentanos Wandlungsfähigkeit auf einem besonderen Einfühlungsvermögen zu beruhen, mit dem sich der Dichter spielerisch leicht, aber auch ungeahnt ernst den Objekten seiner Zuneigung anverwandeln konnte. Brentano bezog die Widersprüche des Daseins auf die eigene Person; er beschönigte nichts, bediente sich vielmehr auch der versteckten Register sinnfälliger Ironie, um, flinker und nachdrücklicher als andere, an einen Punkt zu gelangen, der die Entscheidung verlangte.

Clemens Brentano wird am 9. September 1778 in Ehrenbreitstein am Rhein geboren. Der Vater, ein betuchter Kaufmann italienischer Herkunft, galt als schwierig; er soll meist freudlos seinen einträglichen Geschäften nachgegangen sein. Seine Mutter, Maximiliane von La Roche, hingegen ist eine sensible Frohnatur, die aus künstlerisch vorbelastetem Hause stammte: Sophie von La Roche nämlich, Brentanos Großmutter, hatte sich einen Namen als Romanautorin gemacht und stand mit Goethe und Wieland in freundschaftlichem Kontakt.

Nach dem frühen Tod der Mutter wächst Brentano zunächst im Haus der Großeltern auf, ehe der Vater ihn zu merkwürdigen Verwandten schickt, denen die Aufgabe obliegt, für eine ordnungsgemäße Schulausbildung des Knaben Clemens Sorge zu tragen. 1797, fast zur gleichen Zeit wie Novalis, versucht Brentano sich in Halle im Studium der Bergwissenschaft, das ihn jedoch nicht die Bohne interessiert. Er geht nach Jena. Dort beginnt er zu schreiben, was mit dazu beiträgt, daß er in Literatenkreise gerät, in denen sich auch die verheiratete, acht Jahre ältere und sehr schöne Dichterin Sophie Mereau bewegt. Sie wird zu Brentanos erster großer Liebe, die er, von verschiedenen Orten aus, so unermüdlich umwirbt, daß sie sich schließlich scheiden läßt und ihn heiratet. Bei seinem Bemühen um Sophie Mereau, das er im Stile einer raffiniert durchromantisierten Werbekampagne betreibt, versteht es Brentano bereits, mit den Tricks poetischer Leutseligkeit zu arbeiten; er jongliert mit Anspielungen und Fehldeutungen; er stellt die Dichterin in Frage, um sie als Frau und Geliebte desto ungenierter anpreisen zu können, und er verweist, ein ums andere Mal, auf seine Leidenschaft, von der er hofft, daß sie sich letztlich schicksalhaft ihren Weg bahnen müsse. In einem Brief an Sophie Mereau, datiert vom 10. Januar 1803, heißt es: »Sind Sie ruhig? – Desto schlimmer – Sind Sie ruhig? Weil Sie vollkommen sind, weil Sie die Welt verstehen, weil Sie so dichten, wie Sie eine Dichterin sich dichtend denken können – wohl nicht – Sie sind ruhig, weil Sie resigniert haben, weil Sie dem Spektakel ein Ende gemacht haben, Sie haben nicht das erste reine Bild Ihrer selbst hervorgebracht, Sie haben die Verstümmelung nur grade so gut und so schlecht ergänzt, als Sie konnten (...). Aber daß ich ewig vor Sie hintrete und ängstlich einigen Zügen des ersten Werks nachspüre, daß mich ein Zug am Nacken, an der Brust, an der Hüfte rühren, daß ich dem Bilde das Haupt abschlagen und das gipserne Gewand vom Schoß reißen möchte, daß mich die schlechte Restauration empört und ich mich ewig an dem kleinen Reste des Echten begeistern kann, daß ich Sie liebe, wie Sie sind, und Sie hasse, wie Sie sich hingestellt haben, das erkennen Sie nicht, weil Sie eine schlechte Künstlerin sind, die über ein herrliches Werk hergefallen ist, über sich selbst. (...) – Ich kann mich immer noch nicht entschließen, meine wunderliche Begierde nach Ihnen, schöne Frau, in einem allgemeineren Genusse Ihres Geschlechts zu ertränken, meine Unschuld brennt mich täglich mehr und verdirbt mir meine Studien (...). Werden Sie denn noch immer nicht alt, ach in einigen Monaten bin ich 25 Jahr alt (...), was wird aus mir werden? Werden Sie denn noch immer nicht alt? Sind Sie noch immer so reizend? (...) So lebe wohl, verzeihe Dir! / Die keusche Bahn zu wandeln, / Ich lebe wohl, verzeihe mir, / Im Traum Dich zu – mißhandeln / Adieu, liebe, liebe Sophie, vergiß mich nicht, o wüßtest Du, wie ich Dich liebe.«

Am 29. November 1803 »heiratete Herr Clemens Brentano aus Frankfurt am Main, privatisierender Gelehrter, die Frau Professorin Mereau aus Jena.« Das Eheglück, finanziell abgesichert durch den Umstand, daß Brentano sein väterliches Erbteil ausbezahlt worden war, währt nur knapp drei Jahre; dann stirbt Sophie Brentano-Mereau bei der Geburt ihres dritten Kindes – unter den klinischen Verhältnissen der Epoche ein bedrückend häufiges Schicksal; auch der frühe Tod der beiden anderen Brentano-Kinder gehört zu den zeittypischen Erfahrungen. Brentano allerdings empfindet das Los, das ihm zuteil wird, als Katastrophe. Er reagiert verstört; die Freunde, im besonderen sein »Herzensbruder«, der Dichter Achim von Arnim, mit dem er in Heidelberg die erfolgreiche Volksliedsammlung *Des Knaben Wunderhorn* herausgegeben hat, vermögen ihn nicht zu trösten. Brentano versteigt sich in Erinnerungen an seine große Liebe und vergißt, daß seine Beziehung zu Sophie Mereau von Spannungen keineswegs frei gewesen ist. Im September 1803, zwei Monate vor der Eheschließung, hatte er seiner zukünftigen Frau noch einen grundsätzlichen Brief geschrieben, den er für einfühlsam hielt: »Du hattest Dich der Welt ergeben und hieltest, von Deinem inneren Reichtum nichts wissend, Deine äußerlichen Zieraten wie Karten und Würfel in der Hand, und spieltest mit der Welt, der Du doch nie etwas abgewinnen konntest; Du warst ein artiges Weib (...), und mußtest es doch eigentlich sein. Daß ich recht habe, kann Dir leicht daraus begreiflich werden, daß Dir auf Erden noch nichts gelungen ist, keine Liebe, keine Freundschaft, keine Mütterlichkeit, keine Kunst, keine Andacht. Alles dieses ist Dir kein Vorwurf, wer wollte Dir Dein Unglück vorwerfen, jetzt in dem Augenblick, da Du anfangen willst, glücklich zu sein, o liebe Sophie, halte Wort, verlasse Dich, mich nicht wieder, richte mich nicht, halte Dein Versprechen, liebe mich, denn ich fühle für uns beide nur Rettung ineinander. Ich fühle deutlich in mir, wie ich vielen Dingen und Menschen, vielen Hoffnungen und Wünschen gänzlich abgestorben bin, seit ich von Dir geliebt werde (...). Ich bin ein Christ geworden und will nur einem Gott dienen, Dich nur will ich lieben, beten, dichten, Dich nur will ich verlangen, umfangen, erlangen.«

Aus der Verklärung seiner Vergangenheit, in der er, von ihm selbst kaum durchschaut, die Frauen, die er liebt oder zu lieben meint, gern zu höheren, von ihm selbst mitgeprägten Wesen ausgerufen hatte, befreit Brentano sich schließlich mit Hilfe neuer Umtriebigkeit, die ihn merkwürdig fromm werden läßt. Er tritt nun als Christ auf, der unermüdlich Bekenntnisse abgibt, die niemand, schon gar nicht seine alten Weggefährten, von ihm erwarten. Der Verworrenheit seines unsteten Lebens rückt er mit Ordnungsrufen zu Leibe, die wie verklausulierte Durchhalteparolen klingen; er verurteilt seine sämtlichen Jugendsünden und versucht, die in ihm widerstreitenden Gefühle, nach den Maßstäben persönlicher Religiosität, auf das Terrain allseits geduldeter Kindlichkeit zurückzuführen. Brentano vertraut himmlischem Ratschluß, was sich allerdings auch, wenn er seinen inneren Stimmen lauscht, als fromm bemänteltes Mißtrauen auslegen läßt. Der Optimismus, den er sich verordnet, will in der Wirklichkeit nur selten greifen, so daß er düsteren Ahnungen ausgesetzt bleibt, die ihm von der Vergeblichkeit allen irdischen Treibens künden. Noch lebt er, so kommt es ihm vor, ein noch junger Mann, der sich in die über ihn verhängte Bestimmung fügt und gerade deswegen nicht verhindern kann, daß es – allen inneren Kämpfen, allem seelisch gewagten Aufbegehren zum Trotz – langsam, aber sicher bergab geht mit ihm. Diese Einschätzung erweist sich am Ende als nicht ganz falsch.

Brentano sieht in den Frauen viel von dem, was er später in seine Gottesvorstellungen überführt; sie gelten ihm, wenn er sich zu einer entsprechenden Liebe herausgefordert fühlt, als vollkommene Wesen, als zeitlose Bilder der Schönheit und Großherzigkeit, die man vorzugsweise anbeten, innigst verehren, nicht aber in eindeutiger Absicht begehren soll. Weil ein solches Ideal aber kaum erfüllt werden kann, kommt Brentano immer wieder in Schwierigkeiten: Die vollkommenen Wesen erweisen sich als nicht vollkommen genug, und so setzt er zu Verbesserungen an. Seine zeitlos schönen Weibsbilder will er noch schöner machen, ihre vermutete Großherzigkeit noch großherziger werden lassen; der Liebhaber Brentano wird zum Rechthaber. Die Schwierigkeiten, die sich der Dichter mit seinen Liebschaften einhandelt, weisen Wiederholungen auf; ihre Verlaufslinien sind vorgezeichnet. Daß die große Liebe, von manchen ohnehin als Erfindung der deutschen Romantik gewürdigt, sehr illusionär sein kann und sich manchmal sogar zur derben Zimmerschlacht auswächst, führt Brentano in seiner zweiten Ehe vor: Auguste Bußmann hieß das Mädchen, dem er verfällt, ohne es wahrhaben zu wollen. Der Dichter behauptet später, seine Gattin habe sich ihm in schamlosester Weise an den Hals geworfen – eine Version, die er auch im Freundeskreis verbreitete, so daß Auguste, die tatsächlich wohl zu mancherlei Überspanntheiten neigte, nie eine Chance bekam. Nachdem Brentano seine Braut in einer filmreifen Nacht-und-Nebel-Aktion entführte, ist man acht Tage lang glücklich; danach zeigt die Liebe ihr verzerrtes, ihr häßliches Gesicht, und die Eheleute beginnen mit einem Kleinkrieg, der zweifellos auch seine komischen Seiten gehabt hat. Am 22. Oktober schreibt Brentano seinem Freund Achim von Arnim: »Auguste hat mich mit ihrem Wesen bereits mehrmals zur Verzweiflung gebracht. Zweimal hat sie mich geschlagen, und mich endlich dahin gebracht, daß ich sie auch einmal gewalkt; das wirkte auf einige Tage wunderbar; sie ward wie ein Engel, dann hat sie mir den Trauring liebreich abgeschwätzt und zum Fenster hinausgeschmissen (...). Jetzt bin ich es gewohnt, wir reden oft sechs, sieben Tage kein Wort zusammen, und ich bin ganz lustig. Alle ihre Verkehrtheiten machen mir den Eindruck, als sei sie simpel oder wahnsinnig; ich lasse sie gehen und bekümmere mich auch um ihre Familie nichts. Oft ist ein paar Stunden recht gut Wetter, aber dann ist mirs nicht wohl; denn gleich ist der Teufel wieder los, welches mir am allerliebsten ist; ich lasse ihn tanzen (...); daran ist die tiefe innere Scham über meine unwürdig unglückliche Lage schuld. Wie ich hineingekommen, weiß ich nicht (...).«

Das Erinnerungsvermögen des Dichters, ansonsten durchaus funktionstüchtig, wollte nicht wahrhaben, was offensichtlich war: Brentano hatte sich seine Lage selber eingebrockt, er war gewarnt worden und hatte nicht hören wollen. So konnte es nicht verwundern, daß mancherorts Schadenfreude aufkam; war nicht gerade der Dichter Brentano berüchtigt dafür gewesen, mit allem und jedem seine respektlosen Scherze zu treiben und sich über die Welt, im besonderen ihre Spießbürger, lustig zu machen? Nun widerfuhr ihm eine Art ausgleichende Gerechtigkeit.

Als Brentano dem Bankier Moritz Bethmann, Augustes Vormund, ankündigt, seine Frau wegen offensichtlichen Ungenügens zurückschicken zu wollen, teilt der ihm mit: »Gewohnt den eigentlichen Wert des Menschen nach seinen Handlungen, und nicht nur nach seinen Worten zu beurteilen, werden Sie sich nicht wundern, Clemens, wenn ich Ihre wortreichen, an praktischen Ideen und Handlungen sehr seichten Briefe auf ihren wahren Gehalt reduziere. – Ihre sophistischen Deraisonnements über Augustens Erziehung müssen mir ebenso albern erscheinen, als Ihre religiösen Gewissensverwahrungen mir von einem Manne unerwartet waren, den ich zu meinem wahren Ärgernis oft über alles spotten hörte, was dem Menschen heilig sein sollte. Elternliebe, Geschwisterliebe, eheliche Liebe, Freundschaft, keine Autorität der gesellschaftlichen Bande und Verhältnisse vermochten je einen Begriff von Pflicht in dem Maße in Ihnen zu verankern, daß Sie nicht mit dem unbesonnensten Leichtsinn alle Gefühle des Herzens, alle Rücksichten des sittlichen Wohlstandes, Ihrer witzig sein wollenden Laune geopfert hätten. Dies sind nicht leere Worte, dies sind erwiesene Facta. Nun fragen Sie Ihr Gewissen, ob Sie es nicht als eine gerechte Strafe des Himmels ansehen müssen, daß Sie nunmehr durch ein zorniges Weib geplagt sind, welches Sie – wohl zu bemerken – wie ein Räuber ihrer Familie, ohne Not, entrissen und an sich geschmiedet haben. Ich kann und will Ihnen diese Bürde nicht abnehmen.«

Schließlich wird Brentano, nach längerem Hin und Her, von Auguste Bußmann geschieden, was ihn so sehr erleichtert, daß er sogleich ein längeres, unfreiwillig komisches Gedicht zu Papier bringt, in dem seine Exgattin noch einmal kräftig beschimpft wird: »Wohlan! so bin ich deiner los / Du freches lüderliches Weib! / Fluch über deinen sündenvollen Schoß / Fluch über deinen feilen geilen Leib, / Fluch über deine lüderlichen Brüste / Von Zucht und Wahrheit leer, / Von Schand und Lügen schwer, / Ein schmutzig Kissen aller eklen Lüste. / Fluch über jede tote Stunde / Die ich an deinem lügenvollen Munde, / In ekelhafter Küsse Rausch vollbracht, / Fluch über jede gottvergeßne Nacht, / Die ich in deinem frechen Bett erhandelt, / Die ich in toller Liebe überwacht, / Wohl unter deinem Fenster hingewandelt, / Wenn du mit andern in dem Werk befangen, / Mit andrer Lüg an anderm Mund gehangen. / Mein Gott, mein Gott, er will sich mein erbarmen, / Mein Herr hat mich befreit aus deinen Armen (...).«

Für Brentanos Ehefiasko muß die Poesie büßen; sie gerät nun in den Verdacht, kaum mehr zu sein als wahllos zugreifende Kunstfertigkeit, die mit den Gegenständen spielt und sich nicht scheut, sie in wahnwitziger Selbstüberschätzung ihrem natürlichen Lebenszusammenhang zu entreißen. Brentano, der wie fast alle Dichter nicht ohne beträchtliche Eitelkeit ist, meint es mit seiner Aversion gegen den Literaturbetrieb durchaus ernst; mit seinen eigenen Texten geht er gleichgültig um, mit denen anderer Autoren übrigens auch, und er drängt keineswegs zur Veröffentlichung. In einem Brief an den Schriftstellerkollegen Freiligrath stellt er das Unbehagen, das ihm manche Veröffentlichungszwänge bereiteten, in Form eines derben Gleichnisses dar: »Es war einmal ein Bauer, der seine Frau sehr liebte, sie fiel ins Wasser und ertrank, er war trostlos, bestellte Leichenrede und Kreuz und Kranz, um seiner lieben Frau die letzte Ehre anzutun, er suchte sie einige Tage vergebens im Wasser. Da er sie endlich fand und halb herausgezogen, sah er, daß sich viele Krebse an sie angesetzt hatten, das rührte ihn, und er ließ sie im Wasser liegen und krebste längere Zeit mit seinem Fleisch und Bein; mir ist dieser Bauer immer eine Parabel gewesen für jene Dichter, welche die Gebärden und Ungebärden ihrer Liebesmysterien gegen Verstorbene, oft sogar gegen Lebendige für Geld preisgeben; sie krebsen mit einem Köder, dem mehr Ehre gebührte. – Mögen selbst die größten Poeten dies getan haben, es bleibt mir um so verhaßter. Solche Poesie hat etwas Treuloses, Verräterisches, Eitles, Buhlerisches, sie prostituiert sich und die Geliebte.«

Brentanos Rückzug aus der literarischen Welt vollzieht sich als langsame Flucht. War es ihm anfänglich noch gegeben, mit seinen poetischen Talenten wie mit einem beliebig einsetzbaren Pfund zu wuchern, so wurde seine Virtuosität später eindeutig zur Last. Es genügte nicht mehr, mit den Dingen zu spielen, wenn sie sich, jenseits der dichterischen Verformung, auf eine eigene Existenz besannen, die so beharrlich störrisch war wie der Ernst des Lebens, vor dem die romantische Leichtigkeit, ein ums andere Mal, kläglich heiter kapitulierte. Brentanos Sehnsucht – in stillen, unaufgeregten Stunden – galt einer Ordnung, die aus sich selbst heraus Bestand hatte. Um in ihr daheim zu sein, bedurfte man keiner dichterischen Auffassungsgaben; es genügte ein ursprüngliches Vertrauen, eine Gläubigkeit, die sich fast gewaltsam vom Kritizismus lossagen mußte, der, damals wie heute, das intellektuelle Tagesgeschehen bestimmte. Auf der anderen Seite lauerte Brentanos ausgeprägtes Selbstwertgefühl; natürlich war es ihm nicht unangenehm, als Ausnahmetalent, als literarischer Possenreißer von hohen Graden zu gelten. Wenn solches Wohlbefinden, von außen geschürt, förmlich über ihm zusammenschlug, wärmte sich Brentano nur zu gern am eigenen Genius; das Leben erschien ihm dann als ein zeit- und endloses Kunstwerk, und der Dichter, berauscht von seiner Göttlichkeit, dichtete nur noch sich selbst. Dieser Enthusiasmus war jedoch nie lange haltbar; er verfiel zusehends, der Dichter wollte kein Dichter mehr sein. Mit verkatertem Weltbewußtsein spähte er um sich, und was er sah, war die Erbärmlichkeit des Lebens selbst, das sich, die Individualitäten zusammentreibend, schonungslos auf den Tod zubewegte.

Brentano erlebte die Brüchigkeit seiner Existenz; an seine zweite große Liebe, die spröde Pfarrerstochter Luise Hensel, die mit einem Gedicht reüssierte, das als Nachtgebet bekannt wurde (Müde bin ich, geh' zur Ruh'), schreibt Brentano im September 1816: »Alles ergreift mich, und ich tue oft Dinge mit großer Lebhaftigkeit, welche ich während der scheinbar lebendigsten Beschäftigung mit ihnen, mit einer zweiten, tiefer liegenden Seele in ihrer ganzen Nichtigkeit nach dem allgemeinen Wert der weltlichen Dinge beurteile und erkenne. Drum scheine ich oft unruhig und zerrissen, denn inniger schauende Menschen sehen durch so etwas durch, weil kaum ein Taschenspieler der Empfindung die Trennung und den Widerspruch in einer solchen Natur bedecken könnte. Doch ist es schwer, mir diese Trennung als Unruhe immer anzusehen, weil ich das meiste, wo es von seinen flachen Seiten hervortritt, mit dem sogenannten Witz ergreife, der so sehr alles ist, daß er leider nicht eins sein kann. Weil nun der Witz dem schnellen, geschäftigen und geschickten Ergreifen der Dinge eben gerade schon jene Verachtung des Vergänglichen als Ironie auf den Rücken hängt, oder weil die Ironie der Schatten des Witzes ist: so scheine ich meist als witzig und ein guter Gesellschafter, wenn mir oft innerlich das Herz brechen möchte, aus Verachtung gegen die Interessen der Zeit.«

Die Interessen der Zeit hat Brentano indes kaum wahrgenommen. Sie dienten ihm als Schlagwort zur Kennzeichnung allgemeinen Ungenügens; von ihnen verächtlich zu reden galt als Pflicht in Romantikerkreisen, die etwas auf sich hielten. Romantisches Gebaren, von dem schon Eichendorff sagte, daß es eher zur Lächerlichkeit denn zur Erhabenheit führe, glich einem Fruchtbarkeitstanz des Individuums vor den Schatzkammern seines Allerheiligsten. Das große Ich wurde gefeiert, auch wenn es sich klein und bescheiden gab; man pries die Kunst-brütende Macht des Selbstwertgefühls und arbeitete sich ab in schierer Empfindsamkeit. Himmelslust und Trauer lagen so dicht beisammen wie Kraftmeierei der Jugend und Starrsinn des Alters; wer Tränen der Freude vergoß, durfte auch unmenschliches Leid aufgebürdet bekommen: All das ließ sich bewerkstelligen in den geübten Ausbrüchen des Gefühls. Wem sie nicht recht gelingen wollten oder wer unbelehrbar auf eine höhere Weisheit setzte, durfte schmollen und sich als unverstanden ausloben: »Kein Wunder, daß man mich nicht versteht und daß ich von allem Gesprochenen wenig mehr weiß, als daß ich es zum besten gemeint«, schreibt Brentano an Luise Hensel. »So scheine ich nun gewöhnlich hinbrütend, oder, um es nicht zu scheinen, sehr lebendig. Die ganze bizarre Manier aber in manchen meiner kleinen Reden hat wohl allein ihre Entstehung in dieser Nachlässigkeit und Geteiltheit; ich spreche manchmal bitter gegen das Leben, weil es mich betrübt, daß ich so sprechen muß nach meiner Natur und daß ich die Kraft nicht habe, ganz zu verstummen; dann überlasse ich wieder die Worte ihrer innern lebendigen Selbständigkeit, und die Rede wirtschaftet dann auf ihre eigne Hand munter drauflos, während meine Seele in der Angst, Trauer und Sehnsucht liegt, und nur dann und wann, wie der Baß der Betrachtung, die reißende und hüpfende Melodie durchschneidend ordnet und einteilt. – Bei dieser Doppeltätigkeit findet aber nicht immer ein deutliches Bewußtsein dieses Zustandes statt. Oft fällt das Bewußtsein wie ein Blitz hinein, der Tränen in den Augen hat; oft bin ich wie ein alter Greis, dessen Hände so zittern, daß die Kinder freudig danach tanzen (...).«

Einen Halt findet Brentano, als er sich, ungebeten und ungefragt, der stigmatisierten Nonne Anna Katherina Emmerick annimmt, die im westfälischen Dülmen lebt. Diese Frau, eine gutmütige Person, war durch die Wundmale Christi auffällig geworden, die sich immer wieder an ihr zeigten und für weitreichendes Aufsehen gesorgt hatten. Zudem wurden ihr seherische Qualitäten zugesprochen; sie sprach von Visionen aus dem Jenseits, konnte aber auch, in einer Art sanfter Besessenheit, diesseitige Gedankengänge auf das allumfassende christliche Heilsgeschehen zurückbeziehen, so daß man meinte, die Klangfarben einer unerhörten, noch nie dagewesenen Frömmigkeit zu vernehmen. Brentano eilt an das Krankenlager der Emmerick und macht sich dort zu ihrem Protokollanten. Endlich glaubt er eine Poesie gefunden zu haben, fernab aller weltlichen Eitelkeiten; Gott selbst ist hier der Dichter, der zu seinen Geschöpfen spricht. Was er kundtut, geht über die gewöhnliche, spröde Theologen-Metaphysik hinaus; statt dessen ist das unmittelbar Erlebte zu vernehmen – Erfahrungen einer Seele auf ihrem Weg zu Gott. Daß diese Erfahrungen nur in der Sprache des Herzens weitergegeben werden können, die sich, angesichts des Offenbarten, gefühlsschwer und taumelnd, überschwenglich und stockend darbieten, läßt sich aus Brentanos Aufzeichnungen heraushören. Im Namen der Nonne notiert er: »Ich bin den ganzen Tag so fliegend und sehend, daß ich immer bald den Pilger sehe, bald nicht sehe. Hört er denn nicht singen? Es ist mir, als sei ich auf einer schönen Wiese und als wölbten sich Bäume über mir. Ich höre so wunderbar singen, als seien es süße Kinderstimmen. Es ist mir, als sei die nahe, wirkliche Umgebung ein Traum; es scheint in ihr alles so trüb, undurchsichtig und unzusammenhängend, daß sie ein roher Traum scheint, zwischen dem ich eine lichte, durch und durch verständliche und immer bis in den innersten Ursprung und Zusammenhang aller Erscheinungen verständliche Welt schaue, in welcher das Gute und Heilige tiefer ergötzet, weil man seinen Weg aus Gott und in Gott erkennt, und in welcher alles Böse und Unheilige tiefer betrübt, weil man seinen Weg aus dem Teufel und in den Teufel und gegen Gott und die Kreatur erkennt. Dieses Leben, in welchem einen nichts hindert, nicht Zeit, nicht Raum, kein Körper, keine Verschwiegenheit, wo alles spricht und alles leuchtet, scheint so vollkommen und frei, daß die blinde, lahme, stammelnde Wirklichkeit ein leerer Traum darin erscheint.«

In einer solchen Vision können sich viele wiederfinden – ist doch jede Diesseitigkeit vom Ungenügen gekennzeichnet, und es erwächst ihr die Sehnsucht nach dem besseren, dem ganz anderen Leben. Daß ein solches Leben nicht auf Erden stattfinden kann, sondern eine jenseitige Spielwiese braucht, ist weitverbreitete romantische Ansicht; insofern gibt Clemens Brentano nur wieder, was auch von anderen gedacht und vermutet wird. Sein Eifer allerdings, der sich als wortreiches Ereifern präsentiert, sein unnachgiebiger Tatendrang, mit dem er die Bekundungen der Emmerick auffängt und zu Papier bringt, heben ihn aus dem Kreis der romantischen Dichterkollegen heraus, die mit seinem religiösen Sendungsbewußtsein nichts anfangen können. Brentano ist das gleichgültig – so gleichgültig wie der Umstand, daß er ausgerechnet mit der aus den Bekenntnissen der Frau Emmerick zusammengebrauten Erbauungsschrift *Das bittere Leiden unseres Herrn Jesu Christ!* vorübergehend zum erfolgreichen Autor wird.

Nach dem Tod der Autorin seines Buches fühlt sich Clemens Brentano schmerzlich allein gelassen. Eine Art literarischer Phantomschmerz setzt ihm zu; er ertappt sich dabei, daß er noch immer aufzuschreiben gedenkt, was ihm von einer Stimme eingeflüstert wird, die es nicht mehr gibt.

Entlassen aus der religiösen Intensität, zurückgekehrt in eine Alltäglichkeit, die über alle verhängt wird, empfindet er die Übersteigerung des Lebensgefühls, die zum Arsenal romantischer Daseinsbewältigung gehört, erst als Belästigung, dann als Belastung. Man erwartet Originalität von ihm, die er zwar noch immer bedienen kann, aber immer weniger bedienen will. Er kommt sich vor wie ein alternder Hansdampf inmitten einer Schar uninspirierter Junggreise, die, geprägt von ständigem Realitätsverlust, ohne Rücksicht auf Verluste noch immer ihre angebliche Jugendlichkeit hochleben lassen. Kaum einer scheint zu merken, daß vieles längst seinen Reiz eingebüßt hat: Die alten Witze kommen nicht mehr an, die Ironie ist zahm und maulfaul geworden, und die Poesie des Lebens wird in Traktätchen abgegossen, die man am liebsten im Kreise der Eingeweihten vorträgt. Vergebens weist Brentano auf ein Wunder hin, das andere nicht zu bemerken scheinen: auf die Selbstgenügsamkeit, das stille Ruhen der Dinge in sich: »Wer nur einen Moment des Lebens, nur das kleinste Fragment der Natur, ich will nicht sagen versteht, nein, nur ruhig stehenläßt und vorübergehend anschaut, ohne daran zu zerren, zu modellieren, zu metamorphosieren: der findet eine so unendliche, tiefe, hohe und doch naive, einfältige Würde und Bedeutung in jeder Realität ohne übrige Deutung, daß für das Empfangen nur Dank, und für das Besitzen nur Opfer übrig bleibt, um es zu würdigen. Aller übrige Umgang mit den Dingen, der sie dreht und wendet und färbt und schmückt und überdestilliert, was die Poesie besonders will, ist am Ende nur ein Götzendienst, der durch seine Spiritualität um so gefährlicher ist.«

Seiner zunehmenden Unlust am poetischen Treiben ungeachtet, war und blieb Brentano – als einer der ersten in deutschen Landen – ganz und gar Dichter. Daß er sich trotzdem nicht allzu viele Sorgen machen mußte, lag an seiner Herkunft aus vermögendem Hause. Bei aller Düsternis, die vom Vater, dem meist übellaunigen Kaufmann Peter Anton Brentano, ausgegangen war: Er hat es zu solidem Wohlstand gebracht, den er an seine Kinder, darunter neben Clemens vor allem die begabte Schwester Bettine, weitergab. Brentano konnte daher – ähnlich wie der Philosoph Schopenhauer, der vom väterlichen Erbteil zehrte – als ein Dichter leben, den die Verwertung seiner Schriften nicht sonderlich kümmern mußte. Er ironisierte seine eigene Schönschreibkunst, setzte die Dinge des Lebens, die bekanntlich allesamt auf geheimnisvolle Weise miteinander verbunden sind, so gekonnt und vertrackt ins Wort, daß er den Bogen überspannte. Dabei hantierte er durchaus nach Art der Romantiker: Er forcierte den Flug der Gedanken, sparte nicht mit Gefühlen und stieß sich fast zärtlich an einer wildwuchernden Gegensätzlichkeit, von der er annahm, daß sie letztlich das Dasein selber ausmachte und bestimmte. Brentano nahm die Wirklichkeit, wie sie war, und fügte ihr allenfalls jene frei bemessene Dosis an romantischem Seelengift hinzu, das in gelungenen Stunden den Aufmarsch der Welt als Pracht der Farben und Gedanken im Kopf verbürgte. Ihn zu schauen, ihm nachzusinnen und zu träumen, hat er ein Leben lang nicht versäumen wollen, auch wenn er sich beizeiten um jene grabnahe Ruhe bemühte, die vom kirchenfesten, vom vorschnell stillgestellten Glauben ausging.

Als Dichter war Brentano, wenn man so sagen darf, der modernste im literarischen Troß der Romantik. Sein Kniefall vor dem eigenen Talent, seine mühsam gemäßigte Selbstüberschätzung, die er durch tiefe Verzweiflung kompensierte, schließlich eine fast spießbürgerlich inszenierte Zwangsbescheidung – all das mutet zeitgemäß an, auch für uns Heutige, die wir annehmen müssen, daß uns die Maßstäbe abhanden kommen. Brentano wußte, wie kaum ein anderer, von der verführerischen Haltlosigkeit, die der Mensch wie ein Bild seiner Freiheit vorgeführt bekommt. An seinen Kollegen, den Schriftsteller Friedrich de la Motte Fouqué, schrieb er im Frühjahr 1812: »In allem diesem ist kein Wille, keine Absicht, keine Mühe; diese Blasen steigen auf, wenn der hohle Strohhalm mich berührt mit erlogenem Atem. Und kann ich gutmütiger und galanter sein, als daß ich seinen Atem in einer Kugel segeln lasse, welche den ganzen Himmel spiegelt und die Erde mitsamt dem Herrn, der geblasen hat? Ich tue es von ganzem Herzen, bis der Inhalt den Spiegelglobus zersprengt, und der Tropfen, der niederfällt – wahrlich! er trifft als Tortur nur meinen eignen nackten Schädel, den ich unter einer schwarzen Perücke meines treuesten Freundes immer trage, allein; er liegt allein auf meinen Blumen, Sonnenwenden und Birnentafelrunden von einigen herrlichen Freunden, die alle Tage sterben können; sie haben nichts zu versäumen bei mir, denn ich weiß, daß sie das Göttliche denken und tun müssen, was mir so viel, als sei es getan. Sie aber, lieber Fouqué, sind besser mit mir umgegangen. Es ist Ihnen unheimlich mit mir geworden (...), das kann ich Ihnen leicht über Bord werfen, mein Schiff segelt darum nicht höher, denn es ist wahrhaftig nichts. Oder wenn Ihnen nichts zu wenig wäre, so sage ich Ihnen, es sei eine von jenen Feldblumen, man nennt sie Gespenster bei mir, deren Blüte eine Kugel von luftigen Haaren ist; sie sind melancholischer Hirten Orakel – blasen Sie, mein Lieber! wem soll es gelten, mir oder dir? Nun zählen Sie (...) – trägt die Welt noch mich, oder dich, oder sie. Haben Sie eine gute Brust, so stehe ich in Ihrer Hand; Sie können mich auf einmal herunterblasen, aber dann wäre es ja nichts. Lassen Sie lieber die kleine Gespenstblume leben und mich! Ich hefte sie an den Mast und segle meine Tage von dem Orakel herunter, o könnte ich schneller [sein] als der Wind (...). Selig, wer dem Herrn das Leben gelebt.«

Eine rasche Folge von Stimmungswechseln bestimmte Brentanos Literatur, die nur wiedergeben konnte, was ihr Autor als Privatmann durchlitt. Die saure Arbeit des Begriffs war seine Sache nicht; er liebte poetisch eingesponnene Wirklichkeiten, in denen er sich, Sprachgänger im eigens bemessenen Feld, nur zu gerne verlief. Alles schien möglich, alles war erlaubt, solange es sich um Kunstgriffe handelte, die vor den empfindsamen Brüdern im Geiste bestehen konnten. Damit konnte nur zufrieden sein, wer sich an ein vorübergehendes, ironisch verdichtetes Selbstgenügen wandte: »Vivat! ich kann so lustig sein und so traurig, als ich mag, und das zu aller Stunde. Sieh da! das ist alle meine Kunst, und ich nehme fürlieb (…) Nun habe ich die Harfe in Feuer ausgeglüht und sie mit Metall besaitet, und spiele sie selbst; oder die Freunde, oder eine Maus läuft darüber klingend, oder eine Fliege – die letzteren aber nenne ich prophetisch, und ich ahne dann und rüste mich mit Vertrauen (…). Nun aber habe ich mir alles ausgedacht, was ich noch nirgends gelesen und gesehen und wonach ich dürste: Farben, die mir vorschweben und zu denen ich die Bilder in allen Galerien umsonst gesucht; einen Hintergrund unergründlich, und doch nah und wehend, wie der Himmel und die Hölle, und einen Vordergrund wie Wiesengrün, Lämmer und Rosen und eine Linde, ein Altar und ein stiller Brunnen, dabei schlummert ein Kind im heißen Mittag, und einen Mittelgrund wie wandelnde Jungfrauen und Jünglinge, liebend und betend; links Bürgerkampf auf offenem Markte, rechts Tempelbau, über das Ganze ragend ein Turm von falscher Philosophie und dem Teufel als Wetterableiter.«

Brentanos endgültige Hinwendung zur Kirche, von nicht

wenigen Kollegen als eklatanter Stilbruch empfunden, war in Wahrheit nur folgerichtig. Er hatte sich in seiner Poesie erschöpft; die Beliebigkeit des gängigen Welterfahrungsspiels stimmte ihn mehr als unzufrieden. Seine Schmähungen der allgemeinen Eitelkeit, zu der er selbst mit beigetragen hatte, waren nicht ohne Komik und blieben gerade deshalb wohl folgenlos. Die Literatur, so mußte Brentano es empfinden, drehte sich im Kreise; sie entsprach einer grassierenden Gedankenlosigkeit, die sich für aufgeklärt und aphoristisch bewandert hielt. Die Frage nach Gott als einer Angelegenheit des Herzens wurde kaum noch gestellt; wo sich Philosophen mit ihr befaßten, behandelte man sie nach Art der Metaphysik, der Brentano nie über den Weg traute. So entschied er sich für das, was er als Religion des Volkes verstand: einen vergleichsweise strammen, auf Kompromisse und Halbheiten keineswegs versessenen Katholizismus, in dem man seine letzte Zuflucht nehmen konnte. Wie eine solche Suche und Ankunft vor sich gegangen sein mag, hat der Schriftsteller Robert Walser in einem kleinen Prosastück mit dem Titel *Brentano (I)* beschrieben, das im November 1910 in der ›Neuen Rundschau‹ erschien: »Er sah keine Zukunft mehr vor sich, und die Vergangenheit glich (...) etwas Unverständlichem (...). Ein oder auch zwei Jahre vergehen. Er mag nicht mehr leben, und so entschließt er sich denn, sich selber gleichsam das Leben, das ihm lästig ist, zu nehmen, und er begibt sich dorthin, wo er weiß, daß sich eine tiefe Höhle befindet. Freilich schaudert er davor zurück, hinunterzugehen, aber er besinnt sich mit einer Art von Entzücken, daß er nichts mehr zu hoffen hat (...); er tritt durch das finstere große Tor und steigt Stufe um Stufe hinunter, immer tiefer, ihm ist nach den ersten Schritten, als wandere er schon tagelang, und kommt endlich unten, ganz zu unterst, in der stillen kühlen tiefverborgenen Gruft an. Eine Lampe brennt hier, und Brentano klopft an eine Türe. Hier muß er lange, lange warten, bis endlich (...) ihm der Bescheid und der grausige Befehl erteilt wird, einzutreten, und er tritt mit einer Schüchternheit, die ihn an seine Kindheit erinnert, ein, und da steht er vor einem Mann, und dieser Mann, dessen Gesicht mit einer Maske verhüllt ist, ersucht ihn schroff, ihm zu folgen. ›Du willst ein Diener der katholischen Kirche werden? Hier durch geht es.‹ So spricht die düstere Gestalt. Und von da an weiß man nichts mehr von Brentano.«

Robert Walser hat sich auch gefragt, wie es dem bekehrten Brentano, den die Verlockungen der Poesie noch heimsuchen, zumute gewesen sein könnte. In *Brentano (II)* schreibt er ihm einen Monolog zu, der davon erzählt, wie der Dichter, scheinbar gefestigt im Glauben, auf würdevolle Weise hilflos wird; er kann nur noch den Stimmen lauschen, die in ihm sind und sich geradezu heimtückisch widersprechen: »Ich kann von Zeit zu Zeit das Leben deshalb unmöglich ernst nehmen, weil sich mir der heitere Glaube tief eindrängt, daß es bloß ein Kind sei, das in entzückender, mutteraugenbewachter Unbehilflichkeit im spielenden, grünenden, schmeichelnden Grase liegt. Weiche Flammen wollen aus mir herauszüngeln, Herrschaft über mich ausüben, und mir ist, als sei ich mit dem Schwälbchen oder mit dem Schneeflöckchen verwandt, dann steht wieder die ganze, hochentwickelte Verantwortung vor mir (...). Sanftes und zorniges Instrument, das ich bin, und ich rede, und in allem

Reden breitet sich eine Steppe der Stummheit aus, und ich kann schweigen, und es ruft in einem fort laut daraus auf (...) die Wege, die durch die Schönheiten und Schändlichkeiten und Helligkeiten und Dunkelheiten und Freiheiten und Gefangenheiten des Daseins ziehen, erbleichen, wenn sie mich sehen, um gleich darauf vor Vergnügtheit zu glühen, und die Häuser stehen da, und in den Städten kommt es zum Ausdruck, wie sich die Menschen nach Liebe sehnen und wie schwierig dies gestern gewesen ist, wie auch noch heute. Verunmöglichungen weichen nie, haben eine Ausdauer, eine Gelenkigkeit. Den Möglichkeiten hängen Fetzen an wie Bettlern. Und dennoch sieht man sie gern.«

Einmal noch ist Brentano rückfällig geworden, in der Liebe wie in der Poesie. In München lernt er die Malerin Emilie Linder kennen und begibt sich wieder auf Freiersfüße. Emilie, deutlich jünger als der nicht mehr dichtende Dichter, zeigt jene Sprödigkeit, die auch die fromme Luise Hensel an sich hatte; von ihr fühlte er sich derart angetan, daß er wieder zu dichten beginnt. Allerdings geht er nun mit bemerkenswerter Altersökonomie ans Werk; er kramt alte Gedichte hervor, die ihren Zweck, nämlich das glühende Besingen einer Person, bereits erfüllt hatten. So bekommt Emilie, frei nach dem Motto »Was gut ist, kommt wieder«, ein paar Verse überreicht, die längst erprobt worden waren: »Hörst du wie die Brunnen rauschen, / Hörst du wie die Grille zirpt? / Stille, stille, laß uns lauschen, / Selig, wer in Träumen stirbt; / Selig, wen die Wolken wiegen, / Wem der Mond ein Schlaflied singt; / O wie selig kann der fliegen, / Dem der Traum den Flügel schwingt, / Daß an blauer Himmelsdecke / Sterne er wie Blumen pflückt: /

Schlafe, träume, flieg, ich wecke / Bald dich auf und bin beglückt.«

Brentanos literarisches Werk war von der Launenhaftigkeit diktiert, die man auch dem Menschen Brentano nachsagte. In seinen gelungensten Gedichten hat er die geheimnisstarke Natur wie ein Balladensänger des schönen Vergänglichen besungen; in seiner besten Prosa, den Märchen etwa, im Roman *Godwi,* der Kriminalnovelle *Die Schachtel mit der Friedenspuppe* oder der *Geschichte vom braven Kasperl und dem schönen Annerl,* bricht er die Realität mit den Spiegelungen aufmüpfiger Ironie, die sich am eigenen Zuspruch erst berauscht, dann besänftigt und zu höherer Erfahrung drängt. Als professioneller Dichter, der auf die Ausübung seines Berufes keinen Wert mehr legte, war er, wie kaum ein zweiter, von der Tagesform abhängig; er brachte aufs Papier, was aus seinem Kopfe wollte, und in dem ging es, wie er selbst sagte, »mal göttlich und mal ärmlich« zu. Entsprechend waren seine literarischen Produktionen. Auch wenn er immer verschwiegener und verschlagener wurde – Brentano hatte nichts verlernt: Noch immer konnte er witzig, noch immer konnte er wortreich und böse sein. Seinen Abschied von der Poesie betrieb er konsequent und nicht ohne Wehmut; den spät gewonnenen Überzeugungen jedoch blieb er treu. Als im Sommer 1826 der Verleger Johann Friedrich Böhmer Brentanos *Romanzen vom Rosenkranz* drucken wollte, die ihm der Dichter zum Lesen überlassen hatte, wurde er abschlägig beschieden: »(…) der gute Böhmer! (…) Da geb ich dem guten Mann den halb zwischen Pomeranzen, Apfelsinen und dergleichen in Tränen gepökelten, verschimmelten Wechselbalg der melancholisch funkelnden Phantasie und des zerrissenen Herzens hin, daß er das Ding als Präparat in Spiritus gesetzt in sein Museum stelle, und der gute Mann schickt mir das mühselige Potpourri aller meiner Zustände schön zusammenkuriert in einem Kardinalsrock wieder ins Haus. Was soll ich ums Himmelswillen mit diesen geschminkten, duftenden Toilettensünden unchristlicher Jugend unter der Autorität der Dankbarkeit anfangen? Das ist eine wahrhaft liebliche und darum um so ängstlichere Totenerscheinung! Ich habe keinen Zusammenhang mehr mit diesen Dingen als das tragische Gefühl aller Vergeblichkeit und eine leise Beschämung.«

Der alte Brentano lebt zurückgezogen. Besuchern, die ihm mißfallen, weist er die Tür; wer zu ihm vorgelassen wird, muß sich auf Absonderlichkeiten gefaßt machen. Ein Bekannter, der den ehemaligen Dichter als alten Mann wiedersah, erinnert sich: »Er war stärker im Gesicht und am Körper geworden und trug einen groben, wollenen Kittel. In seiner Stube lag alles recht durcheinander, und in seiner Schlafkammer daneben war's noch ärger. Die weißen Kalkwände waren alle mit großen und kleinen Ölbildern, meist auf Holz gemalt, zugehängt (...). Möbel waren gar keine da, nur eine Kommode, woraus die Schubladen genommen waren, die auf der Erde lagen, und ein paar Stühle. Er selbst saß in einem Sessel, alles grob von Tannenholz gemacht; sein Arbeitstisch waren ein paar abgehobelte Dielen mit ein paar Füßen (...), alles lag voller Bücher, Papierrollen, Kupferstiche, gedruckten und ungedruckten Papiers; ein alter Koffer in der Ecke, mit schmutziger Wäsche, die halb heraushing; sein brauner Ausgehüberrock und sein Hut lagen da, wo er sie gerade ablegte, und wenn er monatelang nicht ausging, blieben sie gewiss an Ort und Stelle liegen.«

Ein Vierteljahr vor seinem Tod am 28. Juli 1842, um neun Uhr früh, im Hause seines Bruders Christian in Aschaffenburg, schreibt Brentano an seine einstige Vertraute Sophie von Schweitzer: »Ach, ich dachte schon vor vielen Jahren, als ich noch unter den Geschwistern lebte, oft einsam zwischen alten Fässern auf dem Speicher sitzend, ach, was hätten wir doch alle werden können: so gut, so fromm, hilfreich und trostreich, für einander und ein Heil allen Nebenmenschen; oh, wir hätten wohl heilend und heilig werden können, wir hatten wohl alles dazu, und was ist aus uns geworden? (...) O mein Kind! wir hatten nichts genährt als die Phantasie, und sie hatte uns teils wieder aufgefressen.«

## *Zündend fürs ganze Leben*
## Eichendorff und das Herz der Welt

*Joseph von Eichendorff,*
*geb. am 10. März 1788 auf Schloß Lubowitz (Oberschlesien),*
*gest. am 26. November 1857 in Neiße*

Am 5. Mai 1807 verläßt der Student der Rechte Joseph von Eichendorff zusammen mit seinem knapp zwei Jahre älteren Bruder Wilhelm das heimische, auf den Höhen über der Oder gelegene Schloß Lubowitz, um zu einer beschwerlichen Reise aufzubrechen, an deren Ende ein leuchtendes Ziel wartet: Heidelberg, die heimliche Hauptstadt der deutschen Spätromantik. Dafür nimmt man gern Strapazen in Kauf, denn das Reisen ist zu jener Zeit mehr Tortur als Freude. Die Postkutschen rumpeln dahin und lassen die Sehnsüchte der Fahrgäste zu einem einzigen Wunsch zusammenschnurren, der da lautet: mit heiler Haut ankommen.

Am 9. Mai erreichen die Brüder Eichendorff Budweis und fahren tags darauf in Österreich ein. In Linz an der Donau muß ihre Kutsche repariert werden. Weitere sieben Tage mühsamer Fahrt liegen noch vor ihnen. Endlich ist es soweit, Heidelberg rückt näher, die Spannung wächst – was auch aus Joseph von Eichendorffs Tagebuch-Aufzeichnungen jener Zeit herauszuhören ist: »Gleich hinter Neckarelz, wo wir etwas abendaßen, erblickten wir zum ersten Male den geliebten Neckar, über den wir übergeschifft wurden. In Wimersbach wurde zum letzten Male umgespannt, und nun ging's immer fort in blühenden Tälern an schönen Bergen, aus denen die Nachtigallen schlugen (...). Endlich, um 4 Uhr morgens, fuhren wir mit Herzklopfen durch das schöne Triumphtor in Heidelberg ein, das eine über alle unsere Erwartung unbeschreiblich wunderschöne Lage hat. Enges blühendes Tal, in der Mitte der Neckar, rechts und links hohe felsige, laubige Berge. Am linken Ufer Heidelberg, groß und schön, fast wie Karlsbad. Nur eine Hauptstraße mit mehreren Toren und Märkten. Links überschaut von dem Abhange eines Berges die alte Pfalzburg, gewiß die größte und schönste Ruine Deutschlands, majestätisch die ganze Stadt. Alles schlief noch. Nur Studenten, wie überall gleich zu erkennen, durchzogen mit ihren Tabakspfeifen schon die Straßen.«

Überwältigt von ihren Eindrücken, beziehen die Brüder Eichendorff das vorbestellte Quartier am Paradeplatz und versuchen zu schlafen, was nicht recht gelingen will. Zu aufgewühlt sind sie noch von der langen Reise, die nun ihr Ende gefunden hat. Gegen Mittag erkunden sie zum ersten Mal ihre Umgebung: Wilhelm schaut sich die Stadt an, Joseph besteigt den Heidelberger Hausberg. Die Aussicht, die er dort oben bereits auf halber Höhe hat, kommt ihm großartig vor; er gerät ins Schwärmen, und der schöne Schein, der über den Dingen liegt, leuchtet ihm direkt in sein Leben: »Ich bestieg (...) zum ersten Male den heiligen Berg (...), und obschon ich mich so verirrte, daß ich durchaus den Gipfel nicht erreichen konnte, so genoß ich doch die himmlischste Aussicht (...) auf die ganze Stadt, vor mir auf eine unendliche Ebene, die sich bis Frankreich hin erstreckt, in der sich die Türme von Mannheim erheben, – und die vom Rhein, wie von einem Silberfaden durchschnitten, und rechts von den blauen Rheingebirgen begrenzt wird.«

Was Joseph von Eichendorff in Heidelberg widerfährt, ist das Aufdämmern einer Ahnung, die zur Gewißheit wird. Inspiriert von einem Ort und einer Umgebung, die sich als so romantisch zeigen, wie Eichendorff es vermutet hat, kommt er zur Einsicht, daß sich das Geheimnis der Welt erschließen läßt – es liegt jenseits der bekannten Vordergründigkeiten und verlangt eine behutsame Annäherung, ein Hinhören auf den Wesensgrund der Dinge, der seine eigene Sprache spricht. Der Glanz des Daseins, das Begreifliche im Unbegreiflichen, gibt sich für den zu erkennen, der in der Lage ist, das »Zauberwort« zu treffen, von dem Eichendorffs berühmtester Vierzeiler spricht: »Schläft ein Lied in allen Dingen, / Die da träumen fort und fort, / Und die Welt hebt an zu singen, / Triffst du nur das Zauberwort.«

Dieses Zauberwort ist der Schlüssel zur natürlichen Existenz; es läßt die Zeit stillstehen und verleiht dem Dasein einen anrührenden Schimmer, von dem man annehmen muß, daß er göttlichen Ursprungs ist. Eichendorff lernt in Heidelberg begreifen, daß sehr wohl zusammengeht, was im Zuge einer neuen Schärfe und Überschwenglichkeit des Denkens auseinandergerissen wurde: der Glaube an Gott, mit dem er fröhliche Lebensinnigkeit verband, und die Lust an der Wissenschaft, der er sich mit jener Demut nähert, die der Ursprünglichkeit der Natur mehr abzugewinnen vermag als den Lehrmeinungen hochfahrender Vernunft. Der Mann, der Eichendorff zu dieser Einsicht bringt, ist ein umstrittener Hochschullehrer: Joseph von Görres, ehemaliger Journalist, gelehrter Autodidakt und Naturphilosoph, der im Herbst 1806 an die Universität Heidelberg berufen wurde. Görres' Vorlesungen, von seinen Gegnern als »Laffen-Gewäsch« verhöhnt, sind für Eichendorff eine kleine Offenbarung: Mit einem Mal fühlt er sich auf die tatsächliche Bedeutung einer poetischen Existenz vorbereitet, und er glaubt zu verstehen, worin die ihm zugemutete Wahrheit besteht. Von Görres scheint er lernen zu können, was Gläubigkeit meinte, nämlich Gottvertrauen, Bescheidenheit vor der Schöpfung und eine vorbehaltlose Annahme des Lebens als Geschenk.

Eichendorff, der die emotionsgeladene Umtriebigkeit vor allem der frühen Romantik im Alter durchaus despektierlich zu kommentieren pflegte, hat Görres, unbeirrt von allen Schmähungen, die über seinen Heidelberger Lehrer im Umlauf waren, ein dankbares Andenken bewahrt: Seine »geheimnisvolle Gewalt lag (...) in der Großartigkeit seines Charakters, in der (...) brennenden Liebe zur Wahrheit und einem unverwüstlichen Freiheitsgefühl, womit er die einmal erkannte Wahrheit gegen offene und verkappte Feinde und falsche Freunde rücksichtslos auf Leben und Tod verteidigte; denn alles Halbe war ihm tödlich verhaßt, ja unmöglich (...), Görres, ohne es zu wollen oder auch nur zu wissen, schlicht (...) bis zum Extrem, (...) verschmähte selbst die unschuldigsten Mittel des Effekts. Sein durchaus freier Vortrag war monoton, fast wie fernes Meeresrauschen schwellend und sinkend, aber durch dieses einförmige Gemurmel leuchteten zwei wunderbare Augen und zuckten Gedankenblitze beständig hin und wider; es war wie ein prächtiges nächtliches Gewitter, hier verhüllte Abgründe, dort neue ungeahnte Landschaften plötzlich aufdeckend, und überall gewaltig, weckend und zündend fürs ganze Leben.«

Die Görressche Botschaft, die Eichendorff vernimmt, bestimmt fortan sein Denken. Im Treiben der Heidelberger Studenten mischt er mit, legt dabei jedoch Wert auf einen gewissen Sicherheitsabstand. Er sucht die Einsamkeit, unternimmt lange Wanderungen, die ihn mit Ausblicken und manch wundersamer Tagträumerei belohnen. Er lauscht den Stimmen und Stimmungen, die in ihm sind, nimmt sie beim Wort und versucht zu ergründen, was sie, über das Mitteilbare hinaus, anklingen lassen. Eichendorff, von Kindheit an tief gläubig, lebt mit einer hartnäckigen Sehnsucht, die ihm von Jahr zu Jahr vertrauter wird: Sie kreist um die Vergänglichkeit – eine Vergänglichkeit, in der auch frühe Geborgenheit, das allererste, ständig erinnerte Kinderglück, zur unheimlichen, dem Tod anempfundenen Ruhe kommt. Eine solche Sehnsucht, in Ortsabhängigkeit gesetzt, ist Heimweh: Eichendorff sieht Lubowitz, das elterliche Schloß, vor sich, das sich mit wehmütigen Bildern in ihm eingenistet hatte. Lubowitz kommt ihm wie ein gefährdetes Refugium vor, das nur zu schützen ist, wenn man es in seiner Versunkenheit bewahrt und zu einer poetisch verklärten Geschichte macht, die, mit liebevollen Variationen versehen, jederzeit und an jedem Ort aufgerufen und neu erzählt werden kann: »Kindisch lag ich im Lubowitzer Garten am Lusthause im Schatten in der Mittagsschwüle und sehe die Wolken über mir und denke mir dort Gebirge und Inseln mit Schluchten (...) oder im Frühling im Garten und sehe ins Tal hinab, es ist ein so wunderlicher Abend, die Sonne ist schon untergegangen, aber der Strom leuchtet noch (...). Da geht unsichtbar ein leises Rauschen durch den Garten, die Blumen neigen sich leise, mich schauert – es war die Muse, die lächelnd vorüberging, Garten und Täler beleuchtend, ich war ihr noch zu kindisch (...), und ich schlummerte ein, träumend von künftigen Liedern.«

Das Leben in Heidelberg gleicht zunächst einer heiteren Unternehmung, bei der Eichendorff nichts anderes im Sinn hat, als der Poesie des Lebens nachzuhorchen und sie zu fassen. Die Romantik allerdings ist nicht mehr ganz neu, und sie pflegt ihre eigenen Manierismen und Selbstbespiegelungen. Eichendorff sieht, mit einiger Verzögerung, die Fallstricke, die auf dem Weg zu einer umfassenden Romantisierung des Daseins ausgelegt sind; er begreift, daß echte Romantik nicht darin bestehen kann, sich schnell wechselnden Gefühlsströmungen anzuverwandeln, sondern eines einzigen, unteilbaren Glaubens an Gott und das Leben bedarf. Eichendorff läßt sich davon in einer Weise inspirieren, die den Gegebenheiten und dem Stand seiner Jahre entspricht. Er ist jung, und die Romantik, der er sich zugehörig fühlt, hat strenge Jugendbewegtheit auf ihre Fahnen geschrieben. Die Jugend, der man nachläuft, droht allerdings, genauer besehen, zur puren Kraftmeierei, zur Umtriebigkeit zu verkommen, der man sich ergibt wie einem Rausch.

Im Rückblick hat Eichendorff auch für das Leitmotiv überschwenglicher Jugendlichkeit kritische Worte gefunden; ihm stellte er das Bild einer Jugend entgegen, das sich am Wesentlichen begnügt und erfreut: »Die Jugend ahnt hinter dem Morgenduft die wunderbare Schönheit der Welt; sie sich selbsttätig zu erobern ist ihre Freude (...). Was ist denn eigentlich die Jugend? Doch im Grunde nichts anderes als das noch gesunde und unzerknitterte, vom kleinlichen Treiben der Welt noch unberührte Gefühl der ursprünglichen Freiheit und der Unendlichkeit der Lebensaufgabe. Daher ist die Jugend jederzeit fähiger zu entscheidenden Entschlüssen und Aufopferungen und steht in der Tat dem Himmel näher als das müde und abgenutzte Alter; daher legt sie so gern den ungeheuersten Maßstab großer Gedanken und Taten an ihre Zukunft. Ganz recht! denn die geschäftige Welt wird schon dafür sorgen, daß die Bäume nicht in den Himmel wachsen, und ihnen die kleine Krämerelle aufdrängen. Die Jugend ist die Poesie des Lebens.«

Der Gefühlsüberschwang, den die Romantik auf die Wertmaßstäbe des gewöhnlichen Lebens ablädt, birgt Gefahren in sich, die gerade Eichendorff, als unmittelbar Beteiligter, wie kein zweiter sieht. Emotionale Hochspannung, bedingungslos inszeniert, wird zur Überspanntheit; schiere Daseinsfreude schlägt, ohne Vorwarnung, in ihr Gegenteil um, und die Schönheitsillusionen kollabieren vor dem Hintergrund andrängender Todesahnungen. So ist denn auch die Melancholie die ständige Begleiterin des romantisierenden Helden; man gibt sich aufgeklärt-exaltiert und kann doch nicht begreifen, so heftig in dieses eine Leben eingebunden zu sein, das von dunklen Schatten begleitet wird. Was die Melancholie zudem verstärkt heraufbeschwört, sind die feinen Konturen eines Verfalls, der alle Formen des Lebens umfaßt und sich, auf seiten des empfindsamen Individuums, zu einem schmerzlich-glücklichen Gefühl der Traurigkeit bündelt. Eichendorff hat solche Gefühlsinnenräume oft und gern ausgeleuchtet; in seinem Prosatext *Viel Lärmen um nichts*, zu dem sich ein anderer Schwermutskünstler, der dänische Philosoph Sören Kierkegaard, besonders hingezogen fühlte, nimmt er ein Traumbild von Heidelberg zum Anlaß, um eine Vergänglichkeit aufschimmern zu lassen, die nicht jenseitig ist, sondern mitwebt am hiesigen Diesseitsgeschehen: »Da träumte ihm, er stände auf dem schönen Neckargebiete von Heidelberg. Aber der Sommer war vorbei, die Sonne war lange untergegangen, ihn schauerte in der herbstlichen Kühle. Nur das Jauchzen verspäteter Winzer verhallte noch, fast wehmütig, in den Tälern unten, von Zeit zu Zeit flogen einzelne Leuchtkugeln in die Luft. Manche zerplatzte plötzlich in tausend Funken und beleuchtete im Niederfallen langvergessene, wunderschöne Gegenden. Auch seine ferne Heimat erkannte er darunter, es schien schon alles zu schlafen dort, nur die weißen Statuen im Garten schimmerten seltsam in dem scharfen Licht. Dann verschlang die Nacht auf einmal alles wieder. Über die Berge aber ging ein herrlicher Gesang (...). Das ist ja das alte, schöne Lied!, dachte er und folgte nun bergauf, bergab den Klängen, die immerfort vor ihm herflohen. Da sah er Dörfer, Seen und Städte seitwärts in den Tälern liegen, aber alles so still und bleich im Mondschein, als wäre die Welt gestorben.«

Eichendorff begnügt sich damit, Heidelberg als reine Episode wahrzunehmen, und er ist klug genug, sich vom romantischen Troß rechtzeitig wieder abzusetzen. Einer Dichtkunst, die nur noch mit den abgenutzten Versatzstücken der eigenen Ästhetik arbeitet, setzt er, auf seine Weise bereits geheimnisvoll inspiriert, »die Poesie selber« entgegen, aus der, wie er schreibt, eine bis ins Erhabene hinaufreichende

Begeisterungsfähigkeit erwächst, der nichts Geringeres als »das ursprüngliche, freie, tüchtige Leben« zugrunde liegt, »das uns ergreift, ehe wir darüber sprechen«. Das Erinnern an diese Poesie ist gleichsam magisch; es währt einen ewigen Frühling lang und erzählt davon, wie Sehnsucht, auch wenn sie erfüllt scheint, niemals an ihr Ende gelangt. In Eichendorffs Gedicht *Frische Fahrt* klingt das so: »Laue Luft kommt blau geflossen, / Frühling, Frühling soll es sein! / Waldwärts Hörnerklang geschossen, / Mut'ger Augen lichter Schein; / Und das Wirren bunt und bunter / Wird ein magisch wilder Fluß, / In die schöne Welt hinunter / Lockt dich dieses Stromes Gruß. // – Und ich mag mich nicht bewahren! / Weit von euch treibt mich der Wind, / Auf dem Strome will ich fahren, / Von dem Glanze selig blind! / Tausend Stimmen lockend schlagen, / Hoch Aurora flammend weht, / Fahre zu! Ich mag nicht fragen, / Wo die Fahrt zu Ende geht!«

Eichendorff blieb nur ein Jahr in Heidelberg; der schöne Schein aber, der von dieser Zeit ausging, machte ihn zum Dichter, der sein Lied von Gott und der Welt mit den wiederkehrenden Klangfolgen des menschlichen Erlebens versah: Sehnsucht und Glück, Liebe und Leid, Fernweh und Heimkehr, Vergänglichkeit und Freude, Naturschönheit und Künstlertraum, die ihren inneren Halt allesamt aus der Zuversicht des Glaubens beziehen. In Eichendorffs äußerem Leben indes sind Erfolgsbotschaften rar: Die Eltern sind hoffnungslos verschuldet; 1819 wird Schloß Lubowitz zur Versteigerung freigegeben, und Eichendorff entscheidet sich, der Not gehorchend, für die, wie er sie nennt, »gewöhnliche juristische Laufbahn«. Trotz guter Examina findet er erst mit

34 Jahren, damals schon Vater von vier Kindern, eine halbwegs auskömmliche Stellung im Staatsdienst. Nahezu drei Jahrzehnte müht er sich als Beamter ab – nicht ohne Ehrgeiz, aber zunehmend resigniert. Er wird zwischen verschiedenen Ministerialbehörden hin- und hergeschoben und quittiert schließlich am 1. Juli 1844 den Dienst. Dreizehn glückliche Jahre sind ihm noch vergönnt: »Das Herz weit und hoffnungsreich, das Auge frei und fröhlich, ernste Treue erfrischend über mein ganzes Wesen, so ist mein Sein, ich möchte fast sagen, mein Verliebtsein in die unvergängliche jungfräuliche Schöne des reichen Lebens. Meine einzige Bitte zu Gott ist: Laß mich das ganz sein, was ich sein kann!«

Über seine Heidelberger Inspirationen ist Joseph von Eichendorff an eine Weltanschauung gelangt, die ein altmodisches Gottvertrauen auf einmal wieder so neu, so heiter und frei erscheinen läßt, daß sogar die Träume der Jugend noch reifen dürfen und am Ende nahezu unversehrt sind. »Der Dichter ist das Herz der Welt!« notiert Eichendorff als eine der kühnen Einsichten, die ihm in Heidelberg nahegelegt werden, und er leitet daraus seine ganz persönliche, »höhere Pflicht« ab, die er als wahres Wort nimmt, das niemals altern kann. In Eichendorffs 1834 erschienenem Roman *Dichter und ihre Gesellen* findet sich das dazugehörige Bekenntnis; es ist so wundersam wie die Poesie selbst und macht auch denen Mut, die sich, wie wir, schon seit längerem in einer ganz anderen Zeit aufzuhalten haben: »Er sann lange nach (...), sang immerfort ein längst verklungenes Lied leise in sich hinein, ohne zu wissen, woher der Nachhall kam. Da fiel es ihm plötzlich aufs Herz: wie in Heidelberg lagen die Häuser da unten zwischen den Gärten und

Felsen und Abendlichtern, wie in Heidelberg rauschte der Strom aus dem Grunde und der Wald von allen Höhen! So war er als Student manchen lauen Abend sommermüde von den Bergen heimgekehrt und hatte über die Feuersäule, die das Abendrot über den Neckar warf, in die duftige Talferne gleichwie in sein künftiges, noch ungewisses Leben hinausgeschaut (...). Die Ahnung war es, der erste Schauer des schönen, überreichen Lebens, das gewißlich mit aller seiner geahnten und ungeahnten herrlichen Gewalt über uns kommen wird, wenn wir nur fröhlich standhalten. Wo wären wir denn aufgewacht von den sogenannten Träumen? Was hätte sich denn seitdem verändert? Aurora scheint noch so jung über die Berge wie damals, die Erde blüht alljährlich wieder bis ins fernste, tiefste Tal – warum sollte denn unsere unsterbliche Seele, die all den Plunder überdauert, allein alt werden? (...) als hätte der Mensch nicht auch die höhere Pflicht, sich auf Erden auszumausern und die schäbigen Flügel zu putzen zum letzten, großen Fluge nach dem Himmelreich, das (...) nicht wie ein Wirtshaus an der breiten Landstraße liegt, sondern treu und ernstlich und mit ganzer, ungeteilter Seele erstürmt sein will.«

## *Man arbeitet sich durchs Leben*
## Droste-Hülshoff und die Träume des Tages

*Annette von Droste-Hülshoff,*
*geb. am 10. Januar 1797 auf Schloß Hülshoff (bei Münster),*
*gest. am 24. Mai 1848 in Meersburg (Bodensee)*

An einem strahlenden Herbsttag im Jahre 1841 erreicht die Dichterin Annette von Droste-Hülshoff in Begleitung ihrer älteren Schwester Jenny und deren Töchter Hildegard und Hildegunde Meersburg am Bodensee. Die Fahrt war lang und mühsam gewesen, aber bei ihrer Ankunft leuchten Himmel und See in einem Licht, das den Erwartungen der Dichterin entspricht. Der Reisewagen rumpelt zum alten Schloß empor, wo Hausherr Joseph von Laßberg, ein rüstiger Greis von mehr als siebzig Jahren, bereits wartet. Laßberg, aus österreichischem Adel stammend, renommierter Philologe und sanftmütig-kauziger Privatgelehrter, der auch unter dem Namen Sepp von Eppishusen publizierte, hatte Jenny von Droste-Hülshoff im Oktober 1834 geheiratet und war mit ihr nach Süden gezogen, – zunächst auf sein Anwesen im Kanton Thurgau, später dann in das alte Meersburger Schloß, das er, wie er stolz vermerkte, »unerhört günstig erstehen durfte«. Hier nun würde die Dichterin, deren Verse Laßberg nicht sonderlich schätzt, die nächsten Monate zubringen; man hat ihr ein Turmzimmer hergerichtet, das mit einer grandiosen Aussicht aufwarten kann. Grünschimmernd erstreckt sich der See, von scheinbar winzigen Wellen durchzogen; am anderen Ufer, hinter blauen Hügeln ansteigend, ragen die Alpen empor, schneebedeckt in der klaren Herbstluft. Der mächtige Höhenzug im Vordergrund ist der Säntis, den die Droste schon 1836, von Schweizer Seite aus, bewunderte und im Gedicht ansprach: »O du mein ernst gewalt'ger Greis, / Mein Säntis mit der Locke weiß / In Felsenblöcke eingemauert, / Von Schneegestöber überschauert, / In Eisepanzer eingeschnürt / Hu, wie dich schauert, wie dich friert / (...) Wenn ich an einem schönen Tag / Der Mittagsstunde habe acht, / Und lehne unter meinem Baum / So mitten in der Trauben Pracht: / – Wenn die Zeitlose übers Tal / Den amethstnen Teppich webt, / Auf dem der letzte Schmetterling / So schillernd wie der frühste bebt: / – Dann denk' ich wenig drüber nach, / Wie's nun verkümmert Tag für Tag, / Und kann mit halb verschlossnem Blick / Vom Lenze träumen und von Glück. / – Du mit dem frischgefallnen Schnee, / Du tust mir in den Augen weh / Willst uns den Winter schon bereiten? / Von Schlucht zu Schlucht sieht man ihn gleiten, / Und bald, bald wälzt er sich herab / Von dir, o Säntis! ödes Grab!«

Annette von Droste-Hülshoff, zum ersten Male auf der Meersburg, atmet auf. Der Säntis, der vor einem großen Himmel steht, erscheint ihr nun nicht mehr als »ernst gewalt'ger Greis«, als Schneegrab des Lebenden und seiner bescheidenen Hoffnungen, sondern wie ein Vertrauter, der über den See herübergrüßt in anrührender Verläßlichkeit. Aus der Ferne bewachte er die poetische Welt, die sie sich aufzubauen gedenkt. Es kommt ihr vor, als wäre sie aus dem Münsterland, der geliebten Heimat, herbeigebracht worden, um ein ihr zugemutetes Glück zu erzwingen. Das öde, wenn auch letztlich nicht unzweckmäßige Gleichmaß der Vergangenheit ist aufgebrochen; in der Gegenwart liegt die Zukunft, an die sich Hoffnungen richten, die nicht ganz unproblematisch sind. Auch die Gesundheit der Dichterin, sonst stets angegriffen, mag sich dieser Erwartungshaltung nicht verschließen; die Droste fühlt sich wohler; sie ermüdet nicht mehr so leicht, ihr Husten läßt nach, und der frische Wind, der aus den Bergen kommt und über den See streicht, weht ihr innige Gedanken zu, die sie sich zuvor hartnäckig verbeten hat. Es scheint sicher, daß auch er nachfolgt: Levin Schücking, der Freund und Vertraute aus dem Münsterland, den sie auf ihre Art liebt: Dem jungen, gutaussehenden Mann, der immerhin siebzehn Jahre jünger ist als sie und dessen freundliches Auftreten allseits gelobt wurde, hat sie sich zugewandt wie eine leidenschaftsgefährdete Mutter dem Sohn. Eine Liebe wie diese mußte über die Alters- und Standesunterschiede hinweg, im Rahmen gewohnter Verhaltensmuster legitimiert werden, um als noch zulässig gelten zu können. Der Freund also, »das Kind«, wie sie ihn gern nennt, wird nachfolgen; sie selbst hat dies, mit ein wenig List, in die Wege geleitet, indem sie ihren Schwager beschwatzte, den literaturbeflissenen und nicht unbegabten Schücking für einige Zeit als Bibliothekar auf der Meersburg zu beschäftigen. Laßburg, weltfremd einerseits, aber auch eitel, wenn es um seine angesammelten Wissensschätze ging, willigte ein, den jungen Mann, dessen Qualitäten die Schwägerin mit leuchtenden Augen rühmte, in seine Dienste zu nehmen, obwohl es zuvor auch ohne Bibliothekar gegangen war. An mehr dachte er nicht; die Dichterin jedoch ist in Wunschvorstellungen befangen, von denen sie tunlichst zu schweigen hat; schließlich sind es nichts anderes als wiederkehrende, angeblich sehr freie Gedankenspiele im Kopf. Gelegentlich geben sich die im Tagtraum aufkommenden Bilder hartnäckig genug, um noch in die Mondnächte mit hineinzugeraten, – wenn es auf der Meersburg ohnehin zugeht wie in einem uralten unheimlichen Schloß: Türen knarren, der Wind heult, und kettenbeschwerte Gespenster schlurfen die Gänge entlang. Die Dichterin liegt dann oft wach, aber da sie guten Willens ist, sich nicht zu ängstigen, gelingt es ihr, das seltsame Treiben wie einen Spaß zu registrieren, von dem sie im Gedicht erzählt, als ob sie selbst schon zum Geist unter Geistern geworden wäre: »Auf der Burg haus' ich am Berge, / Unter mir der blaue See, / Höre nächtlich Koboldzwerge, / Täglich Adler aus der Höh', / Und die grauen Ahnenbilder / Sind mir Stubenkameraden, / Wappentruh' und Eisenschilder / Sofa mir und Kleiderladen. / – Schreit' ich über die Terrasse / Wie ein Geist am Runenstein, / Sehe unter mir die blasse / Alte Stadt im Mondenschein, / Und am Walle pfeift es weidlich, / Sind es Käuze oder Knaben / Ist mir selber oft nicht deutlich, / Ob ich lebend, ob begraben! / – Mir gegenüber gähnt die Halle, / Grauen Tores, hohl und lang, / Drin mit wunderlichem Schalle / Langsam dröhnt ein schwerer Gang. / Mir zur Seite Riegelzüge, / Ha, ich öffne, laß die Lampe / Scheinen auf der Wendelstiege / Lose modergrüne Rampe, / – Die mich lockt wie ein Verhängnis / Zu dem unbekannten Grund; / Ob ein Brunnen? ob Gefängnis? / Keinem Lebenden ist's kund; / Denn zerfallen sind die Stufen, / Und der Steinwurf hat nicht Bahn, / Doch als ich hinab gerufen, / Donnert's fort wie ein Orkan. / – Ja, wird mir nicht baldigst fade/Dieses Schlosses Romantik,/In den Trümmern ohne Gnade/Brech' ich Glieder und Genick,/Denn, wie trotzig sich die Düne/Mag am flachen Strande heben,/ Fühl' ich stark mich wie ein Hüne,/Von Zerfallendem umgeben.«

Leicht unheimlich ist auch die Nacht, in der Schücking Anfang Oktober 1841 auf der Meersburg eintrifft. Er hat sich verspätet wegen eines Sturmes, der sich vom See her an Land wirft und die Gemäuer der Burg ächzen läßt, so daß eigentlich keiner im Schloß mehr mit dem Hilfsbibliothekar rechnet. Laßberg reagiert etwas ungehalten ob der späten Störung und läßt den jungen Mann, der erschöpft und verlegen wirkt, auf sein Zimmer bringen, das sich im Südwestturm der Burg befindet. Zuvor aber setzt man noch die Dichterin, die im Nordostturm wohnt, vom überraschenden Eintreffen ihres Freundes in Kenntnis, und sie kommt, wie sich Schücking später in seinem *Lebensrückblick* erinnert, »schweratmend, wie immer, wenn es für sie galt, Treppen zu ersteigen, aus ihren Gemächern herüber«. Am nächsten Morgen aber sind alle Wolken weggefegt; die Sonne strahlt vom Himmel, und der See glänzt. Schücking steht auf der Turmhöhe und staunt; er sieht das Land zu seinen Füßen, das Wasser, die fernen nahen Berge, und er kommt sich vor, so notierte er später, »wie in einem schönen Wachtraum befangen«. Die Ängste, die er noch hat, werden ihm bald genommen: Laßberg nämlich, ausgeschlafen und bereit, die Kammern seiner Gelehrsamkeit zu öffnen, führt den jungen Mann ausgesprochen freundlich in seine Arbeit ein. Schückings Aufgaben sind vielfältig: Er muß katalogisieren und ordnen, altfranzösische Handschriften übersetzen, und er soll sich systematische Gedanken über ein neues Archivierungssystem machen, das die philologische Tätigkeit des Schloßherrn von Grund auf erleichtern kann. Laßberg ist mit seinem neuen Bibliothekar zufrieden; die wohlgesetzten Worte, mit denen dieser, ein ums andere Mal, die Kostbarkeiten der Bibliothek zu rühmen weiß, schmeicheln ihm, und er zeigt sich erkenntlich, indem er den jungen Mann schon bald selbständig arbeiten läßt. Schücking, dem noch die Nachwehen eines verquält und erfolglos absolvierten Jurastudiums anhängen, lebt auf, ja er läßt sich von seinem neuen Tätigkeitsfeld förmlich enthusiasmieren; zum ersten Mal in seinem Leben fühlt er sich gebraucht. Auf der längst Buch gewordenen Bühne des Wissens spielt er den Hausmeister, der für die Ordnung des Verfügbaren sorgt; der Dienst, den er tut, ist mehr als nützlich, und die freie Zeit, die man ihm gibt, verbringt er gern in der eindrücklichen Natur oder mit der Freundin. In einem Brief an ihre Vertraute Elise Rüdiger berichtete Annette von Droste-Hülshoff: »Die vielen seltenen Bücher machen ihm (...) große Freude (...), und die Gegend, der Bodensee, die Alpen, die alte Burg mit ihren Türmen, Wendelstiegen, ganzen Reihen von unterirdischen Gefängnisgewölben, wo die Gefangenen ihre Namen und alte Sprüche mit spitzen Steinen in die Felswand gekratzt haben, und nicht weniger als fünf verfallenen Gängen in dem Berg, deren Ausgang uns unbekannt ist, haben ihm einen unbeschreiblichen Eindruck gemacht. Wir hatten anfangs alle Mühe, ihn von Unternehmungen auf die Berggänge (die bis unter den Spiegel des Bodensees führen sollen) abzuhalten; seit er aber eins der Löcher mit einem Steinwurf sondiert und erst auf Turmtiefe Grund gefunden hat, ist ihm die

Lust vergangen, und er will, wie er sagt, seinen besten und einzigen Hals doch lieber nicht riskieren. Am Strande spaziert er aber täglich eine Stunde und freut sich wie ein Kind, wenn die Wellen ihm entgegenbranden und spritzen und über dicken hohen Wolkenschichten die Kuppen der Alpen wie Ossians Geister hervorschaun.«

Daß die Dichterin Schücking, den kindlich Begeisterten, auf seinen Spaziergängen begleitet, hält sie, aus guten Gründen, nicht für erwähnenswert. Ihre Verbindung zu einem jungen Mann, der ihr Sohn sein könnte, wird von der westfälischen Heimat aus mit Argwohn betrachtet; die Briefe, die dort ankommen, finden prompte und aufmerksame Lektüre, wobei man sich Mühe gibt, gerade das herauszuhören, was zwischen den Zeilen steht oder, naheliegende Vermutung, verschwiegen werden soll. Therese von Droste-Hülshoff, die Mutter der Dichterin, hat ein besonderes Gespür für alles Unschickliche, das sich in der vielköpfigen Sippschaft abzuzeichnen droht: Nachdem sie schon die Eheschließung der Tochter Jenny mit dem »Alten«, wie sie Laßberg respektlos nennt, nur unter Vorbehalten und nach Ablauf einer dreijährigen Probezeit bewilligt hat, gilt ihre Sorge nunmehr Annette, deren Wertschätzung für den sehr jungen und sehr bürgerlichen Schücking sie mit wachsender Indignation verfolgt. Die Dichterin, die ihrer Mutter verbunden ist, aber auch mächtigen Respekt vor deren resoluten Umgangsformen hat, versucht es mit bemühter Naivität. Sie tut so, als ob Schückings Anwesenheit auf der Meersburg eine Selbstverständlichkeit sei, die sich auf Grund einer Initiative Laßbergs ergeben habe. In einem Brief, den sie am 26. Oktober 1841 ins Münsterland schickt, heißt es: »Soeben sagt mir Jenny, daß ich Dir schreiben solle, daß Schükking hier ist. Es ist richtig, in ihrem Brief konnte es noch nicht stehen. Laßberg hat ihm nach Darmstadt, wo er sich gerade bei Freiligrath aufhielt, geschrieben, um einen Katalog von seiner Bibliothek zu machen; Laßberg ist ganz von selbst auf den Einfall gekommen, da er sich schon längst, nach seiner geheimnisvollen Weise ganz im stillen, nach einem Menschen umgesehen, der bei den nötigen Kenntnissen keine großen Forderungen mache und ihn nicht im Hause geniere; so habe ich nichts von dem Plane gewußt, bis er zur Ausführung kommen sollte, habe mich aber recht gefreut, Schücking zu sehen, der vor etwa zehn Tagen angekommen und den ganzen Tag so fleißig bei der Arbeit ist, daß Laßberg ihn lobt. Wir sehen ihn selten, außer bei Tische, da er in den freien Stunden (...) an seinen eigenen Schriftstellereien arbeitet und auch ins Museum geht, die Zeitungen zu lesen.«

Das ist an der Wahrheit leicht vorbeifabuliert. Laßberg, der gar nicht weiß, wie ihm geschieht, macht gute Miene zum durchschaubaren Spiel. An seinem neuen Bibliothekar hat er Gefallen gefunden, aber das nicht unbedingt dezente Interesse, das Annette für Schücking zeigt, kommt ihm mit der Zeit doch ein wenig merkwürdig vor. Zwar gibt sie sich im Schloß betont zurückhaltend; sie erkundigt sich nach dem Stand der Bibliotheksarbeiten, freut sich an den Herbstfarben, die über der gesamten Bodenseeregion lagen, und trägt Gedichte vor, denen Laßberg nur dösend oder mit säuerlicher Miene zu folgen vermag. Doch es entgeht ihm nicht, daß seine Schwägerin, obwohl um Unverfänglichkeit bemüht, verdächtig frohgestimmt ist; sie nutzt jede Gelegenheit, der Meersburg den Rücken zu kehren und Schücking auf langen Spaziergängen zu begleiten. Das eigentliche Verhältnis, das die beiden verbindet, hätte sich nur tiefergreifender Einfühlung erschlossen, für die Laßberg, der leidenschaftliche Philologe, weder Zeit noch Lust verspürt: Er begnügt sich damit, die äußere Ordnung gewahrt zu sehen; was darüber hinausgeht und als unschicklich gelten könnte, überläßt er dem Bedenken seiner Frau Jenny, von der er annehmen muß, daß sie mehr ahnt, als ihr lieb sein mag. Die nachrichtendienstlichen Ermittlungen, die im weit verzweigten Familienbetrieb der Drostes in Gang sind, konterkarieren denn auch den Versuch, Schückings Anwesenheit auf der Meersburg als harmlos zu verkaufen; es sind Indiskretionen in Umlauf, deren Urheberin Annette in Luise von Bornstedt vermutet, einer exaltierten, betont mütterlich auftretenden Dichterin, die als gefürchtete Schwatzbase gilt und in Münster als Schrifttumsführerin amtiert: »Die Bornstedt hat die bewußte Klatscherei, die ganz unzweifelhaft von ihr ausgegangen ist, auch schon nach Hülshoff getragen. Mama schreibt: ›Daß Schücking bei euch ist, wußte ich schon‹ (…). Wie mag diese die Sache wohl ansehen? Ich fürchte, wie ein verabredetes Rendez-vous; das wäre doch sehr traurig. Ich kann dieses nur wie eine sehr milde Art, mir beizubringen, was die Bornstedt *wirklich* gesagt hat, ansehn, und zugleich diese Milde nur meiner Abwesenheit und der Furcht, meine Genesung durch Ärger rückgängig zu machen, zuschreiben; wär' ich gesund und in Rüschhaus, so hätte es gewiß sehr harte Szenen gesetzt, deren Resultat unfehlbar unerfreulich und trennend gewesen wär', und noch weiß ich nicht, ob nicht ernste Beschränkungen meiner warten, wenn ich zurückkomme. Diese Person ist doch eine wahre Pest für Münster!«

Es hilft nicht viel: Alles, was Annette in ihren Briefen schreibt, kann im Münsterland gegen sie verwendet werden. Schückings Anwesenheit auf der Meersburg bleibt ein Stein des Anstoßes und wird mit Argwohn betrachtet. So beschließt die Dichterin, sich auf das Wesentliche zu konzentrieren: Ihr junger Freund ist da, sie kann in seiner Nähe sein, ohne sich dafür über Gebühr rechtfertigen zu müssen. Schücking, der sich zuweilen ein wenig vereinnahmt vorkommen mag, versucht, den Enthusiasmus der Dichterin, der ja auch ihm gilt, in poetische Produktivität umzulenken: Er spornt sie an, versteht es, ihren noch eher schwach entwikkelten literarischen Ehrgeiz zu wecken. Dabei vollzieht sich gelegentlich eine kuriose Umkehr der realen Gegebenheiten: Schücking, der »edle Jüngling«, wie ihn Annette zuweilen spöttisch nannte, tritt wie ein reifer Mentor auf, der sich um das Fortkommen einer begabten Nachwuchsschriftstellerin bemüht, die ihre Höchstform noch nicht gefunden hat. Er kritisiert, lobt, macht altkluge Anmerkungen und versucht, poetologische Zusammenhänge herzustellen. Annette spielt mit; auf langen Spaziergängen am Seeufer hört sie sich an, was der Freund zu sagen hat, und macht sich ihren eigenen Reim darauf. Beliebtes Ziel der beiden ist das Glaserhäuschen, eine kleine Schenke, die guten Wein und einen herrlichen Blick auf Wasser und Berge zu bieten hat. Die Stimmung, die von diesem fast verwunschenen Ort ausgeht, hat die Droste in einem Gedicht festgehalten, es läßt anklingen, daß Glück nicht von Dauer ist; aus Momenten der Nähe werden Erinnerungen, die bemüht werden müssen, um das Unwiederbringliche großer Gefühle, als Abbild eigener Bewegtheit, festhalten zu können: »Ist's nicht ein heit'rer Ort, mein junger Freund, / Das kleine Haus, das schier vom Hange gleitet, / Wo so possierlich uns der Wirt erscheint, / So übermächtig sich die Landschaft breitet, / Wo uns ergötzt im neckischen Kontrast / Das Wurzelmännchen mit verschmitzter Miene, / Das wie ein Aal sich schlingt und kugelt fast, / Im Angesicht der stolzen Alpenbühne? / (...) Trink aus! – die Alpen liegen stundenweit, / Nur nah die Burg, uns heimisches Gemäuer, / Wo Träume lagern lang verschollner Zeit, / Seltsame Mär' und zorn'ge Abenteuer. / Wohl ziemt es mir, in Räumen schwer und grau, / Zu grübeln über dunkler Taten Reste; / Doch du, Levin, schaust aus dem grimmen Bau / Wie eine Schwalbe aus dem Mauernreste. / – Sieh drunten auf dem See im Abendrot / Die Taucherente hin und wieder schlüpfend; / Nun sinkt sie nieder wie des Netzes Lot, / Nun wieder aufwärts mit den Wellen hüpfend; / Seltsames Spiel, recht wie ein Lebenslauf! / Wir beide schaun gespannten Blickes nieder; / Du flüsterst lächelnd: immer kömmt sie auf! / Und ich, ich denke: immer sinkt sie wieder! (...)«

Annette fühlt sich auf denkwürdige Weise inspiriert; es kommt ihr vor, als müßte sie aufschreiben, was ihr nur diese Zeit geben kann, der ein absehbares Ende droht. Es gilt, die Träume des Tages zu nutzen, aus denen die Dichterin eine zuvor kaum gekannte Schaffenskraft bezieht; die Welt selbst scheint ihr poetisiert, und es bedarf nur noch eines Nach- und Reinzeichnens, um die Konturen des Daseins dauerhaft zu erhellen und in Sprachbilder umzusetzen. Die lyrische Produktion der Droste geht, wie Schükking notiert, »förmlich aus dem Füllhorn hernieder«; in knapp sieben Monaten entstehen mehr als fünfzig Gedichte,

Prosatexte und Entwürfe, die über geheime Zweisamkeitsmomente und das Idyll vom Bodensee weit hinausreichen. Annette dichtet, wie Laßberg mißmutig anmerkt, »mit fliegenden Händen«; ihm, der gediegene Begrifflichkeit und vergangenheitsschwere Sachlichkeit schätzt, gehen die Verse seiner Schwägerin, die sie zumeist am Abend zum Vortrag bringt, noch immer nicht nahe, sondern eher auf die Nerven. Trotzdem ist er gutmütig genug, sich seiner Zuhörer nicht zu entziehen; er bittet Annette, sich zu mäßigen: nicht alles, was Empfindung sei, müsse auch zum Gedicht gemacht werden, betont er.

Ende Oktober 1841 machte der Dichter Ludwig Uhland auf der Meersburg Station, den Laßberg als treuen Freund des deutschen Mittelalters verehrt und entsprechend herzlich begrüßt. Auch seine Schwägerin ist von dem Besuch angetan: »Unter den letzten angenehmen Bekanntschaften zeichnet sich Uhland aus, der mehrere Tage hier war und, was mich sehr freute, von Schücking bereits wußte, zu ihm in die Bibliothek ging und ihn als Bruder in Apollo begrüßte. Schükking ist so rayonnant darüber, daß er gleich ein Gedicht auf Uhland gemacht hat (...), dessen Äußeres keineswegs vorteilhaft ist und der doch gefällt, wiederum durch große Bescheidenheit, Einfachheit und einen überwiegenden Zug von Güte, sonst ist er häßlich, seine Gestalt stämmig, fast gemein, feuerrotes Gesicht, und dazu stammelt er, was ihn so verlegen macht, daß er zuweilen aus Angst von einem Fuße auf den anderen springt (...). Er und Laßberg haben sich sehr lieb, und beide sprangen auf die komischste Weise im Zimmer umher, als sie sich begrüßten (...).«

Der Herbst geht, fast unmerklich, und ein kalter Winter

bricht an. Noch immer schimmert der See, die Berge stehen in einem schwächer werdenden Licht und rücken ab von den Betrachtern. Schnee liegt in der Luft, aber er will nicht fallen; statt dessen friert es, der Boden härtet sich, und die sichtbare Welt glänzt im Rauhreif. Die hellen Tage werden dunkler; für lange Spaziergänge bleibt nicht mehr viel Zeit. Man schaut dem Sonnenuntergang vom Schloß aus zu; dann gilt es, die langen Winterabende zu überstehen. Annette tut dies auf bewährte Weise: Sie dichtet. Es ist, als ob sie der Finsternis, die ihr im Münsterland oft Ängste bereitet hatte, im poetischen Alleingang begegnen wollte. Schücking, dem der Bibliotheksdienst Routine geworden war, bleibt dabei für das Zwiegespräch, für die aufmunternden Zurufe zuständig; Laßberg besorgt die ernüchternden Kommentare, und Jenny, seine Frau, die mit den Kindern zu tun hat, freut sich, daß es ihrer Schwester noch immer gutzugehen scheint. Annettes Hochstimmung hält an; sie nimmt den Winter als ruhige Ergänzung zu einem Herbst, der große Gefühle hervorgerufen hat. Als nach Weihnachten der erste Schnee fällt und liegen bleibt, schreibt sie nach Hause: »Wir haben jetzt seit drei Wochen feste Schneebahn hier, liebste Mama, und die weiße Decke, die nicht wanken und weichen will, erinnert mich doch an die Schweiz, obwohl es nicht sehr kalt dabei ist. Mit meiner Gesundheit geht es immer noch sehr gut; wenn ich bedenke, wie es in den beiden letzten Wintern war, so kann ich mein jetziges Befinden nicht genug rühmen. – Meine Spaziergänge habe ich bis vor acht Tagen regelmäßig fortgesetzt, seitdem ist es aber so glatt geworden, daß ich an einem Tage sieben- bis achtmal gefallen bin; nun habe ich mir die Terrasse (…) reinfegen lassen und spaziere dort täglich ein paar Stunden. – Wir leben hier so still fort und sind jeder in seiner Art sehr fleißig (...).«

Dieses Glück währt nur bis zum April 1842. Dann verlässt Schücking die Meersburg; er hat eine neue Stelle als Erzieher am Hof des Fürsten Wrede erhalten, der weit ab, am österreichischen Mondsee, residiert. Für Annette kommt der Aufbruch des Freundes überraschend; die Notwendigkeit eines Abschieds, die Schücking mit der Möglichkeit, sich in einer neuen Herausforderung zu beweisen, begründete, will ihr nicht einleuchten, zumal auch Laßberg zu verstehen gibt, daß er bereit gewesen wäre, seinen Bibliothekar weiterzubeschäftigen. Schückings Wunsch nach Veränderung hat indes nicht nur berufliche Ursachen; er ahnt, daß die Dichterin mehr in ihm sieht als den Freund und Vertrauten, mit dem man die Welt der Poesie erkundet. Eine drohende Einseitigkeit der Gefühle, die sich abzuzeichnen scheint, will er vermeiden; für ihn bleibt die Droste, wie er in seinem Lebensrückblick festhält, »die beste Freundin seines Lebens«, der er auch aus der Ferne noch ein treues Andenken bewahren kann. Eine Beziehung wie die ihre ist nicht an reale Gegenwart und die einlösende Tat gebunden, sie läßt sich fortsetzen wie jede andere unwirklich schöne Liaison: mit langen Briefen und kühnen Gedichten, die wie Botschaften sind, von denen man glaubt, daß sie Raum und Zeit überwinden, um dem, was war, nahe zu bleiben. Annette jedoch hat sich an die Gegenwart des Freundes gewöhnt, der ihr mehr bedeutet, als sie eingestehen mochte. Schücking ist ihr zur leibhaftigen Inspiration geworden, zum Hoffnungsträger, der, in Gedanken zumindest, als Geliebter taugt, aber auch als Sohn, den sie lebenslang zu umsorgen hat. Er ist, das darf sie ungestraft im Gedicht behaupten, Teil ihrer selbst, der geliebte Zwilling im Geiste: »Blick in mein Auge – ist es nicht das deine, / Ist nicht mein Zürnen selber deinem gleich? / Du lächelst – und dein Lächeln ist das meine, / An gleicher Lust und gleichem Sinnen reich; / Worüber alle Lippen freundlich scherzen, / Wir fühlen heil'ger es im eignen Herzen. / – Pollux und Kastor – wechselnd Glühn und Bleichen, / Des einen Licht geraubt dem andern nur, / Und doch der allerfrömmsten Treue Zeichen. / So reiche mir die Hand, mein Dioskur! / Und mag erneuern sich die holde Mythe, / Wo überm Helm die Zwillingsflamme glühte.«

Nach Schückings Abgang versucht die Droste, sich neu zu orientieren. Dabei hilft ihr, kurios genug, das eigene Standesbewußtsein, jenes zähe und zugleich störrische Selbstverständnis, das den westfälischen Adel jener Tage auszeichnet. Nur ungern gestattet man sich dort Hochgefühle; das Leben sollte gelebt werden, aber es hat, wie man zu wissen glaubt, in der Regel doch mehr Mühen zu bieten als Freuden. Eine Frau wie die Dichterin Annette von Droste-Hülshoff, ein Fräulein vom Stande, muß sich beizeiten bescheiden; sie ist in die Jahre gekommen, die sich der Liebe zunehmend entziehen. Auch wer zu träumen versteht, hat die Wirklichkeit auszuhalten, die ihre Anforderungen stellt: Annette fügt sich; was ihr bleibt, ist die Erinnerung an die schönen Stunden – und eine aufdringliche Sehnsucht, mit der es fertigzuwerden gilt. Am 4. Mai 1842 schreibt sie an Schücking: »Ob ich mich freue, nach Haus zu kommen? Nein, Levin, nein (...). Hör, Kind! Ich gehe jeden Tag den Weg nach Haltenau, setze mich auf die erste Treppe, wo ich Dich zu erwarten pflegte, und sehe, ohne Lorgnette, nach dem Wege bei Vogels Garten hinüber. Kommt dann jemand, was jeden Tag ein paar Mal passiert, so kann ich mir, bei meiner Blindheit, lange einbilden, Du wärst es, und Du glaubst nicht, wie viel mir das ist. (…) Solltest Du es wohl recht wissen, wie lieb ich Dich habe? Ich glaube kaum. (…) Gott, was können ein paar Monate alles mitnehmen. Ich habe wohl recht, an jedem Neujahrstage zu schaudern. Man findet zwar in jedem Jahr wohl etwas Gutes und Ungeahndetes (…) aber weiß Gott, man verliert auch, was einen ganz niederdrükken würde, wenn man es mit einem Male voraus wüsste. Aber man kann doch ungeheuer viel ertragen, wenn es allmählich kommt, und man arbeitet sich doch durchs Leben (…), ungefähr wie durch den Winter, wenn's mit dem Sommer ab und alle ist.«

## *Nicht fürchten die Menschen*
### Gotthelf und die Liebe zum Emmental

*Jeremias Gotthelf,*
*geb. am 4. Oktober 1797 in Murten (Kanton Freiburg),*
*gest. am 22. Oktober 1854 in Lützelflüh (Kanton Bern)*

Wer sich zum Schriftsteller berufen fühlt, wird dieser Berufung meist umstandslos folgen: Zweifel sind nicht angebracht, man tut, was man tun muß. Die damit verbundene Entscheidungsfindung erfolgt rechtzeitig, der Weg scheint vorgezeichnet. Allerdings kann sich eine solche Entscheidung auch verspäten, sie wird auffällig, wenn gar nicht mehr mit ihr zu rechnen ist. Albert Bitzius alias Jeremias Gotthelf ist eigentlich Pfarrer und findet erst im zarten Alter von 40 zur Dichtkunst, mit der er sich zuvor allenfalls als Lesender beschäftigt hat. Gotthelf betrat dennoch kein Neuland, er macht da weiter, wo er als Gottesmann, der sich seine Predigten selber schreibt, gerade aufgehört hat. Die christliche Botschaft, so zeigt sich, läßt sich auch außerhalb der gewöhnlichen Seelsorge vertreten, ja sie gewinnt im Gewand großer Prosa an Anschaulichkeit und erreicht ein deutlich größeres Publikum. Gotthelf kann also, als er 1837 mit einem Buch namens *Der Bauernspiegel oder Lebensgeschichte des Jeremias Gotthelf. Von ihm selbst beschrieben* debütiert, davon ausgehen, daß sich seine Literatur als Fortsetzung christlicher Weltsicht mit anderen Mitteln begreifen läßt und deswegen auch in Kreisen der Amtskirche auf Zustimmung stoßen wird. Die hält sich allerdings in Grenzen, was jedoch weniger mit Gotthelfs Büchern als mit seinem Charakter zu tun hat: Der Pfarrer Albert Bitzius ist kein Freund diplomatisch verklausulierter Sprache, er hält nichts von taktisch motivierter Rücksichtnahme und nennt die Dinge gern beim Namen.

Als sein Erstling erscheint, zeigt sich der Autor Jeremias Gotthelf ebenso erleichtert wie verwundert; so ganz begreifen kann er seine schriftstellerische Initiation nicht, er ist der Meinung, daß sein Werk weitgehend unbemerkt in ihm herangereift war, um sich dann mit Macht zu Wort zu melden; die Inspiration dazu lag in der »Fülle des Daseins«, das immer mehr zu bieten hat, als ein einzelner Mensch zu begreifen und aufzunehmen vermag. »Dieses Leben mußte sich entweder aufzehren oder losbrechen auf irgendeine Weise. Es tat es in der Schrift. Und daß es nun ein förmliches Losbrechen einer lange verhaltenen Kraft, ich möchte sagen, der Ausbruch eines Bergsees ist, das bedenkt man natürlich nicht.« Gotthelf schreibt nicht für eine gebildete Minderheit, er sieht sich als Mann des Volkes; seine Literatur soll erzieherisch wirken und im Dienst der guten Sache stehen. »So kam ich zum Schreiben ohne alle Vorbereitung und wurde, ohne daran zu denken, eigentlich Schriftsteller zu werden, Volksschriftsteller. Aber das Armenwesen, die Schule standen in Frage! So brach erst der *Bauernspiegel*, dann der *Schulmeister* hervor – mit der gewohnten Rücksichtslosigkeit, die nach nichts fragt, als ob es so gut und recht sei.« Gotthelf kennt seine Schwächen, er weiß, daß er zu ungeduldig ist und sich im Umgangston gerne mal vergreift; diese Schwächen kann man aber auch als Stärken auslegen. Ändern will sich der späte Literaturdebütant Albert Bitzius nicht mehr, allenfalls in Maßen; sein Gotthelf soll schreiben, wie ihm der Schnabel gewachsen ist: »Es ist merkwürdig, daß die Welt und nicht Ehrgeiz oder Fleiß mich zum Schriftsteller gemacht. Sie drückte so lange auf mich, bis sie Bücher mir aus dem Kopf drückte, um sie ihr an die Köpfe zu werfen. Und da ich etwas grob werfe, so will sie das nicht leiden.« Jeremias Gotthelf, dem einige seiner Kritiker unterstellen, mit Literatur Politik betreiben zu wollen, sieht sich nicht als Revolutionär, sondern als Weltverbesserer mit christlicher Grundüberzeugung und einer gehörigen Portion Vaterlandsliebe. Überdies hat es sich die Politik, damals wie heute, immer selbst zuzuschreiben, wenn sie in die Kritik gerät und die Leute sich von ihr abwenden. »Soll dann in dieser Schilderung des Volkslebens diese Seite desselben nicht dargestellt werden dürfen, ja, nicht vielmehr dargestellt werden müssen? Was kann ich dafür, daß man den Leuten die Politik so verleidete, daß jetzt niemand mehr etwas davon hören mag? (…) Ich will freundlich bitten, meine Liebe zu meinem Ländchen mir zu verzeihen. Ja, mein Ländchen liebe ich, und diese Liebe ist's, die mich stark gemacht – ein Schwacher hätte den ›Bauernspiegel‹ nicht geschrieben.«

Gotthelf ist ein Autor, der mit seinem Temperament nicht hinterm Berg hält; seine Leser sollen mitbekommen, daß er sich auch mit zunehmendem Alter noch ordentlich aufregen kann. Sein Zorn ist ihm heilig, Zweifel am eigenen Urteilsvermögen läßt er lieber nicht zu: »Was kann ich dafür, daß es in mir sprudelt und kocht, wenn ich das Glück dieses Ländchens durch selbstsüchtige Leidenschaftlichkeit niedergetreten, durch Frechheit zerstört, durch Laster aufgezehrt, durch schnöde Geldsucht ausgebeutet, durch Unbedachtsamkeit, Rechthaberei oder Leichtsinn untergraben sehe! Verzeiht mir, wenn es überkocht. (...) Ich, ein Kind der Freiheit, ein Mann des Wortes, sollte unsere Hausgötter, Freiheit und Frömmigkeit, nicht verteidigen dürfen (...)!«

Tatsächlich versucht Gotthelf ein Leben lang, Freiheit und Frömmigkeit in Einklang zu bringen, wobei ihm die Frömmigkeit, zumal wenn diese von Herzen kommt und nicht in leeren Glaubensritualen aufgeht, noch ein wenig wichtiger ist als die Freiheit, der er, in ihren zeitgenössischen Spielarten, nicht so ganz über den Weg traut. Freiheit nämlich, wenn sie auf Menschenfeier und Gottferne hinausläuft, droht zügellos zu werden, sie berauscht sich an den eigenen Möglichkeiten, gerät in den Wahn grenzenloser Selbstverwirklichung. Christliche Wert- und Ordnungsvorstellungen lassen sich mit einer absolut gesetzten Freiheit, die dem einzelnen alles zutraut, von seiner göttlichen Herkunft aber nichts mehr wissen will, nicht vereinbaren, es gilt also auf der Hut zu sein. Gotthelf mißtraut den radikalen Freiheitsideologen seiner Zeit, denen er unterstellt, daß es ihnen weniger um die Sache als um eigene Eitelkeiten geht. Dennoch muß es in einer Gesellschaft, in der es gärt, nicht zwangsläufig zum Äußersten kommen, »denn nur da entsteht Revolution, wo man das Reformieren vergißt«. Die zeitgenössische Politik aber, und da war Gotthelf wieder bei seinem Thema, zeigt sich, vorsichtig gesagt, eher reformunfreudig, sie verwaltet lieber den Mangel, als über grundlegende Verbesserungen nachzudenken: »Der Hauptgrund, warum der Verfasser auch beim besten Willen von der sogenannten Politik nicht lassen kann, ist der, daß die heutige Politik überall ist, daß ja gerade das das bezeichnende Merkmal des Radikalismus oder der radikalen Politik ist, daß dieselbe sich in alle Lebensverhältnisse aller Stände drängt, das Heiligtum der Familien verwüstet, alle christlichen Elemente zersetzt. Wo man im Hause den Fuß absetzt, tritt man auf diese Schlange, diese Landplage Europas. Denn die radikale Politik ist eigentlich keine Politik, sondern eine eigene Lebens- und Weltanschauung, die alle Verhältnisse einfaßt, der ganzen Menschheit sich bemächtigen will.«

Albert Bitzius ist ein Pfarrerssohn, der schon in jungen Jahren darauf spekuliert, die Familientradition fortzusetzen, er will ebenfalls Pfarrer werden. Der Knabe Albert wächst in Utzenstorf (Emmental) auf, die bäuerliche Umgebung prägt ihn, sie bleibt seine Welt. Er ist ein fleißiger Schüler, der sich schon damals mächtig aufregen kann, wenn er mit Ungerechtigkeiten konfrontiert wird. 1812 wechselt er nach Bern und geht dort auf die Literarschule, zwei Jahre später wird er Student der Theologie, der mit der wissenschaftlichen Seite des Fachs allerdings nicht viel anfangen kann, er hält es schon damals mehr mit dem praktischen Glauben. Seine Bestandsaufnahme in eigener Sache ist kritisch und selbstbewußt zugleich: »Ich fühle, daß ich nun einmal zu einem Gelehrten durchaus untüchtig bin, teils durch meine Erziehung, teils durch meine Gaben. Zugleich aber besitze ich zuviel Ehrgeiz, um als gemeiner Mann zu leben und zuletzt in einem Winkel ungehemmt zu sterben. Es bleibt mir daher nichts übrig, als so viel Kenntnisse wie möglich zu erwerben, mich nach Vermögen gesellschaftlich zu bilden, damit ich dereinst, nicht in der gelehrten Welt, wohl aber in der menschlichen Gesellschaft als ein tüchtiges Glied eingreifen, schaffen und wirken könne.« Um seine löblichen Absichten zu verwirklichen, hat sich der zwanzigjährige Albert Bitzius auch schon konkrete Pläne zurechtgelegt: »Ich will das Predigerfach wählen, wozu ich freilich nicht die besten Organe besitze, welche sich aber, wie Demosthenes lehrt, ausbilden lassen. Den nächsten Sommer (...) und vielleicht auch noch den Winter dazu will ich den philologischen Wissenschaften, besonders dem Griechischen, widmen, nebenbei einige Male predigen. Erst in der Philologie vorgerückt, will ich mich auf Theologie, Philosophie und Geschichte werfen und jene hierbei als Hilfswissenschaft anwenden, nebenbei aber die Gesellschaft keineswegs vernachlässigen, nicht um Ton und Stil zu lernen (...), sondern um die Menschen zu studieren, welche man durch und durch begreifen und durchschauen muß, um mit Glück ihr Bestes zu befördern.«

1821 wagt sich der Kandidat der Theologie in die Welt hinaus, die gleich hinter den Bergen beginnt. Er bittet die Universität Bern um Urlaub zwecks Einlegung eines Studienjahres an der Universität Göttingen. Der Aufenthalt in deutschen Landen läßt sich im nachhinein als untergründige Reifezeit deuten: Albert Bitzius, der davon nur in dezenten Planspielen und aufblitzenden Ahnungen etwas mitbekommt, ist auf dem Weg, zum Schriftsteller Jeremias Gotthelf zu werden; er lernt, genauer hinzuschauen, beschäftigt sich mit den befremdlich anmutenden Sitten und Gebräuchen in der norddeutschen Tiefebene, die ihm, dem Freund Schweizer Berge, wie eine kolossale geographische Fehlleistung erscheint. Überhaupt kommt die Schweiz besser weg, wenn man sie vom Ausland aus betrachtet, da hat sie Vorteile zu bieten, die sogar in den Bereich der von Freigeisterei bedrohten Gottesgläubigkeit hineinreichen. »Unserem Ländchen muß ich die Ehre geben, daß es noch weit mehr in dem heiligen Schatten der Religion ruht als Deutschland und wahrscheinlich viele andere Länder, und wenn man bei uns statt zu klagen rüstig arbeitete, so gilt die Wette, man fände bald keine Ursache zur Klage mehr. Wo Gott in der Natur so groß und mächtig sich gezeigt hat, da ist die Pforte groß und leicht zu eröffnen, wo er zum Herzen des Menschen eingeht und des Menschen Seele, zum Tempel Gottes geweiht, wie die Gegend ein großes Gotteshaus ist.« Im Flachland aber scheint Gott an Statur einzubüßen, er fühlt sich unbehaglich, was auch auf die Menschen abfärbt: »Ich verglich unsere Bauern mit den deutschen und sah, wie Freiheit auf Haltung und Aussehen nicht nur eines ganzen Landes, sondern jedes einzelnen wirkt. Matt und lahm schleppten sie sich dem Städtchen zu, die jungen Mädchen glichen Stadtschlampen, die Burschen Keßlervolk. Man sah keine stolzen Bauern mit stolzem Viergespann, keine wakkern, tüchtigen Bäurinnen mit gefülltem Marktsäckli, alle sahen mehr oder weniger Hudelpack ähnlich. Und doch war es eine der reichsten Gegenden, aus welcher diese Menschen kamen.« Norddeutschland fällt, nicht nur was seine Höhenlage angeht, deutlich ab gegen die Schweiz, es hat, meint der Kandidat Bitzius feststellen zu können, bestenfalls vordergründig anziehende Sehenswürdigkeiten zu bieten, die dem zweiten, nachfassenden Blick schon nicht mehr standhalten. Der Anmut mancher Dörfer, aus der Ferne noch augenfällig, ist nicht zu trauen: »Kommt man aber hinein, ist die Schönheit auf einmal verschwunden. Kot bedeckt die Straßen knietief, aus Kot sind die Häuser erbaut, Kot liegt um sie herum. Mist und Lache bilden einen förmlichen Wall um dieselben; unbenützt fließt die Lache, wo's ihr am bequemsten ist, der Mist wird hingeworfen, wo es sich eben trifft. Elende Bäume bilden die Obstgärten, die mit Nesseln und Hühnerkraut bewachsen sind. Das Ganze hat das erbärmlichste, ärmlichste, schmutzigste Aussehen; ich möchte bei uns ebensogerne in einem Schweinestall wohnen als in einem deutschen Dorf.« Etwas besser sieht es in den Städten aus, aber auch hier ist Kritik angebracht; der Reisende tut gut daran, keine großen Erwartungen zu hegen. »Hannover ist eine niedliche Stadt mit ziemlich breiten, reinlichen und regulären Straßen, die von denen, die Bern nicht kennen, sehr bewundert werden. Sehenswürdiges ist wenig daran (...). Gegen Abend kamen wir dort an, brachten den Rest des Tages mit Umkleiden und Kaffeetrinken zu; wie es dunkel wurde, eilten wir, die Stadt, die Anlagen und die zum königlichen Empfang gemachten Anstalten zu sehen. (...) Die Dunkelheit gibt der Phantasie Spielraum, das Halbverhüllte *besser* sich vorzustellen; wenn dabei auch die Richtigkeit der Vorstellung abgeht, so gewinnt sie an Reiz.«

Eine wahre Horrorlandschaft ist für Bitzius die Lüneburger Heide, die er gar nicht schnell genug hinter sich lassen kann; »scheußlich« nennt er sie und sieht, soweit das Auge reicht, »nichts als kahle Hügel und braunes Heidekraut«.

Das Deutschland-Bild, das sich der Gaststudent Bitzius zurechtlegt, fällt insgesamt nicht sonderlich schmeichelhaft aus, er sieht sich eher negativ inspiriert, aber auch das kann bekanntlich nachhaltige Wirkung zeitigen. Daß er eines Tages einmal schriftstellerisch tätig werden könnte, ahnt er bereits; im November 1821 schreibt er, mit leicht ironischem Unterton, an seine Schwester: »Wenn ihr aber glaubt, die Reise hätte mein Selbstbewußtsein, oder was man an unweisen Menschen Eitelkeit nennt, verringert, so irrt ihr gewaltig. (...) Ich will dies nicht weiter ausführen hier, vielleicht kannst du es einmal gedruckt von mir zu lesen kriegen; denn du mußt wissen, daß ich mich nun entschlossen habe, ein großer Schriftsteller zu werden, wozu ich große Anlagen in mir entdeckt, z.B. über nichts lang und, wie mich dünkt, recht angenehm zu schwatzen.«

Gotthelfs Beschreibungskünste sind geweckt, er erprobt sie, wann immer er sich herausgefordert fühlt. Das ist beispielsweise bei einer nächtlichen Elbüberfahrt von Hamburg-Altona nach Harburg der Fall: »Vom klar gewordenen Himmel leuchtete der Mond dem gleitenden Schifflein und erhellte die Gegend, daß alles unsern Augen erschien, aber nichts sich ins Auge fassen und überblicken ließ. Lieblich und lockend wie die Gärten der Armida schwand eine Insel nach der andern vorüber; jedes Gebäude wurde in der wundersamen Beleuchtung zum Feenschloß, jede Hütte der Sitz einer Nymphe. Unübersehbar dehnte der Elbe Gewässer sich, aus silbernen Fluten des Mondes klares Bild zurückstrahlend. Wie die Inseln durchsegelt waren und wir hineinfuhren in den großen Strom, da erhoben sich aus den Wellen die Türme von Hamburg und Altona, allmählich tauchten um sie herum auch die Städte auf, vermochten aber den um sie gelegten magischen Schleier nicht zu durchbrechen; in diesem Zwielicht fand das Auge ihnen keine Grenzen, wie die Phantasie der Anschauung zur Hilfe kommen wollte, die Vorstellung schien immer hinter der Wirklichkeit zurückzubleiben.« Sehen bedeutet nicht nur Beschenktwerden, erfährt Albert Bitzius, der die nächtliche Elbfahrt schon nach Art eines Jeremias Gotthelf beschreibt, sondern will auch vertieft werden; erst dann tun sich Sichtweisen auf, die das Gewohnte, den Übergang vom Nacht- zum Tageslicht etwa, in zuvor nicht gekannter Eindringlichkeit erscheinen lassen. »Das Herz schlug mir hoch, kaum konnte ich harren, solche Herrlichkeit im Lichte der Sonne zu schauen. Der langsame Zug des Kahns ließ uns Zeit, unsere Augen an diesem Anblick zu weiden, der entzückend war. Hier entschleierte sich eine Gegend, dort verfloß eine in dunkler Nebelgestalt, hier hoben sich dunkle und formlose Massen, der Blick harrte ihrer Entwicklung, aber verschwunden waren sie auf einmal, wie durch Zaubergewalt; dort trat plötzlich auf dem belebten Strom ein gewaltiges Schiff uns entgegen, wie aus dem Grund emporgewachsen. Über die Wasser klangen singend und fluchend die Stimmen der wachenden Matrosen (…).« Die Eindrücke der Elbfahrt sollten sich als nachhaltig erweisen, legen jedoch zunächst nur eine Vermutung nahe, die sich bereits abgezeichnet hat: Albert Bitzius ist unterschätzt worden, in ihm reift ein Talent heran, das bislang nicht wahrgenommen wurde: »Wäre auch nur eine dichterische Ader in mir«, schreibt er, rückblickend und vorausschauend zugleich, »in diesem Augenblick müßte sie aufgebrochen sein und in reichen Strömen sich ergossen haben (…).« Das Fazit seines Deutschlandaufenthalts, der ihn sogar noch bis auf die Insel Rügen führt, fällt zwiespältig aus: Zwar hat Albert Bitzius an Erfahrung gewonnen und, in

Folge davon, den Schriftsteller in sich entdeckt, aber diese Erkenntnisse sind fern von der Heimat entstanden, auf die sich nun, da sein Auslandsjahr zu Ende geht, wieder sehnsüchtige Erwartungen richten. Mag das Meer auch der Unendlichkeit näherstehen, die Berge, die Schweizer Berge zumal, haben mehr zu bieten: »Es ist eine verdammte Sache, wenn man eine lebhafte Phantasie hat, ums Reisen, man hat sich gewöhnlich alles weit schöner vorgestellt, als man es findet. So ging es mir mit Rügen, dem Meer und allen großen Städten; ich konnte ihnen ihren Wert und Schönheit nicht nehmen, allein ich hatte es anders erwartet. Der Eindruck, den eins unserer Gebirge macht, wird von dem des Meeres gar nicht aufgewogen. Der Berg tritt mit seiner ganzen Masse vor das Auge, überbietet die Phantasie und erschüttert den Menschen. Das Meer hingegen erscheint nur, soweit das Auge reicht, und die Einbildungskraft muß erst dessen Unermeßlichkeit sich hinzudenken.« Anfang Juni 1822 erreicht er Lindau, die Heimat ist zum Greifen nahe: »Jenseits dem blanken Wasserspiegel erhoben sich die stolzen Firnen und wunderschönen Alpen in scheinbar nie gesehener Pracht und Majestät; wir konnten nicht satt uns daran sehen (...).«

Die nächsten Jahre sind arbeitsreiche Jahre, dennoch geht es im geistlichen Beruf nicht recht voran. Fast ein Jahrzehnt schlägt sich Albert Bitzius in schlechtbezahlten Vikariaten durch. Er ist kein begnadeter Prediger, hält noch immer mehr von praktischer Seelsorgearbeit als von rhetorischer Gemeindebeglückung. Zudem sind seine Umgangsformen zwischenzeitlich nicht geschliffener geworden, er eckt weiter an, was zur Folge hat, daß man ihn überraschend nach

Bern zurückversetzt, vermutlich auch, um einen streitbaren, inzwischen nicht mehr ganz so jungen Mann besser unter Kontrolle zu haben. Die politischen Verhältnisse sind noch prekärer geworden, restaurative Kräfte und Freiheitsbefürworter stehen sich unversöhnlich gegenüber. Bitzius, noch immer kein Freund revolutionärer Tendenzen, sieht sich auf Seiten der Reformbewegung, die zu wissen meint, was dem Volk guttäte, aber leider feststellen muß, daß es dem Objekt seiner Umerziehungspläne an Veränderungselan mangelt. »Das Volk erwacht allmählich, ist aber noch schlafsturm und weiß nicht recht, auf welcher Seite es aus seinem vertroleten Bette kann. Ist es« indes »einmal recht erwacht und begreift es, was allein ihm recht auf die Beine hilft, nämlich eine vernünftige, nicht gelehrte, aber menschlich-christliche Bildung, dann geht es mit starken Schritten vorwärts.«

Für Albert Bitzius geht es in Bern nicht gerade mit starken Schritten vorwärts, im Gegenteil: Seine Bewerbung um eine Pfarrstelle an der Heiliggeistkirche, auf die er beträchtliche Hoffnung gesetzt hat, scheitert; er fühlt sich übergangen und ausgebootet. In einer kurz angebundenen Selbstbiographie, die er später zu Papier bringt, heißt es über seine Berner Zeit nur knapp: »Hier machte ich einen praktischen Kurs in der Armenpflege durch und genaue Bekanntschaft mit dem Stadtgesindel.«

Seinen eigentlichen Bestimmungsort, auch Heimat im engeren Sinn, findet Bitzius erst, als er 1831 Vikar in Lützelflüh im Emmental wird und dort ein Jahr später die Pfarrei übernimmt. Er heiratet, bekommt drei Kinder und wird zum Schriftsteller Jeremias Gotthelf, der nicht nur eine Vielzahl von Büchern schreibt, sondern nebenbei noch Zeit findet, sich in der Armenpflege zu engagieren, das Schulwesen zu reformieren und seiner Gemeinde, die es lieber etwas bequemer gehabt hätte, gehörig auf den Geist zu gehen. Wie man sich die Örtlichkeiten vorzustellen hat, an denen Bitzius wirkte, ist von seiner Tochter Henriette (1834 – 1890) beschrieben worden: »Lützelflüh, zwei Stunden oberhalb Burgdorf an sonnigem Abhang über der Emme gelegen, ist ein mäßig großes Dorf, rings von grünen Hügeln umgeben, deren Gipfel mit Buch- oder Tannenwäldern bedeckt sind. Der größte Teil der sehr zerstreuten, an dreizehn andere Kirchspiele grenzenden Gemeinde besteht aber nicht im Dorfe, sondern in vereinzelt liegenden Höfen oder Weilern, die oft von ihrer Kirchgemeinde ganz abgeschnitten sind, ein Umstand, der die dortige Seelsorge sehr schwierig und zeitraubend macht.« Das Pfarrhaus von Lützelflüh wird zum Rückzugs- und Besinnungsort; hier bringt Albert Bitzius seine Predigten und Amtsschriften zu Papier, hier ist aber auch der Dichter Jeremias Gotthelf am Werk, der nach dem *Bauernspiegel* noch mehr als zwanzig Bücher verfaßt (darunter u.a. die Romane *Leiden und Freuden eines Schulmeisters*, 1839; *Wie Anne Bäbi Jowäger haushaltet und wie es ihm mit dem Doktern geht*, 1843; *Geld und Geist*, 1844; *Uli der Knecht, Uli der Pächter*, 1846 ff.; *Zeitgeist und Berner Geist*, 1851, sowie die Novellen *Die Wassernot im Emmental*, 1838; *Die schwarze Spinne*, 1842, und *Die Käserei in der Vehfreude*, 1850). »Kirche und Pfarrhaus von Lützelflüh liegen etwas abseits vom Dorfe, anmutig unter Obstbäumen halb versteckt. Erstere ist sehr schmucklos und einfach, umschlossen von dem klein, schön gelegenen Kirchhofe, dem Acker, auf dem in Schwachheit gesäet wird, was auferstehen soll in

Herrlichkeit. Das geräumige Pfarrhaus ist durch einen großen Garten von ihm getrennt. Im weiten Kreise umgeben es Nebengebäude, und von allen Seiten ist es ›der Sonne zweg‹. Bitzius hatte seine Studierstube im ersten Stock, und der frühe Morgenstrahl fiel auf seinen Schreibtisch. Das Fenster ging auf eine mit Dahlien bepflanzte Terrasse, begrenzt von grünen Matten; weiter schweifte der Blick über blaue Vorberge hinaus zu den schneebedeckten Eisriesen des Schreck- und Wetterhorns.«

Es gibt noch eine andere Henriette im Pfarrhaus, Bitzius' Ehefrau, die zu seiner ersten Leserin und Kritikerin wird; auf ihr Urteil legt der Autor Gotthelf besonderen Wert. Seine Tochter berichtet: »Kaum hatte er ein ›Bögli‹ vollendet, so unterbrach er seine Arbeit, um es ihr zum Durchlesen zu übergeben, und das Mittagsstündchen wurde meist dazu von ihr verwandt. Ihre bescheidene Kritik nahm der Gatte stets als schwerwiegenden Richterspruch auf und übergab seine Manuskripte seinen Freunden nicht selten mit den Worten: ›My Frou het m'r das nid welle rüehme‹, oder: ›d'Frou isch gar z'fride g'sy d'rmit.‹ Später besorgte sie auch die erste Korrektur seiner Werke mit großer Pünktlichkeit und Geduld. Die meisten der erhaltenen Briefe übergab ihr der Gatte mit den Worten: ›Lies afange und säg m'r de öppe, was drin isch!‹«

Gotthelfs Ruhm, spät in Gang gebracht, wächst beharrlich; der Autor, etwas abgeklärter mit den Jahren, aber bei weitem nicht zornfrei, nimmt es erfreut zur Kenntnis. Er mischt sich weiter ein, ärgert seine Vorgesetzten mit Eingaben und deutlich, oft überdeutlich formulierten Reformvorschlägen, die behördlicherseits gern übergangen oder zur

Ablage befördert werden. Der Bildungspolitiker Gotthelf hat eine Empfehlung parat, die auch heute noch Gültigkeit beanspruchen kann: »Dem Schulelend abzuhelfen, ist nötig: erstens Geld und zweitens Geld und drittens Geld und nebenbei ein durch ein weises Gesetz ausgesprochener ernster Wille, der mit vernünftigem Nachdruck eingreifen muß.«

Gotthelf zweifelt an vielem, an seinem Gott jedoch zweifelt er nicht. Manchmal ist Gott nur fern und will nicht helfen, dann bringt auch sein Autor Gotthelf nicht mehr gar soviel Zuversicht auf, der er schon von Amts wegen verpflichtet ist. Aufkommender Verzweiflung weiß er jedoch zu begegnen, man hat sie anzunehmen und zu durchstehen, in der Hoffnung, daß auch wieder bessere Zeiten kommen: »Und wenn man noch etwas sich in die Seele setzt«, schreibt Gotthelf im April 1842, »wenn alles Denken, alle Vorstellungen durch dasselbe absorbiert werden, so daß auf dem Felde, welches man betreten, alles Licht erlischt, es auf einmal öde und wüst und leer wird (…), dann ist's ein schrecklich Dabeisein. Eine freie Seele ist noch ganz etwas anderes als freie Tage, und erst jetzt sind mir die Augen aufgegangen über die Notwendigkeit der Kunst, die freien Tage hinzugeben in aller Gelassenheit, für die aber, welche einem bleiben, die Seele hell und ungetrübt sich zu erhalten, sich zu hüten vor aller Hast und in gleichmütiger Ruhe zu verharren für und für.«

Wer sich wie Gotthelf aufgehoben weiß im Glauben, darf einen Vertrauensvorschuß für die Zukunft reklamieren. Aus Hoffnung wird dann Gewißheit, man geht den Weg, den man gehen muß. In Gotthelfs Roman *Zeitgeist und Berner Geist*, erschienen vor gut eineinhalb Jahrhunderten, hat er uns das schon beschrieben und als Programm festgehalten: »Ruhiger schritt er weiter, kühner und fester ward es ihm in der Seele. Nicht fürchten die Menschen, dachte er, sich nicht beugen vor denen, die Staub, morgen verwelkt sind wie Gras, nicht hassen die Menschen, die nicht wissen, was sie tun, (...) nicht wieder fluchen, wenn einem geflucht wird, nicht verzagen, wenn man verkannt wird, sondern getrost sein, wenn man wisse, daß der einen kenne, der Herzen und Nieren prüfe als mit einer Kerze, nicht verzweifeln, wenn die Hölle die Macht errungen, kein Ausweg mehr gesehen wird, nie kleinmütig sein, sondern ruhig, mutig sein, den Herrn bekennen und des Herren harren, der nicht verwelkt wie Gras, sondern der Gleiche bleibt ohne Schatten der Umkehr in alle Ewigkeit.«

# *Nichts als ein Dichter*
## Heine und das Selbstbewußtsein der Freiheit

*Heinrich Heine,*
*geb. am 13. Dezember 1797 in Düsseldorf,*
*gest. am 17. Februar 1856 in Paris*

Dichter sind kritische Menschen; meist richtet sich ihre Kritik mehr gegen die Umstände, die Kollegen, die Ignoranz in der Welt als gegen sich selbst. Daß Dichter sich in Einverständigkeit üben, kommt fast gar nicht vor; eine unterschwellige Unzufriedenheit gehört zum literarischen Geschäft, das man zumachen könnte, wenn die Beteiligten ihr Genügen darin fänden, den bestehenden Verhältnissen zu applaudieren. Der Dichter Heinrich Heine, der eigentlich Harry Heine hieß, war ein Künstler der Kritik, die er, wenn ihm danach war, in Poesie umsetzte. Dabei befeuerte ihn die Gewißheit, in einer Zeitenwende zu leben: »Um meine Wiege spielten die letzten Mondlichter des achtzehnten und das erste Morgenrot des neunzehnten Jahrhunderts.« Die deutsche Klassik, für die vor allem Goethe und Schiller stehen, stellte ihren Betrieb ein, weil ihr der Nachwuchs fehlte; die deutsche Romantik eines Novalis, Brentano, Eichendorff, »die somnambule Periode des Liedes, der stillen Gemüthsblume«, hatte »ein Ende«, weil nichts mehr so romantisch war, wie es einmal gesehen wurde. Heine begreift sich als Dichter des Übergangs: »Das letzte freie Waldlied der Romantik«, das er selbst noch zu schreiben gedachte, ist »verklungen«, nun macht sich »die selbsttrunkenste Subjektivität, die weltentzügelte Individualität, die gottfreie Persönlichkeit mit all ihrer Lebenslust geltend«, ein Prozeß, der möglicherweise bis auf den heutigen Tag angehalten hat.

Harry Heine, der sich, nachdem er im Jahr 1825 eher widerstrebend zum Christentum übergetreten ist, Heinrich Heine nennt, kommt am 13. Dezember 1797 als Sohn des jüdischen Kaufmanns Samson Heine und seiner Frau Betty in Düsseldorf zur Welt. Harry hat drei Geschwister, mit denen er aufwächst: seine Schwester Charlotte (»sie wird unsäglich von mir geliebt, daß ich ihr mit zärtlichen Gefühlen, wie sie bei Brüdern selten sind, zugetan bin«) und die Brüder Gustav und Maximilian. Düsseldorf ist damals von französischen Truppen besetzt, die, so sieht Heine es später, der Stadt mehr guttun als schaden. Überhaupt gibt sich der Dichter als Verehrer des französischen Kaisers Napoleon zu erkennen, der zu jener Zeit der mächtigste Mann in Europa ist und die »alten morschen« Monarchien nicht nur wegen seiner militärischen Stärke das Fürchten gelehrt hat. Napoleon sieht sich als Vollender der Französischen Revolution, deren fortschrittlichste Gedanken er übernimmt und für sich reklamiert. Er schafft die Leibeigenschaft ab und verhilft den Juden, die zuvor fast überall diskriminiert worden sind und allenfalls wegen ihrer ökonomischen Tüchtigkeit verschämte Anerkennung erfahren, zur (vorübergehenden) rechtlichen Gleichstellung. Die Franzosen, meint Heine, haben Schwung in das politische Leben gebracht; wo sie sind, muß man umdenken: »Damals hatten nämlich die Franzosen alle Grenzen verrückt, alle Tage wurden die Länder neu illuminiert, die sonst blau gewesen, wurden jetzt plötzlich grün, manche wurden sogar blutrot (...), die alten Könige bekamen neue Uniformen, neue Königtümer wurden gebakken und hatten Absatz wie frische Semmeln, manche Potentaten hingegen wurden von Haus und Hof gejagt (...).« Daß Napoleon es mit den Idealen der Französischen Revolution nicht so genau nahm, wenn sein eigener Herrschaftsbereich angetastet wurde, hat ihm Heine nicht verübelt, im Gegenteil, er sah die politische Notwendigkeit, die sich immer dann ergibt, wenn Ideal und Wirklichkeit in Einklang gebracht werden müssen. Für Heine, der über seine Kindheit im französisch geprägten Düsseldorf eines seiner schönsten Prosastücke geschrieben hat (*Ideen. Das Buch Le Grand*), war Frankreich die Nation, die der Menschheit ein beispielloses Geschenk gemacht hatte: »Wie ich die Freiheit liebe, liebe ich Frankreich.« Nach dem Besuch der Volksschule kommt Heine auf das ebenso angesehene wie gefürchtete Lyzeum, ein Gymnasium, das in einem ehemaligen Franziskanerkloster mit dicken Mauern untergebracht ist, über die nur hinauskommt, wer sich auf sehnsüchtige Träume und begründete Hoffnungen versteht. Harry Heine versteht sich aufs Träumen, das auch schon seine frühen Gedichte trägt *(Traumbilder)*. Die Realität allerdings läßt sich darauf nicht ein, sie erhebt Einspruch schon im Kreis seiner Familie, in der der Vater, der selber gern träumt, den liebenswürdigen Part spielt und seine Mutter das Sagen hat: »Meine Mutter aber hatte große, hochfliegende Dinge mit mir im Sinn, und alle Erziehungspläne zielten darauf hin. Sie spielte die Hauptrolle in meiner Entwicklungsgeschichte, sie machte die Programme aller meiner Studien (...). Ich folgte gehorsam ihren ausgesprochenen Wünschen, jedoch gestehe ich, daß sie schuld war an der Unfruchtbarkeit meiner meisten Versuche und Bestrebungen in bürgerlichen Stellen, da dieselben niemals meinem Naturell entsprachen.« Die Zielstrebigkeit der Mutter bekommen auch seine Geschwister zu spüren, die den Karrierewünschen insgesamt besser entsprechen als Harry: Seine Schwester Charlotte heiratet einen wohlhabenden Kaufmann, Gustav und Maximilian machen Karriere im österreichischen und russischen Militärdienst und werden schließlich, was die Mutter besonders freut, in den Adelsstand erhoben. Der älteste Heine-Sohn kann da nicht mithalten, er wird zwar berühmt und umstritten, muß aber ansonsten feststellen: »Es ist nichts aus mir geworden, nichts als ein Dichter.« Mit sechzehn erlebt Harry Heine seine erste große Liebe, die sich derart anhänglich in seinen Erinnerungen einnistet, daß er sie in seinen (leider nur Fragment gebliebenen) *Memoiren* literarisch würdigt und zum inspirativen Bild verklärt, von dem sich, da es ausgesprochen nachhaltig ist, poetische Abzüge für alle Lebenslagen herstellen lassen. Josefa (»Sefchen«) heißt die rothaarige Schöne, in die er sich verguckt; sie ist die Tochter eines Scharfrichters, was die Liebe noch prickelnder macht: »Ihre großen tiefdunklen Augen sahen aus, als hätten sie ein Rätsel aufgegeben und warteten ruhig auf die Lösung, während der Mund mit den schmalen, hochaufgeschürzten Lippen und den kreideweißen, etwas länglichen Zähnen zu sagen schien: Du bist zu dumm und wirst vergebens raten. Ihr Haar war rot, ganz blutrot und hing in langen Locken bis über ihre Schultern hinab, so daß sie dasselbe unter dem Kinn zusammenbinden konnte. Das gab ihr das Aussehen, als habe man ihr den Hals abgeschnitten, und in roten Strömen quölle daraus das Blut.« Überhaupt zeigt sich Harry Heine schon früh von der Liebe beseelt, die der Dichtkunst, besonders wenn sie stockt oder über ihre Anfänge nicht hinauszukommen droht, zur leibhaftigen Anregung dient; dann muß es nicht Josefa sein, die »schöne Johanna« ist auch jeden Traum wert: »Sie wußte die schönsten Sagen, und wenn sie mit der weißen Hand zum Fenster hinauszeigte, nach den Bergen, wo alles passiert war, was sie erzählte, so wurde mir ordentlich verzaubert zumute (...). Die Lorelei stand wieder auf der Bergspitze und sang hinab ihr süß verderbliches Lied, und der Rhein rauschte so vernünftig, beruhigend und doch zugleich neckend schauerlich – und die schöne Johanna sah mich an so seltsam, so heimlich, so rätselhaft traulich, als gehörte sie selbst zu den Märchen (...). Sie war ein schlankes, blasses Mädchen, sie war todkrank und sinnend, ihre Augen waren klar wie die Wahrheit selbst, ihre Lippen fromm gewölbt, in den Zügen ihres Antlitzes lag eine große Geschichte, aber es war eine heilige Geschichte – Etwa eine Liebeslegende? Ich weiß nicht, und ich hatte auch nie den Mut, sie zu fragen. Wenn ich sie lange ansah, wurde ich ruhig und heiter, es ward mir, als sei stiller Sonntag in meinem Herzen und die Engel darin hielten Gottesdienst.«

Harry soll, der Familientradition folgend, Kaufmann werden. Die Kunst des Geschäftemachens interessiert ihn nicht; dennoch fügt er sich den elterlichen Wünschen. 1816 beginnt er mit einer Lehre in einem Hamburger Bankhaus, die ihm sein schwerreicher Onkel Salomon vermittelt hat, der als unangefochtenes Oberhaupt und Meinungsführer im Familienclan gilt. Onkel Salomon ist, anders als sein Bruder

Samson, dessen Geschäfte immer schlechter laufen, der geborene Erfolgsmensch; was er anfaßt, gelingt. Für Literatur und schöne Künste interessiert er sich nicht; dennoch tritt er als Mäzen und Förderer auf und entwickelt einen Hang zur Wohltätigkeit, der ihm in der konservativen Hamburger Bürgerschaft Anerkennung einbringt. Seinem Neffen Harry gegenüber zeigt er sich allerdings nicht so wohltätig wie erhofft (er tat »weniger für mich (…), als ein ganz fremder Gönner getan hätte«): Zwischen den beiden entsteht eine Haßliebe, die, befördert von zahllosen Auseinandersetzungen rund ums Geld, bestehen bleibt, solange der Onkel lebt. Salomon Heine richtet seinem Neffen ein Geschäft ein, das jedoch schon nach zehn Monaten Konkurs anmelden muß. Samson Heine ergeht es nicht besser, auch ihm droht Insolvenz. Vor Kummer über den anhaltenden geschäftlichen Mißerfolg ist er krank geworden und wird von rätselhaften epileptischen Anfällen heimgesucht. Sein Bruder möchte ihn zur Geschäftsaufgabe bewegen, er fürchtet um den guten Ruf der Heines. Als Samson sich weigert, droht er, ihn entmündigen zu lassen. Das zeigt Wirkung: Samson Heine resigniert und zieht mit der Familie nach Hamburg. Er ist, geschäftlich wie gesundheitlich, zum Pflegefall geworden. Harry Heine kommt in Hamburg (»am Tage eine große Rechenstube und in der Nacht ein großes Bordell«) zunächst gut zurecht: In seinem Büro wird er nur selten gesichtet, er beteiligt sich lieber am gesellschaftlichen Leben, das in Hamburg-Ottensen, wo der Onkel ein repräsentatives Anwesen bewohnt, allerdings recht steif ausfällt: »Mein Oheim lebt auf dem Lande. Dort geht es sehr geziert und geschwänzelt zu (…). Diplomatisches Federvieh, Millionäre, hochweise

Senatoren etc. sind keine Leut für mich.« Nachdem Onkel Salomon ihm zugesagt hat, sein Studium zu finanzieren, immatrikuliert sich Heine im Wintersemester 1819/20 an der Universität Bonn. Er studiert Jura, weil das von seiner Familie erwartet wird und man als Jurist noch am ehesten die Chance hat, ein solides Auskommen im Staatsdienst zu finden. Daß aus ihm noch ein erfolgreicher Kaufmann werden könnte, glaubt sein Onkel nicht; insofern gilt das Studium als eine Art gehobene Schadensbegrenzung. Heine ist ein fleißiger Student, er liest viel, allerdings weniger juristische Fachliteratur, sondern lieber Romane, historische Bücher, Lyrik- und Volksliedsammlungen. Er meint, daß ihm die Lektüre von Nutzen sein kann; ein begabter belesener Schriftsteller ist besser als ein unbegabter unbelesener: »Es ist (...) noch immer die Zeit der Saat bei mir; ich hoffe aber auf eine gute Ernte. Ich suche die verschiedenartigsten Kenntnisse in mir aufzunehmen und werde mich in der Folge desto vielseitiger und ausgebildeter als Schriftsteller zeigen.«

Im Herbst 1820 wechselt Heine an die Universität Göttingen, weil er hofft, dort weniger abgelenkt zu sein und sich jener Pflicht widmen zu können, die ihm verhaßt ist, nämlich für das juristische Staatsexamen »zu ochsen«. Die Universität gilt als fortschrittlich und modern, ein Urteil, das Heine ganz und gar nicht zu teilen vermag: Er entwickelt eine innige Abneigung gegen den Göttinger Wissenschaftsbetrieb, lästert über dessen »alte Professoren«, die »unerschütterlich fest bleiben stehn (...) gleich den Pyramiden Ägyptens, nur daß in diesen Universitätspyramiden keine Weisheit verborgen ist«. Heine nutzt seine als unerfreulich empfundene Göttinger Zeit immerhin, um etliche Gedichte in verschiedenen Literaturzeitschriften unterzubringen, was er erfreut zur Kenntnis nimmt, ohne es überzubewerten: »Die Zeitschriften sind freilich nur die Pißecken der Literatur, aber alle Annoncen sind dort angeschlagen.«

Im Frühjahr 1821 immatrikuliert sich Heine an der Universität Berlin. Zum ersten Mal ist er in einer wirklichen Großstadt: Berlin, preußische Metropole, hat mehr als 2 000 000 Einwohner und umgeht die offizielle öde Politik, die ihr auferlegt wird, durch ein vergleichsweise munteres Gesellschafts- und Kulturleben. Im Dezember 1821 erscheint sein erster Gedichtband, der sich mäßig verkauft, aber häufig besprochen wird. Die Rezensionen sind meist unfreundlich und geben bereits einen Tonfall vor, den die Literaturkritik, bis auf weiteres, beibehält. »In Heines Gedichten finden wir ein feindliches Prinzip, eine schneidende Dissonanz, einen wilden Zerstörungsgeist, der alle Blumen aus dem Leben herauswühlt«, schreibt ein Rezensent. »Wir sehen hier: edle Schönheit, die verzerrt wird durch ein kaltes Hohnlächeln.« Heine wird in Berlin zum bekannten Schriftsteller, der sich nebenbei auch als Journalist betätigt. Seinen Landsleuten bescheinigt er: »Wir Deutschen sind das klügste und stärkste Volk. (...) Wir haben das Pulver erfunden und die Buchdrukkerei; – und dennoch, wer bei uns eine Pistole losschießt, bezahlt drei Taler Strafe, und wenn wir in den *Hamburger Correspondent* setzen wollen: ›Meine liebe Gattin ist in Wochen gekommen, mit einem Töchterlein, schön wie die Freiheit!‹, dann greift [der Zensor] Herr Doktor Hoffmann zu seinem Rotstift und streicht uns ›die Freiheit‹.«

Im Frühjahr 1823 erscheint Heines zweites Buch *Tragödien, nebst einem lyrischen Intermezzo*, das wiederum kein ökonomischer Erfolg wird, aber erneut zahlreiche Besprechungen verbuchen kann. Danach fährt er zu seinen Eltern, die mittlerweile in Lüneburg wohnen, das ihm, im Vergleich zum pulsierenden Berlin, wie ausgestorben vorkommt. Heine schreibt sich erneut an der Universität Göttingen ein, die er zwar noch immer nicht mag, die ihm aber, vielleicht gerade deswegen, die Gewähr dafür zu bieten scheint, daß er sein Studium ohne Ablenkungen zu Ende bringt. Im Sommer 1824 ist er auf einem Tiefpunkt angelangt: »Jurisprudenz und Kopfschmerz!« notiert er, was für ihn aufs gleiche hinausläuft. Zur Erholung gönnt er sich eine Harzreise, die dann zum Gegenstand seines gleichnamigen Buches wird. Von dort aus unternimmt er einen Abstecher nach Weimar und sucht den berühmtesten deutschen Dichter, Goethe, auf, dem er sich, durchaus selbstbewußt, so ankündigt: »Ich will gar nicht beschwerlich fallen, will nur Ihre Hand küssen und wieder fort gehen. (...) auf dem Brocken ergriff mich das Verlangen zur Verehrung Goethes nach Weimar zu pilgern. Im wahren Sinne des Wortes bin ich nun hergepilgert, nämlich zu Fuße und in verwitterten Kleidern, und erwarte die Gewährung meiner Bitte, und verharre mit Begeisterung und Ergebenheit: H. Heine.« Goethe, der damals 75 Jahre alt ist und sich mit ironiebegabten, wortflinken Autoren schon immer schwergetan hat, empfängt den sechsundzwanzigjährigen Heinrich Heine zwar, gibt sich bei dieser Audienz jedoch zugeknöpft. Heine, der sich zu den Verehrern Goethes rechnet, zeigt sich denn auch enttäuscht darüber, daß »seine Exzellenz ihn ungebührlich kalt empfangen habe«, läßt aber auf seine Hochachtung für den Weimarer Dichterfürsten nichts kommen, den er ein »großes

Zeitablehnungsgenie« nennt, das sich in seiner »Kunstbehaglichkeit (...) selbst letzter Zweck ist«.

Am 3. Mai 1825 legt Heine »endlich« sein juristisches Examen ab. Er ist nun promovierter Jurist, fühlt sich aber wie ein »Galeerensklave«, den man, als er schon nicht mehr damit rechnet, von seiner Begnadigung in Kenntnis setzt. Kurz zuvor hat er noch einen Entschluß in die Tat umgesetzt, der schon länger in ihm gereift war: Er tritt zum protestantischen Glauben über und heißt mit der Taufe Christian Johann Heinrich Heine. Glücklich ist er nicht mit dieser Entscheidung, die er nicht aus innerer Überzeugung trifft, sondern aus Nützlichkeitserwägungen. Gesetzliche Verfügungen, mit deren Hilfe die Juden zu gleichberechtigten Bürgern erklärt wurden, sind längst wieder aufgehoben worden; nur Nicht-Juden können darauf hoffen, im Staatsdienst unterzukommen. Dabei ist Heine weder ein überzeugter Jude noch ein überzeugter Christ gewesen, eher schon ein gläubiger Atheist. Er bekennt sich zu seiner Herkunft, sieht die »Judenfrage« aber eher als Menschenfrage, da »die Juden erst dann wahrhaft emanzipiert werden können, wenn auch die Emanzipation der Christen vollständig erkämpft und sichergestellt worden« ist.

Im Sommer 1825 bekommt Heine von Onkel Salomon eine Reise auf die Insel Norderney spendiert. Die Nordsee tut ihm gut, er fühlt sich inspiriert. »Ich liebe das Meer wie meine Seele«, schreibt er. »Oft wird mir sogar zu Mute, als sei das Meer eigentlich meine Seele selbst. (...) Das Meer ist mein wahlverwandtes Element, und schon sein Anblick ist mir heilsam. (...) Ich bin ein Fisch mit heißem Blute und schwatzendem Maule; auf dem Lande befinde ich mich wie ein Fisch auf dem Lande.«

Nach der Promotion beginnt Heine ein unruhiges Wanderleben. 1827 erscheint sein Gedichtband *Buch der Lieder*, das sich anfänglich nur zögerlich verkauft, dann aber zu einem bemerkenswerten Erfolg wird. Mit diesem Buch, das allein zu Lebzeiten des Autors in dreizehn Auflagen erscheint, entdeckt man den Lyriker Heine, der sich zuvor als Prosaschriftsteller einen Namen gemacht hatte. Nun schwenkt auch die Kritik vorsichtig um; man rühmt den »volksliedhaften Ton« seiner Gedichte, ihre raffinierte Schlichtheit und kunstvolle Verknappung. Heines Versuch, eine Professur für Literaturgeschichte an der Universität München zu bekommen, scheitert. Er bleibt auf die Unterstützung durch Onkel Salomon angewiesen. Erfreulicherweise hat Heine jedoch kein Talent, sich auf Dauer in Übellaunigkeit einzuhausen; dafür findet er seine Zeit viel zu spannend. Inzwischen meint er auch, daß die bisherige dumpfe Epoche von Zensur und Duckmäuserei zu Ende geht; eine untergründige Aufbruchstimmung macht sich breit, die auf große Ziele aus ist: »(...) die Freiheitssonne wird die Erde glücklicher wärmen als die Aristokratie sämtlicher Sterne; emporblühen wird ein neues Geschlecht, das erzeugt worden in freier Wahlumarmung, nicht im Zwangsbette und unter der Kontrolle geistlicher Zöllner; mit der freien Geburt werden auch in den Menschen freie Gedanken und Gefühle zur Welt kommen, wovon wir geborenen Knechte keine Ahnung haben.«

Im Jahr 1830 scheinen sich Heines Hoffnungen, zumindest ansatzweise, zu erfüllen. In Frankreich bricht die Julirevolution los, die innerhalb von drei Tagen das alte Regime zusammenbrechen läßt. Heine ist derweil in Deutschland immer unfroher geworden, die Zensur läßt ihn nicht in Ruhe, ja legt sogar noch einmal eine härtere Gangart ein: Der vierte Band seiner *Reisebilder*, den der preußische Oberzensor, mit Blick auf *Die Bäder von Lucca*, als »alles übersteigend, was mir von gotteslästerlichem Frevel je vorgekommen« ansieht, wird kurzerhand verboten. Spätestens da reicht es Heine, und er setzt einen Entschluß in die Tat um, der schon länger in ihm gereift war: Im Mai 1831 siedelt er nach Paris über. Sein französisches Exil läßt sich erfreulich an, was auch daran liegt, dass er in Frankreich längst kein Unbekannter mehr ist. Heine, der sich als deutscher Schriftsteller einen Namen gemacht hat, gelingt das Kunststück, in Paris auf der Höhe seines Ruhmes zu bleiben und sogar noch zuzulegen. Man kennt ihn, man schätzt ihn; wie selbstverständlich steht er in Kontakt mit berühmten Dichtern, Musikern und Künstlern seiner Zeit. Trotzdem wird er kein naturalisierter Franzose, er behält seine »große Vorliebe für Deutschland«, die ihm ab und zu Heimwehanfälle beschert, denen er mit den Mitteln des Dichters begegnet, der wehmütig davon berichtet, wie es ist, »in der Fremde« zu sein. War Heine zuvor noch als freiheitsliebender Liberaler aufgetreten, so nähert er sich in Paris der Linken an. Er lernt Karl Marx kennen, wird mit der Gedankenwelt der Frühsozialisten vertraut. Allerdings ist Heine nur in der Theorie ein großer Volksfreund gewesen, in der Praxis hält er lieber Abstand. Vielleicht hat das auch mit seiner Krankheit zu tun, die ihn zunehmend quält: 1832 macht sich bei ihm, der seit Jahren schon von heftigen Migräneanfällen heimgesucht wird, eine rätselhafte Rückenmarkserkrankung bemerkbar, die ihm erst Sehstörungen und Bewegungsausfälle, dann fortschreitende Lähmung bringt. Von 1848 an ist er ans Bett gefesselt, er bezieht seine »Matratzengruft«, in die er sich jedoch nicht ohne Gegenwehr begibt. Heine bekämpft seine Krankheit mit Geist und Ironie, den einzigen Waffen, die ihm geblieben sind. Daß er größtenteils frohgemut gegen die Krankheit angeht, die ihn plagt, hat auch mit der Liebe zu tun: Augustine Crescence Mirat heißt seine Freundin, ist gerade mal 20 Jahre jung, stammt aus einfachen Verhältnissen und möchte das Leben genießen, mehr nicht. »Mathilde«, so nennt Heine sie, »weil der Name Crescence (…) mir immer in der Kehle wehe tat«, ist unbelesen und an Literatur nicht interessiert, was Heine nicht etwa schmerzt, sondern erfreut, da er durch ihr Temperament und die »Unbeständigkeit ihrer Laune erheitert« wird (»nur höchst selten noch denke ich daran, mich nebst sie zu vergiften«). Da Mathilde, die er auch schon mal seinen »Hausvesuv« nennt, sehr begabt darin ist, »ständig Geld auszugeben«, muß Heine verstärkt darauf sehen, was ihm »die Schreiberei« einbringt. Eine Zeitlang erhält er eine Pension der französischen Regierung, was die Vorurteile, die man in Deutschland gegen ihn hegt, nur noch verstärkt. Heine ist insgesamt recht geschäftstüchtig; er spekuliert an der Börse, anfangs mit Verlusten, später erfolgreicher, und handelt mit seinem Hamburger Verleger Campe einen vorteilhaften Verlagsvertrag für eine Gesamtausgabe aus, von dem auch Mathilde nach seinem Tod noch profitieren soll. Nicht nur auf Kritiker-Schelte, die ihm aus Deutschland zur Kenntnis gebracht wird, reagiert Heine ungnädig; auch die neuere politische Lyrik (»Tendenzpoesie«) vermag ihn nicht zu erfreuen: Er beklagt ihren »prosaisch bombastischen« Ton und »vage unfruchtbaren Pathos«, der nichts weiter hervorbringe als »nutzlosen

Enthusiasmusdunst«, von dem aus man sich »in einen Ozean aus Allgemeinheiten stürzte«. Das poetische Gesetz, das er dagegensetzt und dem auch sein 1843 erscheinendes Versepos *Atta Troll* (»das letzte freie Waldlied der Romantik«) entsprechen soll, ist allgemeingültig: »Was ist in der Kunst das Höchste? Das, was auch in allen anderen Manifestationen des Lebens das Höchste ist: die selbstbewußte Freiheit des Geistes«, die sich als »Selbstbewußtsein der Freiheit in der Kunst (...) ganz besonders durch die Behandlung, durch die Form, in keinem Falle durch den Stoff offenbart. (...) Die wahrhaft großen Dichter haben immer die großen Interessen ihrer Zeit anders aufgefaßt als in gereimten Zeitungsartikeln.«

1844 erscheint Heines wohl bekannteste Dichtung *Deutschland. Ein Wintermärchen*. Er selbst hat derweil genug mit seiner Krankheit zu tun; »halb blind« sei er, der Kopf drohe ihm zu »zerspringen«. Der deprimierende Gesamtzustand, unter dem er zu leiden hat, macht sich in seiner Weltsicht bemerkbar, die zunehmend gereizter und desillusionierter wird. Das bekommen auch die Linken zu spüren, mit deren herausragendem Kopf Karl Marx er befreundet ist, was ihn nicht daran hindert, den aufkommenden Kommunismus, von dem er seine persönliche Freiheit gefährdet sieht, mit ebenso deutlichen wie unfreundlichen Worten zu bedenken. »Der unzeitige Triumph der Proletarier«, schreibt er, »wäre ein Unglück für die Menschheit (...), indem sie, in ihrem blödsinnigen Gleichheitstaumel, alles was schön und erhaben auf dieser Erde ist, zerstören« würden, bis es »vielleicht alsdann nur« noch »Einen Hirten und Eine Herde« gibt, »ein freier Hirt mit einem eisernen Hirtenstabe und eine gleichgeschorene, gleichblökende Menschenherde!« Und er setzt noch eins drauf, befürchtet sogar, »daß der Atheismus« bereits »ein mehr oder minder geheimes Bündnis (...) mit dem schauderhaft nacktesten, ganz feigenblattlosen, kommunen Kommunismus (geschlossen)« hat, was fatale Folgen hätte: »(...) wir können uns nimmermehr verhehlen, wessen wir uns zu gewärtigen haben, sobald die große rohe Masse, welche die einen das Volk, die andern den Pöbel nennen, und deren legitime Souveränität bereits längst proklamiert worden, zur wirklichen Herrschaft käme.« Heines eigener Berufsstand hätte dann »ganz besonders« zu leiden, denn gerade der Dichter empfindet »ein unheimliches Grauen vor dem Regierungsantritt dieses täppischen Souveräns. (...) die reinliche, sensitive Natur des Dichters sträubt sich gegen jede persönlich nahe Berührung mit dem Volke, und noch mehr schrecken wir zusammen bei dem Gedanken an seine Liebkosungen, vor denen uns Gott bewahre! Ein großer Demokrat sagte einst: er würde, hätte ein König ihm die Hand gedrückt, sogleich seine Hand ins Feuer halten, um sie zu reinigen. Ich möchte in derselben Weise sagen: ich würde meine Hand waschen, wenn mich das souveräne Volk mit seinem Händedruck beehrt hätte.« Es läßt sich nicht mehr verheimlichen: Heine ist müde und mürbe geworden. Wenn er zurückblickt auf das Erreichte, sieht er sich als »wandelnden Traumjäger«, der zwar, krankheitsbedingt, kaum noch wandeln kann, seinen abgelebten Träumen jedoch immer noch einen wesentlichen Beitrag zur Wahrheitsfindung zutraut: »Mein großer Lehrer, der selige Hegel, sagte mir einst: ›Wenn man die Träume aufgeschrieben hätte, welche die Menschen während einer bestimmten Epoche geträumt haben, so würde einem aus der Lektüre dieser gesammelten Träume ein ganz richtiges Bild vom Geiste jener Periode aufsteigen‹ (...).« Aber nicht nur für sich selbst hegt Heine ungute Erwartungen, er stellt auch der Menschheit insgesamt eine düstere Prognose aus: »Die Zukunft riecht nach Juchten, nach Blut, nach Gottlosigkeit und sehr vielen Prügeln. Ich rate unsern Enkeln, mit einer sehr dicken Rükkenhaut zur Welt zu kommen.«

Heines letzte Jahre sind, vorsichtig gesagt, nicht sehr erfeulich. Die Krankheit schreitet unerbittlich voran, ein Ende ist abzusehen. Zwar gibt er sich, unter größten Mühen, immer noch als Kämpfer und Spaßvogel (»das alte Ungetüm lebt noch immer, es zögert noch immer, den großen Todessprung zu machen«), aber in Wirklichkeit geht es ihm erbärmlich. »Ich kann fast gar nicht sehen, und meine Lippen sind so gelähmt, daß mir das Küssen verleidet wird, was noch unentbehrlicher als das Sprechen (...), ich kann nicht mehr essen, bin abgemagert, der Druck auf der Brust bringt mich jeden Augenblick dem Ersticken nah, mein Hinterer fragt mich gar nicht mehr um Erlaubnis, was er tun soll – enfin, sehr schlechte Symptome, und ich pfeife vielleicht auf dem letzten Loche.« Dennoch arbeitet er weiter, ein Besucher berichtet: »Neben seinem Bett liegt ein Päckchen loser Blätter im Oktavformat, und etwa zwanzig zugespitzte Fabersche Bleistifte. Wenn sich Heine aufgelegt und stark genug zum Arbeiten fühlt, beschreibt er die Blätter mit dicken, halbzollgroßen Buchstaben, und wechselt die Bleistifte, wenn sie stumpf geworden sind.« Die wichtigste Ablenkung bringt ihm nach wie vor seine Frau, die mit den Jahren deutlich dicker geworden ist und somit auch von der Statur her ein Kontrastprogramm zu ihrem »armen Henri« darstellt: »Meine Frau führt sich sehr gut auf, erheitert mich, so gut es geht, und hat eine so laute Stimme, daß ich kaum mein eigenes Wort in diesem Augenblick höre. Sie hat das ganze Kapital ihrer Ersparnisse, die sie bei mir hatte, 600 Fr., zu einem Kaschemir verwendet; dieser Schawl kleidet sie ganz vortrefflich und gibt ihrem dicken Hintern einen sehr imposanten Anblick.« Und eine andere Liebe ist ihm noch vergönnt: Else Krinitz heißt sie und besucht ihn erstmals im Frühjahr 1855. Sie gibt sich als Verehrerin und Kenner seiner Werke zu erkennen, was dem todkranken Heine nicht nur schmeichelt, sondern auch, so als hätte er nur darauf gewartet, dazu bringt, sich ein letztes Mal zu verlieben – ein Abschiedsgeschenk für den großen Lebens- und Liebeskünstler, der er immer sein wollte. »Mouche« (Fliege) nennt er die 30jährige Elise, sie ist die »letzte Blume« seines »larmoyanten Herbstes«, sitzt an seinem Bett, liest ihm vor, geht ihm bei seinen letzten Arbeiten zur Hand. »Ich liebe Sie mit todkranker, innigster Zärtlichkeit«, bekennt er und weiß, daß er in seinem Zustand nur noch »sentimental« sein kann »wie ein Mops, der zum erstenmale liebt«. Sogar Mathilde, die Heine früher manchen Eifersuchsanfall hingelegt hatte, wobei auch schon mal Geschirr zu Bruch ging, weiß, daß sie von dieser Frau nichts zu befürchten hat; es gibt eine Form der Liebe, die auf Erfüllung nicht (mehr) angewiesen ist. Von den Zeitumständen möchte Heine immer weniger wissen, er hat resigniert. Schon als in Paris an »drei schrecklichen Tagen« (23. – 25. Juni 1848) ein Arbeiteraufstand blutig niedergeschlagen wird, kommt das für ihn einer Bankrotterklärung der göttlichen Vernunft gleich: »Das ist Universalanarchie, Weltkuddelmuddel, sichtbar gewordener Gotteswahnsinn! Der Alte muß eingesperrt werden, wenn das so fortgeht.« Mag der alte Gott auch finster und mitleidlos sein, so daß man ihn eigentlich einsperren müßte, gibt es zu ihm doch keine Alternative. Am Ende seines Lebens verabschiedet Heine den »Hegelschen Gott oder vielmehr die Hegelsche Gottlosigkeit«, um sich »an dessen Stelle« wieder »einem wirklichen, persönlichen Gotte, der außerhalb der Natur und des Menschen Gemütes ist«, zuzuwenden. Diese Kehrtwendung, betont er, sei aus persönlichen Gründen erfolgt, und nicht etwa, weil ihn die »Phosphordünste der Glaubenspisse« benebelt hätten oder er durch seine Krankheit »ein Betbruder geworden« wäre: »In der Theologie (...) muß ich mich des Rückschreitens beschuldigen, indem ich (...) zu dem alten Aberglauben, zu einem persönlichen Gott, zurückkehrte. Das läßt sich nun einmal nicht vertuschen, wie es mancher aufgeklärte und wohlmeinende Freund versuchte. Ausdrücklich widersprechen muß ich jedoch dem Gerücht, als hätten mich meine Rückschritte bis zur Schwelle irgendeiner Kirche oder gar in ihren Schoß geführt. Nein, meine religiösen Überzeugungen und Ansichten sind frei geblieben von jeder Kirchlichkeit; kein Glockenklang hat mich verlockt, keine Altarkerze hat mich geblendet.«

Heinrich Heine stirbt am 17. Februar 1856 an »tuberkulöser Meningitis« (Tuberkulose »mit Multiorganbeteiligung«). Begraben liegt er auf dem Pariser Friedhof Montmartre. Vielleicht hat Heine, von höherer Warte aus, noch mitbekommen, daß seine Beerdigung so erfolgte, wie er sie haben wollte, nämlich schlicht, ohne nachrühmende Reden und Beteiligung eines Priesters. Getröstet ist er vermutlich dennoch nicht abgegangen. Mit Blick auf die Totenmasken, die man den Verstorbenen abnahm, um sie im Gedächtnis der Lebenden festzusetzen, schrieb Heine: »Solche Masken verleiden uns die Erinnerung an unsere Lieben. Wir glauben, in diesem Gipse sei noch etwas von ihrem Leben enthalten, und was wir darin aufbewahrt haben, ist doch ganz eigentlich der Tod selbst. Regelmäßig schöne Gesichtszüge bekommen hier etwas grauenhaft Starres, Verhöhnendes, Fatales, wodurch sie uns mehr erschrecken als erfreuen. Wahre Karikaturen aber sind die Gipsabgüsse von Gesichtern, deren Reiz mehr von geistiger Art war, deren Züge weniger regelmäßig als interessant gewesen; denn sobald die Grazien des Lebens darin erloschen sind, werden die wirklichen Abweichungen von den idealen Schönheitslinien nicht mehr durch geistige Reize ausgeglichen. Gemeinsam ist aber allen diesen Gipsgesichtern ein gewisser rätselhafter Zug, der uns, bei längerer Betrachtung, aufs unleidlichste die Seele durchfröstelt; sie sehen alle aus wie Menschen, die im Begriffe sind, einen schweren Gang zu gehen.«

## *Eine entsetzliche Gleichheit*
### Büchner und der Fatalismus der Geschichte

*Georg Büchner,*
*geb. am 17. Oktober 1813 in Goddelau (bei Darmstadt),*
*gest. am 19. Februar 1837 in Zürich*

Wer je im Winter durch ein Mittelgebirge stapfte und unter tiefziehenden Wolken die Orientierung verlor, kann sich dieses Erleben in Georg Büchners berühmter Erzählung *Lenz* noch einmal vor Augen führen; wer nie in winterlichen Wäldern war, erfährt über den *Lenz*, wie es dort ist: »Den 20. ging Lenz durchs Gebirg. Die Gipfel und hohen Bergflächen im Schnee, die Täler hinunter graues Gestein, grüne Flächen, Felsen und Tannen. Es war naßkalt, das Wasser rieselte die Felsen hinunter und sprang über den Weg. Die Äste der Tannen hingen schwer herab in die feuchte Luft. Am Himmel zogen graue Wolken, aber alles so dicht, und dann dampfte der Nebel herauf und strich schwer und feucht durch das Gesträuch, so träg, so plump. Er ging gleichgültig weiter, es lag ihm nichts am Weg, bald auf-, bald abwärts. Müdigkeit spürte er keine, nur war es ihm manchmal unangenehm, daß er nicht auf dem Kopf gehn konnte.« Der Lenz, von dem Büchner erzählt, ist sein genialischer Dichter-Kollege Jakob Michael Reinhold Lenz, den die Zumutungen seines Kopfes und ein überschießendes Mitgefühl krank werden lassen. Büchner bringt diese Krankheit (Schizophrenie) über genau bemessene Andeutungen, über karge, eindringliche Bilder näher, in denen die Natur zum Wegbegleiter und Seelentröster eines Menschen wird, der nicht mehr zu trösten ist, weil er im Übermaß liebt und leidet. Die Erzählung *Lenz* ist Fragment geblieben, so wie auch Büchners Leben Fragment bleibt; er stirbt mit 23. Georg Büchner kommt als Sohn eines Arztes zur Welt, der die Familientradition fortgesetzt sehen will. Die ersten Jahre wird Georg von der Mutter unterrichtet, über die er später nur Gutes zu sagen weiß. 1822 übergibt man ihn einer privaten Schule, 1825 wechselt er auf das Großherzogliche Gymnasium *Pädagog*, wo er 1831 sein Abitur macht. In Straßburg studiert er Medizin; er wohnt im Hause des Pfarrers Jaeglé, der ihn wie einen Sohn aufnimmt; noch freundlicher ist des Pfarrers Tochter Wilhelmine (»Minna«) zu ihm, in die er sich so nachhaltig verliebt, daß sie sich im März 1832 heimlich verloben. 1833 immatrikuliert er sich an der Medizinischen Fakultät der Großherzoglich-Hessischen-Landes-Universität Gießen, die nur auf dem Papier einen bedeutenden Namen hat, in Wirklichkeit aber eine arg beschränkte Lehranstalt ist, an der bestenfalls Unterricht nach Vorschrift abgehalten wird. Büchner kommt sich verloren vor, an seine Verlobte Minna schreibt er: »Ich dürste nach einem Briefe. Ich bin allein, wie im Grabe; wann erweckt mich Deine Hand? Meine Freunde verlassen mich, wir schreien uns wie Taube einander in die Ohren; ich wollte, wir wären stumm, dann könnten wir uns doch nur ansehen, und in neuen Zeiten kann ich kaum jemand starr anblicken, ohne daß mir die Tränen kämen. Es ist dies eine Augenwassersucht, die auch beim Starrsehen oft vorkommt.« Der Medizinstudent Büchner weiß, daß er krank ist, die Symptome sind da, aber nicht eindeutig: »Unaufhörliches Kopfweh und Fieber, die Nacht kaum einige Stunden dürftiger Ruhe. Vor zwei Uhr komme ich in kein Bett, und dann ein beständiges Auffahren aus dem Schlaf und ein Meer von Gedanken, in denen mir die Sinne vergehen.« In einer solchen Situation muß man sogar vor seinem eigenen Spiegelbild auf der Hut sein: »Die Frühlingsluft löste mich aus meinem Starrkrampf. Ich erschrak vor mir selbst. Das Gefühl des Gestorbenseins war immer über mir. Alle Menschen machten mir das hippokratische Gesicht, die Augen verglast, die Wangen wie von Wachs (...). Ach, wir armen schreienden Musikanten, das Stöhnen auf unserer Folter, wäre es nur da, damit es durch die Wolkenritzen dringend und weiter, weiter klingend, wie ein melodischer Hauch in himmlischen Ohren stirbt? (...) Ich lästre nicht. Aber die Menschen lästern. Und doch bin ich gestraft, ich fürchte mich vor meiner Stimme und – vor einem Spiegel. Meine geistigen Kräfte sind gänzlich zerrüttet.« Die eigene Befindlichkeit ist nur die Innenseite eines Welt- und Gesellschaftszustands, der zu umfassender Hoffnungslosigkeit Anlaß gibt. Büchner, vor kurzem noch ein vergleichsweise optimistischer Jüngling, sieht sich in Gießen, diesem »gottverdammten Nest«, so negativ inspiriert, daß er die Philosophie eines desillusionierten alten Mannes entwickelt, der zu einer Generalabrechnung ansetzt: »Ich fühlte mich wie zernichtet unter dem gräßlichen Fatalismus der Geschichte. Ich finde in der Menschennatur eine entsetzliche Gleichheit, in den menschlichen Verhältnissen eine unabwendbare Gewalt, Allen und Keinem verliehen. Der einzelne nur Schaum auf der Welle, die Größe ein bloßer Zufall, die Herrschaft des

Genies ein Puppenspiel, ein ehernes Gesetz, es zu erkennen das Höchste, es zu beherrschen unmöglich. Es fällt mir nicht mehr ein, vor den Paradegäulen und Eckstehern der Geschichte mich zu bücken. Ich gewöhnte mein Auge ans Blut. Aber ich bin kein Guillotinenmesser. Das *muß* ist eins von den Verdammungsworten, womit der Mensch getauft worden. Der Ausspruch: es muß ja Ärgernis kommen, aber wehe dem, durch den es kommt, – ist schauderhaft.« Büchner ist wütend und erschöpft zugleich, die Wut überwiegt. Sein Kopf glüht, er hat Fiebervisionen, die sich über die Welt erheben, aber nicht vom irdischen Betrieb lassen können. Schließlich spiegelt sich auch in den privatesten Befindlichkeitsprotokollen noch die Gewißheit wider, nur einer unter vielen zu sein. Warum das so ist, warum wir jede Menge Fragen stellen können, aber von höherer Stelle keine wirklich befriedigenden Antworten bekommen, entzieht sich unserer Kenntnis. Wir können darüber resignieren oder in Depressionen verfallen, was jedoch nicht hilfreich ist; als Fluchtmittel taugen allenfalls noch die verbliebenen Träume, die sich zu eigenen Bildwerken verselbständigen: »Was ist das, was in uns lügt, mordet, stiehlt? Ich mag dem Gedanken nicht weiter nachgehen. Könnte ich aber dies kalte und gemarterte Herz an Deine Brust legen! (…) Ich verwünsche meine Gesundheit. Ich glühte, das Fieber bedeckte mich mit Küssen und umschlang mich wie der Arm der Geliebten. Die Finsternis wogte über mir, mein Herz schwoll in unendlicher Sehnsucht, es drangen Sterne durch das Dunkel, und Hände und Lippen bückten sich nieder. Und jetzt? Und sonst? (…) Ich bin ein Automat, die Seele ist mir genommen.«

Der *Fatalismusbrief*, wie Büchners Gießener Zustandsbericht später genannt wurde, ist, erfreulicherweise, nicht sein letztes Wort geblieben; er überwindet die Krise, wenn auch nur unter Protest, denn seine negativ grundierte Weltsicht wird er, der eine zweite, durchaus lebensbejahende Seite hat, die ihn, bei passender Gelegenheit, fröhlich und unbeschwert sein läßt, nicht mehr los. Er weiß, daß der Mensch seiner Verzweiflung erliegt, wenn er sich zu sehr auf sie einläßt: Das Hinabsteigen in den dunklen Schacht der Seele schafft unnötige Gefahren, denen man sich lieber nicht aussetzt. Besser ist es, wenn man seine Kräfte auf anstehende Aufgaben konzentriert und sich darüber hinaus, im Rahmen bescheidener Möglichkeiten, um den Zustand der Gesellschaft kümmert, der absolut beklagenswert ist und Empörung verlangt, die sich der Student Büchner, unter Beachtung dringend angeratener Vorsichtsmaßregeln, denn auch zu eigen macht. Es ist damals nicht ungefährlich, sich mit der herrschenden Politik anzulegen; in deutschen Landen, die aus einer Vielzahl mühsam an der Macht gehaltener Kleinstaaten besteht, sieht man überall Umstürzler am Werk und hält den Bürger, sofern man von einem solchen überhaupt sprechen kann, vorsorglich unter Beobachtung. Büchner ist ein Gesinnungsdemokrat, ihn empört die Ungerechtigkeit der bestehenden Gesellschaft: »(...) ich schämte mich, ein Knecht mit Knechten zu sein, einem vermoderten Fürstengeschlecht und einem kriechenden Staatsdiener-Aristokratismus zu gefallen«, während »das arme Volk geduldig den Karren schleppt, worauf die Fürsten und Liberalen ihre Affenkomödie spielen«. Er wird Mitglied der *Gesellschaft für Menschenrechte*, die es nicht mehr bei gutgemeinten Worten beläßt, sondern Taten sehen will. Federführend dabei ist der Butzbacher Rektor Ludwig Weidig, der eine revolutionäre Flugschriftenaktion, den *Hessischen Landboten,* betreibt, an dem Büchner mitarbeitet. Er wendet sich direkt an das Volk und liefert ihm eine Zustandsbeschreibung des »Großherzogthums Hessen«, die an Deutlichkeit nichts zu wünschen übrigläßt: »6 Millionen bezahlt ihr (...) einer Handvoll Leute, deren Willkür euer Leben und Eigentum überlassen ist (...). Ihr seid nichts, ihr habt nichts! Ihr seid rechtlos. Ihr müsset geben, was eure unersättlichen Presser fordern (...). Hebt die Augen und zählt das Häuflein Eurer Presser, die nur stark sind durch das Blut, das sie euch aussaugen und durch Eure Arme, die ihr ihnen willenlos leihet. Ihrer sind vielleicht 10 000 im Großherzogtum und Eurer sind es 700 000, und also verhält sich die Zahl des Volkes zu seinen Pressern auch im übrigen Deutschland. Wohl drohen sie mit dem Rüstzeug und den Reisigen der Könige, aber ich sage Euch: Wer das Schwert erhebt gegen das Volk, der wird durch das Schwert des Volkes umkommen.« Büchner ist Realist, kein Idealist; er weiß, daß die Macht der Verhältnisse der Macht des Wortes nahezu unüberwindlich entgegensteht. Dennoch sind die Herrschenden nervös geworden: Eine Aufklärung, die unten ansetzt, um ein Volk zu erreichen, das sich seiner Möglichkeiten noch nicht bewußt geworden ist, zeigt Wirkung ganz oben. Büchner legt nach: »Die Justiz ist in Deutschland seit Jahrhunderten die Hure der deutschen Fürsten. (...) Ihr dürft euren Nachbarn verklagen, der euch eine Kartoffel stiehlt; aber klagt einmal über den Diebstahl, der von Staats wegen unter dem Namen von Abgaben und Steuern jeden Tag an eurem Eigentum begangen wird, damit eine Legion unnützer Beamten sich von eurem Schweiße mästen (...). Für das Militär wird bezahlt 914820 Gulden. Dafür kriegen eure Söhne einen bunten Rock auf den Leib, ein Gewehr oder eine Trommel ... Mit ihren Trommeln übertäuben sie eure Seufzer, mit ihren Kolben zerschmettern sie euch den Schädel, wenn ihr zu denken wagt, daß ihr freie Menschen seid. Sie sind die gesetzlichen Mörder, welche die gesetzlichen Räuber schützen.« Wenn es eine Freiheit für den Menschen gibt, muß sie für alle gelten, auch wenn das bei denen, die sich für freier als andere halten, nicht gut ankommt. Die Privilegien, auf die sie sich berufen, taugen nichts, die Tradition, in der sie zu stehen meinen, ist leer und hohl. Um das zu erkennen, muß man kein Revolutionär sein, es reicht der bloße Augenschein: »Aber tretet zu dem Menschenkinde und blickt durch seinen Fürstenmantel. Es ißt, wenn es hungert, und schläft, wenn sein Auge dunkel wird. Sehet, es kroch so nackt und weich in die Welt wie ihr und wird so hart und steif hinausgetragen wie ihr (...). Der Fürst ist der Kopf des Blutegels, der über euch hinwegkriecht.«

Wer so etwas zu lesen bekommt, kann gar nicht wachsam genug sein: Die Verfolgungsbehörden werden denn auch aktiv und verhaften Weidig, Büchner kann sich rechtzeitig absetzen. Im Juli 1835 schreibt man ihn zur Fahndung aus; in seinem Steckbrief heißt es: »Alter: 21 Jahre, Größe: 6 Schuh, 9 Zoll neues Hessischen Maßes, Haare: blond, Stirne: sehr gewölbt, Augenbrauen: blond, Augen: grau, Nase: stark, Mund: klein, Bart: blond, Kinn: rund, Angesicht: oval, Gesichtsfarbe: frisch, Statur: kräftig, schlank, Besondere Kennzeichen: Kurzsichtigkeit.« Büchner ist auf der Flucht, die er eher unaufgeregt beschreibt: »Ich benutze jeden Vorwand, um mich von meiner Kette loszumachen. Freitag Abends ging ich von Gießen weg; ich wählte die Nacht der gewaltigen Hitze wegen, und so wanderte ich in der lieblichsten Kühle unter hellem Sternenhimmel, an dessen fernstem Horizonte ein beständiges Blitzen leuchtete. Teils zu Fuß, teils fahrend mit Postillonen und sonstigem Gesindel, legte ich während der Nacht den größten Teil des Weges zurück. Ich ruhte mehrmals unterwegs. (…) Die Zeit erlaubte mir nicht, mich mit den nötigen Papieren zu versehen.« Die Lage aber ist ernster, als es dieser Reisebericht vermuten läßt: Im März 1835 setzt sich Büchner nach Straßburg ab. Er heißt nun Jacques Lutzius und betätigt sich als weitgehend unauffälliger Student der Medizin und Philosophie: »Ich habe mich jetzt ganz auf das Studium der Naturwissenschaften und Philosophie gelegt (…), um in meiner Eigenschaft als überflüssiges Mitglied der Gesellschaft meinen Mitmenschen Vorlesungen über etwas ebenfalls höchst Überflüssiges, nämlich über die philosophischen Systeme der Deutschen seit Cartesius und Spinoza zu halten.« Sein Studium betreibt Büchner mit aller Gewissenhaftigkeit, obwohl er manchmal den Eindruck hat, in ein Panoptikum geraten zu sein, dessen Personal man nicht allzu ernst nehmen sollte. An seinen Freund Eugène Boeckel schreibt er: »Das Leben ist überhaupt etwas recht Schönes, und jedenfalls ist es nicht so langweilig, als wenn es noch einmal so langweilig wäre. (…) Ist Dir die Kranken- und Leichenschau noch nicht zur Last geworden? Ich meine eine Tour durch die Spitäler von halb Europa müßte einen sehr melancholisch und die Tour durch die Hörsäle unserer Professoren müßte einen halb verrückt und die Tour durch unsere deutschen Staaten müßte einen ganz wütend machen. 3 Dinge, die man übrigens auch ohne die drei Touren sehr leicht werden kann, z. B. wenn es regnet und kalt ist, wie eben; wenn man Zahnweh hat, wie ich vor 8 Tagen, u. wenn man einen vollen Winter und ein halbes Frühjahr nicht aus seinen 4 Wänden gekommen, wie ich dies Jahr. Du siehst, ich stehe viel aus und ehe ich mir neulich meinen hohlen Zahn ausziehen lassen, hab ich im vollständigsten Ernst überlegt, ob ich mich nicht lieber totschießen sollte, was jedenfalls weniger schmerzhaft ist.«

Büchners politisches Engagement ist nicht beendet; allerdings kann er sich nicht vorstellen, daß die soziale Lage durch wohlbedachte Reformen von oben entschärft werden könnte. An den Schriftsteller Karl Gutzkow schreibt er: »Die Gesellschaft mittelst der *Idee*, von der *gebildeten* Klasse aus reformieren? Unmöglich! Unsere Zeit ist rein *materiell* (...). Ich habe mich überzeugt, die gebildete und wohlhabende Minorität, so viel Konzessionen sie auch von der Gewalt für sich begehrt, wird nie ihr spitzes Verhältnis zur großen Klasse aufgeben wollen. Und die große Klasse selbst? Für die gibt es nur zwei Hebel, materielles Elend und *religiöser* Fanatismus. (...) Unsere Zeit braucht Eisen und Brot (...). Ich glaube, man muß in sozialen Dingen von einem absoluten *Rechts*grundsatz ausgehen, die Bildung eines neuen geistigen Lebens im *Volk* suchen und die abgelebte moderne Gesellschaft zum Teufel gehen lassen. (...)«

Inzwischen hat Büchner sein erstes Theaterstück, *Dantons Tod*, geschrieben, ein Drama über Moral und Menschenrecht in der Französischen Revolution, die als gerechte Sache beginnt und zur »Schreckensherrschaft« führt. Dabei fällt ein Wort, das später, viel später, als den Deutschen ihre überraschende Wiedervereinigung zuteil wird, noch einmal populär wird: »Wir sind das Volk.« Trotz aller Willkür, die das Volk über sich ergehen läßt oder zur Not auch selbst in die Hand nimmt, drängt sich ihm eine dunkle Ahnung auf: »Puppen sind wir, von unbekannten Gewalten am Draht gezogen.« Das gilt auch für den einzelnen, der nicht damit rechnen sollte, unbeschadet an Leib und Seele zu bleiben, zumal er genug Möglichkeiten in sich hat, an seinen eigenen Widersprüchen zugrunde zu gehen: »Wir alle sind Schurken und Engel, Dummköpfe und Genies und zwar das alles in einem, die vier Dinge finden Platz genug in dem nämlichen Körper.«

1836 zieht es Büchner in die Schweiz, im September promoviert er mit einer anatomischen Untersuchung, »Über das Nervensystem der Barbe«, an der Universität Zürich. Auf die Arbeit ist er weniger stolz als auf sein Durchhaltevermögen, zu dem er sich selbst gratuliert: »Ich saß *auch* im Gefängnis und im langweiligsten unter der Sonne, ich habe eine Abhandlung geschrieben in die Länge, Breite und Tiefe. Tag und Nacht über der ekelhaften Geschichte, ich begreife nicht, wo ich die Geduld hergenommen.« Er fühlt sich wohl in der Schweiz, konstatiert, mit einiger Verblüffung, daß die Schwerkraft der Verhältnisse nicht mehr so erdrückend wirkt, wenn man sie mit anderen Augen sieht. Dazu genügt ein Blick aus dem Fenster: »Die Straßen laufen hier nicht voll Soldaten, Akzessisten und faulen Staatsdienern, und man riskiert nicht von einer adligen Kutsche überfahren zu werden.« Büchner bekommt ein befristetes Aufenthaltsrecht in der Schweiz und wird zum Privatdozenten ernannt.

Eine scheinbar harmlose »Winterverkältung«, die ihn im Januar 1837 ans Bett fesselt, erweist sich als todbringende Krankheit; er stirbt an Typhus. Auch seine angeblich letzten Worte passen zum Erkenntnisgewicht dieses Mannes, der an Einsichts- und Sprachvermögen seiner Zeit voraus war: »Wir sind Tod, Staub, Asche, wie dürften wir klagen?« soll er gesagt haben. Büchners Werk ist, seiner knapp bemessenen Lebenszeit entsprechend, überschaubar geblieben: drei Theaterstücke (*Dantons Tod, Leonce und Lena, Woyzeck*), eine Erzählung (*Lenz*), politische und naturwissenschaftliche Schriften, Übersetzungen und Briefe. Um so erstaunlicher mutet die Reife, der spröde, sichere Ton eines jungen Autors an, der zu seiner Zeit nicht sehr bekannt war, von der Nachwelt aber bis heute Beifall erhält. »Die Unruhe, die Büchner stiftet, ist von überraschender Gegenwärtigkeit«, befand der deutsche Nobelpreisträger Heinrich Böll, der 1967 den Büchner-Preis erhielt, die höchste literarische Auszeichnung, die man in Deutschland zu vergeben hat. Und Bölls Kollege Volker Braun fügte hinzu: »Büchners Briefe lesend, muß man sich mitunter mit Gewalt erinnern, daß es nicht die eines Zeitgenossen sind.« Einer seiner schönsten Briefe ist wohl jener, den Büchner knappe drei Wochen vor seinem Tod in Zürich an seine Braut schrieb: »Mein lieb Kind, Du bist voll zärtlicher Besorgnis und willst krank werden vor Angst; ich glaube gar, Du stirbst – aber *ich* habe keine Lust zum Sterben und bin gesund wie je. Ich glaube, die Furcht vor der Pflege hier hat mich gesund gemacht; in Straßburg wäre es ganz angenehm gewesen, und ich hätte mich mit dem größten Behagen in's Bett gelegt, vierzehn Tage lang, rue St. Guillaume Nr. 66, links eine Treppe hoch, in einem etwas überzwergen Zimmer, mit grüner Tapete! Hätt' ich dort umsonst geklingelt? Es ist mir heut einigermaßen innerlich wohl, ich zehre noch von gestern, die Sonne war groß und warm im reinsten Himmel – und dazu hab' ich meine Laterne gelöscht und einen edlen Menschen an die Brust gedrückt, nämlich einen kleinen Wirt, der aussieht wie ein betrunkenes Kaninchen, und mir in seinem prächtigen Haus vor der Stadt ein großes elegantes Zimmer vermietet hat. Edler Mensch! Das Haus steht nicht weit vom See, vor meinen Fenstern die Wasserfläche und von allen Seiten die Alpen, wie sonnenglänzendes Gewölk. – Du kommst bald? Mit dem Jugendmut ist's fort, ich bekomme sonst graue Haare, ich muß mich bald wieder an Deiner inneren Glückseligkeit stärken und Deiner göttlichen Unbefangenheit und Deinem lieben Leichtsinn und all Deinen bösen Eigenschaften, böses Mädchen. Adio piccola mia! –«

## *Kein Klang der aufgeregten Zeit*
### Storm und das Lied von der Heimkehr

*Theodor Storm,*
*geb. am 14. September 1817 in Husum,*
*gest. am 4. Juli 1888 in Hademarschen (Holstein)*

Schon immer war es eine liebevoll gehegte Illusion der Poeten, daß der Dichtkunst am besten zu dienen sei, wenn man sich ihr ganz und gar verschriebe, also die ganze Arbeitszeit seines Lebens an sie verschwende; das Wunschbild, das dieser Illusion zugrunde liegt, ist der berufene Dichter, der seine Existenz unerschrocken poetisiert, um sich nur noch dem Schreiben widmen zu können. Nun ist das Gewerbe des Schriftstellers in der Regel nicht sonderlich lukrativ; kaum einer kann es sich leisten, vom Erlös seiner Schriften zu leben, und die Dichter sind fast immer darauf angewiesen, ihr Auskommen in einem sogenannten Brotberuf oder mit Hilfe von Auftragsarbeiten zu sichern. Dieser Sachverhalt hat eine lange Tradition; der Graben zwischen dem ästhetischen Ideal und den Anforderungen der Realität ist breit und nur schwer zu überwinden. Wer sich als Schriftsteller darauf einzustellen vermag, sieht sich imstande, berufliche Fremdbestimmung auszuhalten, ohne das eigene Selbstverständnis in Frage zu stellen; er wird weniger Schwierigkeiten haben, Sachzwänge hinzunehmen und zugleich mit literarischer List zu konterkarieren. Aus der Spannung von Wirklichkeitsverpflichtung und poetischer Überzeugung nämlich, die an das Diktat knapper Zeit gebunden bleibt, kann ein geschärfter Blick auf das Wesentliche, eine künstlerische Radikalisierung resultieren, der es gelingt, einen eigenen Zugang zur Realität zu finden und in Sprache umzusetzen. Es waren daher oft gerade die nebenberuflich tätigen Autoren, die den großen poetischen Entwurf überlebensfest machten, indem sie ihn realistisch besetzten; ihre Erfahrungen im bürgerlichen Geschäftsbetrieb, der den Traum vom Schreiben für ein versponnenes Freizeitvergnügen halten muß, erwiesen sich als nützlich, wenn es galt, das literarische Gegenbild zur bekannten Welt auszumalen und beglaubigen zu lassen. Nur wenige Schriftsteller allerdings, die sich in einem anderen Beruf durchschlagen mußten, haben dies in der Retrospektive als eine Art Tugend würdigen können, die sich aus der Not ergab; zu ihnen gehörte Theodor Storm, der sein Geld als Advokat in Husum verdiente.

Im September 1887 notiert er in einem Rede-Entwurf, den er für die Feierlichkeiten zu seinem 70. Geburtstag konzipiert: »In der Landschaft, wo ich geboren wurde, liegt, freilich nur für den, der die Wünschelrute zu handhaben weiß, die Poesie auf Heiden und Mooren, an der Meeresküste und auf den feierlich schweigenden Weideflächen hinter den Deichen; die Menschen selber dort brauchen die Poesie nicht und suchen nicht danach. (...) Ich hatte, als mein Vater mich aus der Prima der alten Husumer Gelehrtenschule auf das Lübecker Gymnasium schickte, keine Ahnung, daß gleichzeitig mit mir Dichter wie Uhland oder Eichendorff auf der Welt seien. In Lübeck aber, wo eine höhere Luft wehte, traten zwei für mich bedeutende Ereignisse in mein Leben: Ich lernte Goethes *Faust*, und ich lernte Heines *Buch der Lieder* kennen (...). Mir war – ein Jüngerer wird sich von diesem Eindruck keine Vorstellung machen können – als sei plötzlich ein Vorhang und noch einer fortgerissen und ich sähe zum ersten Mal in eine Welt, aus der die Poesie mit ihren Sternenaugen auf mich blickte. Dann kam noch Eichendorff und später (...) Mörike hinzu; und so war ich mit denen bekannt, die bestimmend auf meine eigene Kunst einwirkten (...). Schon auf der Husumer Schule hatte ich mich in Versen versucht, aber es war eine inhaltslose Spielerei; (...) auch aus der Universitätszeit ist nur weniges stehen geblieben. – Erst als ich in meiner Vaterstadt Advokat geworden, als ich absolut für mich selbst verantwortlich geworden war und mein Leben einen festen Inhalt gewonnen hatte, wurde meine Lyrik fertig.«

Theodor Storm besteht im Oktober des Jahres 1842, nach fünfeinhalbjährigem Studium, sein juristisches Abschlußexamen am Königlich-Schleswig-Holsteinisch-Lauenburgischen Oberappellationsgericht in Kiel und kehrt in seine Heimatstadt Husum zurück. Der Neubeginn in altvertrauter Umgebung fällt ihm zunächst nicht leicht; ein wenig wehmütig denkt er an seine Studententage, die er nunmehr bereitwillig verklärt: Ist er nicht glücklich gewesen in Kiel und Berlin, ein freier Mensch unter Brüdern, der den ihm aufgedrängten Wissensstoff leidenschaftslos zur Kenntnis nahm, um sich gleich darauf mit den angenehmeren Dingen des Lebens zu beschäftigen? Der Jurisprudenz war er immerhin so nahegetreten, daß er alle erforderlichen Prüfungen bestand, ohne sich dabei überanstrengen zu müssen; es blieb ihm Zeit genug für Freunde und Feste, für gewagte Entwürfe und feuchtfröhliche Exkursionen, für die eine oder andere Liebelei und lyrische Versuche, aus denen schon bald das Bemühen sprach, dem Gewohnten mit einer neu erschriebenen, am Schönen orientierten Auffassung vom Leben entgegenzutreten. Andererseits hatte die studentische Existenz aber auch etwas Ungenügendes an sich: Man war frei auf Zeit, durfte sich laut und umtriebig geben, ohne beim Wort genommen zu werden; die eigene Identität, so sie denn errichtet werden konnte, setzte sich aus Versatzstücken zusammen, die das Signum des Unverbindlichen trugen, denn die eigentliche Erprobung am Ernst des Lebens fand immer erst später statt. Ein Unbehagen blieb, eine stille Sehnsucht, die nicht zufriedenzustellen war, wie Storm sich, mit Blick auf die Aufzeichnungen seines Tagebuchs, zu erinnern meinte: »Wo trifft man die schöne, jugendliche Poesie des Lebens, die noch unverkümmert ist von den beengenden Verhältnissen der spätern Jahre (…)? Ich möchte sagen, (…) der deutsche Student ist entweder ein Mensch, der viel kneipt und trinkt, alle Naslang auf der Mensur liegt, sich in Gemeinheiten gefällt, sich irgendein schmuckes Dienstmädchen an der Hand hält, (…) oder er ist arbeitsam, eingezogen, einseitig oder einfältig. So sind, nach meiner Ansicht, die meisten der Studenten. Ich mag die rechten vielleicht noch nicht haben finden können. – Wie schmerzlich entbehr ich einen Gleichgestimmten, der den Klang und die Dichtung meiner Seele verstehen und erwidern mag. (…) Ein ungestilltes, ein nie zu stillendes Sehnen nach einem unbekannten Etwas, dies unglückliche Sehnen hält mich gefesselt. – Was will ich? wohin will ich? – Ich trage in mir ein

Streben, aber kein Ziel. Oder ist mir das Ziel wohl bekannt, aber nicht, was hinter dem Ziel liegt, das große, schreckliche Ende.«

Die Reminiszenzen an ein unwiderruflich abgehandeltes Studentenglück läßt Storm gelten, wenn es darum geht, sein nostalgisches Mütchen zu kühlen; ansonsten aber konzentriert er sich auf die Anforderungen der Gegenwart, die in Husum liegen und denen er sich durchaus gewachsen glaubt. Er ist entschlossen, seine Rückkehr in die Heimat als Vertrauensvorschuß zu sehen, den man nur einlösen darf mit den besten Absichten; in Husum kann Storm an das sattsam Bekannte anschließen, das über Zeit und Jahre hinweg seine Eigenständigkeit bewahrt hat und nun noch einmal neu zu entdecken ist. Dabei setzt es Überraschungen, die sich aus Mutmaßungen ergeben oder, mehr noch, vom scheinbar Vergessenen ausgehen, das wieder zum Vorschein kommt und an dem man noch immer hängt: Erinnerungen an Kinderglück und versunkene schöne Tage, Stimmungen, die wie eh und je mit dem Wind vom Meer herüberwehen: »Am grauen Strand, am grauen Meer / Und seitab liegt die Stadt; / Der Nebel drückt die Dächer schwer, / Und durch die Stille braust das Meer / Eintönig um die Stadt. / – Es rauscht kein Wald, es schlägt im Ma / Kein Vogel ohne Unterlaß; / Die Wandergans mit hartem Schrei / Nur fliegt in Herbstesnacht vorbei, / Am Strande weht das Gras. / – Doch hängt mein ganzes Herz an dir, / Du graue Stadt am Meer; / Der Jugend Zauber für und für / Ruht lächelnd doch auf dir, auf dir, / Du graue Stadt am Meer.«

Storm, der angehende Dichter, hat gute Vorsätze: Natürlich weiß er, daß Husum alles andere als eine Weltstadt ist;

wer hier lebt, hat es mit beengten Verhältnissen zu tun, die zudem von politischen Spannungen bestimmt werden. Weite geht nur vom Meer aus, das sich unter einem farblosen Horizont erstreckt und die Gedanken auf sich zieht. Storm versteht seine Heimkehr als einen Karrierestart, der sich am Vergangenen orientiert; große Pläne können verwirklicht werden, wenn man sich seiner Herkunft bewußt bleibt, die nicht nur Rückhalt gibt, sondern auch praktische Vorteile zu bieten hat. Für Storm heißt dies, daß er sich als Rechtsanwaltssohn und Enkel eines Senators in Husum kaum Sorgen um sein berufliches Fortkommen machen muß; er kann als Advokat in der Kanzlei seines Vaters beginnen und alle Vorteile wahrnehmen, die sich aus dem gemachten Nest ergaben. Im Februar 1843 eröffnet er seine eigene Advokatur. Den ersten Fällen widmet er sich betont eifrig; er hat das Gefühl, auch als Jurist Bedeutendes leisten zu können. Als Dichter dagegen kommt er nicht recht voran; seine lyrischen Produktionen stagnieren, was er vergleichsweise gelassen zur Kenntnis nimmt und nicht mit der beruflichen Beanspruchung, der er sich ausgesetzt sieht, entschuldigen möchte. Storm ist zufrieden; er glaubt eine gute Zeit vor sich zu haben, die, auch was seine Poesie angeht, letztendlich zu bemerkenswerten Ergebnissen führen wird. Über Unzulänglichkeiten sieht er hinweg; er deutet sie an, beschränkt sich aber ansonsten auf die individuelle Großwetterlage, die, seinen Mutmaßungen zufolge, ein lange anhaltendes Hoch für ihn bereithält. Am 6. März 1843 schreibt er in einem Brief an seinen Studienfreund Mommsen: »Mir selbst geht es in vieler Hinsicht gut, ich lebe in angenehmen Verhältnissen zu meiner Familie, bekomme nach und nach

Praxis, mehrere meiner öffentlichen Plädoyers sind von urteilsfähigen Praktikern sehr belobt, meine schriftlichen Arbeiten findet mein Papa nicht selten ganz vortrefflich, kurz, in dieser Beziehung fehlt mir nichts; aber mir fehlen Freunde; ich habe hier keinen, der mir einigermaßen näherstände; die jüngeren Leute sind zu verschieden von mir (...).«

Storm ist kämpferisch genug, gegen die beklagte Einsamkeit anzugehen. Er nimmt sich des nicht gerade regen Husumer Kulturlebens an, dem er im Stile eines wendigen Impresarios multifunktionelle Züge verleiht: Er organisiert Lesungen und Theateraufführungen, arrangiert Tanzvergnügen und Maskeraden, und er gründet, auf dem vorläufigen Höhepunkt seiner kulturellen Umtriebigkeit, den Husumer Singverein, dem er als Tenor, Direktor und Dirigent vorsteht. Storm ist, bei allem, was er tut, nicht ohne Ehrgeiz; ja eine gewisse Verbissenheit zeichnet ihn aus, die ihm auch im späteren Leben, besonders dann, wenn er sich als Lyriker schlecht behandelt glaubt, zu schaffen macht. Er schätzt die Anstrengung im Dienste der Sache und duldet keine Halbherzigkeiten, die seinen ästhetischen Idealen zuwiderlaufen; das gilt auch für die Musik, der er, obwohl selber nur als gehobener Dilettant tätig, eine besondere Expressivität zugesteht. Der Singverein, das ist Storms Credo, soll keinen Frohsinn verbreiten, sondern durch Leistungen überzeugen; so wirkt er denn als gestrenger Leiter, dem eine gewisse Humorlosigkeit eignet, wie sich ein ehemaliges Mitglied erinnert: »Er dirigierte mit Feuer und Flamme. Bei den Übungen konnte er sehr heftig werden. Hauptsächlich seine Schwester Helene, die ihn in der Leitung unterstützte, wurde oft vor den Damen und Herren gescholten. Wenn nicht zu seiner Zufriedenheit gesungen wurde, so zog er die Stirn in düstere Falten, und dann zitterten wir. War der letzte Ton verhallt, so schloß Storm stumm das Klavier, fuhr eilig in seinen Mantel und stürmte hinaus. Die verblüfften Sänger, die noch Tee trinken und Konfekt essen, vielleicht auch noch tanzen wollten, verschworen sich, nicht wiederzukommen. Zur nächsten Singübung jedoch fanden sich alle wieder zusammen (...).«

Das angestrengte Bemühen, in der Husumer Gesellschaft Fuß zu fassen, bleibt nicht ohne Erfolg: Storm gibt sich, wenn er nicht gerade dem Singverein musikalische Manieren beibringt, durchaus leutselig. Er glaubt mit der Damenwelt auf gutem Fuße zu stehen, und bei manchen Gelegenheiten, so seine briefliche Mitteilung, »mußte ich mir sogar wie der hiesige Hahn im Korbe vorkommen«. Die Husumer Advokaten-Existenz lässt sich gut an; es ist ein behagliches Leben, das Storm, fast gänzlich befreit von lästigen Sorgen, führen darf. Da er die Amtsgeschäfte nach einer gewissen Zeit routiniert und mit gebremstem Engagement erledigt, kann er sich wieder mehr seinen literarischen Versuchen zuwenden; sein Schlüsselwort wird nun »das poetische Erlebnis«, dem er erkenntnisleitende Funktion für die Lyrik zuspricht. Der poetologische Ansatz, den Storm entwickelt, setzt hoch an; er zielt auf einen verdichteten Wahrheitsbegriff, der vom Besonderen ausgeht, um zum Allgemeinen aufzusteigen. Zugleich soll der individuelle Ereignischarakter des Erlebens erhalten bleiben; ihm nähert sich der Zuhörer und Leser sozusagen auf Zehenspitzen: Eine unachtsame Bewegung der Sprache, ein falsches Wort, und das Gedicht fällt auseinander und wird zur profanen, gelegentlich auch unfreiwillig komischen Mitteilung. Storm selbst entspricht dem lyrischen Anspruch, den er in Husum zu begründen sucht, eher selten, was an den programmatischen Vorgaben jedoch nichts ändert: »Jedes lyrische Gedicht soll Gelegenheitsgedicht im höheren Sinne sein; aber die Kunst des Poeten muß es zum Allgemeingültigen erheben. (...) Bei einem lyrischen Gedicht muß nicht allein, wie im übrigen in der Poesie, das *Leben*, nein, es muß geradezu das *Erlebnis* das Fundament desselben bilden (...), welches bei dem empfänglichen Leser reproduziert wird. (...) Die besten lyrischen Gedichte sind (...) immer unmittelbar aus der vom Leben gegebenen Situation heraus geschrieben worden. (...) Meine Ansicht vom Lyrischen (...), daß eine Menschenseele ihr Innerstes rein und voll ausspricht, das verlange auch ich nur (...): die Menschenseele soll, wenn sie das tut, nicht sein, wie sie heut oder morgen, sondern wie sie in den höchsten oder tiefsten Momenten des Menschenlebens ist. (...) In der Formgebung besteht die Kunst; aber die Form muß sehr tief gefaßt werden. (...) Für schöne lyrische Form ist das Koinzidieren von Inhalt und Wortklang absolut notwendig; der geistige Inhalt, und nur dieser muß in den Worten klingen (...).«

In seinem Bemühen, der poetischen Erlebnisstruktur des Daseins durch eine feinziselierte Synthese von Form und Inhalt zu entsprechen, ist Storm, der von seiner Lyrik nur die beste Meinung hegt, nicht immer Glück beschieden; gelegentlich rutschen ihm die Verse ins Gravitätische ab oder tragen gar zur unerwarteten Erheiterung bei. Als im Spätsommer 1845 der dänische König, dem seit 1773 auch die Regentschaft über Schleswig-Holstein obliegt, in Husum Station macht, wird ihm eine Auftragsarbeit Storms, ein Lied für zwölf Sängerinnen, die Nordseenixen darstellen sollen, zu Gehör gebracht: Der Auftritt mißlingt völlig, was wohl am Chor liegt, der nicht in Bestform agiert, aber auch mit dem Lied selbst zu tun hat, das einsetzt mit den Zeilen: »Heil dir, heil dir, hoher König! / Nimm den Gruß der Meereswogen / Dir entgegen silbertönig / Sind wir rauschend hergezogen. (...)« Das Ende der Aufführung erlebt Storm, der Direktor des Singvereins, nur noch aus sicherer Entfernung; er hat bereits nach der zweiten Strophe die Flucht ergriffen. Abgesehen von diesem Fehlschlag, der im Grunde vorauszusehen war – der Dichter hat die »Lobpreisung« des Königs zuvor schon als »peinlich« bezeichnet –, verlaufen Storms Husumer Jahre in ruhigen und mäßig erfolgreichen Bahnen. Er wird zu einer festen Größe; man kennt ihn, findet ihn zuweilen ein wenig wunderlich, hält aber auch große Stücke auf seine Verläßlichkeit. Storm absolviert lange Spaziergänge am Meer; er inspiziert das Husumer Hinterland mit den Augen eines Poeten, der auf sein tägliches Erlebnis wartet, das zum Gedicht werden soll. Dabei wird ihm mehr und mehr klar, daß auch die Stille ihren lyrischen Reiz hat: In ihr ist aufgehoben, was sich dem vordergründigen Bedenken entzieht, natürliche Gewißheiten etwa, das Gleichmaß der Dinge, Wehmut und Einsamkeit oder ein Sterbenswörtchen, das die Geheimnisse des Lebens mit jener Friedhofsruhe zusammendenkt, die alle Kreaturen mit ihrem Schatten belegt. Der wahre Dichter, das wird Storms Überzeugung, darf auch im Verborgenen wirken; es muß ihm gestattet sein, sich am Idyll zu bewähren und den »Klang der aufgeregten Zeit« großzügig zu überhören: »Es ist so still; die

Heide liegt / Im warmen Mittagssonnenstrahle, / Ein rosenroter Schimmer fliegt / Um ihre alten Gräbermale; / die Kräuter blühn; der Heideduft / Steigt in die blaue Sommerluft. / – Laufkäfer hasten durchs Gesträuch / In ihren goldnen Panzerröckchen, / Die Bienen hängen Zweig um Zweig / Sich an der Edelheide Glöckchen, / Die Vögel schwirren aus dem Kraut – / Die Luft ist voller Lerchenlaut. /– Ein halbverfallen niedrig Haus / Steht einsam hier und sonnbeschienen / Der Kätner lehnt zur Tür hinaus, / Behaglich blinzelnd nach den Bienen; / Sein Junge auf dem Stein davor / Schnitzt Pfeifen sich aus Kälberrohr. / – Kaum zittert durch die Mittagsruh / Ein Schlag der Dorfuhr, der entfernten; / Dem Alten fällt die Wimper zu, / Er träumt von seinen Honigernten. / – Kein Klang der aufgeregten Zeit / Drang noch in diese Einsamkeit.«

Um die heimatliche Behaglichkeit auszuhalten, muß ihr Storm Eigenes entgegensetzen. Es genügt ihm nicht, den ambitionierten Hansdampf im Husumer Kulturleben zu spielen, er hat Höheres im Sinn. Zwar bekennt er sich zu seinem »Winkeldasein« als »Dichter in der Provinz«, wie er in einem der für ihn seltenen Anflüge von Selbstironie einmal bemerkte, aber er ist mittlerweile doch so von seinen literarischen Möglichkeiten überzeugt, daß er auf Zuspruch von außen hofft. Storm führt eine umfangreiche Korrespondenz, die ihm das Tor zur Welt offenhält, von der er ansonsten behauptet, daß sie ihn nicht mehr angehen könne als jeden anderen ehrlichen Bürger auch; briefliches Lob, das ihn erreicht, nimmt er in der Regel hocherfreut zur Kenntnis. Ein Tag, an dem ihm der Werdegang zum großen Dichter vorausgesagt wird, ist ein guter Tag. Doch plagen ihn auch wiederkehrende Einsamkeitsmomente, in denen seine Umtriebigkeit gänzlich ins Leere läuft und die Beschaulichkeit des Nordseepanoramas fast wie eine Drohung auf ihn wirkt. In einem Brief an Mommsen beklagt er sich: »Ich entbehre hier alles, den Freund und die Geliebte; ich verfalle noch gegen meine Natur in Langeweile. (…) Ach, es ist mir hier so wunderlich öde unter meinem Fenster, wie vermiß ich da das leichtsinnige Kieler Straßengewimmel, es ist hier so still, und ich versichre Sie, obgleich mein Fenster nicht hoch genug liegt, um sie zu sehen, man fühlt sie ordentlich, die große, wüste, menschenfeindliche Nordsee; ich bin's gar nicht mehr gewohnt; es wird mir ganz unheimlich, wenn mir jeden Abend und jede Nacht die Fenster Stoß auf Stoß im harten Nordwest klirren. Könnten Sie an solchem Abend doch den gegenüberstehenden Lehnstuhl einnehmen (…), kommen Sie, Sie müssen mich auch in meiner Familie kennenlernen. – Schreiben Sie mir doch (…), Sie wissen gar nicht, was einem in Husum die Briefe wert sind.«

Im Januar 1844 verlegt sich Storm von der Einsamkeit auf die Zweisamkeit: Zur Überraschung aller Anverwandten verlobt er sich mit seiner Cousine Constanze Esmarch, die aus Segeberg stammt und zu einem längeren Besuch in Husum weilt. Storms Vater, der seinen ältesten Sohn für launisch hält und Eheschließungen im Dunstkreis des Familienverbundes ohnehin nicht gutheißt, opponiert gegen die Beziehung; er legt den Verlobten eine vorübergehende Trennung nahe und erklärt, daß er der Heirat erst nach Ablauf einer zweijährigen Wartefrist zustimmen könne. Storm zeigt sich über die väterliche Hinhaltetaktik nicht übertrieben betrübt; es scheint ihm fast recht zu sein, daß er die

Freundin aus der Distanz mit seiner geballten Zuneigung traktieren darf. Constanze dient ihm als Verehrungsobjekt, dem er huldigen kann, ohne um die Einlösung seiner Gefühle Sorge tragen zu müssen. Die Liebe, die bislang gefehlt hat, ist nun dingfest gemacht und bedarf der besitzerhaltenden Pflege, was für den Dichter Storm bedeutet, daß er ihr geradezu unerbittlich mit den Mitteln der Poesie zu Leibe rückt. Er schreibt Liebesbriefe, die emotionsüberladen sind und zugleich seltsam zwiespältig bleiben; den Minnedienst, den er betreibt, würzt er mit nörgelnden Randbemerkungen, aus denen eher der Jurist spricht, dem es um Glücksabsicherung geht, als ein sehnsüchtiger Bräutigam im Wartestand. Storm lobt die Liebe, aber er ist nicht bereit, ihr bedingungslos entgegenzukommen. Constanze, von der er gern im großangelegten Bekennerschreiben schwärmt, rundet das Stilleben ab, dem er sich eingehaust hat; in der Aufzählung stimmungsvoller Annehmlichkeiten rangiert die Verlobte allerdings an letzter oder vorletzter Stelle: »Der Abend war so schön, o so schön, wie ich diesen Sommer noch keinen erlebt; es rührte sich kein Grashalm. Die Marsch hat dann so etwas Feierliches (...). Am Außendeich blitzten die Wasserpfützen wie Silber in dem dunklen Vorlande. Ich ging ziemlich sprachlos neben meinem Begleiter, ich war wohl stumm wie die Natur um mich her, aber nicht ruhig (...). Auf dem Rückwege von Simonsberg sehnte ich mich heute so sehr nach Dir, da ging's mir reimweise von den Ohren: ›Wär mir das Leben leicht und schön und säh mich an mit Liebesaugen so –‹; ja, mein süßes liebes Kind, die Nachsätze waren so überschwenglich reich und vielfach lieblich, daß ich sie nicht in Verse fassen konnte; aber die Gegensätze drängten sich mir desto lebhafter auf, als ich so ohne Dich durch den schönen Abend ging (...). Ich habe ja außerdem gar keine Ursache zu verzagen, die Trennung von Dir macht mich nur mitunter etwas mehr als billig trostlos. – Ich konnte auch gleich darauf hingehn und in der Hohlen Gasse kalten Reis mit Himbeeressig essen (...). Und jetzt ist mein Fußbad bereit, was ich mit Muße benutzen werde (...).«

Storm heiratet Constanze Esmarch am 15. September 1846. Sein behagliches Leben setzt er nun mit weiblichem Beistand fort, dem er einiges zumutet; er leistet sich eine Geliebte – nicht irgendeine Frau, sondern die Tochter des Husumer Senators Jensen –, was für willkommenen Gesprächsstoff bei den Klatschbasen der Stadt sorgt. Während Constanze für Storm als »das liebe Kind« figuriert, dem eine fast väterliche Zuneigung gilt, erklärt er Dorothea Jensen zur »erschütterndsten Leidenschaft« seines Lebens. Ihr widmet er eine Vielzahl von Liebesgedichten, in denen existentielle Gemütlichkeit von rauschhaften Emotionen in Frage gestellt wird, was indes, zumindest nach außen hin, poetische Theorie bleibt: Storm ist nicht bereit, den gerade bezogenen Ehehort wieder aufzugeben. Dorothea Jensen verläßt Husum; pikanterweise jedoch wird sie achtzehn Jahre später, nach dem Tode Constanzes, die zweite Frau Storm.

Storm hat die Husumer Idylle nicht zum Modellfall erhoben, aus dem etwa ein Korrektiv zur Hektik urbaner Regellosigkeit zu beziehen wäre. Moderne Nöte, die ja nicht nur wirtschaftlicher Natur sind, sondern den Seelenschmerz des Individuums kennen, gibt es schließlich auch in der Provinz, wo man ihnen allerdings nicht allzuviel Bedeutung zumessen will; hier setzt man noch auf das verschwiegene Ausharren, auf eine bewährte, in Jahrhunderten genügsam gemachte Gelassenheit. Der Advokat als Dichter, der sich den Zwängen des Alltagsgeschäfts unterwirft, lebt vor, daß die Poesie eines Besseren belehren will. Als ihr Glanz nachläßt, versetzt er sich in den Stand der Erinnerung, der Milde walten läßt, gerade wenn ein Mensch in die Jahre gekommen ist: Die Reminiszenzen nämlich sind, im Rahmen ihrer Möglichkeiten, frei; sie dürfen sich der Wahrheit entziehen und können sogar, auch dies letztlich ein Privileg, ihr Gefühl für die Zeit verlieren: »Ich war wieder in der kleinen Küstenstadt, in der ich einst die Tage meiner Jugend lebte. Weit dahinter lag jene Zeit, unabsehbar weit; denn es gibt Gräber, über die hinweg der Blick in die Vergangenheit unmöglich wird. Dennoch hatte es mich dahin zurückgezogen; in allen Jahren, die ich in der Fremde lebte, war immer wieder das Brausen des heimatlichen Meeres an mein inneres Ohr gedrungen, und oft war ich von Sehnsucht ergriffen worden, wie nach dem Wiegenliede, womit einst die Mutter das Tosen der Welt von ihrem Kinde ferngehalten hatte. – Nun hörte ich es wieder, das Wiegenlied des Meeres; am Tage wanderte ich hinaus an seine Küste und ließ die Wellen zu meinen Füßen rauschen, des Nachts klang es hinüber in die schlafende Stadt, nur unterbrochen von dem tönenden Flug der Wandervögel, die in großen Zügen unsichtbar unter den Sternen dahinrauschten. Wie oft stand ich jetzt im Dunkel meines Gartens, blickte hinauf zu der lichten Sternenhöhe und ließ mein Ohr von diesen Akkorden des Schöpfungsliedes erfüllen! (...) Ich lese die Inschriften der Leichensteine:

›Du warst, wirst sein, wirst nie vergehen, nie Todesraub.‹ (…) Das übrige bedeckt die Erde. – Es ist sehr einsam hier; – (…) – O meine Muse, war das der Weg, den du mich führen wolltest? Die sommerlichen Heiden, deren heilige Einsamkeit ich sonst an deiner Hand durchstreifte, bis durch den braunen Abendduft die Sterne schienen, sind sie denn alle, alle abgeblüht? – Es ist ein melancholisches Lied, das Lied von der Heimkehr.«

## *Des Tages leise Ahnung*
### Keller und das Didaktische im Poetischen

*Gottfried Keller,*
*geb. am 19. Juli 1819 in Zürich,*
*gest. am 15. Juli 1890 ebenda*

Er hat sich lange suchen müssen, und als er dann fündig wurde, war es kein rauschendes Fest, sondern ein Konzentrat der Tagesarbeit, zu der er sich immer wieder neu anhalten mußte. Der Dichter Gottfried Keller stammt aus kleinen Verhältnissen, sein Vater ist Handwerker, der sich – anders als Kellers Mutter, die allenfalls in der Ökonomie der Haushaltsführung Phantasie entwickelt – bildungsinteressiert zeigt und über die eigenen Standesgrenzen hinauszuschauen vermag. Allerdings stirbt er, als Gottfried fünf Jahre alt ist, was dieser jedoch erst später als Unglück zu begreifen lernt. Auch seinen eigenen Werdegang sieht Keller wie etwas Handwerkliches: Man muß etwas tun; alles, fast alles im Leben ist Arbeit, sogar das eigene Ich, dem er Ehrlichkeit im Umgang mit sich selbst empfiehlt: »(...) eine Richtung in mir, welche tief in meiner Natur begründet ist, wie in derjenigen jedes ordentlichen Menschen, besteht darin, daß man jeden Augenblick sich selbst klaren Wein einschenken soll, nie und in keiner Weise sich einen blauen Dunst vormachen, sondern das Unzulängliche und Fratzenhafte, das Schwache und Schlimme sich und andern offen eingestehen.« Ein solcher Vorsatz ist löblich, läßt sich aber nicht immer durchhalten, besonders dann nicht, wenn die eigene, willkürlich angeworfene Vernünftigkeit von Gefühlen in die Enge getrieben wird, die sich nicht abweisen lassen. Das ist beim jungen Keller immer dann der Fall, wenn die verspätete Trauer um den Vater einsetzt; dann »(...) kann [ich] mich nicht enthalten, so sehr ich die Torheit einsehe, oft Luftschlösser zu bauen und zu berechnen, wie es mit mir gekommen wäre, wenn mein Vater gelebt hätte, und wie mir die Welt in ihrer Kraftfülle von frühester Jugend an zugänglich gewesen wäre (...). So aber muß ich mich darauf beschränken, je mehr ich zum Manne werde und meinem Schicksal entgegenschreite, mich zusammenzufassen und in der Tiefe meiner Seele still zu bedenken: Wie würde *er* nun an deiner Stelle handeln oder was würde er von deinem Tun urteilen, wenn er lebte?«

Nachdem der Vater gestorben ist, verläuft Kellers Kindheit nicht gerade freudvoll: Die Mutter, ohnehin zur Strenge neigend, hat genug mit sich selbst zu tun und wird zudem von ihrem ersten Gesellen umworben, der auch im Ehebett die Nachfolge seines früheren Chefs antreten möchte. Der Plan geht auf, eine zweite Ehe wird geschlossen, die sich aber als unglücklich erweist und schon nach zwei Jahren geschieden wird. Kellers Mutter wird dadurch nicht fröhlicher, ihr Sohn bleibt weitgehend auf sich gestellt. Anregungen findet er vorwiegend außer Haus: Er muß feststellen, daß es scheinbar überall interessanter zugeht als bei ihm daheim. Das ändert sich, als die Mutter das Trödlerehepaar Hotz bei sich zur Miete aufnimmt. Anna Hotz ist eine erzähl- und sammelfreudige Frau, die dem Knaben Gottfried mächtig imponiert. In seinem umfangreichen Roman *Der grüne Heinrich* läßt er sie als »Frau Margret« auftreten, die ihm eine bestaunenswerte Welt aus Märchen und Geschichten vorführt. »Frau Margret wurde bei der Einfachheit und Nüchternheit meiner Mutter für mich das, was (...) sonst sagenreiche Großmütter und Ammen für stoffbedürftige Kinder sind (...). Ich weiß nicht, wie es kam, daß ich mich plötzlich am Tage oft in dem kurzweiligen Gewölbe mitten unter den Geschäftigen und am Abend zu Füßen der Frau sitzen fand, welche mich in große Gunst genommen hatte. Ich zeichnete mich durch meine große Aufmerksamkeit aus, wenn die wunderbarsten Dinge von der Welt zur Sprache kamen (...).« Nicht alles indes, was die Frau Margret erzählt, ist märchenhaft, sie kann auch sehr realistisch sein. Dann hätte ihr jugendlicher Zuhörer eigentlich weghören müssen, was er aber nicht tut, im Gegenteil: »Wenn der Stoff auch nicht so rein und zierlich unbefangen war (...) und nicht für eine so unschuldige kindliche Moral berechnet, so enthielt er nichtsdestoweniger immer eine menschliche Wahrheit und machte (...) meine Einbildungskraft freilich etwas frühreif und für starke Eindrücke empfänglich, etwa wie die Kinder des Volkes früh an die kräftigen Getränke der Erwachsenen gewöhnt werden, ohne zu verderben. Denn was ich hörte, beschränkte sich nicht allein auf diese übersinnliche Fabelwelt, sondern die Leute besprachen auch auf die leidenschaftlichste Weise ihre eigenen und fremden Schicksale, und hauptsächlich das lange Leben der Frau Margret und ihres Mannes war reich an ernsten und heitern Geschichten, an Beispielen der Gerechtigkeit und Ungerechtigkeit, der Gefahr, Not, Verwicklung und Befreiung; Hunger, Krieg, Aufruhr und Pestilenz hatten sie gesehen; jedoch ihr eigenes Verhältnis zueinander war so sonderbar von Leidenschaften bewegt, und es traten so ursprünglich dämonische Gewalten der Menschennatur darin zu Tage, daß ich mit kindlich erstauntem Auge in die wilde Flamme sah und für ein späteres Verständnis schon tiefe Eindrücke empfing.«

Von Anna Hotz bekommt der junge Keller vorgeführt, daß Literatur, die etwas zu sagen hat, erzähltes Leben sein sollte. Er hat daraus seine Schlüsse gezogen, allerdings erst später, als er seinem Werdegang, der lange Zeit seltsam unentschieden blieb, eine ihm gemäße Richtung gab. Zuvor weiß Keller nicht so recht, woran er ist, nicht mit sich und nicht mit dem Leben, dessen Möglichkeiten er nur vom Hörensagen kennt oder als anderweitig vergeben ansieht. Da er zudem früh an die »kräftigen Getränke der Erwachsenen« gerät, die ihm weniger guttun, als er meint, hat er deftige Gefühlsschwankungen zu durchstehen: Phasen der Euphorie werden von Depressionen abgelöst, aus denen er sich nur mühsam wieder freimachen kann. Wenn es um Wein, Weib und Gesang geht, spricht er am liebsten dem ersteren zu; mit den Frauen hat er Probleme, er ist »zu klein geraten«, fühlt sich der Liebe buchstäblich nicht gewachsen. So trinkt er denn lieber einen über den Durst und wird im Wirtshaus, wenn er zu tief ins Glas geschaut hat, schon mal ausfällig, so daß man ihn vor die Tür setzt. Was seine Berufspläne angeht, will Keller, den seine Mutter lange finanziell unterstützt, Maler werden; er studiert in München und Heidelberg, wo er zwar feststellen muß, daß es zur großen Malerkunst nicht ganz reicht, dafür aber mit dem Philosophen Ludwig Feuerbach einen Mann kennenlernt, der ihm zum inspirativen Ordnungsfaktor wird. Feuerbach hält in Heidelberg außerplanmäßige Vorlesungen über Religionsphilosophie, die für Keller, der sich ein Schlüsselerlebnis dieser Art schon lange gewünscht hat, zur vorübergehenden Offenbarung werden. Im *Grünen Heinrich* heißt es dazu: »Auf Heinrich (...) wirkte schon die erste Stunde so, daß er alle (...) seine Verhältnisse vergaß und allein gespannt war auf die zuströmende Erfahrung. (...) Er versäumte nun keine Stunde in dem Hörsaal und nahm begierig ein neues Ganzes in sich auf, welches er vom Anfang bis zum Ende verstand und übersehen konnte. Wie ein Alp fiel es ihm vom Herzen, daß er nun doch noch etwas zu wissen anfing; im gleichen Augenblick bereute er auch nicht mehr die gewaltsame und lange Unterbrechung des Lernens, da dasselbe dem Stillen des leiblichen Hungers gleicht: sobald der Mensch zu essen hat, empfindet er nichts mehr von der Pein und der Ungeduld des Hungers. Das Glück des Wissens gehört auch dadurch zum wahren Glücke, daß es einfach und rückhaltlos und, ob es früh oder spät eintrete, immer ganz das ist, was es sein kann, ohne Reue über das Versäumte zu erwecken.« Keller versteht Feuerbachs Philosophie als Aufforderung zum kritischen Denken, das sich nicht nur auf gesellschaftliche Zustände, sondern auch auf das Seelenleben des Menschen richtet. Sogar Gott, lange Zeit als unantastbar geltend, gerät auf den Prüfstand: »Ich werde tabula rasa machen (oder es ist vielmehr schon geschehen) mit allen meinen bisherigen religiösen Vorstellungen, bis ich auf dem Feuerbachschen Niveau bin. Die Welt ist eine Republik, sagt er, und erträgt weder einen absoluten noch einen konstitutionellen Gott (Rationalisten). Ich kann einstweilen diesem Aufruf nicht widerstehen. Mein Gott war längst nur eine Art von Präsident oder erstem Konsul, welcher nicht viel Ansehen genoß, ich mußte ihn absetzen.« Kellers abgesetztem Gott geht es nicht schlechter als vorher, er wird nur von zahlreichen Dienstverpflichtungen entbunden, für die man ihn bisher in Anspruch nahm: »Ruhe zieht das Leben an, Unruhe verscheucht es, Gott hält sich mäuschenstill, darum bewegt sich die Welt um ihn.« Um dem unruhigen Treiben auf Erden zu entkommen, muß sich Gott in die endgültige Abgehobenheit flüchten, wo er mit all dem nichts mehr zu tun hat, was jedoch weder für Verängstigung noch für Erleichterung sorgt; eigentlich bleibt alles, wie es war, nur daß die Sichtweise nun eine andere ist. Dem traditionellen Christenglauben hatte Keller ohnehin nicht viel abgewinnen können; das wird ihm in Heidelberg erst richtig klar. Er erlaubt sich dazu einige fast ketzerisch anmutende Worte: »Wenn Gott eine Welt geschaffen und mit denkenden Wesen bevölkert hätte, sich in einen undurchdringlichen Schleier gehüllt, das geschaffene Geschlecht aber in Elend und Sünde verkommen lassen, hierauf einzelnen Menschen auf außerordentliche und wunderbare Weise sich offenbart; auch einen Erlöser gesendet unter Umständen, welche nachher mit dem Verstande nicht mehr begriffen werden konnten, von dem Glauben daran aber die Rettung und Glückseligkeit aller Kreatur abhängig gemacht hätte, alles dieses nur, um das Vergnügen zu genießen, daß an ihn geglaubt würde, *Er*, der seiner doch ziemlich sicher sein dürfte: so würde diese ganze Prozedur eine gemachte Komödie sein, welche für mich dem Dasein Gottes, der Welt und meiner selbst alles Tröstliche und Erfreuliche benähme. Glaube! O wie unsäglich blöde klingt mich dieses Wort an!« Der alte Gott ist, wenn schon nicht tot, so doch im Ruhestand, aber irgendwie wird er doch noch benötigt, wobei er es sich gefallen lassen muß, der jeweiligen Zeit angepaßt zu werden, die ihn gerade kritisch beäugt. Ganz von Gott lassen mochte Keller nicht; er denkt ihn sich als gütige Instanz, die hilfsbereit ist, aber ein für allemal unerkannt bleiben will: »Gott ist ein großes, stilles Haus, / Das offen steht zu jeder Stunde / Kein Ton geht weder ein noch aus, / Und dunkel scheints in seinem Grunde. / Und willst du einen Namen rufen / In seine unermeßnen Hallen, / Dann wanken unter dir die Stufen / Und seine Tore niederfallen.«

Nachdem Keller, dank Feuerbach, zu Gott auf Distanz gegangen ist, fühlt er sich einem Leben zurückgegeben, das von seiner Seite aus noch gar nicht die Aufmerksamkeit bekommen hat, die es verdient. Das soll sich nun ändern: »Für mich ist die Hauptfrage die: Wird die Welt, wird das Leben prosaischer und gemeiner nach Feuerbach? Bis jetzt muß ich des bestimmtesten antworten: Nein! Im Gegenteil, es wird alles klarer, strenger, aber auch glühender und sinnlicher.« Das Fazit, das er aus seiner Heidelberger Zeit zieht, fällt optimistisch aus und beschränkt sich nicht auf die persönlichen Belange: »(...) ich bin fest überzeugt, daß kein Künstler mehr eine Zukunft hat, der nicht ganz und ausschließlich sterblicher Mensch sein will. Daher ist mir auch meine neuere Entwicklung und Feuerbach für meine dramatischen Pläne und Hoffnungen weit wichtiger geworden als für alle übrigen Beziehungen, weil ich deutlich fühle, daß ich die Menschennatur nun tiefer zu durchdringen und zu erfassen befähigt bin.«

Von 1850 bis 1855 lebt Keller in Berlin. Dort verkehrt er in

Literatenkreisen, schließt Freundschaften; die Zukunft hellt sich auf. Seine bekanntesten Arbeiten, *Der grüne Heinrich* und die Novellensammlung *Die Leute von Seldwyla,* werden in Angriff genommen. Nachdem er zuvor schon ein Werkstipendium erhalten hat, das eine willkommene Ergänzung zum monatlichen Wechsel der Mutter ist, widerfährt ihm Wundersames: Gottfried Keller wird Erster Staatsschreiber des Kantons Zürich, ein angesehenes, auch ein wenig kurioses Amt, das den unschätzbaren Vorteil bietet, mit einer ordentlichen Summe Geldes verbunden zu sein. Der Dichter und Maler a. D. Gottfried Keller ist damit bei sich selbst angekommen, was ihm auch von außen bestätigt wird: In der Schweiz gilt er alsbald als nationale Größe, in Deutschland schätzt man ihn als Autor, der sich in komplizierter werdenden Zeiten zu den einfachen Leuten bekennt und dabei, passenderweise, eine einfache Methode anwendet, nämlich »das Didaktische im Poetischen aufzulösen, wie Zucker oder Salz im Wasser«. Das gilt auch für Kellers Hauptwerk, den Entwicklungsroman *Der grüne Heinrich,* der seinem Autor so wichtig ist, daß er gleich zwei Fassungen davon erstellt (1853-55 und 1879-80). Er scheut sich nicht, in diesem Roman deutlich von sich selbst zu sprechen, überschreibt die eigene Jugendgeschichte und das Scheitern als Maler seinem Helden Heinrich Lee, der am Ende erkennt, daß es im Leben weniger auf großspurige Entwürfe und starren Selbstbezug ankommt, sondern auf »das scheinbar Unbedeutende und Unerhebliche, das Banale und Kommune, das Beiläufige und Geringfügige«, das »die eigentliche Struktur der menschlichen Wirklichkeit« darstellt. Auch als Lyriker ist Keller erfolgreich; er bevorzugt den schlichten

Ton, vom Handwerk geht es allenfalls zum Kunsthandwerk, nicht darüber hinaus. Seine Verse muten manchmal ein wenig gestelzt an, wenn sie große Botschaften zu tragen haben (»Wer über den Parteien sich wähnt mit stolzen Mienen,/ Der steht zumeist vielmehr beträchtlich unter ihnen«); sie sind anrührend, wenn es um den Widerschein des unmittelbar Wahrnehmbaren geht: »(...) Ich höre einen Flötenton,/ Den mir die Luft von Westen bringt,/Indes herauf im Osten schon/Des Tages leise Ahnung dringt. – (...) Doch wie im dunklen Erdental/Ein unergründlich Schweigen ruht,/ Ich fühle mich so leicht zumal/Und wie die Welt so still und gut./– Der letzte leise Schmerz und Spott/Verschwindet aus des Herzen Grund,/Es ist, als tät der alte Gott/Mir endlich seinen Namen kund.« Da hat sich ihm Gott denn doch noch einmal genähert, aber Keller macht sich darüber keine Gedanken mehr. Er ist mit sich im reinen, hat akzeptiert, daß er »ein kleiner dicker Kerl« ist, »der abends 9 Uhr ins Wirtshaus und um Mitternacht zu Bett geht als alter Junggeselle.« Mag ihm auch letztlich das große Glück verwehrt geblieben sein, so gibt es doch noch eine hauseigene Zufriedenheit, die man nicht geringschätzen sollte: »In meiner Wohnung leb' ich wie ein König, weiteste Aussicht und Wolken und Wetter ganze Heerscharen. Das Haus hat großes Ausgelände, Bäume, Wiesen, Linden, die mir dicht vor dem Fenster stehen (...). Ich schreibe am offenen Fenster, während der weite See im Mondschein schimmert, wenn's nämlich Vollmond ist. Aber auch wenn nur einzelne helle Sterne über dem See oder dem Gebirge stehen, ist es schön.«

## *Das Große spricht für sich selbst*
Fontane und die Gunst der späten Ankunft

*Theodor Fontane,*
*geb. am 30. Dezember 1819 in Neuruppin,*
*gest. am 20. September 1898 in Berlin*

Als dem damals bereits 56jährigen Schriftsteller Theodor Fontane im Januar 1876 der Posten eines Ersten Sekretärs der Berliner Akademie der Künste angetragen wird, scheint dies eine glückliche Fügung zu bedeuten. Im Herbst zuvor war der letzte Band von Fontanes Buch *Der Krieg gegen Frankreich 1870/71* herausgekommen, der, anders als sein 1871 erschienener Erlebnisbericht *Kriegsgefangen*, zu einem Mißerfolg wurde. Fontane, mittlerweile auch als Theaterkritiker für die renommierte *Vossische Zeitung* tätig, fehlten die festen Einnahmen, auf die besonders seine sicherheitsbedürftige Frau Emilie drängte. In dieser Situation kommt das Angebot, als Akademiesekretär tätig zu werden, wie gerufen; die Stelle ist gut bezahlt und mit der Aussicht auf den Titel eines Geheimrates verbunden. Fontane sagt zu, obwohl er Bedenken hat, für die Stelle geeignet zu sein. Seine Frau jedoch ist es zufrieden; endlich darf sie darauf hoffen, daß die mageren Jahre zu Ende sind. Diese Hoffnung trügt allerdings, denn Fontane, den man am 6. März 1876 in sein neues Amt eingeführt hat, findet seine Befürchtungen bestätigt: Mit den Aufgaben, die auf ihn warten, kann er nicht viel anfangen; zudem muß er auf zwei bewährte Beamte verzichten, die aus Krankheitsgründen für längere Zeit ausfallen. Fontane, dem die Ordnungsmechanismen einer Behörde gänzlich fremd sind, sieht sich vom Schlendrian eingeholt, der schon bald ein mittleres Chaos zur Folge hat. Ein Besucher, der den damaligen Ersten Sekretär der Akademie in seinen Amtsräumen aufsucht, erinnert sich: »Ich fand ihn eines Tages ratlos vor einem mächtigen Stoß von Aktenbündeln in einer Situation, die einer gewissen Komik nicht entbehrte. Er stand, einen roten Fez auf dem Haupte, sinnend vor einem langen Tisch, auf dessen Holzplatte er mit weißer Kreide eine größere Anzahl Kreise und Nummern gezeichnet hatte, in die er Aktenstücke bald hinein- bald wieder hinauslegte, anscheinend, um sie nach irgendeinem System zu ordnen.« Nicht nur die fehlende Ordnung ist es, die Fontane in seinem neuen Tätigkeitsfeld stört, sondern auch eine grundsätzliche Orientierungslosigkeit; seine Arbeit erscheint ihm ebenso geheimnisträchtig wie unnütz. Reibereien in der Akademie sorgen für zusätzliches Mißvergnügen: Fontanes Vorgesetzter, der Präsident und Geheime Baurat Hitzig, ein Mann, der bei passender Gelegenheit gern unpassende Worte gebraucht, gerät mit seinem Sekretär, der von Empfindsamkeiten nicht frei ist, einige Male aneinander. Der Dichter als Beamter, der sich in gemessenem Tempo auf seinen Lebensabend zubewegt: Diese Idylle läßt sich nicht halten, weil Fontane nicht bereit ist, auf seine Selbstachtung zu verzichten. Nach nicht einmal zweimonatiger Tätigkeit als Sekretär reicht er, unter Protest seiner Frau, die Demission ein, der ohne viel Aufhebens stattgegeben wird. Für das Gefühl, noch einmal davongekommen zu sein und einen neuen Anfang wagen zu können, muß Fontane, der den häuslichen Frieden schätzt, weil dieser ihm die erforderliche Arbeitsruhe verbürgt, einen längerwährenden Ehekrach in Kauf nehmen. An seine Vertraute Mathilde von Rohr schreibt er: »Ja, es ist so, man kann nicht gegen seine innerste Natur, und in jedes Menschen Herz gibt es ein Etwas, das sich, wo es mal Abneigung empfindet, weder beschwichtigen noch überwinden läßt. Ich hatte mich zu entscheiden, ob ich, um der äußeren Sicherheit willen, ein stumpfes, licht- und freudeloses Leben führen oder, die alte Unsicherheit bevorzugend, mir wenigstens die *Möglichkeit* heiterer Stunden zurückerobern wollte. Ich wählte das letztere, während meine Frau das erstere von mir forderte. Ich würde diese Forderung unendlich lieblos nennen müssen, wenn ich nicht annähme, sie hätte sich in ihrem Gemüt mit dem berühmten Alltagssatze beruhigt: Der Mensch gewöhnt sich an alles. Dieser Satz ist falsch. Ich bin so unsentimental wie möglich, aber es ist ganz gewißlich wahr, daß zahllosen Menschen, alten und jungen, das Herz vor Gram, Sehnsucht und Kränkung bricht. Jeder Tag führt den Beweis, daß sich der Mensch *nicht* an alles gewöhnt. Auch *ich* würde es nicht gekonnt haben (...). In allen Lebensstellungen, in denen ich bisher war, auch in denen, die mich nur halb befriedigten, hatte ich immer das Gefühl, innerhalb meines kleinen Kreises etwas zu sein und zu bedeuten. Von Jugend auf bin ich daran gewöhnt, als etwas nicht ganz Alltägliches angesehen zu werden. Dieses süßen Gefühls sollte ich plötzlich entbehren, auch mit *gutem Grund* entbehren, da alle meine Begabung nicht zu brauchen und alles, was gebraucht wurde, wiederum nicht im Bereiche meiner Begabung war. Ich konnte das Peinliche, das mir daraus erwuchs, nicht auf die Dauer hinnehmen. Wer das Eitelkeit oder Hochmut nennen will, der tu es. Ich beneide solchen Jammerprinzen nicht um seine Demut.«

Fontanes Entscheidung für die freie Schriftstellerexistenz ist, wie er zugibt, auch von Eitelkeit bestimmt; einen Dichter hält man in der Regel für interessanter als »den gewöhnlichen Sterblichen« und behandelt ihn entsprechend respektvoll. Zurückversetzt in die Freiheit, nimmt er die Arbeit an seinem Roman *Vor dem Sturm* wieder auf, dessen Konzept ihn über mehr als fünfzehn Jahre begleitet hat. Nun wird der Roman zur Freude seines Alltags: »Bei Tage sitz' ich an meinem Schreibtisch, fleißig bei der Arbeit, am Abend bin ich im Theater, oder lese oder mache einen 2stündigen Dauerlauf am Rande des Tiergartens. Ich bin aus allem Verkehr heraus und werde in diesem ganzen Winter weder eine Gesellschaft besuchen noch Freunde einladen. (...) Ja, der Roman! Er ist in dieser für mich trostlosen Zeit mein einziges Glück, meine einzige Erholung. In der Beschäftigung mit ihm vergesse ich, was mich drückt. Aber wenn er überhaupt noch zur Welt kommt, so werde ich, im Rückblick auf die Zeit, in der er entstand, sagen dürfen: ein Schmerzenskind. Er trägt aber keine Züge davon; er ist an vielen Stellen heiter und nirgends von der Misere angekränkelt. Dies letztere kann ich mit voller Bestimmtheit behaupten. (...) Ich empfinde im Arbeiten daran, daß ich *nur* Schriftsteller bin und nur in diesem schönen Beruf – mag der aufgeblasene Bildungs-Pöbel darüber lachen – mein Glück finden konnte.«

Fontane dankt ab, um neu anfangen zu können. Eine höhere Fügung scheint mit im Spiel zu sein, die nicht nur darauf aus ist, einen Dichter, der zum Beamten nicht taugt, der Literatur zurückzugeben, sondern auch zur Besinnung auf seine eigentlichen Möglichkeiten anzuhalten. Fontane ist gewillt, von seiner Freiheit Gebrauch zu machen; an Ideen und ehrbaren Vorhaben fehlt es ihm nicht – nun kommt es darauf an, sie in die literarische Tat umzusetzen. Um konzentriert arbeiten zu können, benötigt er, wenn die Finanzen schon nicht stimmten, den Rückhalt der Familie; Zwistigkeiten, über längere Zeit ausgetragen, beeinträchtigen seinen Seelenfrieden, den er, was das Schreiben angeht, mit einem funktionierenden Betriebsklima gleichsetzt. So sieht er sich gezwungen, Emilies Groll verstärkt zu Leibe zu rücken. Er wirbt um die Gunst seiner Frau, gibt Verständnis vor für ihren Unmut und versucht zugleich, seine eigene Situation so unprätentiös wie möglich darzustellen. Dieser mit diskretem Charme zu Werke gehende Einsatz an der Heimatfront bleibt nicht ohne Erfolg: Emilie gibt sich wieder zugänglicher, und schließlich deutet einiges darauf hin, daß Fontanes Wagnis, ein freier Schriftsteller zu sein, künftig auch von Haus aus, und sei es nur in den Bahnen geregelter familiärer Umgangsformen, mitgetragen wird. Am 30. November schreibt er Mathilde von Rohr: »In meinem Haus sieht es etwas besser aus; die Stimmung meiner Frau klärt sich auf, das Gewölk verzieht sich; ich habe so eine Vorahnung, daß, wenn nicht neue Schläge kommen, das Schlimmste überstanden ist. Sie trinkt, seit Anfang dieser Woche, Karlsbader, wovon ich mir, da der Trübsinn zu großem Teil eine Folge von Leberaffektionen ist, viel verspreche. Aber sie scheint sich endlich auch in ihrem Urteil anders zu dieser unglückseligen ›Secretair‹-Frage stellen zu wollen. Sie hört jetzt von den verschiedensten Seiten her, daß es, mit alleiniger Ausnahme des Gehalts, nicht bloß eine untergeordnete, unerquickliche Stellung sei, sondern daß man sich auch nicht im geringsten beflissen gezeigt hat, mir diese Unerquicklichkeiten minder fühlbar zu machen. *Dies konnte ich aber verlangen!* Einem jungen Assessor, der sich eben verheiraten möchte, oder einem armen Teufel mit vielen Kindern und wenig Brot kann man schließlich alles mögliche zumuten; ich war aber weder das eine noch das andre, sondern ein Mann, der aus einer freien, ihn vollkommen glücklich machenden Tätigkeit heraustrat, um nunmehr durch Übernahme eines leichten, ehrenhaften und gutdotierten Amtes bequemer und im Hinblick auf die Zukunft sorgloser leben zu können. Danach ist man mir aber nie begegnet. Ohne daß man unartig oder beleidigend gegen mich gewesen wäre, was ich mir einfach verbeten haben würde, hat man mich doch nie wie einen etablierten deutschen Schriftsteller, sondern immer wie einen ›matten Pilger‹ behandelt, der froh sein könne, schließlich untergekrochen zu sein.«

Sein Scheitern als Akademie-Sekretär, obwohl wortreich erläutert, empfindet Fontane als persönliche Niederlage, die er nicht verdient hat. Die Zweifel, die ihm nach Abschluß dieser Affäre bleiben, gelten nicht seinem beruflichen Seitensprung, sondern seiner Position als Autor: Vielleicht ist er ja gar nicht so bekannt, wie er denkt, und man hat den Sekretär Fontane nur so behandelt, wie es der Schriftsteller Fontane verdient. Er versucht, Stärke zu zeigen, indem er an seine innere Berufung appelliert: »Immer die unsinnige Vorstellung, daß das Mitwirtschaften in der großen, langweiligen und, soweit ich sie kennengelernt habe, total konfusen

Maschinerie, die sich Staat nennt, eine ungeheure Ehre sei. Das ›Frühlingslied‹ von Uhland oder eine Strophe von Paul Gerhard ist mehr wert als 3000 Ministerial-Reskripte. Nur die ungeheure Eitelkeit der Menschen, der kindische Hang nach Glanz und falscher Ehre, das brennende Verlangen, den alten Wrangel einladen zu dürfen oder eine Frau zu haben, die Brüsseler Spitzen an der Nachtjacke trägt, nur die ganze Summe dieser Miserabilitäten verschließt die modernen Herzen gegen die einfachsten Wahrheiten und macht sie gleichgültig gegen das, was allein ein echtes Glück verleiht: Friede und Freiheit. Je älter ich werde, je mehr empfinde ich den Wert dieser beiden; alles andere ist nichts; jedenfalls bin ich froh, meinen Kopf noch rechtzeitig aus dieser dreimal geknöpften Sekretär-Schlinge herausgezogen zu haben. Ich habe nun einen Strich darunter gemacht. Eh mich nicht die bittere Not dazu treibt, lass' ich mich, in kindischer Nachgiebigkeit und meiner eigensten Natur zum Trotz, auf solche Torheiten nicht weiter ein. Ich habe diese Kränkungen satt.«

Fontanes Bekenntnis zur Selbständigkeit des Schriftstellers bleibt zwiespältig. Er unterwirft sich dem Glück freien Schaffens und führt zugleich Klagen über die finanziellen Belastungen des Alltags, die sich auf die Laune legen. Was ihm fehlt, ist ein Erfolg, der seine Entscheidung für die freie Schriftstellerexistenz eindrucksvoll rechtfertigt. 1878 erscheint sein erster Roman *Vor dem Sturm*. Fontane ist inzwischen fast sechzig Jahre alt, ein in die Jahre gekommener Debütant, der nun jedoch in einem Tempo sein dichterisches Können vorführt, daß sogar seine Frau, die ihn lieber als Beamten oder Apotheker gesehen hätte, schließlich bewundernd resigniert.

An die 20 Romane und Erzählungen schreibt Fontane noch, darunter Meisterwerke wie *Effi Briest* (1895) und *Der Stechlin* (1897). Er erweist sich als unauffälliger Virtuose realistischer Beschreibungskunst; scheinbar unangestrengt, ja gemächlich entfaltet er sein Erzählen, das die Menschen, Zeitumstände und politischen Verhältnisse für sich selbst sprechen läßt. »Meine ganze Produktion ist Psychographie und Kritik, Dunkelschöpfung im Lichte zurechtgerückt«, notiert er und fügt hinzu: »Ich behandle das Kleine mit derselben Liebe wie das Große, weil ich den Unterschied zwischen klein und groß nicht recht gelten lasse; treff' ich aber wirklich mal auf Großes, so bin ich ganz kurz. Das Große spricht für sich selbst.«

Wenn die Zuversicht, zu der sich Fontane anhält, nicht recht greifen will, findet er Trost bei einem großen Weltverächter, dem Philosophen Schopenhauer, dessen Pessimismus, von dem zugleich eine merkwürdige Behaglichkeit ausgeht, ihm zusagt. Das Weltbild des Frankfurter Denkers ist Fontane durch den kauzigen Privatier und ehemaligen Ziegelei-Unternehmer Carl Ferdinand Wiesike nahegebracht worden, der im Havelland residiert, eine homöopathische Privatpraxis betreibt und an der Verbreitung der Schopenhauerschen Philosophie im Stile eines generösen Generalagenten mitwirkt. Wiesike, der gern Gäste um sich versammelt, die er mit erlesenen Weinen zu bewirten pflegte, hat Fontane im Jahre 1874 kennengelernt und einige Male auf sein Anwesen an der Havel eingeladen, wo das Gedenken an den Philosophen zumeist recht munter ausgetragen wurde: »Die Gänge wechselten, die Rheinweine lösten sich untereinander ab, und der silbernen Weinkühler auf dem Tische wurden immer mehr. Trinkspruch reihte sich an Trinkspruch. Der Sieg der Wahrheit, der ›Sieg der guten Sache‹ wurde proklamiert, alles unter der Fahne ›Similia similibus‹, und nachdem schließlich der Kaffee von allen Seiten her als das Hauptgift der Menschheit festgestellt worden war, schritt man dazu, ihn einzunehmen.« Schopenhauers Weltsicht paßt zu Fontanes Stimmungslage, die den schönen Schein als Wunschziel setzt, dem täglichen Treiben aber mit verhaltenem Groll gegenübersteht. Der Frankfurter Philosoph Schopenhauer hatte der Welt bewiesen, daß aus ihr nichts Gutes kommen konnte; dieser Meinung schließt sich der Berliner Dichter Fontane nur zu gern an. Wenn er sich umschaut, sieht er Anmaßung, Inkompetenz und Mittelmäßigkeit, die sich überall breitmachen. Den Mühen der Differenzierung, die schon Schopenhauer bei seinen Gesellschaftsanalysen gescheut hat, mag sich auch Fontane nicht weiter unterziehen; für ihn, der seine Arbeit weit unter Wert gewürdigt sieht, besteht die Öffentlichkeit aus einem nur beschränkt handlungsfähigen Ensemble von Karrieristen und unsensiblen Staatsdienern. Später, als es deutliche Anzeichen dafür gibt, daß man ihm die Anerkennung nicht länger versagen mag, nimmt er Abstand von der einen oder anderen schroffen Beurteilung; die Front der Ignoranten scheint zu bröckeln, und sogar in jenem Berufsstand, den Schriftsteller für den am wenigsten lernfähigen halten, bei den Kritikern, sind auf einmal »Männer mit Sachverstand« auszumachen, wie Fontane erfreut konstatiert. An Schopenhauers Philosophie hält er dennoch fest. Als Freund Wiesike 1880 stirbt, schreibt Fontane in seinem Nachruf: »Seinen Schopenhauer hatte er wohl zwanzigmal gelesen, bis zum Auswendigwissen ganzer

Kapitel, und war in jeder Faser seines Wesens von ihm durchdrungen. Und daß der Pessimismus nicht ruiniert, sondern unter Umständen auch eine fördernde, humanitäre Seite hat, dessen konnte man an dem alten Wiesike gewahr werden. Er hatte das Mitleid – nach Schopenhauer der Menschheit bestes Teil –, und es sind ihrer viele, die die Segnungen dieses Mitleids erfahren haben. Es mögen jetzt sieben Jahre her sein, daß ich den alten Herrn auf seiner anmutigen Besitzung kennenlernte. Seitdem sah ich ihn öfter, meist wenn ich abgearbeitet und elend war, und nie bin ich von ihm fortgegangen, ohne mich an seiner Havel, an seinem Wein und, um das Beste nicht zu vergessen, an ihm selber erholt zu haben. Er verstand zu beleben, zu trösten, ohne daß je ein Trosteswort über seine Lippen gekommen wäre (...). Ich kann seiner nicht ohne Dank und Rührung gedenken und zähle die mit ihm verplauderten Stunden zu den glücklichsten und bestangelegten meines Lebens.« Dank Schopenhauer glaubt Fontane zu wissen, warum es so ungerecht zugeht im Leben. Die philosophische Begründung dafür, eine eher lähmende Botschaft, ist vielseitig verwendbar, ohne daß sie dazu taugen würde, private Probleme zu lösen. Im besonderen den Mitleids-Gedanken, Schopenhauers universell gewendetes Umgangsprinzip für ein halbwegs geordnetes und entschärftes Dasein, weiß Fontane für sich zu nutzen; er bedauert die allgemeine Schlechtigkeit, und er hat Mitleid, vorzugsweise mit sich selbst. Die selbstverordnete Zufriedenheit, die sich daraus ergibt, erscheint mit der Zeit immer gefestigter: »Je besser man seine Pappenheimer kennenlernt, je mehr man sieht, wie dumm alles liegt, oft sogar innerhalb des Metiers, sicher aber, wenn es über das Metier hinausgeht – je mehr man sich mit dieser Erkenntnis durchdringt, je heiterer wird man. Aller Ärger fällt fort, und man resigniert sich dahin: ›Nach Lage der Sache geht es einem eigentlich noch sehr gut‹ (…).«

Als Schriftsteller mußte Fontane in die Freiheit entlassen werden, um sein Glück zu erzwingen. Der Lauf der Dinge, das weiß der versierte Schopenhauerianer, steht im Grunde fest, obwohl oder gerade weil es immer wieder Zumutungen und Überraschungen gibt, die das Gleichmaß des Geschehens unterlaufen: »Was unser Leben bestimmt, sind eben ›Zufälligkeiten‹, Ereignisse, deren Gesetz wir nicht klar erkennen. Aber wir ahnen dies Gesetz und fühlen in dem sich anscheinend zufällig Vollziehenden den Zusammenhang mit unserem Tun und Lassen heraus. Nicht immer, aber oft. Unser Gutes und unser Böses sind auch hier mittätig, und es besteht ein geheimnisvoller Zusammenhang zwischen unserer Schuld und dem, was wir ›unglücklichen Zufall‹ nennen (…). Zum Glück balanciert der Himmel alles, und die Blinden sehen mit ihren Fingerspitzen. Die Dinge beobachten, gilt mir beinah mehr, als sie besitzen, und so hat man schließlich seinen Glücks- und Freudeertrag wie anscheinend Bevorzugtere.«

Fontanes letzter Roman *Der Stechlin* ist ein Abgesang auf eine Zeit, die sich selbst überlebt hat, es aber nicht wahrhaben will. »(…) das alte Preußen mit König und Armee«, läßt er seinen Helden Dubslav von Stechlin sagen, »ist trotz all seiner (…) altmodischen Geschichten doch immer noch besser als das von neuestem Datum.« Die »Gesellschaft« hingegen, »und nun gar erst das, was sich im besonderen so nennt, ist aufgebaut auf dem Ich. Das ist ihr Fluch, und daran muß sie zugrunde gehen.« Als der alte Stechlin stirbt, hält sein Freund Pastor Lorenzen eine Grabrede, die, auszugsweise, wohl auch auf den Autor Theodor Fontane gemünzt sein könnte: »Sah man ihn, so schien er ein Alter, auch in dem, wie er Zeit und Leben ansah; aber für die, die sein wahres Wesen kannten, war er kein Alter, freilich auch kein Neuer. Er hatte vielmehr das, was über alles Zeitliche hinaus liegt, was immer gilt und immer gelten wird: ein Herz.«

## *Die Stimmen, die da kommen sollen*
### Rilke und die Arbeit eines Sommers

*Rainer Maria Rilke,*
*geb. am 4. Dezember 1875 in Prag,*
*gest. am 29. Dezember 1926 im Valmont bei Montreux*

Manchmal, wir wissen es längst, muß man zu seinem Glück gezwungen werden. Auch zum Glück der Erkenntnis, auch zum Glück der Literatur, die ihre Zumutungen hat. Im Sommer 1906 wurde dem Dichter Rainer Maria Rilke eine solche Zumutung zuteil, die ihn um so passender traf, als er damals eigentlich noch kein Dichter war, der seine wahren Möglichkeiten bereits ausgeschöpft hätte. Die Zumutung, die ihm widerfährt, ist ein profaner Rausschmiß: Er, der sich erstmals in einer halbwegs geregelten Arbeit versucht und als Privatsekretär des Bildhauers Auguste Rodin arbeitet, den er bewundert, wird von seinem Chef, der in jenen Tagen unter anhaltend schlechter Laune leidet, vor die Tür gesetzt; Rilke soll eigenmächtig und anmaßend gehandelt haben. Er ist sich keiner Schuld bewußt, wagt Widerworte, versucht sich zu erklären, was Rodin nur noch ungnädiger werden läßt; schließlich sieht sich der Dichter »fortgejagt wie ein diebischer Diener«. Er ist zornig und erleichtert zugleich; am Abend nach seiner Entlassung schreibt er an seine Frau Clara Westhoff: »Wie das kam, darüber ist nicht viel zu sagen, und was zu sagen ist, mag ich nicht schreiben. Es mußte wohl kommen, und es kam so von selbst. Ich trug ja alles, auch diese letzte Zeit, in stiller, in mich gekehrter Geduld, und ich hätts wohl noch einen Monat oder zwei so getragen (...). Und nun kommt das Ende so rasch (...). Ich will nun sein (...) und will mich über mich selbst besinnen und ein wenig mit dem, was in mir ist, allein bleiben (...). Sei nicht bange um das Kommende, Wege sind da, und wir werden sie sicher finden.«

Rilke, damals 31 Jahre alt, ist als Schriftsteller kein Unbekannter mehr; er hat Gedichtbände veröffentlicht, darunter *Das Stunden-Buch* und *Das Buch der Bilder.* Ein schmales, expressionistisch angehauchtes Prosabändchen mit dem Titel *Die Weise von Liebe und Tod des Cornets Christoph Rilke,* das erstmals 1906 erscheint und mehrere revidierte Fassungen erfährt, wird schließlich, zu seinen Lebzeiten noch und somit erfreulicherweise, ein überraschender Verkaufserfolg. Das, was er indes sein will, ein Dichter, der vom eigenen, an sich ja sehr wertvollen Ich absieht, um nur noch Resonanzboden zu sein für die Stimmen der Welt, kann Rilke noch immer nicht ganz sein; allenfalls erahnt er seine wahren Möglichkeiten – erarbeitet, erfühlt, erlitten sind sie noch nicht. Er mietet sich in einem kleinen Hotel in der Rue Cassette ein; dort lebt er zurückgezogen, der Lärm der Metropole brandet an ihm vorbei. Er sieht sich auf sich selbst zurückgeworfen, was er als Chance für einen Neuanfang begreift. Dabei dient ihm Paris als beständige Herausforderung: Die Stadt, ein Ensemble tosender Vielfalt und gewagter Anonymitäten, will nicht nur erlebt, sondern auch beschrieben sein. Rilke, der damals schon ein großartiger und fleißiger Briefschreiber war, hat dafür Vorarbeiten geleistet; in seinem ersten Pariser Sommer 1903 hatte er seiner Freundin Lou Andreas-Salomé diese Impressionen übermittelt: »Es war die Zeit, da die Bäume in der Stadt welk sind ohne Herbst, da die glühenden Gassen, ausgedehnt von der Wärme, nicht enden wollen und man durch Gerüche geht wie durch viele traurige Zimmer. Da ging ich an den langen Hospitälern hin, deren Tore weit offen standen mit einer Gebärde ungeduldiger und gieriger Barmherzigkeit. Als ich zum ersten Mal am Hotel Dieu vorüberkam, fuhr gerade eine offene Droschke ein, in der ein Mensch, schwankend bei jeder Bewegung, wie eine zerbrochene Marionette hing, schief und mit einem schweren Geschwür auf dem langen, grauen, hängenden Halse. Und was für Menschen bin ich seither begegnet, fast an jedem Tage (...), sie waren Vorübergehende unter Vorübergehenden, allein gelassen und ungestört in ihrem Schicksal.«

Allein gelassen in seinem Schicksal darf sich auch Rilke vorkommen, als er nach dem Rausschmiß durch Rodin von altbekannten finanziellen Sorgen aufgestört wird. Bislang hat man sein Künstlertum immer wieder mit dezenten Zuwendungen bedacht; allerlei Gönner und Förderer waren auf den Plan getreten, die es sich angelegen sein ließen, dem Dichter, der von profanen Unterhaltssorgen weitgehend freigehalten werden sollte, das Lebensnotwendige, ja mehr als das zukommen zu lassen. Ein wenig boshaft könnte man sagen, daß Rilke nicht nur frei-, sondern auch ausgehalten wurde. Ihn selbst störte das nicht: Die reine, die ungeschmälerte Dichterexistenz, von der ja durchaus etwas abfällt für die gewöhnliche Gesellschaft, bedarf einer tragfähigen Grundlage und der Absicherung; daß der Dichter dafür nicht selber sorgen konnte, verstand sich, wie er meinte, von selbst.

Als er gerade damit beginnen will, seine Sorgen auch danach zu befragen, wo und wie er den Winter zubringen wird, erreicht ihn die gewünschte Einladung: Alice Faehndrich, eine Schwester der Gräfin Schwerin, bittet ihn auf die Insel Capri; dort könne er, unter einem noch immer wolkenlosen Himmel und in angenehmer Wärme, den ganzen Winter über ungestört arbeiten. Rilke läßt sich das nicht zweimal sagen; am 4. Dezember 1906 trifft er auf Capri ein. Er soll im sogenannten Rosenhäusl wohnen, einem separaten Studio im weitläufigen Garten der Faehndrichschen Villa Discopoli. Nun kann er die in Paris begonnenen literarischen Erkundungsgänge fortsetzen; er verschwendet, vorerst, keinen Gedanken mehr an seine Finanzlage und richtet sich lieber in seinen Zukunftserwartungen ein, die ihm wie eine Art Offenbarung erscheinen, deren Nutzanwendung sich an seinen, an des Dichters besten Absichten bemißt. An seine Frau schreibt er: »Mir geht es so: ich bin geradezu leidenschaftlich, keine von diesen Stimmen zu versäumen, die da kommen sollen. Ich will sie jede hören, ich will mein Herz herausnehmen und es mitten in die absprechenden und tadelnden Worte hineinhalten, so daß es nicht nur auf einer Seite und von fern von ihnen berührt werde. Aber ich will zugleich meinen gewagten, so oft unverantwortlichen Posten nicht eher aufgeben und mit einem erklärbareren, resignierenden Platz vertauschen, bevor nicht die letzte, die äußerste, endgültige Stimme zu mir gesprochen hat; denn nur an dieser Stelle bin ich ihnen allen zugänglich und offen, nur an dieser Stelle findet mich alles, was mir an Schicksal, Zuruf oder Macht begegnen will, nur von hier aus kann ich eines Tages gehorchen, so unbedingt gehorchen, wie ich jetzt unbedingt widerstrebe.«

Auf Capri läuft Rilke zu großer Form auf. Den Stimmen, die da kommen sollen, lauscht er, wobei er, Privileg des Dichters, auch dann etwas hört, wenn an sich gar nichts zu hören ist. Er unternimmt lange Spaziergänge; ein kleiner, unscheinbarer, auf den ersten Blick fast ein wenig häßlicher Mann, der allerdings aus so ungewöhnlich großen, leuchtenden Augen schaut, daß man an Häßlichkeit nicht zu denken wagt. Von seinem Lauschangriff auf die verborgenen Schönheiten der Welt fertigt er lange und ausschweifende Gedächtnisprotokolle an. Sie sind als bescheidene Kunstwerke gedacht, als unverzichtbare Einübung, aus der Beschreibung des einen erfüllten Augenblicks Ansichten für die dem Menschen mögliche Ewigkeit zu gewinnen: »Und die Nacht war eine helle, ferne, die über viel mehr als nur über der Erde zu ruhen schien; man fühlte, daß sie über Meeren lag und weit drüber hinaus über dem Raum, über sich selbst, über Sternen, die ihren Sternen entgegensahen aus unendlicher Tiefe. Das alles war in ihr gespiegelt und von ihr über die Erde gehalten (...) wie ein beständiges Überfließen von Himmeln (...); die erste Nacht nach dem vollen Monde, und er stand ganz hoch im Himmel (...). Wie blendeten die beschienenen Mauerränder, wie war das Laub der Oliven ganz aus Nacht gemacht, wie ausgeschnitten aus Himmeln, älteren, nicht mehr benutzten Nachthimmeln. Und die Berghänge sahen so mondhaft verfallen aus und ragten aus den Häusern empor wie Unbewältigtes.«

Am 31. Mai 1907 kehrt Rilke, auf Umwegen über Neapel, Rom und Florenz, nach Paris zurück. Er fühlt sich wie ein Spätheimkehrer, der, obwohl noch jung an Jahren, im Grunde keine Zeit mehr zu verlieren hat. Einen Arbeitsplan hat er für sich entworfen, und dieser Arbeitsplan ist, läßt man einmal die Zukunft außer acht, die es nicht gestattet, allzugenau ausgemalt zu werden, auch eine Art Lebensplan. Er sieht einen Erfahrungsgewinn vor, der sich in poetische Erkenntnis- und Detailtreue umsetzen läßt: Der Dichter soll nehmen, was kommt, wobei er nicht müde, nicht schläfrig, schon gar nicht versessen auf sein nichthintergehbares Ich sein darf, sondern sich so intensiv in die Möglichkeiten der Sprache einzuhausen hat, als gälte es dort, geschützt und gefährdet durch Worte der besseren Art, dauerhaft Wohnrecht zu finden. Rilke, man kann es auch anders sagen, übt sich in der Sprache, die er dazu bringt, auf Expansionskurs zu gehen; er wird zu seinem eigenen Übungsleiter. Zusätzlich zum Schriftverkehr, den er um sich herum entfaltet, verordnet er Lesen um jeden Preis; er wird zum Dauergast in der Bibliothèque Nationale, studiert dort Lexika, Wörterbücher, Reisebeschreibungen, historische Miszellen, Entlegenes und Vergessenes aus versunkenen Tagen. Manchmal brummt ihm der Kopf, wenn er aus dem Bücherdämmer wieder auftaucht in den Dunst der Stadt; aus den gewichtigen Stimmen, die er erwartet hat, sind bereits Einflüsterungen geworden, die alle im Dienste der Sache, seiner Sache stehen. Diese nicht unangestrengte, nervöse, wenngleich sehr genügsame Zeit des Lesens und Arbeitens hat Rilke, auch wohl weil er wußte, was er ihr schulden mochte, später freigiebig verklärt; in seinem 1910 erschienenen Roman *Die Aufzeichnungen des Malte Laurids Brigge* klingt das so: »O was für ein glückliches Schicksal, in der stillen Stube eines ererbten Hauses zu sitzen unter lauter ruhigen, seßhaften Dingen und draußen im leichten, lichtgrünen Garten die ersten Meisen zu hören, die sich versuchen, und in der Ferne die Dorfuhr. Zu sitzen und auf einen warmen Streifen Nachmittagssonne zu sehen und (...) ein Dichter zu sein. Und zu denken, daß ich auch so ein Dichter geworden wäre, wenn ich irgendwo hätte wohnen dürfen, irgendwo auf der Welt, in einem von den vielen verschlossenen Landhäusern, um die sich niemand bekümmert. Ich hätte ein einziges Zimmer gebraucht (das lichte Zimmer im Giebel). Da hätte ich drinnen gelebt mit meinen alten Dingen, den Familienbildern, den Büchern. Und einen Lehnstuhl hätte ich gehabt und Blumen und Hunde und einen starken Stock für die steinigen Wege. Und nichts sonst. Nur ein Buch in gelbliches, elfenbeinfarbiges Leder gebunden mit einem alten blumigen Muster als Vorsatz: dahinein hätte ich geschrieben. Ich hätte viel geschrieben, denn ich hatte viele Gedanken gehabt und Erinnerungen von vielen.«

Die Disziplin, die sich der Dichter Rainer Maria Rilke verordnet, macht den Sommer 1907 zu einer Zeit, auf der ein denkwürdiger Glanz ruht. Eigentlich hat dieser Sommer ja schon längst begonnen; er ist, von weither kommend, im vorigen Jahr in Paris eingeläutet worden, als ein schlechtgelaunter Rodin seinen Sekretär vor die Tür setzte, und er hat sich auf Capri, alle Farben und Stimmungen wie neu ausmalend, sogar noch im dortigen Winter bemerkbar gemacht. Nun besteht er, der Sommer, noch immer und läßt es zu, daß, aus der Arbeit heraus, Zeugnis über ihn abgelegt wird. Rilke, ein wirklichkeitsfreundlicher Wanderer zwischen Wesens- und Wissenswelt, dem die Augen schmerzen, wenn er seinen in der Bibliothek abgerichteten Blick wieder der Tageshelle aussetzt, glaubt zu verstehen, was die Existenz des

Menschen zusammenhält: ein unendliches Geflecht von Beziehungen und Möglichkeiten, in sich ruhend und zugleich in ständiger Erneuerung begriffen, die keinen wirklichen Anfang und kein Ende kennt. Eine höhere Ordnung glaubt er zu erkennen, einen ideellen Bestand an Glaubwürdigem, der sich an den Losungen des Realen bemißt, ohne mit diesen je deckungsgleich zu werden. Das Leben, zur Sprache überredet, wird dem Dichter zum Wagnis, das, möglicherweise, immer gleich ist, aber herausfordernd die Masken des Neuen annimmt; gelingt dieses Wagnis, hat man keine Abbilder mehr vor Augen, sondern ein Werk der Kunst, das sich erst über seine Entsprechungen und die Gefährdung im Künstler zu dem macht, was es ist. Rilke schreibt: »Kunstdinge sind ja immer Ergebnisse des In-Gefahr-gewesen-Seins, des in einer Erfahrung Bis-ans-Ende-gegangen-Seins (...). Je weiter man geht, desto eigener, desto persönlicher, desto einziger wird ja ein Erlebnis, und das Kunstding endlich ist die notwendige, ununterdrückbare, möglichst endgültige Aussprache dieser Einzigkeit (...). Darin liegt die ungeheure Hilfe des Kunstdings für das Leben dessen, der es machen muß –: daß es eine Zusammenfassung ist, der Knoten im Rosenkranz, bei dem sein Leben ein Gebet spricht, der immer wiederkehrende, für ihn selbst gegebene Beweis seiner Einheit und Wahrhaftigkeit, der doch nur ihm selber sich zukehrt und nach außen anonym wirkt, namenlos, als Notwendigkeit nur, als Wirklichkeit, als Dasein.«

Kunstdinge zu schaffen und ein Künstler zu sein: Vom gewöhnlichen Leben ist das nicht so weit weg, wie manche gerne glauben möchten. Der Künstler, im besonderen der Dichter, schwebt nicht über der sogenannten Normalität, sondern er bleibt ihr, gerade um den Preis kurioser Verstrikkungen und wiederkehrender Befreiungsversuche, verbunden. Im Grunde geht es – für jeden, für den Künstler wie für den Alltagsbürger – um Lebensbejahung; sie ist es, aus der die ästhetische, ja aus der jegliche Produktivität zu schöpfen hat. Die lebensabgewandte, die dunkle Seite unserer Existenz steht dem entgegen; sie schweigt nicht, sie macht sich bemerkbar und will ausgehalten werden. All das hat seine Zeit und seine Ordnung, weiß Rilke nun, und er gibt sich als Einverständiger: »Ach, wir rechnen die Jahre und machen Abschnitte da und dort und hören auf und fangen an und zögern zwischen beidem. Aber wie sehr ist, was uns begegnet, aus einem Stück, in welcher Verwandtschaft steht eines zum anderen, hat sich geboren und wächst heran und wird erzogen zu sich selbst, und wir haben im Grunde nur dazusein, aber schlicht, aber inständig, wie die Erde da ist, den Jahreszeiten zustimmend, hell und dunkel und ganz im Raum, nicht verlangend, in anderem auszuruhen als in dem Netz von Einflüssen und Kräften, in dem die Sterne sich sicher fühlen.«

Rilkes Arbeit dient nicht nur der Selbstbefeuerung; sie hat auch ein vorzeigbares Resultat anzubieten. Am 14. Juli 1907 schließt er das Manuskript seiner *Neuen Gedichte* ab; er ist erschöpft und erleichtert. Die Hochstimmung allerdings, die ihn begleitet hat, zerfällt; er fühlt sich wie einer, der einen Verlust erlitten hat, von dem keine Anzeige zu machen ist. Die gleiche Gegenstandswelt, der er eben noch die Fähnchen positiver Besitznahme aufgesteckt hat, kommt ihm nun hinfällig vor. An seine Frau schreibt er: »Man hat wohl nicht umsonst so einen Zimmersommer durchgemacht

(...). Lieber Gott: was hab ich voriges Jahr gewirtschaftet (...). Jetzt, da es hier schon mit dem Winter droht. Schon fangen die Dunstmorgen und Abende an, wo die Sonne nur noch wie die Stelle ist, wo früher die Sonne war (...). Mich macht das traurig. Es bringt trostlose Erinnerungen herauf, man weiß nicht warum; als ginge des Stadtsommers Musik mit einer Dissonanz aus, mit einem Aufstand aller Noten; vielleicht nur, weil man das alles schon einmal so tief in sich hineingesehen und gedeutet und mit sich verbunden hat.«

Der Sommer ist zu Ende, die Sorgen sind wieder da, aber Rilke hat gelernt, was er, unter der Gunst der Umstände, zu leisten vermag. Er weiß, daß seine Möglichkeiten noch nicht ausgeschöpft sind, auch wenn im Moment die Erschöpfung überwiegt. An seinem Erwartungshorizont patroulliert ein Werkschutz, den der Dichter Rilke selbst angelernt hat; der Privatmann Rilke bleibt davon nahezu unberührt. Bürgerliches Glück, ein Familienbetrieb, der auf Nähe und Zusammengehörigkeit aus ist, kommen für ihn nicht in Frage. Mit Frau und Kind versteht er sich am besten aus der Ferne; da sind sie ihm wert und teuer und stören nicht mehr als unbedingt nötig. Rilkes Ideal ist eine Existenz, die Spuren hinterläßt und sich zugleich rigoros verflüchtigt; leben will er »so leicht wie ohne Namen«. Daß dies leichter gesagt als getan ist, wird ihm, auch in der Folgezeit, ein ums andere Mal vorgeführt. Er hat daraus ein Wissen bezogen, das kein besseres Wissen war, weil es zwar das seiner selbst sichere Genügen kannte, sich aber, letztlich, doch lieber nur im großem und ganzen bescheiden mochte: »Manchmal gehe ich an kleinen Läden vorbei, in der rue de Seine etwa; Händler mit Altsachen oder kleine Buchantiquare oder Kupferstichverkäufer mit ganz, ganz vollen Schaufenstern; nie tritt jemand ein bei ihnen, sie machen offenbar keine Geschäfte; aber man sieht hinein, und sie sitzen und lesen, (...) sorgen sich nicht um morgen, ängstigen sich nicht um ein Gelingen, haben einen Hund, der vor ihnen sitzt, gut aufgelegt, oder eine Katze, die die Stille um sie noch größer macht, indem sie die Bücherreihen entlangstreicht, als wischte sie die Namen von den Rücken (...); ich wünschte manchmal mir so ein volles Schaufenster zu kaufen und mich mit einem Hund dahinterzusetzen für zwanzig Jahre. Am Abend wäre Licht in der Hinterstube, vorn alles ganz dunkel (...), von der Straße aus gesehen, nimmt sich das wie ein Abendmahl aus (...), so groß und feierlich durch den dunklen Raum (...), wie ich das meine: ohne Beklagung. Es ist ja auch gut so und soll noch besser werden.«

Rainer Maria Rilke ist, wie kaum ein anderer, ganz Dichter gewesen. Seine Berufung, die er, zum Spott mancher Kollegen, mit mal seherischem, mal überverständigem Ausschließlichkeitsanspruch auszufüllen weiß, wird ihm zur gehobenen Existenzform, in der er aufgeht und in der andere, wenn's denn sein muß, und es muß leider oft sein, für den Lebensunterhalt zuständig sind. Etwas anderes zu machen als zu dichten ist Rilke, auch in den Phasen der Not, nicht in den Sinn gekommen. Als Dichter gibt er sich ohne zeitliches und seelisches Limit, seine Freunde und Förderer belohnt er nicht nur mit Gelegenheits- und Widmungsversen, sondern, und das wird immer auffälliger, mit zunehmender Meisterschaft. Kein Dichter hat mit so bescheidenem lyrischen Budget begonnen und ist dann, durch eigenes Zutun, zu kaum glaublicher Fertigkeit aufgestiegen. Rilke war ein unnachgiebiger Arbeiter des Worts; vom Handwerker wird er zum Kunsthandwerker, um schließlich nur noch Künstler zu sein. Diesem Ziel, das nicht immer ein ausgesprochenes Ziel ist, sondern sich ergibt wie das angemessene Wort, ordnet er alles unter. Umgekehrt dient ihm alles zur allmählichen Verfertigung der Kunstreife im Kopf und im Schreiben. Seine Reisen, die ihn durch halb Europa führen, liefern ihm ungeordnetes poetisches Anschauungsmaterial; er macht sich bereit, es nach höheren Gesichtspunkten zu ordnen. Seine endgültige Meisterschaft erreicht er mit den *Sonetten an Orpheus* und den *Duineser Elegien,* die 1922, vier Jahre vor seinem Tod, vollendet werden. Vollendet ist damit auch der Dichter Rainer Maria Rilke, der zuletzt weniger er selbst, sondern die Stimme eines anderen, einer höheren Allmacht und Anwesenheit, wird. Bereits der Anfang der *Ersten Elegie* läßt einen Tonfall anklingen, der zuvor unerhört war: »Wer, wenn ich schriee, hörte mich denn aus der Engel/ Ordnungen? und gesetzt selbst, es nähme/einer mich plötzlich ans Herz: ich verginge von seinem/stärkeren Dasein. Denn das Schöne ist nichts/als des Schrecklichen Anfang, den wir noch grade ertragen,/und wir bewundern es so, weil es gelassen verschmäht,/uns zu zerstören. Ein jeder Engel ist schrecklich./Und so verhalt ich mich denn und verschlucke den Lockruf/dunkelen Schluchzens./Ach, wen vermögen wir denn zu brauchen? Engel nicht, Menschen nicht,/ und die findigen Tiere merken es schon,/daß wir nicht sehr verläßlich zu Haus sind in der gedeuteten Welt (...).«

Nein, zu Hause sind wir nicht in der gedeuteten Welt, und von der noch ungedeuteten bleibt womöglich nicht viel übrig. Der Mensch hat dem Rechnung zu tragen; er ist ein

Wanderer zwischen den Welten, seine unbehauste Heimat ist das Sichtbare und das Unsichtbare, das ein Jenseitiges im Diesseits ergibt, eine Ordnung außerhalb der Bannkreise zeitlicher Fügung: »Wir, diese Hiesigen und Heutigen, sind nicht einen Augenblick in der Zeitwelt befriedigt, noch in sie gebunden; wir gehen immerfort über und über zu den Früheren, zu unserer Herkunft und zu denen, die scheinbar nach uns kommen. In jener größesten ›offenen‹ Welt sind alle, man kann nicht sagen ›gleichzeitig‹, denn eben der Fortfall der Zeit bedingt, daß sie alle sind. Die Vergänglichkeit stürzt überall in ein tiefes Sein.« Daraus folgt, so Rilke, daß »unsere Aufgabe ist«, »diese vorläufige, hinfällige Erde uns so tief, so leidend und leidenschaftlich einzuprägen, daß ihr Wesen in uns ›unsichtbar‹ wieder aufersteht. *Wir sind die Bienen des Unsichtbaren*«. Wenn der Mensch das verinnerlicht hat, wird er, noch zu Lebzeiten, nicht bienen- und engelgleich: Für ihn sind »alle vergangenen Türme und Paläste existent, weil längst unsichtbar, und die noch bestehenden Türme und Brücken unseres Daseins *schon* unsichtbar, obwohl noch (für uns) körperhaft dauernd«.

Trotz dieser großen Perspektive war Rilkes eigenes Ende auf Erden nicht sehr feierlich; Krankheit und Tod lassen sich nicht auf eine ungenaue Bevorzugung ein. Sein Körper spielte nicht mehr mit, wollte nicht mehr »körperhaft dauern«; dabei war er doch immer ein vorzüglicher Freund gewesen. Mit ihm, schreibt Rilke am 17. Mai 1926, ein halbes Jahr vor seinem Tod, wehmütig, habe er »in einer so vollkommenen Übereinstimmung« gelebt, »daß ich ihn oft für ein Kind meiner Seele hätte halten können: leicht und brauchbar wie er war und mitnehmbar bis ins Geistigste hinein, wie oft aufgehoben, mit Gewicht begabt nur noch aus Courtoisie und sichtbar nur noch, um das Unsichtbare nicht zu erschrecken! So innig *mein;* Freund, wirklich mein Träger, der Hälter meines Herzens, fähig aller meiner Freuden, keine herabsetzend, jede mir eigentümlicher aneignend; sie mir schenkend genau im Durchschnittspunkt meiner Sinne. Als mein Geschöpf mir bereit und aufgedient zu meinem Gebrauch; als Vorgeschöpf mich überwiegend mit aller Sicherheit und Herrlichkeit der Herkunft. Genial, von Jahrhunderten erzogen, großartig in der heiteren Unschuld seines Nicht-Ich's, rührend in seiner Lust, dem ›Ich‹ in allen seinen Übergängen und Schwankungen treu zu sein. Einfältig und weise. *Was* verdank ich *ihm,* der mich, auf Grund seiner Wesenheit, bestärkt hat im Entzücken an einer Frucht, am Wind, am Hingehen übers Gras. Ihm, durch den ich verwandt bin mit dem Undurchdringlichen, in das ich nicht einbrechen kann, und mit dem Strömenden, das abfließt von mir. Und noch durch sein Schwersein, sternkundig. Also: ein Kummer, dieses Zerwürfnis mit ihm, und ein zu neuer Kummer, um darin schon versöhnlich zu sein. Und der Arzt kann nicht verstehen, was mich in diesen Hemmungen, die ja, ob sie gleich durch den ganzen Körper hin ihre Filialen haben, erträglich sind, so wesentlich, so central betrübt«.

# *Das Spiel kommt zu Würden*
## Thomas Mann und die Textur der Vergänglichkeit

*Thomas Mann,*
*geb. am 6. Juni 1875 in Lübeck,*
*gest. am 12. August 1955 in Zürich*

Andere sehen einen oft besser als man selbst; vor allem sehen sie einen anders. Dennoch oder gerade deswegen hat man das ungeschmälerte Recht am eigenen Bild; das gilt nicht nur für Film- u. Fernsehaufnahmen in der sogenannten Öffentlichkeit, sondern auch für jenen labilen Härtezustand, der, ein wenig vornehm, als Identität bezeichnet wird. Mag man, letztlich, gar nicht so genau sagen können, wer man denn eigentlich ist, so glaubt man doch selber am besten Bescheid zu wissen, wenn es um Wertung und Charakterisierung jener Persönlichkeit geht, die der Mensch, auf angeblich unverwechselbare Weise, sein kann und sein soll. Das gilt auch für den individuellen Blick zurück, für die Sichtung der eigenen Erinnerungen, die danach befragt werden, wie man zu dem werden konnte, der man ist. Erinnerungen formen eine eigene Geschichte; sie ist weder wahr noch falsch, so wie Vergangenheit und Zukunft weder wahr noch falsch sein können, wenn man sie an der einen, real stehenden Gegenwart bemißt. Die Geschichte, die von der Erinnerung gewoben wird, ist gleichwohl unverzichtbar; sie bleibt die höchstrichterliche Instanz, an die wir in allen

Fragen, die uns selbst betreffen, zu appellieren haben. Dichter gehen mit dieser Instanz respektvoller um; sie trauen ihr viel, wenn nicht gar alles zu, wissen zugleich aber, daß sie sich auch geradezu tölpelhaft irren kann. Gerade deshalb nehmen sie den Richterspruch, der in eigener Sache gefällt wird, gefaßt entgegen; auch wer sich auf dem Holzweg befindet, kann gut an sein Ziel kommen. Der Dichter Thomas Mann, der sich in der deutschen Literatur im Stile eines Großmeisters bewegte, für den, wollte man einen Vergleichbaren nennen, allenfalls noch Goethe in Frage kam, machte sich am liebsten über bedeutende Themen Gedanken; es konnte daher nicht ausbleiben, daß er sich auch gern mit sich selbst beschäftigte. Was die Anfänge angeht, die ihn zum nimmermüden Schriftsteller mit bewunderswerter Arbeitsdisziplin werden ließen, so bot er da eine Geschichte an, die sich bereits in früher Kindheit zu entwickeln begann: »Nach meinem Werden als Künstler, der Geschichte meines Künstlertums gefragt, frage ich mich nach seiner Wurzel, seinen frühesten Keimen und Regungen, und ich finde sie in meinen Kindheitsspielen. Das mag Sie wundern und Ihnen zweifelhaft scheinen. Das Spiel des Kindes, werden Sie sagen, ist etwas Allgemeines; jedes Kind spielt, und das braucht kein Vorspiel des Künstlertums und keine Vorbereitung darauf zu bedeuten. Natürlich nicht. In den meisten Fällen wird das Infantil-Spielerische durch den organischen Reifungsprozeß überwunden. Ein gewisser lichtloser Ernst gewinnt die Oberhand, und der Mensch wird dann zum ausgewachsenen Philister. In anderen einzelnen Fällen aber bewahrt das reifende Leben das Infantile – nicht in der pathologischen Form, die eigentlicher Infantilismus wäre, als geistiges Zurückbleiben auf einer primitiven Stufe, sondern das bewahrte Kindliche, der Spieltrieb verbindet sich mit geistiger Reife, ja mit den höchsten Antrieben des Menschen, dem Streben zum Wahren und Guten, dem Drang nach Vollkommenheit, und wird zu dem, was man mit dem Namen der Kunst und des Künstlertums ehrt. Kurz, das Infantile, das Spiel kommt zu *Würden*, – und doch steht es dem Künstler nicht sonderlich an, sich allzu bürgerlich-würdevoll oder hieratisch-feierlich zu verhalten, denn auf dem Grunde seines Wesens liegt das Kindische, Primitive und Spielerische, das, was man eigentlich ›Talent‹ nennt, und ohne das er mit noch soviel Geist und Moral kein Künstler wäre.«

Kinderspiele verlangen Phantasie, und das um so mehr, wenn das Kind dabei, in Ermangelung von Mitspielern, auf sich selbst gestellt bleibt. Thomas Mann hat sich zumeist mit sich selbst abgegeben; er lernt es beizeiten, sich seine eigene Welt einzurichten und mit phantastischem Personal auszustatten, das er aus Büchern herbeizitiert. Allerdings sind keine Indianer darunter; zu ihnen hat der Knabe Thomas keinen rechten Zugang. Er bedient sich lieber in der griechischen Mythologie; sein Schaukelpferd heißt Achill, er ist Hermes der Götterbote und Helios der Sonnengott, und in der Gestalt eines zu klein geratenen Zeus steigt er höchstpersönlich auf den Kinderzimmertisch, um als oberster Dienstherr von Himmel und Erde historische Reden an sein Volk zu halten. »Das war ein sichtbares Spiel, dessen andere gewahr wurden. Aber es gab unsichtbare, zu denen man des Apparats überhaupt nicht bedurfte, sondern bei denen ich mir mit stiller Genugtuung der unabhängigen Kraft meiner Phantasie bewußt sein mochte, die nichts mir rauben konnte (…).

Ich erwachte zum Beispiel eines Morgens mit dem Entschluß, heute ein achtzehnjähriger Prinz namens Karl zu sein. Ich kleidete mich in eine gewisse liebenswürdige Hoheit, hielt angeregte Zwiesprache mit einem Gouverneur oder Adjutanten, den ich mir einbildungsweise beigab, und ging umher, stolz und glücklich in dem Geheimnis meiner Würde. Man konnte Unterricht haben, spazierengeführt werden oder sich Märchen vorlesen lassen, ohne daß dieses Spiel einen Augenblick unterbrochen zu werden brauchte, und das war das Praktische daran.«

Das Geheimnis der Würde: Im Kinderspiel nimmt es wechselnde Gestalt an, zeigt, daß es einer Entwicklung unterworfen ist, die den Stillstand nur in Ausnahmefällen, dann aber hell und leuchtend in der Bannkraft des erfüllten Augenblicks kennt. Die Phantasie, die sicher auch achtlos mit jeglicher Würde umgehen kann, beweist sich als Würdenträgerin; das Geheimnis indes, das sie immer wieder neu aufbereitet, gilt für den Menschen schlechthin, dem, mag er auch noch so beeindruckende Erkenntnisse von sich selbst gewinnen, sein inneres Sperrgebiet und persönliches Restrisiko bleibt. Für das Kinderspiel ist das Rätselhafte noch, mehr oder weniger, unerheblich, es folgt eigenem Regelwerk, das jederzeit abgewählt werden kann. Thomas Mann nutzt es für die eigenen Zwecke; im Kinderspiel gelingt ihm die zwanglose Einübung in eine später sehr bewußt und dezidiert eingesetzte Dichtkunst, aus der sich ein repräsentativer, mit Vorführeffekten garnierter Lebensstil ableiten ließ. Wichtigstes, weil anregendstes und vielseitigstes Spiel war das Puppentheater, das sich auch bei anderen Dichtern großer Beliebtheit erfreute: »Es ist merkwürdig, welche Rolle das Puppentheater im Leben angehender Dichter, und zwar durchaus nicht gerade dramatischer Dichter, spielt: Man denke an die Bekenntnisse und Erinnerungen Goethes im *Wilhelm Meister* und Gottfried Kellers im *Grünen Heinrich.* Ich liebte dieses Spiel so sehr, daß mir der Gedanke, ihm jemals entwachsen zu können, unmöglich schien. Ich freute mich darauf, wenn ich die Stimme gewechselt haben würde, meinen Baß in den Dienst der sonderbaren Musikdramen zu stellen, die ich bei verschlossenen Türen zur Aufführung brachte, und ich war empört, wenn mein Bruder mir vorhielt, wie lächerlich es sein würde, wenn ich als Baß singender Mann noch vor dem Puppentheater sitzen wollte. Und doch, sitze ich in einem gewissen Sinne nicht noch heute davor? Zwischen Kinderspiel und Kunstübung ist in meiner Erinnerung kein Bruch, keine scharfe Grenze.«

Thomas Mann wird am 6. Juni 1875 als zweiter Sohn des Kaufmanns und Senators Thomas Johann Heinrich Mann und der »außerordentlich schönen«, aus Brasilien stammenden Julia da Silva-Bruhns in Lübeck geboren. Nach dem Tod des Vaters im Jahre 1891 muß die elterliche Firma aufgelöst werden, da der Senator, wie das Testament enthüllt, seinen Söhnen nicht zutraut, unternehmerisch tätig zu sein. Die Firmenschließung ist mit finanziellem Zugewinn verbunden; der Familie Mann geht es, zumindest was ihre ökonomische Existenzgrundlage betrifft, ein Leben lang gut. Zu seinem älteren Bruder Heinrich, der sich noch vor ihm für eine Künstlerlaufbahn entscheidet, baut Thomas ein besonderes Spannungs- und Konkurrenzverhältnis auf: Zunächst ist Heinrich deutlich erfolgreicher, dann holt der Jüngere, der in der zehnten Klasse das Gymnasium verläßt und keinen ordentlichen Studienabschluß zuwege bringt, merklich auf und avanciert mit seinem Erstlingsroman *Buddenbrooks*, der 1901 in zwei Bänden erscheint und ihm 1929 den Literaturnobelpreis einbringt, zum berühmten Autor. Thomas Manns literarische Selbstfindung, die von den Kinderspielen auf den Weg gebracht wurde, findet 1897 in Italien, genauer: »in Palestrina in den Sabinerbergen«, statt. Er schreibt die Erzählung *Der kleine Herr Friedemann*, die ein Thema behandelt, das Mann in der Folgezeit nicht mehr losgelassen hat: »Diese melancholische Geschichte des kleinen Buckligen stellt auch insofern einen Markstein in meiner persönlichen Geschichte dar, als sie zum erstenmal ein Grundmotiv anschlägt, das im Gesamtwerk die gleiche Rolle spielt wie die Leitmotive im Einzelwerk. Die Hauptgestalt ist ein von der Natur stiefmütterlich behandelter Mensch, der sich auf eine klug-sanfte, friedlich-philosophische Art mit seinem Schicksal abzufinden weiß und sein Leben ganz auf Ruhe, Kontemplation und Frieden abgestimmt hat. Die Erscheinung einer merkwürdig schönen und dabei kalten und grausamen Frau bedeutet den Einbruch der Leidenschaft in dieses behütete Leben, die den ganzen Bau umstürzt und den stillen Helden selbst vernichtet.« Keine Existenz fügt sich auf Dauer ganz der Ordnung, die ihr auferlegt wird; eine Überzeugung, die Thomas Mann schon als junger Mann gewinnt. Es ist keine beruhigende, eher eine zwiespältige Überzeugung; man kann sich an ihr literarisch abarbeiten, kann ein Erzählwerk darauf gründen, das den Eindruck erweckt, als sei es aus sicherer Distanz geschrieben, obwohl eine solche Distanz, wahrheitlich, nicht gegeben ist; sie wird nur vorgetäuscht, so wie jede Lebensordnung nur vorgetäuscht wird, wenn man übersieht, daß sie auf einer willkürlichen Übereinkunft beruht und, notwendigerweise, gefährdet bleibt. Thomas Mann hat diese Gefährdung am eigenen Leibe gespürt; er weiß um eine heikle Veranlagung in sich und begegnet ihr mit künstlerischer Wertedisziplin. Die Familie hilft ihm dabei, aber vor allem ein bis ins Kuriose durchreglementiertes Berufs- und Verfahrensethos, aus dem er schließlich ein gewaltiges Lebenswerk schafft, in welchem sein Autor präsent ist und doch nicht mehr von sich preisgibt als ein versierter Fremdenführer, der davon ausgehen darf, unentbehrlich zu sein. Die Gefährdung, die den Menschen begleitet, erweist sich als unverzichtbar; öde und fahl würde sein Leben, schlaubergerhaft abschnurren im Versorgungstrakt, würde ihm nicht gelegentlich der Boden entzogen und bisherige Überzeugungen in Frage gestellt. In Thomas Manns vierbändigem Roman *Joseph und seine Brüder* findet sich das dazugehörige, weit ausholende Bekenntnis: »Wie geringfügig ist, verglichen mit der Zeitentiefe der Welt, der Vergangenheitsdurchblick unseres eigenen Lebens! Und doch verliert sich unser auf das Einzelpersönliche und Intime eingestellte Auge ebenso träumerisch-schwimmend in seinen Frühen und Fernen wie das großartiger gerichtete in denen des Menschenlebens – gerührt von der Wahrnehmung einer Einheit, die sich in diesem wiederholt. So wenig wie der Mensch selbst vermögen wir bis zum Beginn unserer Tage, zu unserer Geburt, oder gar noch weiter zurückzudringen: sie liegt im Dunkel vorm ersten Morgengrauen des Bewußtseins und der Erinnerung – im kleinen Durchblick sowie im großen. Aber beim Beginn unseres geistigen Handelns gleich, da wir in das Kulturleben eintraten, wie einst die

Menschheit es tat, unseren ersten zarten Beitrag dazu formend und spendend, stoßen wir auf eine Anteilnahme und Vorliebe, die uns jene Einheit – und daß es immer dasselbe ist – zu heiterem Staunen empfinden und erkennen läßt: es ist die Idee der Heimsuchung, des Einbruchs trunken zerstörender und vernichtender Mächte in ein gefaßtes (...) Leben. Das Lied vom errungenen, scheinbar gesicherten Frieden und des den treuen Kunstbau lachend hinfegenden Lebens; von Meisterschaft und Überwältigung, vom Kommen des fremden Gottes war im Anfang, wie es in der Mitte war. Und in einer Lebensspäte, die sich im menschheitlich Frühen sympathisch ergeht, finden wir uns zum Zeichen der Einheit abermals zu jener alten Teilnahme angehalten.«

Thomas Mann entscheidet sich früh, ganz Schriftsteller zu sein. Sein Vorbild, zu dem er häufig zurücklugt, ist Goethe, der nicht nur Schriftsteller, sondern Großschriftsteller war, ferner ein in sich ruhendes Gesamtkunstwerk und unanfechtbare moralische Instanz. Das dazugehörige Leben entfaltet sich, nachdem sich die Stürme der Jugend gelegt haben, gravitätisch und mit rechthaberischer Bedachtsamkeit. Ein solches Leben, dem innere Notwendigkeit keineswegs abzusprechen ist, kann von seiner äußeren Darstellungs- und Repräsentationsform kaum noch unterschieden werden; es hat den literarischen Geist zu Gast und läßt ihn nicht mehr gehen. Thomas Mann wird, nach Goethe, der deutsche Dichter schlechthin; er könnte Einzigartigkeit für sich beanspruchen, beläßt es jedoch meist bei launigen Andeutungen. Seine Literatenexistenz ist breit angelegt; sie dient der Person, steht aber, heißt es, vor allem für die jeweilige Sache ein. Mit Frau und fünf Kindern kommt er, nimmt man andere Schicksale zum Vergleich, einigermaßen unangetastet und ungeschmälert durch politisch brisante Zeiten. 1936 wird er tschechischer Staatsbürger, 1938 geht er in die USA. Auch dort ist er gefragt; er bewohnt wiederum ein repräsentatives Anwesen, muß nicht in eine schäbige Exilantenwohnung umziehen, und der literarische Geist macht gleich wieder Quartier bei ihm. Wahrscheinlich hätte Goethe, wäre er in seinem Leben gezwungen gewesen, nach Amerika zu gehen, also ein leibhaftiger »Ausgewanderter« zu sein und nicht nur darüber zu schreiben, ähnlich gewohnt. Seinen Lebensstil behält Mann bei, egal wo er sich niederläßt; Spott und Kritik, die sich an seinem Gehabe entzünden, konnte er ignorieren. 1944 wird er amerikanischer Staatsbürger. Nach Kriegsende braucht er seine Zeit, bis er Deutschland wieder einen Besuch abstatten mag; zu tief sind die seelischen Wunden, die ihm, dem äußerlich Unantastbaren, in seiner Heimat geschlagen wurden. Er läßt sich in der Schweiz nieder; das letzte große Haus, das er sich auf Erden zulegt, ist wiederum geräumig und ansehnlich und steht in Kilchberg bei Zürich. Als er dort einzieht, hat er längst ein monumentales Lebenswerk zustande gebracht, das nicht nur von schier unglaublichem Fleiß, sondern auch von der Gelassenheit eines Künstlers zeugt, der sich beizeiten davon überzeugt hat, daß sich das große Erzählen auch aus kleinen, fast unscheinbaren Absichten ergeben kann, um dann geradezu herrisch, nach eigenem Gesetz und ohne Rücksicht auf das Kräftemaß des Ausführenden, seinen Gang zu nehmen: »Nicht immer sind es die größten Werke, die mit den größten Absichten geschrieben werden. Im Gegenteil halte ich es für die Regel, daß die großen Werke das Ergebnis bescheidener Absichten waren. Der Ehrgeiz darf nicht am Anfang stehen, nicht vor dem Werk. Er muß mit dem Werk heranwachsen und diesem mehr angehören als dem Ich des Künstlers. Es ist nichts falscher als der abstrakte und vorsachliche Ehrgeiz, der Ehrgeiz an sich und unabhängig vom Werke, der bleiche Ehrgeiz des Ich.« Das Werk bricht sich selber Bahn und findet seine Entsprechung in der »eigentümlich ahnende(n) Seelenverfassung des werdenden Autors, aller werdenden Autoren: dieses geheime Wissen um das Vorhandensein von Kräften, die wohl ihre Zeit brauchen mögen, aber unerschütterlich vorhanden sind.« Wollte man spöttisch sein, so wie es viele waren, die sich an Thomas Mann rieben, der eine Größe hatte, die, auf Grund seiner Außendarstellung, erreichbar schien, bei jeder Annäherung aber zusätzliches Volumen bekam, könnte man sagen, daß er sich zum Vollzugsbeamten seiner selbst machte; er verstand sich auf das Wundersame, auf den Funkenflug der Gedanken, das Tiefe ebenso wie auf den scheinbar oberflächlichen Literaturdienst nach Vorschrift. Und: Er konnte warten. »Ich ›erlebe‹ keine Sensationen; im Gegenteil möchte ich sagen: Mein Verhältnis zu den Eindrücken des Lebens ist wesentlich passiv, ein unbewußtes Aufnehmen, irgendwie sickern die optischen und akustischen Wahrnehmungen in mich ein, bildet sich in mir ein Fundus menschlicher Züge und Besonderheiten, aus dem ich, wenn die produktive Gelegenheit kommt, schöpfen kann.« Aus dem Fundus menschlicher Züge und Besonderheiten zog Thomas Mann eine Betrachtungsweise, die ihn, mit geschärftem Blick, Einheit und Heimsuchung gerade dort ausfindig machen ließ, wo sich, in der Summe des Lebens, eigentlich nur noch schiere Notwendigkeit zu erkennen gab: »Das Leben, auch das Künstler- und Schriftstellerleben, ist kein Plan, der ausgeführt wird, es ist die Entwicklung eines Vorgegebenen, die sich vollzieht, und wie es mit einem gehen wird, darauf kann man in der Jugend nur ein dunkles Vertrauen haben; wie es mit einem gegangen ist, das kann man im Alter nur nachdenklich überschauen.« Gerade der Altersrückblick, von dem man gerne annimmt, er sei gleichsam automatisch mit jener Altersweisheit getränkt, der traditionell unsere Hochachtung gilt, beseitigt liebgewordene Illusionen; zu ihnen gehört auch die Wertschätzung der Individualität. Da jeder Mensch einzigartig ist, verliert sich seine Einzigartigkeit an der der anderen; das individuelle Sein wird abgeschliffen: »Alles Leben ist Wiederkehr und Wiederholung, und der sogenannte ›Charakter‹ des Individuums eine mythische Rolle, die in der Illusion origineller Einmaligkeit gespielt wird, gleichsam nach eigenster Erfindung und auf eigene Hand, mit einer Sicherheit, die der Spieler aber nicht aus seiner vermeintlichen Erst- und Einmaligkeit schöpft, sondern im Gegenteil aus dem tieferen Bewußtsein, daß etwas schon Gewesenes, Erwiesenes und Gültiges mit ihm wieder am Lichte ist und Gegenwart wird. Wie wir uns bei bestimmten Anlässen bewegen und benehmen, in welche Formen wir unsere Gefühle und Gedanken kleiden – das ist nicht erstmalige Improvisation, sondern – mehr oder weniger dunkle – Erinnerung, Rückbeugung in die unendlichen Abfolgen von Vergangenheiten, in die Zeitkulissen, die dem grübelnden Blick immer weiter zurückweichen, ohne daß er ihnen jemals ›auf den Grund zu kommen‹ vermöchte.«

Gerade dem Blick zurück, dem grübelnden zumal, bleibt

die Zeit auffällig und als Bedachtsamkeitspol gegeben. Der Zeit sind wir unterworfen, auch wenn wir uns in ihr festen Stand zu sichern suchen, der sich am Fraglosen, am Hochglanz freigestellter Momente orientiert. In Gedanken kann sich der Mensch der Zeit entheben, das ist leichter, als man meint; er wird allerdings, aus seinen Besinnungsoasen im Kopf, unfreundlich-schmerzlich in die zeitliche Dürre zurückversetzt, wenn er sich klarmachen muß, daß er altert. Der Alterungsprozeß ist, bisher jedenfalls, jene Maske der Zeit, die sich nicht absetzen oder austauschen läßt; er bildet unsere zweite Haut auf der ersten. Darüber kann man klagen oder verrückt werden; es hilft nichts, und es ist auch nicht schlimm, denn Vergänglichkeit will nicht schrecken, sie will angenommen sein: Thomas Mann setzt sie sich als notwendige Herausforderung vor, die er für gewinnbringend hält. »Zeit muß man haben«, läßt er seinen Goethe im Roman *Lotte in Weimar* sagen. »Zeit ist Gnade, unheroisch und gütig, wenn man sie nur ehrt und sie emsig erfüllt; sie besorgt es im stillen, sie bringt die dämonische Intervention …« Und im ›Lob der Vergänglichkeit‹ fügt er hinzu: »Vergänglichkeit ist … die Seele des Seins, ist das, was allem Leben Wert, Würde und Interesse verleiht, denn sie schafft *Zeit,* – und Zeit ist, wenigstens potentiell, die höchste, nutzbarste Gabe, in ihrem Wesen verwandt, ja identisch mit allem Schöpferischen und Tätigen, aller Regsamkeit, allem Wollen und Streben, aller Vervollkommnung, allem Fortschritt zum Höheren und Besseren. Wo nicht Vergänglichkeit ist, nicht Anfang und Ende, Geburt und Tod, da ist keine Zeit, – und Zeitlosigkeit ist das stehende Nichts, so gut und schlecht wie dieses, das absolut Uninteressante.«

Das Nichts aber kann auch, einer bedeutenden Gedankenfigur des deutschen Idealismus zufolge, als sein unbestimmtes und dennoch tragfähiges Gegenteil gedacht werden, als das Sein nämlich, was z.B. dem »stehende(n) Nichts« Thomas Manns zur Schwere verhelfen, seine Zeitlosigkeit anreichern würde, so daß wir, einmal mehr, den erfüllten Augenblick vor uns hätten; in ihm wäre die »Zeitlosigkeit« nicht mehr »das absolut Uninteressante«, sondern das absolut Interessante. Ohne Zeitlichkeit, die mal lockt und mal droht und sogar ihre eigene Demontage variantenreich durchzuspielen weiß, verliert sich die künstlerische Produktivität an langer Weile und verbrämter Belanglosigkeit; es ist demnach eine Kunst, vergänglich zu sein – und das Beste daraus zu machen: »Zu den wesentlichsten Eigenschaften, welche den Menschen von der übrigen Natur unterscheiden, gehört das Wissen von der Vergänglichkeit, von Anfang und Ende und also von der Gabe der Zeit, – diesem so subjektiven, so eigentümlich variablen, nach seiner Nutzbarkeit so ganz dem Sittlichen unterworfenen Element, daß sehr wenig davon sehr viel sein kann. Es gibt ferne Himmelskörper, deren Materie von so unglaublicher Dichtigkeit ist, daß ein Kubikzoll davon bei uns zwanzig Zentner wiegen würde. So ist es mit der Zeit schöpferischer Menschen; sie ist von anderer Struktur, anderer Dichtigkeit, anderer Ergiebigkeit als die locker gewobene und leicht verrinnende der Mehrzahl (...). Die Beseeltheit des Seins von Vergänglichkeit gelangt im Menschen zu ihrer Vollendung.«

Auch das ist in seinen Grundzügen von Goethe her gedacht; er nämlich, Goethe, holte die Welt ein, vereinnahmte sie, hielt sie besetzt vor dem Prägegrund abstreichender Vergänglichkeit; nur so, im Licht, das gegeben wird und empfangen, war ihm Selbstfindung und Selbstbestätigung möglich. Am farbigen Abglanz haben wir das Leben, wußte Goethe und wollte bis zuletzt nicht nachgeben und nicht unterliegen. Thomas Mann hat es ihm gleichgetan, er bleibt mit seinem Vorbild auf so vertrautem Fuße, daß er an seiner Seite noch einmal das Spiel zu Würden gebracht hat: Er macht sich den literarischen Spaß, Goethes Lotte in Weimar zu begleiten, eine alte Dame, die, da sie merkwürdig klug geworden ist und mit dem Vergänglichen keine Probleme mehr hat, eine Devise verkünden darf, die ihr wohl gleich von beiden Herren, vom Geheimen Rat Goethe und dem Autor Thomas Mann, eingeflüstert worden sein könnte: »Der Erinnerung zu leben, ist eine Sache des Alters und des Feierabends nach vollbrachtem Tagwerk. In der Jugend damit zu beginnen, das ist der Tod.« Und wahrscheinlich hätte Goethe in Amerika ähnlich wie sein Nachfolger Thomas Mann gedacht, der 1938, als er erstmals ins »überhelle« Kalifornien kam, seinem Tagebuch mitteilte: »Es ist ja wie immer. Ein Tisch ist da, ein Sessel mit Lampe zum Lesen, eine Bücherreihe auf der Konsole, – und ich bin allein. Was verschlägt es, daß ich ›weit weg‹ bin? Weit weg wovon? Etwa von mir? Unser Zentrum ist in uns. Ich habe die Flüchtigkeit äußerer Seßhaftigkeit erfahren. Wo wir sind, sind wir ›bei uns‹. Was ist Heimatlosigkeit? In den Arbeiten, die ich mit mir führe, ist meine Heimat. Vertieft in sie, erfahre ich alle Traulichkeit des Zuhauseseins. Sie sind Sprache, deutsche Sprache und Gedankenform, persönlich entwickeltes Überlieferungsgut meines Landes und Volkes. Wo ich bin, ist Deutschland.«

## *Mehr Sehnsucht als Erfüllung*
Hesse und die Stufen des Lebens

*Hermann Hesse,*
*geb. am 2. Juli 1877 in Calw,*
*gest. am 9. August 1962 in Montagnola (Tessin)*

Er ist einer der weltweit erfolgreichsten deutschen Schriftsteller, seine Werke werden in den USA gelesen, in El Salvador, Usbekistan, Neuseeland und China. Zudem hat er, meist unfreiwillig, ganze Generationen mit bekennender Literatur versorgt, allen voran die Hippies der sechziger und siebziger Jahre, die sich speziell um seinen Roman *Der Steppenwolf* (1927) scharten, der wiederum einer (damals) erfolgreichen Rockband zu ihrem Namen und einem Song verhalf, in dem sich das Lebensgefühl der Aussteigergeneration widerspiegelte (*Born to be wild*). Die hiesigen, eher zahmen Hesse-Puristen hielten das für ein Mißverständnis, aber das war es nicht: Ihr Dichter nämlich verstand sich durchaus aufs Aussteigen, er probte die Selbstfindung, die unzählige Varianten kennt und doch an kein Ziel kommt, das über jeden Zweifel erhaben wäre. Vom »unfruchtbar einsamen Virtuosentum des Künstlers« hielt Hesse wenig: Zwar lobte er den »Eigensinn«, wußte aber auch um die Notwendigkeit, »das persönliche Leben und Tun einem überpersönlichen Ganzen, einer Idee, einer Gemeinschaft einzuordnen«.

Hermann Hesse stammt aus kleinbürgerlichen Verhältnissen; die Eltern sind fromm und wollen den Sohn zum Theologen ausbilden lassen. Der aber möchte seine Kindheit zunächst gar nicht verlassen: Die Heimatstadt Calw, die er in seinen Werken später *Gerbersau* nennt, erklärt er kurzerhand zur »schönsten Stadt zwischen Neapel, Wien und Singapore«. Dort kennt er sich so gut aus, daß es auch für später noch reicht: »Ich wußte Bescheid in unsrer Vaterstadt, in den Hühnerhöfen und in den Wäldern, in den Obstgärten und in den Werkstätten der Handwerker, ich kannte die Bäume, Vögel und Schmetterlinge, konnte Lieder singen und durch die Zähne pfeifen, und sonst noch manches, was fürs Leben von Wert ist. (...)« Es ist ein Stück zeitlose Heimat, das Hesse für sich gewinnt; in der Erinnerung bleibt sie ihm greifbar, auch wenn die zugehörigen Bilder mit dem Alter etwas Staub ansetzen und Mühe haben, sich gegen jüngere Eindrücke zu behaupten. Nach einem Wiedersehen mit seiner Geburtsstadt, da ist er immerhin schon 41 Jahre alt, schreibt er: »Wenn ich jetzt wieder eine Viertelstunde auf der Brückenbrüstung sitze, über die ich als Knabe tausendmal meine Angelschnur hinabhängen hatte, dann fühle ich tief und mit einer wunderlichen Ergriffenheit, wie schön und merkwürdig dies Erlebnis für mich war: einmal eine Heimat gehabt zu haben! Einmal an einem kleinen Ort der Erde alle Häuser und ihre Fenster und alle Leute dahinter gekannt zu haben! Einmal an einen bestimmten Ort dieser Erde gebunden gewesen zu sein, wie der Baum mit Wurzeln und Leben an seinen Ort gebunden ist.« Dieses Gefühl hält an und läßt sich im Alter, sofern man gesund geblieben ist, noch einmal vertiefen, ja nun erst richtig wertschätzen; Zeit und Raum spielen keine Rolle mehr, die Entfernungen schrumpfen auf wehmütiges Gedankenformat: »Je mehr das Alter mich einspinnt, je unwahrscheinlicher es wird, daß ich die Heimat der Kinder- und Jünglingsjahre noch einmal wiedersehe, desto fester bewähren die Bilder, die ich von Calw und von Schwaben in mir trage, ihre Gültigkeit und Frische. Wenn ich als Dichter vom Wald oder vom Fluß, oder vom Wiesental, vom Kastanienschatten oder Tannenduft spreche, so ist es der Wald von Calw, ist es die Calwer Nagold, sind es die Tannenwälder und die Kastanien von Calw, die gemeint sind, und auch Marktplatz, Brücke und Kapelle, Bischofstraße und Ledergasse, Brühl und Hirsauer Wiesenweg sind überall in meinen Büchern, auch in denen, die nicht ausdrücklich sich schwäbisch geben, wiederzuerkennen, denn alle diese Bilder und hundert andre haben einst dem Knaben als Urbilder Hilfe geleistet, und nicht irgendeinem Begriff von ›Vaterland‹, sondern eben diesen Bildern bin ich zeitlebens treu und dankbar geblieben, sie haben mich und mein Weltbild formen helfen, und sie leuchten mir heute noch inniger und schöner als je in der Jugendzeit.«

Schon früh faßt der Knabe Hesse einen für ihn naheliegenden Plan: »Von meinem dreizehnten Jahr an war mir (…) klar, daß ich entweder ein Dichter oder gar nichts werden wolle.« Dabei kommt ihm eine Anregung zugute, die sich, wie andere unauffällige Inspirationen auch, eher beiläufig einstellt, dafür aber um so nachhaltiger wird: »In unserem Schullesebuch, das wir als zwölfjährige Lateinschüler hatten, standen die üblichen Gedichte und Geschichten, die Anekdoten von Friedrich dem Großen und Eberhard im Barte, und alles las ich gern, aber mitten zwischen diesen Sachen stand etwas anderes, etwas Wunderbares, ganz und gar Verzaubertes, das Schönste, was mir je im Leben begegnet war. Es war ein Gedicht von Hölderlin, das Fragment *Die Nacht*. Oh, diese wenigen Verse, wie oft habe ich sie damals gelesen, und wie wunderbar und heimlich Glut und auch Bangigkeit weckend war dies Gefühl: Das ist Dichtung! Das ist ein Dichter!« Es sind nur vier Zeilen, die Hesse den Kopf verdrehen und eine Ahnung vom großen Geheimnis anklingen lassen, in das jedes Leben eingesponnen bleibt: »(...) die Nacht kommt, / Voll mit Sternen und wohl wenig bekümmert uns, / Glänzt die Erstaunende dort, die Fremdlingin unter den Menschen / Über Gebirgshöhn traurig und prächtig herauf.« Als der Zauber sich gelegt hat und doch nicht vorbei ist, schreibt Hesse: »Nie mehr, so viel und begeistert ich auch als Jüngling las, haben Dichterworte mich so völlig bezaubert, wie diese damals den Knaben.«

Im Herbst 1891 wird Hesse ins Klosterseminar Maulbronn gegeben, wo es ihm anfangs ganz gut gefällt; sein anfänglicher Elan läßt jedoch nach. Er reißt aus, irrt »23 Stunden in Württemberg, Baden und Hessen herum«, schläft »auf freiem Feld bei 7 Grad minus«, bis ihn Landjäger aufgreifen und zurückbringen. Die Lehrer gehen vergleichsweise milde mit ihm um, er bekommt »wegen unerlaubten Entweichens aus der Anstalt« nur acht Stunden Karzer. Danach fühlt er sich »so müde, kraft- und willenlos (...). Meine Füße sind immer eiskalt, während es ganz innen im Kopf brennt (...). Ich möchte hingehn wie das Abendrot«. Es läßt sich nicht verbergen: Hesse geht es schlecht, er hat Depressionen. Die nächste Zeit gleicht einer Irrfahrt: Er verläßt Maulbronn, wird der Obhut eines Gebetsheilers in Bad Boll übergeben, was ihm aber nicht bekommt. Wenig später sieht er sich in eine unglückliche Liebe verstrickt, die ihn so belastet, daß er einen Selbstmordversuch unternimmt. Auch in der Nervenheilanstalt Stetten, der er ab Mai 1892 übergeben wird, kann man ihm nicht helfen. Zwei weitere Schulversuche folgen, die ebenso abgebrochen werden wie eine Buchhändlerlehre in Esslingen. Danach aber, als alles schon aussichtslos erscheint, ist er über den Berg. Im Frühsommer 1894 wird er Praktikant einer Werkstatt für Turmuhren in Calw. Diese Arbeit macht ihm Spaß, er findet langsam wieder zu sich selbst, wozu auch die Lesewut beiträgt, die in ihm angestaut ist; wann immer es seine Zeit erlaubt, liest er, was ihm an Büchern in die Hände fällt. Im Mai 1895 erklärt Hesse seine Krise, die er später in seinem zweiten Roman *Unterm Rad* beschreibt, für beendet: »Die böse Zeit voll Zorn und Haß und Selbstmordgedanken liegt hinter mir, immerhin hat sie mein dichterisches Ich ausgebildet; die tollste Sturm- und Drangzeit ist glücklich überwunden.« Von 1895 bis 1903 betätigt er sich als Buchhändler in Tübingen und Basel. Er veröffentlicht Gedichte und Kurzprosa. 1904 erscheint sein erster Roman *Peter Camenzind* und macht ihn bekannt. Die Botschaft dieses Buches ist jugendbewegt und altersweise zugleich; im Rückblick schreibt Hesse: »Ich hatte (...) den Wunsch, in einer größeren Dichtung den heutigen Menschen das großzügige, stumme Leben der Natur nahezubringen und liebzumachen. Ich wollte sie lehren, auf den Herzschlag der Erde zu hören, am Leben des Ganzen teilzunehmen und im Drang ihrer kleinen Geschicke nicht zu vergessen, daß wir nicht Götter und von uns selbst geschaffen, sondern Kinder und Teile der Erde und des kosmischen Ganzen sind.« Das könnten viele Leute wohl heute noch unterschreiben, und tatsächlich hat sich Hesse schon früh einem zeitlosen Verständigungsprogramm von Mensch und Natur verpflichtet, dem literarische Moden nicht viel anhaben können. Es sieht den Dichter als Mahner, der mit den Mitteln der Poesie in Erinnerung ruft, was in geschäftiger Gegenwart vergessen zu werden droht: »Ich wollte daran erinnern, daß gleich den Liedern der Dichter und gleich den Träumen unsrer Nächte auch Ströme, Meere, ziehende Wolken und Stürme Symbole und Träger der Sehnsucht sind, welche zwischen Himmel und Erde ihre Flügel ausspannt und deren Ziel die zweifellose Gewißheit vom Bürgerrecht und von der Unsterblichkeit alles Lebenden ist.« Der junge Hesse begibt sich auf die Suche nach einer Wahrheit, an die der Mensch sich halten kann, auch wenn es unmenschlich zugeht und seine persönlichen Hoffnungen ein ums andere Mal enttäuscht werden. Diese Wahrheitssuche kommt im Leben jedoch nicht an ein Ende, weiß der alte Hesse und ist damit nicht viel schlauer als in jungen Jahren. Dennoch kann man hinzulernen, kann aus Erfahrung sogar einigermaßen glücklich werden, was sich auch in einer Art Botschaft zusammenfassen läßt: »Ich wollte (...) die Menschen lehren, in der brüderlichen Liebe zur Natur Quellen der Freude und Ströme des Lebens zu finden; ich wollte die Kunst des Schauens, des Wanderns und Genießens, die Lust am Gegenwärtigen predigen. Gebirge, Meere und grüne Inseln wollte ich in einer verlockend mächtigen Sprache zu euch reden lassen und wollte euch zwingen, zu sehen, was für ein maßlos vielfältiges, treibendes Leben außerhalb eurer Häuser und Städte täglich blüht und überquillt. (...) Ich wollte euch erzählen, welche goldene Kette unvergeßlicher Genüsse ich

Einsamer und Schwerlebiger in dieser Welt gefunden hatte, und wollte, daß ihr, die ihr vielleicht glücklicher und froher seid als ich, mit noch größeren Freuden diese Welt entdekket.« Daß er in seinem Erstlingsroman *Peter Camenzind* bereits die Motive versammelt, die sich auch in seinen späteren Arbeiten wiederfinden, hat Hesse selbst bestätigt: »Ich glaube, hier haben wir den Anfang des roten Fadens gefunden, der durch mein ganzes Werk geht. Ich bin zwar nicht bei der etwas kauzigen Eremitenhaltung Camenzinds geblieben, ich habe mich im Laufe meiner Entwicklung den Problemen der Zeit nicht entzogen und nie (...) im elfenbeinernen Turme gelebt, aber das erste und brennendste meiner Probleme war nie der Staat, die Gesellschaft oder die Kirche, sondern der einzelne Mensch, die Persönlichkeit, das einmalige, nicht normierte Individuum.«

Obwohl der literarische Erfolg in seinem Ausmaß überraschend kommt, hat Hesse ihn doch insgeheim erwartet; er kann nun ganz und gar Schriftsteller sein. Er heiratet die Fotografin Maria Bernoulli, zieht nach Gaienhofen am Bodensee. Obwohl er ein »Gefühl von Seßhaftigkeit« hat und dem »hübschen Traum« anhängt, »mir (...) etwas wie Heimat schaffen (...) zu können«, ist eine merkwürdige Unruhe in ihm: »Ich hatte mir als junger Mensch das Mannesalter ganz anders vorgestellt. Nun ist es auch wieder ein Warten, Fragen und Unruhigsein, mehr Sehnsucht als Erfüllung. Die Lindenblüten duften, und Wanderburschen, Sammelweiber, Kinder und Liebespaare scheinen alle einem Gesetz zu gehorchen und wohl zu wissen, was sie zu tun haben. Nur ich weiß nicht, was ich zu tun habe (...).«

Hesse reist nach Italien (1904) und Indien (1911), dessen

Geisteswelt ihn beeindruckt. Dennoch bleibt er ein Einzelgänger mit Familienanschluß; er hat drei Kinder, ist dreimal verheiratet, reißt sich aber immer wieder los, wenn er Einengung spürt: »In meinem Leben haben stets Perioden einer hochgespannten Sublimierung, einer auf Vergeistigung zielenden Askese abgewechselt mit Zeiten der Hingabe an das naiv Sinnliche, ans Kindliche, Törichte, auch ans Verrückte und Gefährliche. Jeder Mensch hat das in sich.« Auch seine Bücher erzählen gern von den Vorzügen und Gefährdungen des Einzelgängers: »Beinahe alle Prosadichtungen, die ich geschrieben habe, sind Seelenbiographien, in allen handelt es sich nicht um Geschichten, Verwicklungen und Spannungen, sondern sie sind im Grunde Monologe, in denen eine einzige Person – wie *Peter Camenzind, Knulp, Demian, Siddhartha*, Harry Haller [Der *Steppenwolf*] – »in ihren Beziehungen zur Welt und zum eigenen Ich betrachtet wird.« Was Hesse über seinen Romanhelden *Peter Camenzind* sagt, der ihn in die Erfolgsspur brachte, gilt, mit Abstrichen, auch für ihn selbst: »Er strebt von der Welt und Gesellschaft zur Natur zurück, er wiederholt im kleinen die halb tapfere, halb sentimentale Revolte Rousseaus, er wird auf diesem Wege zum Dichter.« Zu Beginn des Ersten Weltkriegs meldet sich Hesse als Freiwilliger; man will ihn aber nicht haben, denn er ist schwer kurzsichtig. Der Dichter Hesse wird immer pazifistischer; er betätigt sich in der Kriegsgefangenenfürsorge und nervt seine Landsleute mit mahnenden Texten, die ihm mehrheitlich heftige Beschimpfungen einbringen. Hesse fühlt sich als »der Ausgestoßene«, was auch ein gleichnamiges Gedicht jener Zeit zum Ausdruck bringt: »Jahre ohne Segen, / Sturm auf allen Wegen, / Nirgend Heimatland, /

Irrweg nur und Fehle/Schwer auf meiner Seele/Lastet Gottes Hand.«

Im Mai 1919 zieht Hesse nach Montagnola im Tessin, ein »kleines, verschlafenes Dorf inmitten von Rebbergen und Kastanienwäldern«, das zu seiner eigentlichen Heimat wird. Der Sommer, der auf den Mai folgt, ist ein heißer, rauschhafter Sommer, der ihm neuen Lebensmut gibt: »(...) ich bin nicht gestorben. Also nochmals dreht sich Erde und Sonne für mich, (...) und noch lange spiegelt sich Blau und Wolke, See und Wald in meinem lebendigen Blick, nochmals gehört mir die Welt, nochmals spielt sie auf meinem Herzen ihre vielstimmige Zaubermusik.« Die Bildermacht dieses Sommers, den er später die »vollste, üppigste, fleißigste und glühendste« Zeit seines Lebens nennt, gibt er an einen Romanhelden weiter, den Maler *Klingsor*, der davon gar nicht genug bekommen kann: »Die heißen Tage, so lang sie waren, loderten weg wie brennende Fahnen, den kurzen schwülen Mondnächten folgten kurze schwüle Regennächte, wie Träume schnell und mit Bildern überfüllt fieberten die glänzenden Wochen dahin. (...) Unter ihm sank tief und schwindelnd der alte Terrassengarten hinab, ein tief durchschattetes Gewühl dichter Baumwipfel (...). Über der Baumschwärze schimmerten blaßspiegelnd die großen blechernen Blätter der Sommermagnolien, riesige schneeweiße Blüten dazwischen halbgeschlossen, groß wie Menschenköpfe, bleich wie Mond und Elfenbein, von denen durchdringend und beschwingt ein inniger Zitronengeruch herüberkam.« Hesse hat inzwischen selbst angefangen zu malen: »Die glühenden Tage wanderte ich durch die Dörfer und Kastanienwälder, saß auf dem Klappstühlchen und versuchte, mit Wasserfarben etwas von dem flutenden Zauber aufzubewahren, die warmen Nächte saß ich bis zu später Stunde, bei offenen Türen und Fenstern in Klingsors Schlößchen und versuchte, etwas erfahrener und besonnener, als ich es mit dem Pinsel konnte, mit Worten das Lied dieses unerhörten Sommers zu singen.«

1923 erhält Hesse die Schweizer Staatsbürgerschaft. Zwischen den beiden Weltkriegen nutzt er seine wachsende Berühmtheit, um politisch Einfluß zu nehmen; er tut dies auf seine persönliche Art, indem er unzählige Briefe an junge Deutsche schreibt, denen er ins Gewissen redet. Das an sich ist schon eine Fleißleistung; hinzu kommen die Bücher, die er veröffentlicht, u.a. *Demian* (1919), den Indien-Roman *Siddhartha* (1922), *Sinclairs Notizbuch* (1923), *Kurgast* (1925), *Der Steppenwolf* (1927), *Betrachtungen, Krisis* (1928), *Narziß und Goldmund* (1930).

1942, mitten im Krieg, beendet Hesse seinen Roman *Das Glasperlenspiel,* vielleicht sein reichhaltigstes Werk, das »den Widerstand des Geistes gegen die barbarischen Mächte zum Ausdruck bringen« will und sich, erstaunlich genug, denn der Kampf gegen ebendiese barbarischen Mächte ist ja noch nicht gewonnen, zu einer »Heiterkeit« bekennt, »die ja nichts anderes ist als Tapferkeit, als ein heiteres, lächelndes Schreiten und Tanzen mitten durch die Schrecken und Flammen der Welt (...)«. Hesses anspruchsvoll gedachte Heiterkeit findet ihre Beglaubigung nicht in der Tagespolitik, auch nicht im persönlichen Krisenmanagement einer einzelnen Existenz, sondern in der Ideenvorgabe des Allgemeinmenschlichen: »Diese Heiterkeit ist weder Tändelei noch Selbstgefälligkeit, sie ist höchste Erkenntnis und Liebe, ist Bejahen aller Wirklichkeit, Wachsein am Rand aller Tiefen und Abgründe, sie ist eine Tugend der Heiligen und der Ritter, sie ist unstörbar und nimmt mit dem Alter und der Todesnähe nur immer zu. Sie ist das Geheimnis des Schönen und die eigentliche Substanz jeder Kunst. (... ) Auch wenn ganze Völker und Sprachen die Tiefe der Welt zu ergründen suchen, in Mythen, Kosmogonien, Religionen, ist das Letzte und Höchste, was sie erreichen können, diese Heiterkeit.« In einen solchen Gemütszustand kann man sich jedoch, wenn überhaupt, nur im Alter versenken, und gerade dann bleibt ein Ende abzusehen. Hesse hat die von ihm so ehrfürchtig beschworene Heiterkeit denn auch weniger realistisch als idealistisch gesehen, sie dient ihm als Resonanzboden für einen Erkenntnisgang, der sich seiner Sache nie sicher sein kann und deswegen immer schon über sich hinausweist. »Mein Leben (...)«, läßt er den *Magister Ludi Josef Knecht* im Roman *Das Glasperlenspiel* sagen, »sollte ein Transzendieren sein, ein Fortschreiten von Stufe zu Stufe, es sollte ein Raum um den andern durchschritten und zurückgelassen werden, so wie eine Musik Thema um Thema, Tempo um Tempo erledigt, abspielt, vollendet und hinter sich läßt, nie müde, nie schlafend, stets wach, stets vollkommen gegenwärtig.« Eine Gewißheit, in der wir uns einhausen könnten, um auf Dauer behütet und abgesichert zu sein, ist für uns nicht vorgesehen: »Es gibt die Wahrheit, mein Lieber! Aber die ›Lehre‹, die du begehrst, die absolute, vollkommene und allein weise machende, die gibt es nicht. Du sollst dich auch gar nicht nach einer vollkommenen Lehre sehnen, Freund, sondern nach Vervollkommnung deiner selbst. Die Gottheit ist in dir, nicht in den Begriffen und Büchern. Die Wahrheit wird gelebt, nicht doziert.« Dazu paßt, daß Hesse, den seine zahlreichen Verehrer auch als Lebensberater in Anspruch nehmen wollen, es ablehnt, Patentrezepte auszugeben; er ist ein Wahrheitssucher, kein Wahrheitsverkünder: »Ich kann Ihnen keine Fragen beantworten, ich kann meine eigenen Fragen nicht beantworten. Ich stehe ebenso ratlos und ebenso bedrückt vor der Grausamkeit des Lebens wie Sie. Dennoch habe ich den Glauben, daß die Sinnlosigkeit überwindbar sei, indem ich immer wieder meinem Leben doch einen Sinn setze. Ich glaube, daß ich für die Sinnhaftigkeit oder Sinnlosigkeit des Lebens nicht verantwortlich bin, daß ich aber dafür verantwortlich bin, was ich selber mit meinem eigenen, einmaligen Leben anfange.«

Nach dem Krieg wird Hesse mit hohen Ehren bedacht: Er erhält im gleichen Jahr den Goethe-Preis und den Nobelpreis für Literatur (1946). Seinen Ruhm, der ja zuvor schon nicht gering war, hat das noch einmal befördert, bis hin zur fortgesetzten Belästigung: Am Eingang zu seinem Haus bringt er ein Schild an: »Bitte keine Besuche!«; genützt hat es nicht viel. Und auch, daß er auf poetische Weise um Schonung ersucht, vermag die zur Verehrung entschlossenen Zeitgenossen nicht zu beeindrucken: »*Worte des Meng Hsiä (alt chinesisch).* – Wenn Einer alt geworden ist und das Seine getan hat, steht ihm zu, sich in der Stille mit dem Tode zu befreunden. Nicht bedarf er der Menschen. Er kennt sie, er hat ihrer genug gesehen. Wessen er bedarf, ist Stille. Nicht schicklich ist es, einen Solchen aufzusuchen, ihn anzureden, ihn mit Schwatzen zu quälen. An der Pforte seiner Behausung ziemt es sich vorbeizugehen, als wäre sie Niemandes Wohnung.«

Größere Prosaschriften veröffentlicht Hesse zuletzt nicht mehr, seine Sehkraft läßt nach, er erkrankt an Leukämie. Was er noch schreibt, sind vor allem Gedichte, die vom Bleibenden sprechen, von ehrwürdigen Gewißheiten, Hoffnungen, von der Antwort des Lebens auf den Tod. In seinem bekanntesten Gedicht, *Stufen,* das altgediente Hesse-Fans Wort für Wort und mit leuchtendem Blick hersagen können, heißt es: »(…) Wir sollen heiter Raum um Raum durchschreiten, / An keinem wie an einer Heimat hängen, / Der Weltgeist will nicht fesseln uns und engen, / Er will uns Stuf' um Stufe heben, weiten. / Kaum sind wir heimisch einem Lebenskreise / Und traulich eingewohnt, so droht Erschlaffen; / Nur wer bereit zu Aufbruch ist und Reise, / Mag lähmender Gewöhnung sich entraffen. / – Es wird vielleicht auch noch die Todesstunde / Uns neuen Räumen jung entgegen senden, / Des Lebens Ruf an uns wird niemals enden … / Wohlan denn, Herz, nimm Abschied und gesunde!«

Hesse war der Dichter »des gegenbürgerlichen Mutes« (Alfred Wolkenstein); er besaß ein »erlesenes Gefühl für das Angemessene, für Zurückhaltung, für Harmonie und (…) den inneren Zusammenhang der Dinge« (André Gide). Seine Leser wissen das noch immer zu schätzen; sie mögen einen Autor, der es ehrlich mit ihnen meint und dafür in Kauf nahm, von selbstgefälligen Kritikern abgestraft zu werden.

## *Den inneren Menschen erfinden*
### Musil und der andere Zustand

*Robert Musil,*
*geb. am 6. November 1880 in Klagenfurt,*
*gest. am 15. April 1942 in Genf*

Der Mensch denkt, und Gott lenkt, heißt es in einem Spruch, den man, für sich selbst, weiter ausspinnen kann: Mit Blick auf das Komplizierte in der Welt nämlich denkt der Mensch nicht kompliziert genug, was auch bedeutet, daß Gott nicht so lenkt, daß wir es zu begreifen vermögen. Falls er, der Herrgott, überhaupt da ist und lenkt und sich nicht aus allen Amtsgeschäften zurückgezogen hat, die nun so vor sich hinlaufen, einer geheimen Ordnung folgend, an welche der Mensch nicht wirklich heranreicht. Eine innere Haltlosigkeit wohnt seinen Erkenntnissen inne, die auch daherrührt, daß sie der Zeit unterworfen sind; der Bewußtseinsstrom, der den Menschen durchzieht, ist von kontinuierlichem Wechsel geprägt; alle drei Sekunden, wenn nicht schon früher, erscheint ein anderer Gast auf seiner Gedankenbühne und will bemerkt und bedacht sein. Einen Halt kann der Mensch darin nur schwerlich finden; er muß sein Wissen von sich willkürlich ordnen und sich selber so in die Verantwortung nehmen, daß er zum leitenden Angestellten seiner selbst taugt. Souveräner Umgang mit den Tatsachen des Bewußtseins ist schwer; am besten kommt wohl noch der zurecht, der lieber lebt als denkt. Dem Schriftsteller Robert Musil war das nicht vergönnt, im Gegenteil: Musil dachte nach, unentwegt, er stellte sein Denken auf die Probe, forderte es heraus, weil er Präzisionsarbeit von ihm erhoffte und doch immer wieder auf jenen Wahrnehmungsriß stieß, der zwischen Ich und Gegenstandswelt eine schmerzliche Kluft bildet. In seinem ersten Roman, *Die Verwirrungen des Zöglings Törleß,* heißt es: »Zwischen den Ereignissen und seinem Ich, ja, zwischen seinen eigenen Gefühlen und irgendeinem innersten Ich, das nach ihrem Verständnis begehrte, blieb immer eine Scheidelinie, die wie ein Horizont vor seinem Verlangen zurückwich, je näher er ihr kam. Ja, je genauer er seine Empfindungen mit den Gedanken umfaßte, je bekannter sie ihm wurden, desto fremder und unverständlicher schienen sie ihm gleichzeitig zu werden, so daß es nicht einmal mehr schien, als ob sie vor ihm zurückwichen, sondern als ob er selbst sich von ihnen entfernen würde und doch die Einbildung, sich ihnen zu nähern, nicht abschütteln könnte. Dieser merkwürdige, schwer zugängliche Widerspruch füllte später eine weite Strecke seiner geistigen Entwicklung, er schien seine Seele zerreißen zu wollen und bedrohte sie lange als ihr oberstes Problem.«

Das Ich, gerade das Ich eines Schriftstellers, ist anmaßend flüchtig; es flieht vor sich selbst, vor den Dingen, vor der Welt, und doch kommt es dabei nicht vom Fleck, sondern steht mitten im Gedankengeschehen, geschützt nur durch eine unsichtbare Wand, die gezogen wird, um aus minimaler Distanz wahrheitsfähig zu werden, was eher schmerzlich ist und ein besonderes, vorgeblich besseres, insgesamt aber nicht sehr froh stimmendes Wissen nach sich zieht. Musil hat mit diesem besseren Wissen zu kämpfen, das auf genauerem Hinsehen, auf Nachdenken gründet; schon als Schüler und Student wird er damit belastet und empfindet eine schneidende Sicherheit, die er eigentlich gar nicht haben will. Man kann auch sagen, daß er sich allein gelassen vorkommt; Musil grübelt zuviel, und er liest zuwenig. Das ändert sich, als es ihm gelingt, sein besseres Wissen zu hintergehen und einmal nachzuschauen, ob andere nicht vielleicht mehr und vor allem Besseres gewußt haben. Musil liest Friedrich Nietzsche, der ihm verborgene, zuvor nur erahnte Gedankenwelten eröffnet. Nietzsche, der mit seinen Büchern an geheime Bruchstellen im Rahmenwerk fester Gewißheiten rührt, macht Musil deutlich, daß dem Wahren eine notwendige Doppelbödigkeit innewohnt; das Große ist nicht so groß, wie es groß tut, und das Tiefe hat eine Oberfläche, die weiter hinabreicht, als man meinen möchte. In *Menschliches, Allzumenschliches* liest Musil: »(...) Sie meinen, mit tiefen Gefühlen komme man tief ins Innere, nahe man sich dem Herzen der Natur. Aber diese Gefühle sind nur insofern tief, als mit ihnen, kaum bemerkbar, gewisse komplizierte Gedankengruppen regelmäßig erregt werden, welche wir tief nennen; ein Gefühl ist tief, weil wir den begleitenden Gedanken für tief halten. Aber der tiefe Gedanke kann dennoch der Wahrheit sehr ferne sein, wie zum Beispiel jeder metaphysische; rechnet man vom tiefen Gefühle die beigemischten Gedankenerlebnisse ab, so bleibt das starke Gefühl übrig, und dieses verbürgt nichts für die Erkenntnis als sich selbst, ebenso wie der starke Glaube nur seine Stärke, nicht die Wahrheit des Geglaubten beweist.«

Nietzsche versteht es, in Gegensätzen zu argumentieren;

er gibt dem Leichtfertigen Gewicht und holt das Erhabene auf den Boden der Tatsachen zurück. Alles ist im Fluß, lernt Musil von Nietzsche, es gibt keine echten Gewißheiten, keine unantastbaren Werte, das Sein ist so flüchtig und gut wie das Nichts. Wer dies durchschaut, gewinnt ein anderes Verhältnis zur Wahrheit: Er nimmt das Bewußtseinsgeschehen an, setzt in ihm Anhaltspunkte, schafft aus schnell wechselnder Vielfalt kunstfertige Einheiten, die nicht als verbürgt anzunehmen sind. Wie Nietzsche es formuliert: »Alle stärkeren Stimmungen bringen ein Miterklingen verwandter Empfindungen (...) mit sich: sie wühlen gleichsam das Gedächtnis auf. Es erinnert sich bei ihnen etwas in uns und wird sich ähnlicher Zustände und deren Herkunft bewußt. So bilden sich angewöhnte rasche Verbindungen von Gefühlen und Gedanken, welche zuletzt, wenn sie blitzschnell hintereinander erfolgen, nicht einmal mehr als Komplexe, sondern als Einheiten empfunden werden. In diesem Sinne redet man vom moralischen Gefühle, vom religiösen Gefühle, wie als ob dies lauter Einheiten seien: in Wahrheit sind sie Ströme mit hundert Quellen und Zuflüssen. Auch hier, wie so oft, verbürgt die Einheit des Wortes nichts für die Einheit der Sache.«

Der Philosoph Nietzsche hat den Dichter Musil auf den Weg gebracht. Das konnte geschehen, weil der Philosoph Nietzsche auch ein Dichter und der Dichter Musil ein Philosoph war. Beide haben, auf jeweils unverwechselbare Weise, bewiesen, daß jeder tieferen Beschreibungskunst eine Philosophie zugrunde liegt; sie prägt, mal überdeutlich, mal unmerklich, die Weltsicht eines Autors, sie läßt sich, letzten Endes und in der Summe, als Botschaft begreifen, von der ein Werk, mit seinen »hundert Quellen und Zuflüssen«, lebt. »Entscheidender Einfluß«, notiert Musil nach seiner Nietzsche-Lektüre. Und in seinem Hauptwerk, dem mehr als 2000 Seiten starken Roman *Der Mann ohne Eigenschaften*, steht später ein Satz, den man als Zusammenfassung seiner Leseerfahrungen nehmen kann: »Kein Ding, kein Ich, keine Form, kein Grundsatz sind sicher, alles ist in einer unsichtbaren, aber niemals ruhenden Wandlung begriffen, im Unfesten liegt mehr von der Zukunft als im Festen, und die Gegenwart ist nichts als eine Hypothese, über die man noch nicht hinausgekommen ist.«

Robert Musil wird am 6. November 1880 in Klagenfurt geboren. Der Vater ist Ingenieur in einer Maschinenfabrik und macht von dort aus Karriere: Er wird Fachhochschulrektor in Steyr, Professor für Maschinenbau in Brünn; man ernennt ihn zum Hofrat und erhebt ihn, nach seiner Emeritierung und vor dem Ende der Donaumonarchie, in den Adelsstand. Ein bemerkenswerter Werdegang für einen Mann, der die Technik liebt und für die schönen Künste wenig übrig hat. Hermine Musil, die Mutter, ist eine merkwürdige Person; sie leidet unter Gefühlsausbrüchen, für die sie, und andere, keine Erklärung haben. »Mein Mutter war eigentümlich verwirrt«, schreibt Musil später, »wie verschlafenes Haar auf einem hübschen Gesicht.« Mit ihr, der Mutter, gerät er, der sich ebenfalls leicht und unvorhersehbar erregen kann, schon als Kind öfter aneinander; zu seinem Vater, der die Familienbande für weniger durchschaubar hält als eine gut konstruierte Maschine, unterhält er ein respektvolles Verhältnis. Übertrieben liebevoll ist es bei den Musils wohl nicht zugegangen; man hat eine Ordnung um sich errichtet, in der es nach den üblichen Vorgaben zu leben gilt. Das Kind Robert lernt früh, sich mit sich selber zu beschäftigen; es kann sich an Unscheinbarem verhaken, es schaut und es träumt. In einem Rückblick Musils wird das dazugehörige Bild gezeichnet: »Öfter stand er lange (...) an einem Fenster und schaute in den Garten. Aber (...) dies war mehr ein unerklärlicher Bann als ein Genuß. Man konnte ohnedies nichts sehen als ein Stückchen der Kieswege und Blätter, Tausende, Zehntausende von Blättern, in den verschiedensten Farben von beschattetem Grün und in den verwickeltsten Durcheinanderschiebungen. Aber auch das sah Robert nicht. Er sah nur eine dunkle Masse, eine langsam bewegte, atmende Masse, etwas Dunkles breitete sich über sein Inneres, etwas ganz Gleichmäßiges, ohne alle Kennzeichen, erfüllte seine Seele. Und wenn er sich endlich vom Fenster losriß, war er stets müde und zum Weinen aufgelegt. Aber ohne alles Heftige wie Schluchzen und Tränen.«

Schon in seiner Jugend hat Musil jenes Gefühl, das in seinem großen Roman später das »blinkende Vergleiten aller Empfindungen« genannt wird. Daraus kann er sich am besten befreien, wenn er sich mit technischen Dingen beschäftigt; das Interesse daran hat er vom Vater. Nach der Realschule wird er ins Militärinternat gegeben; er soll Offizier werden und sein eigenes Geld verdienen. Mit seinen Mitschülern kommt er aus, da er sich durchzusetzen weiß; er hat Heimweh, was aber ein Heimweh ist, das viel mehr meint als die gewöhnliche Sehnsucht nach dem, was man zurücklassen muß. Wie Zögling Törleß schrieb er »Briefe nach Hause, beinah täglich, und er lebte nur in diesen Briefen; alles andere, was er tat, schien ihm nur ein schattenhaftes, bedeutungsloses Geschehen zu sein, gleichgültige Stationen wie die Stundenziffern eines Uhrblattes. Wenn er aber schrieb, fühlte er etwas Auszeichnendes, Exklusives in sich; wie eine Insel voll wunderbarer Sonnen und Farben hob sich etwas in ihm aus dem Meere grauer Empfindungen heraus, das ihn Tag um Tag kalt und gleichgültig umdrängte (...). Er hielt es für Heimweh, für Verlangen nach seinen Eltern. In Wirklichkeit war es aber etwas viel Unbestimmteres und Zusammengesetzteres. Denn der ›Gegenstand dieser Sehnsucht‹, das Bild seiner Eltern, war darin eigentlich gar nicht mehr enthalten.«

Schreiben schafft Konzentration auf das Wesentliche, es gewährt Exklusivität: Nach seiner Nietzsche-Lektüre hat das Auszeichnende des Schreibens für Musil Sinn und Form gefunden, es wird zur lebenslangen Herausforderung. Musil studiert an der Technischen Hochschule Brünn; im Juli 1901 legt er sein Ingenieurexamen ab. Er dient beim Militär, wird Volontär in Stuttgart, beginnt 1903 in Berlin ein Studium der Philosophie und Psychologie; es sei dies, notiert er, sein »eigentliches Studium«, denn nun kann er darangehen, seine angelesenen Erkenntnisse zu vertiefen und durch eigene Kopfarbeit zu ergänzen. 1906 erscheint der erste Roman, *Die Verwirrungen des Zöglings Törleß,* den die Kritik freundlich aufnimmt. Zwei Jahre später promoviert er; offiziell ist er jetzt fertig mit seinen Studien, spürt aber, daß die wesentlichen Fragen noch nicht einmal ansatzweise beantwortet sind. Vielleicht lassen sie sich auch nicht beantworten, eine Erkenntnis, die, beim Wort genommen, sehr viel an produktiver Energie hervorzubringen vermag. Man kann sich, ein ums andere Mal, in das Geheimnisvolle hineinversetzen, kann, auch das hat Nietzsche vorgemacht, den zerfallenden Weltbildern einen eigenen, willkürlich verstärkten Weltentwurf entgegenhalten, der so viel an Wert gewinnt, wie man ihm selber, unberührt von der Anerkenntnis durch andere, zugestehen mag. Das gilt, weiß Musil inzwischen, in besonderem Maße für den Dichter, der seine Meisterschaft am Unfertigen gewinnt: »Der Mensch ist nicht komplett und kann es nicht sein. Gallertartig nimmt er alle Formen an, ohne das Gefühl der Zufälligkeit seiner Existenz zu verlieren. (...) Dichtung hat nicht die Aufgabe, das zu schildern, was ist, sondern das, was sein soll; oder das, was sein könnte, als Teillösung dessen, was sein soll (...). Zur Dichtung gehört wesentlich das, was man nicht weiß; die Ehrfurcht davor. Eine fertige Weltanschauung verträgt keine Dichtung.«

Musils Versuche, im Berufsleben Fuß zu fassen, passen zu seiner literarischen Überzeugung; sie bleiben unfertig, werden durch die Ungeduld des Autors, sein besseres Wissen, das mit der Zeit noch eigensinniger wird, belastet. Er betätigt sich als Bibliothekar, als Pressereferent, Fachberater; im Ersten Weltkrieg ist er Offizier und Landessturmhauptmann an der italienischen Front. Beim Militär gelten feste, nicht immer sinnvolle Kommandostrukturen, die Musil zumindest nach außen hin nicht in Frage stellt; fast hat es den Anschein, als füge er sich mit Erleichterung in eine Ordnung, die keine privaten Entscheidungen, sondern nur das pflichtbewußte Abwägen von Befehl und Gehorsam verlangt. Nach dem Krieg hat diese Ordnung für ihn keine bergende Gültigkeit mehr, er sieht sich zurückgeworfen auf die Gesetze von Angebot und Nachfrage. Was ihm bleibt, ist die Existenz als freier Schriftsteller und Publizist, in der es, wie man weiß, mehr um die Existenz als um die Freiheit geht. Musil, der inzwischen verheiratet ist, hat denn auch dauerhaft mit Geldsorgen zu kämpfen. Einige Auszeichnungen wie der Kleist-Preis oder Gerhart-Hauptmann-Preis erleichtern nur vorübergehend seine Lage. Gerecht ist das nicht, zumal Musil, dem es an diplomatischem Geschick, an Umtriebigkeit, nicht aber an Selbstwertgefühl mangelt, schon länger zu wissen glaubt, was die Literatur an ihm hat: »Ich wäre darum dem Publikum sehr dankbar, wenn es weniger meine ästhetischen Qualitäten beachten würde und mehr meinen Willen. Stil ist für mich exakte Herausarbeitung eines Gedankens. Ich meine den Gedanken, auch in der schönsten Form, der mir erreichbar ist... Daß du nicht berühmt bist, ist natürlich; daß du aber nicht genug Leser zum Leben hast, ist schändlich.«

Musil ist ein Stilist mit dem Willen zur Genauigkeit im Ungenauen; daran läßt er nicht rütteln. Verleger, Kritiker, Kollegen haben es nicht leicht mit ihm, denn er gibt sich, auch um die eigene Verletzlichkeit aufzufangen, zuweilen herablassend, verschlossen, unnahbar. Sein Hang zur Detailtreue im Denken, das stets mehr meint, als es ein noch so kunstvolles Schreiben aufdecken kann, macht ihm die Arbeit zur Qual; der große Roman *Der Mann ohne Eigenschaften,* von dem 1930 der erste Band erscheint und auf beachtliche Resonanz stößt, ufert aus; mit dem zweiten Band kommt er nicht weiter. Die politische Lage wird zudem immer bedrohlicher: Bis 1933 lebt Musil mit seiner Frau in Berlin, dann geht er nach Wien und emigriert auf dem Umweg über Italien in die Schweiz. 1938 erleidet er einen Schlaganfall; das

Schreiben wird ihm nun noch schwieriger. Die Musils sind auf private Unterstützung angewiesen, ein Zustand, der den stolzen Dichter demütigt. So ist der Tod, der ihn am 15. April 1942 ereilt, womöglich Erleichterung und Befreiung gewesen; vielleicht gibt er, der Tod, auf nochmals erhöhter Ebene auch jenen »ganz anderen« Zustand zurück, der, letztlich, nur aus wenigen erwählten Momenten der Dichtkunst aufschimmert: Einen »Zustand tagheller Mystik« nennt Musil ihn, »eine künstliche Einheit des Glücks«. Auf sie will der Dichter hinaus, an ihr verliert er sich, bevor er, so als gälte es nur, in gleichgültiger Welt ein Machtwort zu sprechen, um zum Muster mit Wert zu werden, erneut auf den Prüfstand gerät: »Dieses ist das Heimatgebiet des Dichters, das Herrschaftsgebiet seiner Vernunft. Während sein Widerpart das Feste sucht und zufrieden ist, wenn er zu seiner Berechnung so viel Gleichungen aufstellen kann, als er Unbekannte vorfindet, ist hier von vorneherein der Unbekannten, der Gleichungen und der Lösungsmöglichkeiten kein Ende. Die Aufgabe ist: immer neue Lösungen, Zusammenhänge, Konstellationen, Variable zu entdecken, Prototypen von Geschehensabläufen hinzustellen, lockende Vorbilder, wie man Mensch sein kann, den inneren Menschen *erfinden*.«

# *Als ein Traum, als ein Schweben*
## Kafka und das nichtgelebte Leben

*Franz Kafka,*
*geb. am 3. Juli 1883 in Prag,*
*gest. am 3. Juni 1924 in Kierling (bei Wien)*

Um den gewöhnlichen Erkenntnisvorgang, auch um den sogenannten gesunden Menschenverstand, mit dessen Hilfe wir ganz ordentlich durch das uns zugemutete Geschehen finden, machen wir uns nicht mehr Gedanken als unbedingt nötig. Das ist durchaus nützlich, denn die alltägliche Orientierung, das Wechselspiel von Frage und Antwort, von Tun und Lassen bedeutet Arbeit genug; man muß sie nicht unbedingt hinterfragen, es sei denn, man ist ein Philosoph, dem gerade das Nichtstaunenswerte besonders staunenswert vorkommt. Nun gibt es aber weit mehr Philosophen als man meint; die einfache Nachdenklichkeit ist kein Privileg komplizierter Charaktere, womit sich bereits andeutet, daß im Grunde genommen alles, was ist, zum Gegenstand von Neugier und Bedenken werden kann. Die üblichen Antworten, auch die üblichen Verdächtigen genügen dann nicht; man will mehr, eigentlich sogar: alles wissen. Der Dichter Franz Kafka war ein solcher Mensch, der kein Genügen finden konnte: nicht an sich selbst, nicht an der Welt, aber, was schwerer wog, auch nicht an den normalen Erkenntnisvorgängen, die eine Realität voraussetzen und ein Wissen, das sich ebendieser Realität bedient und an ihr abarbeitet. Kafka mußte schon früh erleben, daß er in das gewöhnliche Wirklichkeitsverständnis nicht hineinzufinden vermochte; aus den Antworten, die er erhielt, gewann er, anders als seine Mitmenschen, keine einsehbaren Gewißheiten, sondern bestenfalls neue Fragen. So hat er in einer seiner frühen Erzählungen, *Beschreibung eines Kampfes,* zum ersten Mal anzudeuten versucht, wie sich ihm das Gegebene gerade dann zu entziehen beginnt, wenn scheinbar alles in Ordnung ist: »Ich hoffe von Ihnen zu erfahren, wie es sich mit den Dingen eigentlich verhält, die um mich wie ein Schneefall versinken, während vor andern schon ein kleines Schnapsglas auf dem Tisch fest wie ein Denkmal steht (...). Sie glauben nicht daran, daß es andern Leuten so geht? Wirklich nicht? Ach, hören Sie doch! Als ich, ein kleines Kind, nach einem kurzen Mittagsschlaf die Augen öffnete, hörte ich, meines Lebens noch nicht ganz sicher, meine Mutter in natürlichem Ton vom Balkon hinunterfragen: ›Was machen Sie, meine Liebe? Ist das aber eine Hitze!‹ Eine Frau antwortete aus dem Garten: ›Ich jause so im Grünen.‹ Sie sagten es ohne Nachdruck und nicht besonders deutlich, als hätte jene Frau die Frage, meine Mutter die Antwort erwartet.«

Das Kind, das seines Lebens nicht ganz sicher ist, hat Kafka für sich nie zurücklassen können. Er selbst ist, je älter er wurde und in geordneten Berufsverhältnissen pflichtbewußt einen ihm übertragenen Dienst erfüllte, immer unsicherer geworden; ihm versanken »die Dinge« tatsächlich »wie ein Schneefall«, während den anderen, der erdrückenden Mehrheit, zu der er, vor allem, seinen gefühlsgroben Vater zu rechnen hatte, »schon ein kleines Schnapsglas auf dem Tisch fest wie ein Denkmal« stand. Für Kafka indes stand gar nichts fest; allenfalls, daß er sich selbst nicht entfliehen konnte – und das war keine tröstliche Aussicht: »Mein Weg ist gar nicht gut und ich muß – soviel Übersicht habe ich – wie ein Hund zugrunde gehn. Auch ich würde mir gerne ausweichen, aber da das nicht möglich ist, freue ich mich nur noch darüber, daß ich kein Mitleid mit mir habe und so egoistisch also endlich geworden bin.«

Zur Hinnahme seiner selbst sieht Kafka sich veranlaßt, als er zu begreifen beginnt, daß ihm kein gewöhnlicher Umgang mit der Wirklichkeit und ihren Menschen vergönnt sein sollte. Die kleine Episode aus der *Beschreibung eines Kampfes* ist ihm tatsächlich widerfahren; auch in einem Brief an den Freund Max Brod wird sie erwähnt, und Kafka merkt dazu an, daß er »über die Festigkeit« staune, »mit der die Menschen das Leben zu tragen wissen«. Er selbst ist zu diesem Zeitpunkt etwa zwanzig Jahre alt und ein folgsamer junger Mann, der sich den elterlichen Karrierewünschen keineswegs entzieht, auch wenn er weiß, daß es ihm nicht vergönnt sein wird, eine Ordnung der Dinge herzustellen, in der er selbst seine Beruhigung findet. Gelingen kann ihm dies nur in der schwebenden Leichtigkeit des Traums, der sich an keine Zeiten und an keine Dienstvorschriften halten muß. In einer Tagebuchaufzeichnung heißt es: »Ich saß einmal vor vielen Jahren, gewiß traurig genug, auf der Lehne des Laurenziberges. Ich prüfte die Wünsche, die ich für das Leben hatte. Als wichtigster oder als reizvollster ergab sich der Wunsch, eine Ansicht des Lebens zu gewinnen (und – das war allerdings notwendig verbunden – schriftlich die anderen von ihr überzeugen zu können), in der das Leben zwar sein natürliches schweres Fallen und Steigen bewahre, aber gleichzeitig mit nicht minderer Deutlichkeit als ein Nichts, als ein Traum, als ein Schweben erkannt werde. Vielleicht ein schöner Wunsch, wenn ich ihn richtig gewünscht hätte. Etwa als Wunsch, einen Tisch mit peinlich ordentlicher Handwerksmäßigkeit zusammenzuhämmern und dabei gleichzeitig nichts zu tun, und zwar nicht so, daß man sagen könnte: ›Ihm ist Hämmern ein Nichts‹, sondern ›Ihm ist das Hämmern ein wirkliches Hämmern und gleichzeitig auch ein Nichts‹, wodurch ja das Hämmern noch kühner, noch entschlossener, noch wirklicher und, wenn du willst, noch irrsinniger geworden wäre. Aber er konnte gar nicht so wünschen, denn sein Wunsch war kein Wunsch, er war nur eine Verteidigung, eine Verbürgerlichung des Nichts, ein Hauch von Munterkeit, den er dem Nichts geben wollte, in das er zwar damals kaum die ersten bewußten Schritte tat, das er aber schon als sein Element fühlte. Es war damals eine Art Abschied, den er von der Scheinwelt der Jugend nahm, sie hatte ihn übrigens niemals unmittelbar getäuscht, sondern nur durch die Reden aller Autoritäten ringsherum täuschen lassen …«

Kafka erkennt, daß er sich weder für die Fassadengänge der Realität noch für die Nichtigkeit einer an träumerischen Kapazitäten ausgerichteten Scheinexistenz zu entscheiden hat; die Wahrheit, die ihm zugemutet wird, liegt in einer Literatur, deren Ansprüche beträchtlich, fast maßlos sind, obwohl ihre Strenge sich vor allem gegen den Urheber richtet. Er muß Schriftsteller sein, und das ohne Wenn und Aber. Als sich ihm diese Gewißheit stellt, der gegenüber es keine Ausflüchte mehr gibt, hat er, paradox genug, die Integration in sein Berufsleben vollzogen. Nach dem Studium der Rechte, der Promotion und einem Praktikum in einer Prager Rechtsanwaltskanzlei arbeitet er seit dem August 1908 in der »Arbeiter-Unfall-Versicherungs-Anstalt für das Königreich Böhmen«, der er, bis zu seiner vorzeitigen Pensionierung im Sommer 1922, schweren Herzens die Treue hält. Kafka ist ein überaus verläßlicher Angestellter, der 1910 zum Beamten ernannt und behördenintern regelmäßig befördert wird. Anfangs versucht er noch, spielerisch mit dem Konflikt zwischen beruflicher Pflicht und unausweichlicher literarischer Neigung umzugehen. In der Erzählung *Hochzeitsvorbereitungen auf dem Lande,* die 1906 entsteht, heißt es: »Man arbeitet so übertrieben im Amt, daß man sogar zu müde ist, um seine Ferien gut zu genießen. Aber durch alle Arbeit erlangt man noch keinen Anspruch darauf, von allen mit Liebe behandelt zu werden, vielmehr ist man allen gänzlich fremd und nur Gegenstand der Neugierde (...). Alle, die mich quälen wollen und die jetzt den ganzen Raum um mich besetzt haben, werden ganz allmählich durch den gütigen Ablauf dieser Tage zurückgedrängt, ohne daß ich ihnen auch nur im geringsten helfen müßte. Und ich kann, wie es sich als natürlich ergeben wird, schwach und still sein und alles mit mir ausführen lassen, und doch muß alles gut werden, nur durch die verfließenden Tage.«

Auch sie sind es, die Kafka angst machen: die verfließenden Tage. Sie sind bestimmt von seinem Amt, aber an ihm selbst, der sich die knappe, von quälenden Zweifeln erfüllte Zeit zum Schreiben nimmt wie ein Ertrinkender den Strohhalm, streichen die Tage vorbei; sie berühren ihn wohl, aber sie gehören nicht der geheimen Welt an, die er durch die

Literatur für sich öffnet. Diese Welt ist kein wüstes Land, das in unzugängliches Privateigentum überführt wurde, sondern ein zerlegtes, entfremdetes Dasein, wie es sich erst dem zweiten, dem durchdringenden Blick darbietet, der an Ausschmückung, an Überwucherung und funktioneller Verfügbarkeit nicht mehr interessiert sein darf. Kafkas Welt gleicht einem von nervöser Stille besetzten Glashaus, in dem auch das Steinewerfen nicht mehr lohnt; der einzelne, der hier umhertappt, erfährt alles, was ihm vorgeführt wird, gedämpft und verschärft zugleich. Die weltabgewandte Seite des Menschen ist verwundbar, und einem Dichter wie Kafka, der sich kein dickes Fell zulegen konnte, muß sie noch viel verwundbarer vorkommen; für ihn gibt es keine Schonzeit, kein Schutzreservat, was allerdings, jenseits herkömmlicher Zufriedenheitserwartungen, auch etwas Gutes für sich hat: »Wenn man so ein Leben überblickt, das sich ohne Lücke wieder und wieder höher türmt, so hoch, daß man es kaum mit seinen Fernrohren erreicht, da kann das Gewissen nicht zur Ruhe kommen. Aber es tut gut, wenn das Gewissen breite Wunden bekommt, denn dadurch wird es empfindlicher für jeden Biß. Ich glaube, man sollte überhaupt nur solche Bücher lesen, die einen beißen und stechen. Wenn das Buch, das wir lesen, uns nicht mit einem Faustschlag auf den Schädel weckt, wozu lesen wir dann das Buch? Damit es uns glücklich macht? Mein Gott, glücklich wären wir eben auch, wenn wir keine Bücher hätten, und solche Bücher, die uns glücklich machen, könnten wir zur Not selber schreiben. Wir brauchen aber die Bücher, die auf uns wirken wie ein Unglück, das uns sehr schmerzt, wie der Tod eines, den wir lieber hatten als uns, wie wenn wir in Wälder verstoßen würden, von allen Menschen weg, wie ein Selbstmord, ein Buch muß die Axt sein für das gefrorene Meer in uns.«

Tatsächlich schrieb sich Kafka die Bücher, die er brauchte, »zur Not« selbst, und es war seine eigene Not, der er dabei folgte, nicht die der anderen. Was er zu sagen hatte, machte er durch das Schreiben möglich; daß er dadurch seinen Lesern zugänglicher wurde, läßt sich nicht unbedingt sagen. Die Ängste, die er beschrieb, das mal absurde, mal verzweifelte Ungenügen an der Benennung einer Welt, die ihr Auseinanderfallen in subjektive und objektive Momente niemals verleugnen kann, auch wenn das gewöhnliche Standesbewußtsein Einheitlichkeit und Übereinstimmen suggeriert, entwirft das Bild bleibender Unvertrautheit, die nicht im Privaten aufgeht, sondern der Existenzordnung überhaupt die Sicherheit abgräbt. Von Kafka selbst erfährt man damit nicht mal das Nötigste; der Autor bleibt der Geheimnisträger, der er zeit seines Lebens war, ein meist liebenswürdiger Mensch, der sich noch im Offenen bedeckt halten konnte. Ein Mitschüler Kafkas erinnert sich: »Er war immer rein und ordentlich, unauffällig und solid, aber niemals elegant gekleidet... Wir hatten ihn alle sehr gern und schätzten ihn, aber niemals konnten wir mit ihm ganz intim werden, immer umgab ihn irgendwie eine gläserne Wand. Mit seinem stillen, liebenswürdigen Lächeln öffnete er sich die Welt, aber er verschloß sich vor ihr (...). Was mir im Gedächtnis haftengeblieben ist, ist das Bild eines schlanken, hochgewachsenen, jungenhaften Menschen, der so still aussah, der gut war und liebenswürdig, der freimütig jedes andere anerkannte und doch immer irgendwie entfernt und fremd blieb.«

Kafka hat das Befremdliche registriert, ohne es zur Belastungsprobe für andere werden zu lassen; im gesellschaftlichen Umgang ist er hilfsbereit und zuvorkommend. Auch sein Arbeitgeber, die Versicherungsanstalt, kann mit ihm nur zufrieden sein; er erfüllt die ihm übertragenen Aufgaben zuverlässig und gewissenhaft. Sein eigentliches Leben, das quer zu den Übereinkünften steht, denen er in den Bürozeiten zuarbeitet, beginnt erst in der Nacht. Dann beginnt er zu schreiben, was ihm nie, nicht einmal ansatzweise, leichtfällt; der Schriftsteller, wie Kafka ihn sieht, führt einen aussichtslosen, aber überlebensnotwendigen Kampf, der gelegentlich unerhörte Wahrheiten aufblitzen läßt, ansonsten jedoch eine Veranstaltung von geringem Unterhaltungswert bleibt. Kafka schreibt um sein Leben, und er wird dafür mit lebenslanger Erschütterung bedacht, von der die anderen kaum etwas mitbekommen; seine unauffällige Teilnahme an der Normalität gewährt ihm eine Art Schutzhaft, aus der er, letzten Endes, nicht mehr entlassen werden will. Sein Leben verträgt keine Alternativen; es ist eine fortwährende Zerreißprobe, die das erträgliche Maß überschreitet. In einem Brief an seinen Freund Brod heißt es: »Als ich heute in der schlaflosen Nacht alles immer wieder hin- und hergehn ließ zwischen den schmerzenden Schläfen, wurde mir wieder (…) bewußt, auf was für einem schwachen oder gar nicht vorhandenen Boden ich lebe, über einem Dunkel, aus dem die dunkle Gewalt nach ihrem Willen hervorkommt und, ohne sich an mein Stottern zu kehren, mein Leben zerstört. Das Schreiben erhält mich, aber ist es nicht richtiger zu sagen, daß es diese Art Leben erhält? Damit meine ich natürlich nicht, daß mein Leben besser ist, wenn ich nicht schreibe. Vielmehr ist es dann viel schlimmer und gänzlich unerträglich und muß mit dem Irrsinn enden (...). Aber wie ist es mit dem Schriftstellersein selbst? Das Schreiben ist ein süßer wunderbarer Lohn, aber wofür? In der Nacht war es mir mit der Deutlichkeit kindlichen Anschauungsunterrichts klar, daß es der Teufelsdienst ist. Dieses Hinabgehen zu den dunklen Mächten, diese Entfesselung von Natur aus gebundener Geister, fragwürdige Umarmungen und was alles noch unten vor sich gehen mag, von dem man oben nichts mehr weiß, wenn man im Sonnenlicht Geschichten schreibt. Vielleicht gibt es auch anderes Schreiben, ich kenne nur dieses.«

Ein Schriftsteller wie Kafka rührt an Mächte, an die er vielleicht nicht hätte rühren sollen; er schaut in Seelenabgründe, die dem »naiven Menschen« besser verborgen bleiben. Das macht ihn in einer Weise süchtig, die an schmerzliche Hellsichtigkeit gemahnt; er ahnt mehr, als daß er sieht, aber von diesen Ahnungen, die ihm fürchterlich begründet erscheinen, mag er nicht lassen. Der Schriftsteller wird die Geister, die er rief, nicht mehr los; damit muß er leben, damit will er auch leben, denn er weiß, daß er für die Wonnen des Alltäglichen nicht taugt. Statt dessen gerät er in eine produktive Besessenheit, die ihre eigenen Ängste kultiviert: »Was der naive Mensch sich manchmal wünscht: ›Ich wollte sterben und sehn, wie man mich beweint‹, das verwirklicht ein solcher Schriftsteller fortwährend, er stirbt (oder er lebt nicht) und beweint sich fortwährend. Daher kommt eine schreckliche Todesangst, die sich nicht als Todesangst äußern muß, sondern auch auftreten kann als Angst vor Veränderung.«

Die Angst vor Veränderung ist Kafka nur allzu bekannt, sie begleitet ihn durch die verfließenden Tage und Nächte.

Er ist gegen sie angegangen, tapfer, aber nicht sehr erfolgreich. Bis auf wenige Ausnahmen hat er fast immer in Prag gelebt, obwohl er die Stadt verflucht hat; auch sein Junggesellendasein will er verändern und es gegen ein Glück eintauschen, wie es ihm andere, mehr schlecht als recht, vorspielen. Zweimal hat er sich verlobt und wieder entlobt; für die Liebe, für Frau und Kind, für ein harmonisches Familienleben ist einer wie er nicht geschaffen, meint er, so daß ihm anscheinend nichts anderes übrigbleibt, als seinen Ängsten zu vertrauen und sich im vorauseilenden Gehorsam zum Unglücklichsein anzuhalten, noch bevor er Gelegenheit bekommt, wirklich glücklich zu sein. Das muß auch die dreizehn Jahre jüngere Milena Jesenská erfahren, die Kafka im Frühjahr 1920 auf einer seiner seltenen Reisen in Meran kennenlernt. Die Liebe, die beiden widerfährt, hätte für ihn, wenn er entscheidungsfreudiger gewesen wäre, zur großen Liebe werden können; er entzieht sich ihr auf bewährte Weise. Dennoch ist gerade Milena bemerkenswert einfühlsam gewesen; sie schreibt über ihren Freund Kafka: »Er ist ohne die geringste Zuflucht, ohne Obdach. Darum ist er allem ausgesetzt, wovor wir geschützt sind. Er ist wie ein Nackter unter Angekleideten (...). Es ist solch ein determiniertes Sein an und für sich, von allen Zutaten entledigt, die ihm helfen könnten, das Leben zu verzeichnen – in Schönheit oder in Elend, einerlei. Und seine Askese ist durchaus unheroisch (...), das ist ein Mensch, der durch seine schreckliche Hellsichtigkeit, Reinheit und Unfähigkeit zum Kompromiß zur Askese gezwungen ist (...). Ich weiß, daß er sich nicht gegen das Leben wehrt, sondern nur gegen diese Art von Leben da wehrt er sich.«

Kafkas Inspiration mußte von Anfang an ohne Erleuchtung und den Glanz der Gewißheit auskommen; sie wird im Negativen festgemacht, in der fehlenden Deckungsgleichheit zwischen Begriff und Gegenstand, zwischen innerer und äußerer Wahrheit. Der einzige Ort, an dem der Schriftsteller die Übereinstimmung entzweiter Momente herbeizwingen kann, ist der Schreibtisch; ihn erklärt Kafka zu seinem Refugium: »Das Dasein eines Schriftstellers ist (...) vom Schreibtisch abhängig, er darf sich eigentlich, wenn er dem Irrsinn entgehen will, niemals vom Schreibtisch entfernen, mit den Zähnen muß er sich festhalten.«

Kafka hat seinen Schreibtisch verteidigt, auch wenn weit und breit keine Angreifer in Sicht waren. Dabei ist ihm manches entgangen, was anderen, den leichter Gestimmten, erwähnenswert erschien; er hat allerdings auch sehr viel mehr gesehen als sie, ohne daß er dafür die Welt draußen abklappern mußte. Letzten Endes ändert allerdings ein kleines Stück Heimat nichts daran, daß der Mensch, ist er denn in etwa so wie Kafka geraten, im großen und ganzen gar keine Heimat finden kann; für ihn ist kein Ort, nirgends. »Er fühlt sich auf dieser Erde gefangen, ihm ist eng, die Trauer, die Schwäche, die Krankheiten, die Wahnvorstellungen der Gefangenen brechen bei ihm aus, kein Trost kann ihn trösten, weil es eben nur Trost ist, zarter kopfschmerzender Trost gegenüber der großen Tatsache des Gefangenseins. Fragt man ihn aber, was er eigentlich haben will, kann er nicht antworten, denn er hat – das ist einer seiner stärksten Beweise – keine Vorstellung von Freiheit.«

## *Eingerahmt von Dunkelheiten*
Roth und der Abglanz des Himmels

*Joseph Roth,*
*geb. am 2. September 1894 in Brody (Galizien),*
*gest. am 27. Mai 1939 in Paris*

Der Zuspruch der Erinnerung ist einigermaßen rätselhaft: was sie für aufhebenswert hält, erscheint uns manchmal eher entbehrlich, während es Erlebnisse gibt, die anscheinend umstandslos dem Vergessen übergeben werden, obwohl wir sie, im nachhinein, gern archiviert gesehen hätten. Auch betreibt die Erinnerung ihre eigene Stimmungsmache, sie färbt ihr Material ein und gibt ihm einen Gefühlsanstrich, der sich auch dann noch wiedererkennen läßt, wenn das Netzwerk der Erinnerung in seiner Gesamtheit bereits rissig geworden ist. Der Schriftsteller und Journalist Joseph Roth, ein Beschreibungskünstler mit »ausgeprägtem Sinn für die Atmosphäre der Gegenwart«, stieß bei der Beschäftigung mit seiner eigenen Vergangenheit auf eine weit zurückliegende Begebenheit, die ihm eine untergründige Trauer einbrachte, von der er nicht mehr loskam: »Das erste Erlebnis, an das ich mich erinnern kann, liegt sehr weit zurück. Zwischen ihm und der späteren, fast ununterbrochenen Kette der Erinnerungen, deren Ursprung etwa in meinem siebenten Lebensjahr zu suchen wäre, liegt eine geraume Spanne des Vergessens, so daß jenes erste Erlebnis einem belichteten Bilde gleicht, eingerahmt von Dunkelheiten, und also gleichsam noch leuchtender. Es war ein trauriges Erlebnis, jedenfalls eines, das mich traurig gemacht hatte, zum erstenmal in meinem Leben traurig; und dem Bilde, das mir, wie gesagt, sehr nahe geblieben ist, entströmt heute noch eine Art von Wehmut, Wehmut ohne Grund, also eine echte Wehmut.« Das Erlebnis selbst ist, zumindest in der Version, wie sie Roths Erinnerung wiedergibt, unspektakulär: »Es war ein klarer Wintertag. Ich sehe noch in dem kleinen Zimmer, in dem ich damals lebte, den unbestimmt blauen Abglanz des klaren Himmels, eine kristallene, dicke Schicht von Schnee am Fensterbrett und ein paar merkwürdige Eisblumenformen an einer (der rechten) Seite des doppelflügeligen Fensters. Eine alte Frau in einem braungrauen, filzigen, ziemlich langen Tuch, das ihr Kopf und Rücken bedeckt, tritt ins Zimmer. Meine Mutter holt, Stück für Stück, das Bettzeug aus meiner Wiege und legt es auf einen rostbraunen, gepolsterten, breiten Lehnstuhl. Dann tritt die halbvermummte, ziemlich kleine Frau an meine Wiege, spricht etwas, hebt mit einer erstaunlichen Geschwindigkeit die Wiege hoch, hält sie, als wäre sie ein ganz geringfügiger Gegenstand ohne bemerkenswerte Dimensionen, an der Brust, spricht sehr lange, lächelt, zeigt dabei große gelbe Zähne, geht zur Tür und verläßt das Haus.« Dieser Abgang hat Folgen, allerdings nur für das Kind, das noch nicht weiß, wie ihm geschieht, dafür jedoch später, viel später, als die Erinnerung einsetzt, eine Anleitung nachgeliefert bekommt, wie der Vorfall zu deuten ist. »Ich bin traurig, unsagbar traurig und ohnmächtig. Ich ›weiß‹, daß ich etwas Unwiederbringliches verloren habe. Ich bin gewissermaßen ›beraubt‹ worden. Ich beginne zu weinen; man bringt mich in ein großes weißes Bett, das meiner Mutter. Ich schlafe ein.« Aus diesem Schlaf erwacht das Kind, zumindest nach Maßgabe der Erinnerung, erst wieder Jahre später; was zwischenzeitlich mit ihm geschehen ist, wird, aus unerfindlichen Gründen, für nicht aufhebenswert und wiedergabewürdig gehalten. Zudem gibt es das Erinnern nicht ohne seine andere Seite, das Vergessen, das noch wählerischer ist in seinen Gunst- und Ungunstbezeugungen: »Die folgenden vier Jahre liegen im Schatten, im dichten Schatten des Vergessens. Später zeigte es sich, daß meine Mutter diesen Tag vergessen hatte. Sie wußte nicht mehr, etwa zehn Jahre später, wann und wem sie meine Wiege gegeben hatte. Ich wunderte mich nicht wenig darüber und nahm es ihr übel. Sie hatte meine erste Trauer nicht gesehen. Sie war ahnungslos. (...) Ich habe heute die Empfindung, daß ich an jenem Tage, in jener Stunde, ein erwachsener Mensch gewesen bin – für eine kurze Weile, lange genug, um traurig sein zu können, traurig wie ein Großer – und vielleicht aus wichtigeren Gründen.«

Ohne das Regel- und Maßgabewerk, das sich der Mensch ausdachte, um der Zeit eine Ordnung beizubringen, die sie an sich gar nicht hat, würden die Erinnerungen noch willkürlicher ausfallen, als sie ohnehin schon sind; auch das Gedächtnis hält sich, im Rahmen seiner nie ganz einsehbaren Möglichkeiten, an die bekannten Zeiteinheiten und suggeriert uns bestimmte Tage, Jahre, Stunden, von denen wir annehmen, daß sie mit einem erinnerungswerten Ereignis verbunden sind, ob das nun stimmt oder nicht. Der bewährte Organisator unseres Umgangs mit der Zeit ist von jeher die Uhr, die zugleich als Sinnbild für die Unerbittlichkeit gilt, mit der die Zeit abläuft. Joseph Roth war schon in jungen Jahren von Uhren fasziniert, sie gaben den Takt zu einer Zeitreise vor, die, aus der Perspektive des Kindes, ins weithin Unbekannte und Geheimnisvolle führen mußte: »In der kleinen Stadt, in der ich einen Teil meiner Kindheit verbrachte, gab es einen einzigen Uhrmacher; wenigstens erinnere ich mich nicht, mehr als einen in jener Zeit gekannt zu haben. Damals war mir noch das Zifferblatt einer Uhr ein rundes und ein wenig unheimliches Rätsel, ein Gegenstand für die Großen, mit dem sie die Zeit maßen, ihre Zeit, die nicht die meine war. Vor mir lag noch die Zeit wie ein uferloses Meer.« Dennoch ahnt das Kind, daß das Meer der Zeit seine Grenzen hat, die spätestens dann ersichtlich werden, wenn das Leben ein Ende gefunden hat. »Meine Zeit hatte noch keine Stunden. Aber wie oft hätte ich gewünscht, auch ich könnte den Zeigern und den Zifferblättern ihre Verkündigungen ablauschen und sie so wichtig nehmen wie die Großen! Ja, ich ahnte vielleicht wohl auch irgendeinen Zusammenhang zwischen ihrer ständigen Bereitschaft, die Zeit zu erfahren, und dem blassen Schrecken, mit dem sie von Krankheit, Tod und Toten sprachen. (...) Deshalb blieb auch der kleine Friedhof, an dessen Mauer ich oft vorübergeführt wurde und auf dem, wie ich wußte, ein Großonkel begraben war, ein geheim ersehntes Ziel, das ich mir vornahm, einmal zu erreichen. Ein fremder, kühler Schauer durchströmte mich. Es war der Schauer der Neugier und der Ahnung. Und es gab in der Stadt nur noch *einen* Ort, an dem ich von einer ähnlichen unnennbaren, unerklärlichen Ahnung gestreift wurde und den ich manchmal betreten durfte: Es war der Laden des Uhrmachers.« Zeit, Uhren und

Tod komplettieren die frühe Erinnerung des Joseph Roth, die zuvor schon auf vage Traurigkeit eingestimmt war; daß sich die daran anschließende Weltsicht dann nicht durch überbordenden Frohsinn auszeichnen würde, war abzusehen. »Ich weiß auch heute nicht genau, warum es so war. Aber immer, heute noch, wenn ich auf den hurtigen Kreislauf des Sekundenzeigers meiner Uhr sehe, merke ich mit kindischer Erschütterung jene unbestimmbare, längst geahnte Beziehung zwischen der Schnelligkeit der Zeit und der Promptheit des Todes. Und der längst erfüllte Wunsch meiner Jugend, die Zeit messen zu können, weicht einem neuen, nichts mehr von ihr zu wissen. Ist es schon die Wiederkehr jenes alten Heimwehs nach dem Friedhof? Ein müßiges metaphysisches Spiel aus müßigem Anlaß? Ich weiß es nicht. Ich weiß nur, daß die Holzwürmer genauso ticken wie die Uhren – und daß Holzwürmer in Särgen wohnen.«

Zur früh beigebrachten Melancholie paßt auch Roths Heimat Galizien, ein Landstrich von eher unscheinbarer Anmut, die des poetisch-wehmütigen Erinnerns bedarf, um sich über Jahr und Zeit zu erheben und bleibenden Eindruck zu hinterlassen: »Der Herbst bestand bei uns aus flüssigem Gold und flüssigem Silber, aus Wind, Rabenschwärmen und leichten Frösten. Im August wurden die Blätter gelb, in den ersten Septembertagen lagen sie schon auf dem Boden. Niemand kehrte sie zusammen. Ich habe erst im Westen Europas gesehen, daß man den Herbst zusammenfegt zu ordentlichen Misthaufen.« Im Osten aber ist es anders, sagt die Erinnerung, die ein Licht wieder aufscheinen läßt, das es so vielleicht gar nicht gegeben hat: »An unseren klaren Herbsttagen wehte kein Wind. Die Sonne war noch sehr warm, schon sehr sehr schräg und sehr gelb. Sie ging in einem roten Westen unter und erwachte jeden Morgen in einem Bett aus Nebel und Silber. Es dauerte lange, ehe der Himmel tiefblau wurde. Dann blieb er so den ganzen Tag.« Auch der Herbst bleibt lange in Galizien, läßt sich nicht so einfach vom Winter verdrängen, muß aber dann doch weichen. Es wird ungemütlich: »Im November kam der erste Schnee. Er war dünn, glasig und haltbar. Er zerging nicht mehr. (…) Wir blieben in unseren Häusern. Wir hatten schlechte Öfen, Fugen in den Türen und Ritzen in den Dielen. (…) Wir verstopften die Fenster mit Watte. Wir legten Zeitungspapier zwischen Türen und Schwellen. Wir hackten Holz für den Winter.« Schließlich macht sich jedoch auch der Winter wieder davon, das Licht kehrt zurück und die Wärme. »Im März, wenn die Eiszapfen von den Dächern tropften, hörten wir schon den Frühling galoppieren. Schneeglöckchen ließen wir in den Wäldern. Wir warteten bis zum Mai. Erdbeeren gingen wir pflücken.«

Moses Joseph Roth entstammt einer Familie jüdischer Kaufleute. Er kommt in Brody zur Welt, einer galizischen Kleinstadt nah der russischen Grenze, die zur österreichungarischen Monarchie gehört. Diesem merkwürdig unübersichtlichen Staatsgebilde, das kritische Geister längst zum Auslaufmodell mit nostalgischem Restcharme erklärt hatten, gehört Roths lebenslange Zuneigung; er nennt die Monarchie das »einzige Vaterland, das ich je besessen« und schreibt an anderer Stelle: »Die Strahlen der habsburgischen Sonne reichten nach dem Osten bis zur Grenze des russischen Zaren.« Für den Autor ist es »eine kalte Sonne (…), aber es war eine Sonne.«

Roths Kindheit und Jugend, die er, wie überhaupt sein ganzes, letztlich viel zu kurzes Leben, mit allerlei Legenden und spielerischen Mystifikationen umrankt, verläuft in geordneten Bahnen, über die in erster Linie die Mutter wacht, da der Vater sich als wenig belastbar erwiesen hatte, geisteskrank wurde und nicht mehr auffindbar war: »Meine Mutter war eine Jüdin von kräftiger, erdnaher, slawischer Struktur, sie sang oft ukrainische Lieder, denn sie war sehr unglücklich (und die Armen sind es, die bei uns zu Hause singen, nicht die Glücklichen, wie in westlichen Ländern. Deshalb sind die östlichen Lieder schöner, und wer ein Herz hat und sie hört, ist nahe dem Weinen). Sie hatte kein Geld und keinen Mann. Denn mein Vater, der sie eines Tages nach dem Westen nahm, wahrscheinlich nur, um mich zu zeugen, ließ sie in Kattowitz allein und verschwand auf Nimmerwiedersehen. Er muß ein merkwürdiger Mensch gewesen sein, ein Österreicher vom Schlage der Schlawiner, er verschwendete viel, trank wahrscheinlich und starb, als ich sechzehn Jahre alt war, im Wahnsinn.«

Joseph Roth wächst im Haus des Großvaters auf, wo man einen Hang zum Altklugen an ihm entdeckt; er selbst sagt es weniger vornehm, nennt sich im Rückblick einen »Klugscheißer«, der seine Reden gern mit der Behauptung »Das ist faktisch!« beschließt, was dazu beiträgt, daß die Zahl seiner Freunde überschaubar bleibt. Insgesamt sei er, so die ironische Selbsteinschätzung, wohl »ein besonders braver Junge« gewesen, »voll stiller Bosheit und gefüllt mit Gift, bescheiden aus Hochmut, erbittert gegen die Reichen, aber ohne Solidarität mit den Armen.« Roth geht aufs Kronprinz-Rudolf-Gymnasium in Brody, wo er 1913 die Matura mit Auszeichnung ablegt. In der Schulzeit hat er mit dem Schreiben begonnen, fertigt vorwiegend Gedichte an, von denen er später nicht mehr viel wissen will, obwohl er durchaus noch den einen oder anderen lyrischen Tagesausflug unternimmt. Er denkt über Gott und die Welt nach, meist sogar mehr über Gott, der sich, ungeachtet aller Offenbarungen, seit Ewigkeiten bedeckt hält und trotz aller scharfsinnigen Untersuchungen, die ihm gelten, ein Geheimnisträger bleibt. Daß man Gott auch für nicht existent erklären kann, liegt ihm vorerst fern; der Gymnasiast Roth befindet sich, von gelegentlichen Schwindelanfällen abgesehen, auf vertrautem Fuße mit dem Gott seiner Vorstellung: »Zwei Jahre lang, von meinem vierzehnten bis zum sechzehnten Lebensjahr, war ich Atheist. Ich sah zum Himmel empor und wußte, daß er aus blauer Luft bestand. (… ) Daß niemand die Welt regierte, war mir offenbar. Daß aber Jemand meine eigenen Wege überwachte, fühlte ich. Ich betete oft, und meine Gebete waren sehr kurz. Sie bestanden in einem Gedanken, ja, nur in einem Einfall. Der, zu dem ich betete, half immer, er strafte niemals. Ja, ich schämte mich nicht, ihn um seine Unterstützung bei meinen unedlen … Unternehmungen zu bitten. Er half auch da. Ich hätte ihn immer verleugnet. Aber desto eifriger glaubte ich ihn. Er war da, wie eine Wirklichkeit. Erst zwei Jahre später wuchs Gott, den ich nur für mich in Anspruch genommen hatte, zum Weltengott und Herrn des Alls. Daß er mir gut gesinnt war, gleichsam aus alter Kameradschaft, wußte ich. Ich fürchtete ihn nicht. Ich vertraute ihm. Und wenn mir Schlimmes widerfuhr, war mir's keine Strafe, sondern eine mir noch verborgene, maskierte Gnade.«

Im Mai 1913 schreibt sich Roth an der Universität Lemberg ein, ein Jahr später wechselt er nach Wien, das eine der größten jüdischen Gemeinden Europas hat. »Es ist furchtbar schwer, ein Ostjude zu sein«, schreibt Roth, »und es gibt kein schwereres Los als das eines fremden Ostjuden in Wien.« Allerdings muß man ein solches Los nicht klaglos hinnehmen. Man kann es, mit ein wenig Geschick, auch ins Gegenteil verkehren. Roth, der sich ohnehin schon ein recht stabiles Selbstbewußtsein zugelegt hat, das Einsamkeitsgefühle gar nicht erst aufkommen lassen will, stürzt sich ins Kulturleben, in dem es, bei genauerem Hinsehen, nicht viel anders zugeht als im normalen Leben: Wer zahlen kann, wird bevorzugt behandelt. Bei einem »Konzert im Volksgarten«, über das Roth berichtet, läßt sich das gut beobachten: »Es galt nicht für angemessen, draußen am Gitter zu lehnen und die Mädchen merken zu lassen, daß man leider nicht in der Lage war, drinnen einen Kaffee zu trinken. Deshalb ging ich auf und ab in der Allee, verliebte mich, verzweifelte, vergaß, verschmerzte, trauerte nach und verliebte mich wieder – und alles innerhalb einer Minute.« Roth sieht sich inzwischen als Schriftsteller, der kühn genug ist, von seiner Schriftstellerei leben zu wollen. Das erscheint schwer genug, denn es gibt jede Menge Konkurrenz, darunter wirkliche Dichter und solche, die sich nur einbilden, Dichter zu sein. Sie alle bieten Geschriebenes an oder warten darauf, entdeckt zu werden. Roth tut beides, er bringt sich ins Gespräch und hat nichts dagegen, dem literarischen Glück, das eine Wahl treffen muß, zur Verfügung zu stehen. Seine Begabungen sind bereits auffällig geworden: Er beherrscht den leichten Ton, ist ironiefähig, hat einen Blick für Menschen und Gegebenheiten. Das alles, glaubt er nicht zu Unrecht, läßt sich vorwiegend dem eigenen Talent zuschreiben; sein Studium jedenfalls, von dem man sagen kann, der Student »hat Dichtung erwartet und Germanistik vorgefunden«, fördert bestenfalls seine Belesenheit, hilft ihm aber nicht weiter, wenn es darum geht, als Autor in Übung zu bleiben und kontinuierlich besser zu werden. Dafür ist Praxis gefordert, die nicht unbedingt im Anfertigen großer Prosatexte bestehen muß, sondern auch journalistische Tagesarbeit sein kann, deren Anspruch und Anforderungen größer sind, als man meint: »Dichter, die gleichsam schon von Geburt eingebunden waren, wollen manchmal eine genaue Grenze zwischen Journalistik und Literatur ziehen und im Reich der Ewigkeiten den Numerus clausus für ›Tagesschriftsteller‹ einführen. (...) Ein Journalist aber kann, er soll ein Jahrhundertschriftsteller sein. Die echte Aktualität ist keineswegs auf 24 Stunden beschränkt. Sie ist zeit- und nicht tagesgemäß. Diese Aktualität ist eine Tugend, die nicht einmal einem Dichter schaden könnte, der niemals für die Zeitung schreibt.« Im Idealfall, dem Roth mit seinen besten Arbeiten nahekam, geht beides zusammen: der journalistische Zugriff aufs Aktuelle und eine dichterische Nachbearbeitung, die sich dem Aktuellen stellt, dabei jedoch einen zeitloseren Ansatz wählt, tiefer geht und der Sprache mehr zumutet, als ihr im normalen Verständigungsbetrieb abverlangt wird. Genie schließt schreibhandwerkliches Geschick nicht aus, ja kann von ihm durchaus profitieren. »Ich wüßte nicht, weshalb ein ausgeprägter Sinn für die Atmosphäre der Gegenwart die Unsterblichkeit hindern soll. Ich wüßte nicht, weshalb Menschenkenntnis, Lebensklugheit, Orientierungsvermögen, die Gabe zu fesseln, und andere solcher Schwächen, die man dem Journalisten vorwirft, die Genialität beeinträchtigen können. Das echte Genie erfreut sich sogar dieser Fehler. Das Genie ist nicht weltabgewandt, sondern ihr ganz zugewandt. Es ist nicht zeitfremd, sondern zeitnahe. Es erobert das Jahrtausend, weil es so ausgezeichnet das Jahrzehnt beherrscht. Das Unglück, mißverstanden und verkannt zu werden, ist nicht das Kennzeichen, sondern ein Unfall des Genies. Es teilt diesen Schmerz sogar mit durchschnittlich begabten Journalisten. Auch gute Handwerker werden zuweilen verkannt.«

Zu Beginn des Ersten Weltkriegs ist Joseph Roth noch pazifistisch gestimmt. Das ändert sich jedoch, er läßt sich, mit einem stabilen Rest Skepsis, für die nationale Sache begeistern: »Als der Krieg ausbrach, verlor ich meine Lektionen, allmählich, der Reihe nach. Die Rechtsanwälte rückten ein, die Frauen wurden übelgelaunt, patriotisch, zeigten eine deutliche Vorliebe für Verwundete. Ich meldete mich endlich freiwillig zum 21. Jägerbataillon.« Dort ist er nicht unmittelbar der Gefahr ausgesetzt, er wird im Pressedienst beschäftigt, findet Zeit zum Schreiben. Für geschliffene, ironisch durchwirkte Feuilletons, die zum Markenzeichen des Autors Roth werden, gibt es keinen Anlaß mehr, eher schon für Gelegenheitsgedichte, die allerdings nicht seine Stärke sind. ›Soldaten‹ heißt eines davon: »Alle haben sie diesen müden / seltsamen Zug in den bleichen Gesichtern: / in ihren Augen zittert ein schüchtern / taumelndes Ahnen von Heimat und Frieden. / – Alle tragen sie an den müden / Füßen den Staub von zerwanderten Jahren: / Durch viele Länder sind sie gefahren / und haben noch nicht nach Hause gefunden. (...)«

Als Kaiser Franz Joseph I. im November 1916 stirbt und in der berühmten Kapuzinergruft beigesetzt wird, sieht Roth auch einen Traum seines Lebens bestattet, der ihn lange begleitet hat. »Der Erschütterung, die aus der Erkenntnis kam, daß ein historischer Tag eben verging, begegnete die zwiespältige Trauer über den Untergang eines Vaterlandes, das selbst zur Opposition seine Söhne erzogen hatte. Und während ich es noch verurteilte, begann ich schon, es zu beklagen. Und während ich die Nähe des Todes, dem mich noch der tote Kaiser entgegenschickte, erbittert maß, ergriff mich die Zeremonie, mit der die Majestät (und das war: Österreich-Ungarn) zu Grabe getragen wurde. Die Sinnlosigkeit seiner letzten Jahre erkannte ich klar, aber nicht zu leugnen war, daß eben diese Sinnlosigkeit ein Stück meiner Kindheit bedeutete.«

1920 zieht es Roth von Wien nach Berlin, was weniger einer Neigung entspringt als auf beruflichem Kalkül beruht. In Berlin sind die Arbeitschancen besser, es gibt mehr Zeitungen, und der Kulturbetrieb, der sich darauf eingestimmt hat, unangenehme Erfahrungen der jüngsten Vergangenheit zurückzudrängen, ist in vollem Gang. Roth zeigt inzwischen Sympathien für einen maßvollen Sozialismus, ist aber keineswegs zimperlich, wenn es gilt, seine Beiträge möglichst gewinnbringend unterzubringen: Den Zuschlag erhält in der Regel der Meistbietende. Wenn er sich einmal erlaubt, eine Mitarbeiterschaft aus Überzeugungsgründen aufzukündigen, geschieht das mit Bedauern, vor allem aber mit feiner Ironie. Als er im Herbst 1922 seine Tätigkeit für den finanzstarken *Berliner Börsen-Courier* beendet, begründet er dies so: »Ich kann wahrhaftig nicht mehr die Rücksichten auf ein bürgerliches Publikum teilen und dessen Sonntagsplauderer bleiben, wenn ich nicht täglich meinen Sozialismus verleugnen will. Vielleicht wäre ich trotzdem schwach genug gewesen, für ein reicheres Gehalt meine Überzeugung zurückzudrängen (...).«

Als etablierter Autor mit ständigen Geldsorgen arbeitet Roth für die führenden Zeitungen Deutschlands. Dank seiner Vielseitigkeit kann er, in dem ihm eigenen, unverwechselbaren Tonfall, über fast alle Themen schreiben, seine Stärke ist die pointierte Momentaufnahme mit Hintergrund. Im Sommer 1925 schickt die *Frankfurter Zeitung* ihren Pariskorrespondenten Joseph Roth, der sich zuvor bereits als Freund französischer Literatur und Lebensart zu erkennen gegeben hat, auf eine Reportagereise nach Südfrankreich. Schon im Zug spürt er einen Stimmungsumschwung, der über ihn kommt. »Acht Stunden dauert die Fahrt von Paris nach Lyon. Unterwegs verändert sich die Landschaft sehr plötzlich. Nachdem man einen Tunnel passiert hat, ist man in einer südlicheren Welt. Steile Abhänge, gespaltene Felsen, die ihre steinerne Struktur enthüllen, tieferes Grün, weicher, blaßblauer Rauch von stärkerem, entschiedenem Himmelsblau. Ein paar Wolken stehen träge und massiv am Horizont, als wären sie nicht Dunst, sondern dunkles Gestein. Die Konturen aller Dinge sind schärfer, die Luft ist unbeweglich, ihre Wellen umschmeicheln die festen Körper nicht mehr. Jeder hat seine unverrückbaren Grenzen. Nichts schwebt mehr zwischen hier und dort. Es ist unbedingte Sicherheit in allem, als wüßten die Gegenstände mehr von sich und ihrer Stellung in der Welt. Hier zweifelt man nicht mehr. Hier ahnt man nicht. Man weiß.«

Roth ist glücklich in Südfrankreich. Ein gänzlich ungewohnter Zustand, den er zuvor kaum gekannt hat und später, als er zurückmuß in die grauen Städte, nicht mehr erleben wird. Ihm widerfährt die Gunst des erfüllten Augenblicks, der sich selbst genügt und nichts braucht, was ihm zusätzlichen Glanz verleiht. An Benno Reifenberg, den Feuilletonchef der *Frankfurter Zeitung*, schreibt er: »Ich bin, während ich diesen Brief schreibe, nicht sicher, ob er Sie erreicht. Aber auch, wenn er nicht ankommt, so hoffe ich, werden Sie fühlen, daß ich jetzt die schönsten Tage meines Lebens – genieße? – kann man nicht sagen, sondern vielleicht durchzittere, durchsehne und durchweinen könnte, wenn ich mich nicht schämen würde. Es wird mir niemals möglich sein, zu beschreiben, was ich hier erlebe. (...) Es ist so dumm, Alles, was wir in Deutschland machen! So traurig, so ohne Sinn! Kommen Sie nach Avignon, und Sie werden nie mehr ein Feuilleton von mir in den Satz geben.«

Roth kehrt nach Paris zurück. Seine Korrespondentenstelle in der französischen Hauptstadt wird an einen anderen vergeben, er ist pikiert, weiß aber, daß er sich das nicht lange leisten kann. Als Ersatz bietet man ihm weitere Reportagereisen an, was er zunächst als Rückstufung empfindet, dann aber als Chance begreift. Roth berichtet aus der Sowjetunion, Albanien, Polen, Italien und, eine Auslandserfahrung der eigenen Art, aus dem Saargebiet. Inzwischen ist er auch als Literat hervorgetreten: 1930 erscheint *Hiob*, *Roman eines einfachen Mannes*, zwei Jahre später *Radetzkymarsch*, das zu seinen bekanntesten Büchern zählt. Ihm stellt er ein persönliches Bekenntnis voran: »Ein grausamer Wille der Geschichte hat mein altes Vaterland, die österreichisch-ungarische Monarchie, zertrümmert. Ich habe es geliebt, dieses Vaterland, das mir erlaubte, ein Patriot und ein Weltbürger zugleich zu sein, ein Österreicher und ein Deutscher unter allen österreichischen Völkern. Ich habe die Tugenden und die Vorzüge dieses Vaterlands geliebt, und ich liebe heute, da es verstorben und verloren ist, auch noch seine Fehler und Schwächen. (…) Mir und vielen anderen meiner internationalen Landsleute (…) ist ein ganz anderes Österreich bekannt und vertraut als jenes, das sich in seinen Export-Operetten zu Lebzeiten offenbart hat und das sich nach dem Tode nur noch in seinem billigsten Export bewahrt.« Roth bekennt sich zu seiner Wehmut, weiß aber auch, was zu tun ist: »Die Völker vergehn, die Reiche verwehn. (…) Aus dem Vergehenden, dem Verwehenden das Merkwürdige und zugleich das Menschlich-Bezeichnende festzuhalten ist die Pflicht des Schriftstellers.«

Die letzten Jahre des Joseph Roth, der vom Sozialismus nicht mehr viel wissen will und statt dessen, zum Befremden mancher Kollegen, spätmonarchistische Sympathien zu erkennen gibt, sind nicht sehr erfreulich: Er hat Geld- und Beziehungsprobleme und trinkt mehr, als ihm guttut. Eine seiner Geliebten, die Schriftstellerin Irmgard Keun, notiert: »Ich hatte das Gefühl, einen Menschen zu sehen, der einfach vor Traurigkeit in den nächsten Stunden stirbt. Seine runden blauen Augen starrten beinahe blicklos vor Verzweiflung, und seine Stimme klang wie verschüttet unter Lasten von Gram. Später verwischte sich dieser Eindruck, denn Roth war damals nicht nur traurig, sondern auch der beste und lebendigste Hasser.«

Weitere Bücher erscheinen, darunter der Essay *Der Anti-*

*christ* (1934), die Romane *Beichte eines Mörders, erzählt in einer Nacht* (1936), *Die Kapuzinergruft* (1938), *Geschichte von der 1002. Nacht* (1939) und die Novelle *Die Legende vom heiligen Trinker* (1939). Über die Wirkung, die Literatur erzielen kann, hat sich Roth keine Illusionen gemacht, was sich weniger auf den Leser, das unbekannte Wesen, das immer wieder für Überraschungen gut ist, als auf die Literaturkritik bezieht, die sich der wiederkehrenden Zumutung ausgesetzt sieht, über zu viele Bücher und zu viele Autoren berichten zu müssen. »Die Bücher beginnen zu modern, noch ehe sie aufgeschnitten oder aufgeschlagen werden, schöne, gut gebundene, solide Leichen. Allmählich setzen sie fremden Staub an und entwickeln eigenen. Nichts zu machen: Jeder Tag bringt neue Bücher.«

Das dazugehörige Rezensions(un)wesen hat sich bis heute kaum verändert; noch immer sind die üblichen Verdächtigen am Werk, die auch Roth bereits kannte: »Fast jeden Tag kommen (...) junge und ältere Leute, die sich berufen fühlen, Bücher zu rezensieren. Von allen Möglichkeiten, Honorare bei einer Zeitung zu verdienen, scheint die Buchrezension die ergiebigste. Zu einer ›Reportage‹ gehört Phantasie. Um eine politische Nachricht von Bedeutung zu erfahren: dazu gehören Verbindungen, Geschicklichkeit und Glück. Gedichte, zu deren Herstellung man gar keine Verbindung und möglichst wenig Glück braucht, die man also immer bei sich trägt, werden nur zu Ostern und zu Weihnachten gedruckt. Feuilletons sind überflüssig und meist schon an stabilere Mitarbeiter voraushonoriert. Leitartikel schreiben seit dreißig Jahren Männer von Ruf, deren Unsterblichkeit garantiert ist. Auch Theaterkritiker bleiben am Platz und leben lange. Nur die Buchrezensenten sind sterblich, auswechselbar und nicht fest besoldet.« Der Schriftsteller Joseph Roth war sterblich und nicht fest besoldet, auswechselbar jedoch war er nicht. Seine Art zu schreiben ist unverkennbar, sein Stil, eine Melange aus Witz und Melancholie, mutet noch immer beispielhaft an. Der gute Schriftsteller, wie Roth ihn sieht, stellt sich dem Wagnis der Wahrheit und findet dafür seine eigene Sprache. »Alles wird bei mir persönlich«, bekannte er. Und fügte hinzu: »Ich mache keine ›witzigen Glossen‹. *Ich zeichne das Gesicht der Zeit.* (...) Ich bin ein Schriftsteller, kein Leitartikelschreiber.«

Joseph Roth, der Ende Mai 1939 in seinem Pariser Exil unter erbärmlichen Umständen stirbt, kam sich zuletzt wie ein Gehetzter vor, dem alles genommen wird. Die Gegenwart war trostlos, der Blick zurück so eingetrübt wie die verbliebenen Zukunftsperspektiven. »Ich habe keine Nächte mehr«, schreibt er drei Jahre vor seinem Tod. »Ich sitze bis 3h morgens herum, ich lege mich angezogen um 4h hin, ich erwache um 5h und wandere irr durch's Zimmer. (...) eine Stunde ist ein See, ein Tag ein Meer, die Nacht eine Ewigkeit, das Erwachen ein Höllenschreck, das Aufstehen ein Kampf um Klarheit gegen einen bösen Fiebertraum. Zeit, Zeit, Zeit haben, das ist es, und ich habe ja keine. (...) Schulden, Gespenster, Entbehrung und schreiben, reden, lächeln (...). Und hinter mir welch ein Leben.«

## *Die gewissen Möglichkeiten*
Brecht und die Unbedenklichen

*Bertolt Brecht,*
*geb. am 10. Februar 1898 in Augsburg,*
*gest. am 14. August 1956 in Berlin*

Bertolt Brecht verstand sich wie kaum ein anderer darauf, komplizierte Zusammenhänge in einer schlagenden Einsicht zusammenzufassen. Bei empfindlichen Nachfolgern löste das Mißvergnügen aus: Peter Handke etwa zeigte sich von Brechts »chinoiden Teekannensprüchen« genervt und fand es wichtiger, »sich über sich selber klarzuwerden«.

Brecht, der eigentlich Eugen Berthold Friedrich Brecht hieß, stammt aus bürgerlichem Elternhaus. Der Vater steigt vom kaufmännischen Angestellten zum Direktor einer Augsburger Papierfabrik auf. Wenn man in begüterten Verhältnissen aufwächst, wird man nicht automatisch zum Konservativen, im Gegenteil: Man findet Zeit und Muße, kritisch zu sein, sich der eigenen Privilegien auf privilegierte Weise ein wenig zu schämen. Im Rückblick hat Brecht seine Jugend so zusammengefaßt: »Ich bin aufgewachsen als Sohn / Wohlhabender Leute. Meine Eltern haben mir / Einen Kragen umgebunden und mich erzogen / In den Gewohnheiten des Bedientwerdens / Und unterrichtet in der Kunst des Befehlens. Aber / Als ich erwachsen war und um mich sah, / Gefielen mir die Leute meiner Klasse nicht, / Nicht das Befehlen und nicht das Bedientwerden. / Und ich verließ meine Klasse und gesellte mich / Zu den geringen Leuten.« Brechts Jugend verläuft dennoch nicht ganz sorgenfrei: Er entdeckt eine Krankheit an sich, die ihm Sorgen macht. Schon in jungen Jahren wird bei ihm eine Herzneurose diagnostiziert, die sich in schmerzhaften Krämpfen und Panikattacken äußert. Bertolt Brecht, gerade mal 12 Jahre alt, bekommt einige Kuraufenthalte verordnet, die jedoch keine nennenswerte Besserung bringen. Als sich abzeichnet, daß er mit der Krankheit leben muß, macht er sie zu seiner inspirativen Vertrauten, zumal ihm auffällt, daß man als Kranker, der, wie er selbst meint, »ständig vom Tode bedroht ist«, auf andere interessanter wirkt. Über Krankheiten läßt sich nun mal gut reden, was nicht nur für alte Leute gilt. »Habe wieder Herzbeschwerden«, vermeldet Brechts Tagebuch, das er mit fünfzehn beginnt, »so stark, daß ich zu Mama ging. Es war schrecklich.« Fachleute, die sich mit Brechts Beschwerden im nachhinein beschäftigt haben, fanden dafür, wen wundert's, vor allem psychosomatische Ursachen, unter anderem eine möglicherweise etwas zu innige Beziehung zu seiner Mutter, die den Knaben Bertolt tröstet und stärkt, auch als der kein Muttersöhnchen mehr sein will, sondern sich als junger Mann mit ausgeprägtem Selbstbewußtsein präsentiert. Brecht tritt als Kämpfer auf, er nutzt die vertraut gewordene Krankheit für seine Zwecke und legt dabei ein Gebaren an den Tag, das nachträgliche Kritik geradezu herausfordert: »Potenzphantasien« werden ihm bescheinigt, »demonstrative Großmannssucht« und »künstlerisch verbrämter Egoismus«. Das muß Brecht jedoch nicht kümmern, er sieht sich auf dem richtigen Weg. »Jetzt werde ich gesünder«, notiert er. »Der Sturm geht immer noch, aber ich lasse mich nimmer unterkriegen. Ich kommandiere mein Herz. Ich verhänge den Belagerungszustand über mein Herz.« Von sich selbst hat er eine durchweg gute Meinung: »Ich bin schon etwas verdorben, wild und hart und herrschsüchtig«, konstatiert er wohlig erschauernd. »Wenn ein Mann richtig lebt, lebt er wie im Sturm, den Kopf in den Wolken, mit wankenden Knien, im Finstern, (...) stark und schwach, oftmals besiegt und nie unterworfen.« Da hat er dann wohl etwas zu dick aufgetragen, denn kurz darauf wird ihm eine schmerzhafte Besinnungspause verordnet; sein Herz rebelliert: »Heute nacht habe ich einen Herzkrampf bekommen, daß ich staunte«, vermeldet das Tagebuch, »diesmal leistete der Teufel erstklassige Arbeit.«

Wenn man zu wissen meint, wie ein Mann lebt, muß man sich auch den Frauen zuwenden, ist Brechts Überzeugung; er fängt damit früh an und hört erst auf, als es nicht mehr geht. Bei den Frauen kommt er gut an; seine Lässigkeit zeigt Wirkung, und auch daß er die Welt erklären kann, ohne sie verstanden zu haben, erweist sich als vorteilhaft. Allerdings sind Frauen mit Vorsicht zu genießen: Sie leiden unter »Vermehrungssucht«, was insofern ungünstig ist, da »die stärksten Männer Angst vor kleinen Kindern haben«. Man sollte also lieber nicht allzuviel Nähe aufkommen lassen und die Beziehungsfäden in der Hand behalten: »Wer selbst weggeht, kann nicht verlassen werden.«

Nachdem Brecht die Schule absolviert hat (»mein 9jähriges Eingewecktsein an einem Augsburger Realgymnasium«), schreibt er sich an der Universität München ein und beginnt ein Medizinstudium. Das letzte Kriegsjahr, als man nur noch

»die Siebzehnjährigen und die Greise einziehen« konnte, macht er als Sanitäter mit. 1918 schreibt er sein erstes Stück, *Baal,* ein Jahr später *Trommeln in der Nacht,* für das er den Kleist-Preis erhält. »Bertolt Brecht hat das dichterische Antlitz Deutschlands verändert«, schreibt ein begeisterter Kritiker. Im Frühjahr 1920 stirbt Brechts Mutter an Krebs. Die Unwiderruflichkeit ihres Todes macht ihm zu schaffen, er hätte ihr noch viel zu sagen gehabt: »Jetzt ist meine Mutter gestorben, gestern, auf den Abend, am 1. Mai! Man kann sie mit den Fingernägeln nicht mehr auskratzen. (...) Aber das Wichtige haben wir nicht gesagt, sondern gespart am Notwendigen.« Das Gespräch, das er mit der Mutter führte, kann er mit dem Vater nicht fortsetzen, denn der betrachtet die literarischen Umtriebe seines Sohnes eher argwöhnisch: »Er möchte wissen, was ich schon für die Allgemeinheit getan hätte, noch rein gar nichts. (...) Er wolle jetzt einmal eine ernste Arbeit bei mir sehen. Das, was ich mit meiner Literatur getan hätte, halte er persönlich für gar nichts. Das müsse sich erst noch beweisen.« Brecht ist desillusioniert, aber nicht lange; er kennt seinen Wert, weiß, daß er einiges zu erwarten hat. »Wiewohl ich erst 22 Jahre zähle, aufgewachsen in der kleinen Stadt Augsburg am Lech, (...) trage ich den Wunsch, die Welt vollkommen überliefert zu bekommen. Ich wünsche alle Dinge *mir* ausgehändigt, sowie die Gewalt über die Tiere, und ich begründe meine Forderung damit, daß ich nur einmal vorhanden bin.« Wenn man selbst einzigartig ist, die Welt aber unendlich vielfältig, scheint es angebracht, sich flexibel zu zeigen und seine Sicht der Dinge den wechselnden Gegebenheiten anzupassen. Für Brecht ist ein solches Verhalten nicht opportunistisch, es dient vielmehr seinem produktiven Selbstschutz: »Ein Mann mit einer Theorie ist verloren. Er muß mehrere haben, vier, viele! Er muß sie sich in die Taschen stopfen wie Zeitungen, immer die neuesten, es lebt sich gut zwischen ihnen, man haust angenehm zwischen den Theorien.«

1924 zieht Brecht nach Berlin, wo er sich bald bestens einlebt; in seinem Selbstporträt *Vom armen B.B.* heißt es: »(...) In der Asphaltstadt bin ich daheim. Von allem Anfang / Versehen mit jedem Sterbesakrament: / Mit Zeitungen. Und Tabak. Und Branntwein. / (...) In meine leeren Schaukelstühle vormittags / Setze ich mir mitunter ein paar Frauen / Und ich betrachte sie sorglos und sage ihnen: / In mir habt ihr einen, auf den könnt ihr nicht bauen. (...)« Brecht setzte sich die Frauen bekanntlich nicht nur in Schaukelstühle: Mit 26 hat er bereits drei Kinder von drei verschiedenen Frauen; »laßt sie wachsen, die kleinen Brechts«, ist seine Devise. 1926 erfährt er eine entscheidende Umdeutung seines Weltbildes: Er liest Marx, der ihm die Widersprüche der bürgerlichen Gesellschaft, an denen er sich zuvor noch als Individualist gerieben hat, objektivistisch erklärt. Der Kapitalismus, lernt er von Marx, ist zum Absterben verurteilt. Damit das Absterben etwas schneller geht, müssen auch die Schriftsteller mit anpacken: Kunst und Literatur stehen unter der Vorgabe, daß die Welt zum eindeutig Besseren verändert werden kann. Brecht formuliert es so: »Über literarische Formen muß man die Realität befragen, nicht die Ästhetik.« Realität aber ist frag- und kritikwürdig; wer »realistisch« schreibt, steht in der Pflicht, »die Wahrheit herauszugraben unter dem Schutt des Selbstverständlichen, das einzelne auffällig zu verknüpfen mit dem Allgemeinen, im großen Prozeß das Besondere festzuhalten«. Allerdings sollte der Schriftsteller nicht zuviel von seinen Analysekünsten erwarten: »Die Schriftsteller! Sie rächen sich am Leben durch ein Buch. Das Leben rächt sich dadurch, daß es anders ist.« Damit meint Brecht weniger sich selbst, sondern Dichterkollegen wie Rilke, Werfel und George, »diese stillen, feinen, verträumten Menschen, empfindsamer Teil einer verbrauchten Bourgeoisie, mit der ich nichts zu tun haben will«. Besonders unsympathisch findet er Thomas Mann, den er für einen »Hersteller künstlicher, eitler und unnützer Bücher« hält, der »im Schweiße unseres Angesichts lauter Dinge [erfindet], über die er ironisch lächeln kann«. Thomas Mann indes ist ein gefeierter Autor, was Brecht anhaltend ärgert und schließlich zu dem Stoßseufzer veranlaßt, daß er sich sogar vorstellen könne, »Geldopfer« zu bringen, »um das Herauskommen gewisser Bücher zu unterbinden«.

1928 kann Brecht seinen größten Erfolg verzeichnen: Die *Dreigroschenoper*, die den Kapitalismus als Spielwiese für Gangster und Geldleute vorführt, ist ein Lehrstück mit beträchtlichem Unterhaltungswert und kommt beim Publikum besser an als bei der Kritik, die, wie so oft, eher geschmäcklerisch urteilt. Die Moral des Stücks ist, daß es, eigentlich, keine Moral mehr gibt; die Geschäfte gehen vor. Zum Erfolg des Stücks trägt die Musik des Komponisten Kurt Weill bei, mit dem Brecht noch öfter zusammenarbeitet. Plagiatsvorwürfe, die sein Lieblingsfeind, der Theaterkritiker Alfred Kerr, nicht ganz unberechtigt, erhebt, können ihn nicht erschüttern, er erklärt, daß er nun mal eine »grundsätzliche Laxheit in Fragen geistigen Eigentums« habe, damit müsse man sich abfinden. Überhaupt sei »der romantische Gedanke individueller Schöpfung heute ein Irrtum«: »Die moderne Arbeitsteilung hat auf vielen wichtigen Gebieten das Schöpferische umgeformt. Der Schöpfungsakt ist ein kollektiver Schöpfungsprozeß geworden, ein Kontinuum dialektischer Art, so daß die isolierte ursprüngliche Erfindung an Bedeutung verloren hat.« Die sensiblen Dichter sind Auslaufmodelle: »Lyrik muß (...) etwas sein, was man (...) auf den Gebrauchswert untersuchen können muß.« Das gilt auch fürs Theater, das Brecht zu einer Art kommunikativen Anstalt erklärt: Gewohnte Sichtweisen sollen aufgebrochen, das Publikum mit einbezogen werden; Wirklichkeit, künstlich verfremdet (»V-Effekt«), wird zum Spielraum für die Erprobung des Neuen. Von einem ergebenen Sich-Ergeben ins Gegebene ist abzuraten: »Selbst die kleinste Handlung, scheinbar einfach / Betrachtet mit Mißtrauen! Untersucht, ob es nötig ist / Besonders das Übliche! / Wir bitten euch ausdrücklich, findet / Das immerfort Vorkommende nicht natürlich!« Brechts Arbeitsweise ist denn auch kollektiv geprägt, er bedient sich der Zuträger, die für ihn arbeiten, hat aber das letzte Wort. Sein Schriftstellerkollege Arnolt Bronnen berichtet: Er »spazierte, behaglich an seiner Zigarre schmauchend, durchs Zimmer, hörte sich dabei Argumente und Gegenargumente von Dutzenden von Leuten an, witzelte, zwinkerte und blieb doch unbeirrbar auf seiner Linie. Er ritt seinen Gedanken weiter, bis er ihn, großartig formuliert, gleich vor einem Miniaturpublikum einem seiner stets anwesenden dienstbaren Geister diktierte. Sein Hirn schien mir ein monströses Saugorgan zu sein, das sich mit Polypenarmen Material zuwacheln konnte.«

Die Machtübernahme der Nazis bedeutet für Brecht keine

Überraschung, er hat sie befürchtet und kommen sehen. Er emigriert; über Prag, Wien, Zürich, Carona (Tessin) und Paris gelangt er nach Dänemark, wo er mit seiner Familie bei Svendborg auf Fünen einen kleinen Bauernhof bewohnt. Die feindliche Welt ist fern; Brecht gerät in eine Idylle wider Willen, die ihn wehmütig stimmt: »Ein Ruder liegt auf dem Dach. Ein mittlerer Wind / Wird das Stroh nicht wegtragen. / Im Hof für die Schaukel der Kinder sind / Pfähle eingeschlagen. / Die Post kommt zweimal hin / Wo die Briefe willkommen wären. / Den Sund herunter kommen die Fähren. / Das Haus hat vier Türen, daraus zu fliehn.« Von 1933 bis 1939 schreibt er wichtige Stücke (*Leben des Galilei; Mutter Courage und ihre Kinder*; *Der gute Mensch von Sezuan*), Essays (*Weite und Vielfalt der realistischen Schreibweise*); in seinen *Svendborger Gedichten* wird die pointierte Verknappung noch einmal gesteigert: »Auf der Mauer stand mit Kreide: / Sie wollen den Krieg. / Der es geschrieben hat / Ist schon gefallen.« Brecht hält Kontakt zu den Antifaschisten, die untereinander zerstritten sind; aus der Distanz ruft er zum bewaffneten Widerstand auf: »Die Kultur, lange, allzu lange nur mit geistigen Waffen verteidigt, angegriffen mit materiellen Waffen, selber nicht nur eine geistige, sondern auch und besonders sogar eine materielle Sache, muß mit materiellen Waffen verteidigt werden.« Dem Kritiker Karl Kraus, der den Niedergang der Sprache in verwilderten Zeiten beklagt, hält er entgegen: »Dem, der gewürgt wird / Bleibt das Wort im Halse stecken.« Dennoch: »Was sind das für Zeiten, wo / Ein Gespräch über Bäume fast ein Verbrechen ist / Weil es ein Schweigen über so viele Untaten einschließt.« Seiner zunehmenden Verzweiflung versucht er mit bewährtem Sarkasmus zu begegnen; über den Salonwagen des Führers schreibt er: »Der Dienstzug/ist ein Meisterstück der Wagenbaukunst. Die Zuggäste/Haben eigene Appartements. Durch breite Fenster/Sehen sie die deutschen Bauern auf den Feldern schuften./Sollten sie in Schweiß geraten bei diesem Anblick/Können sie in gekachelten Kabinetten/Expreßbäder nehmen. (...)«

Über Schweden und Finnland reist Brecht nach Moskau; der Kommunismus dort hat ein menschenverachtendes Gesicht. Unter dem Eindruck der Stalinschen Schauprozesse notiert er: »literatur und kunst scheinen beschissen, die politische theorie auf dem hund, es gibt so etwas wie einen beamtenmäßig propagierten dünnen blutlosen proletarischen humanismus.« Im Sommer 1941 läßt er sich in der Filmmetropole Hollywood nieder. Er versucht sich als Drehbuchautor, aber es geht ihm nicht besser als dem Kollegen Heinrich Mann; seine Vorschläge werden fast alle verworfen. Trotz finanzieller Einschränkungen führt er ein Leben, das auf bewährte Konstanten setzt; der Filmregisseur Joseph Losey schreibt: »Er aß wenig, trank wenig und fickte sehr viel.« 1948 kehrt Brecht über Zürich nach Deutschland zurück. Er entscheidet sich für die DDR, wohnt in Ost-Berlin. Dort hat er seine eigene Bühne, das großzügig subventionierte Theater am Schiffbauerdamm. Brecht ist nun das, was er schon immer sein wollte: eine Berühmtheit mit Ecken und Kanten. Er kann es sich erlauben, der verordneten Einheitsmeinung im Arbeiter- und Bauernstaat ein Loblied des Zweifels entgegenzusetzen: »Da sind die Unbedenklichen, die niemals zweifeln./Ihre Verdauung ist glänzend, ihre Urteile unfehlbar./Sie glauben nicht den Fakten, sie glauben nur sich. Im Notfall / müssen die Fakten dran glauben. Ihre Geduld mit sich selber / Ist unbegrenzt. Auf Argumente / Hören sie mit dem Ohr eines Spitzels.« Und auch für argwöhnische Kulturfunktionäre hat er nicht viel übrig: »Trotz eifrigen Nachdenkens / Konnten sie sich nicht bestimmter Fehler erinnern, / jedoch / Bestanden sie heftig darauf / Fehler gemacht zu haben – wie es der Brauch ist.« Brecht mag vieles bezweifeln, den Sieg des Sozialismus bezweifelt er nicht; für ihn ist der Kapitalismus »abbruchreif, faul und ohne Idee«. 1953, als die DDR im Aufstand vom 17. Juni selbst abbruchreif erscheint, schreibt er ein Gedicht *(Die Lösung)*, das auch deswegen berühmt geworden ist, weil es auf fast alle Regierungsverhältnisse paßt: »Nach dem Aufstand des 17. Juni / Ließ der Sekretär des Schriftstellerverbandes / In der Stalinallee Flugblätter verteilen / Auf denen zu lesen war, daß das Volk / Das Vertrauen der Regierung verscherzt habe / Und es nur durch verdoppelte Arbeit / Zurückerobern könne. Wäre es da / Nicht doch einfacher, die Regierung / Löste das Volk auf und / Wählte ein anderes?« Als es ans Sterben geht, zeigt sich Brecht ausgesprochen gelassen; der Tod kann ihm nichts anhaben, denn er nimmt eine Person zu sich, die davon nichts mehr mitbekommt: »Als ich in weißem Krankenzimmer der Charité / Aufwachte gegen Morgen zu / Und die Amsel hörte, wußte ich / Es besser. Schon seit geraumer Zeit / Hatte ich keine Todesfurcht mehr. Da ja nichts / Mir je fehlen kann, vorausgesetzt / Ich selber fehle. Jetzt / Gelang es mir, mich zu freuen (...).« Und auch für die Hinterbliebenen hatte Brecht noch ein gutes Schlußwort parat: »Schreiben Sie, daß ich unbequem war und es auch nach meinem Tod zu bleiben gedenke. Es gibt auch dann noch gewisse Möglichkeiten.«

## *Der unsichtbare Kurs*
### Andersch und der Augenblick der Freiheit

*Alfred Andersch,*
*geb. am 4. Februar 1914 in München,*
*gest. am 21. Februar 1980 in Berzona (Tessin)*

Wer auf sein Leben zurückschaut, meint darin manchmal eine geheimnisvolle Ordnung am Werk zu sehen: Fügungen sind zu erkennen, wenn's hochkommt, sogar schicksalhafte Entwicklungen, in deren Licht das Ich, das sich da über sich selbst beugt, auf einmal bedeutungsvoller dasteht, als es tatsächlich der Fall war. Ist man zudem Schriftsteller oder gar Dichter, setzt ein Rückblick womöglich noch tiefer an, geht einem Leben auf den Grund, das, will man denn keine Glaubenswahrheiten bemühen, grundlos ist und gerade deshalb unsere Deutungshoheit immer wieder neu herausfordert. Allerdings sollte man seiner Biographie auch nicht zu viele Interpretationsbemühungen zumuten; sie wird dann unzugänglich oder bläst sich unter den Zuwendungen eines selbsternannten Deutungskünstlers bis zur Unkenntlichkeit auf. Der Schriftsteller Alfred Andersch konzentrierte sich bei der Beschreibung seines Lebens auf das Wesentliche; er entdeckt geheime Verlaufslinien, die im Rückblick nicht mehr geheim, sondern zwingend notwendig anmuten, was mit der Vorstellung persönlicher Freiheit, wie wir sie für gewöhnlich unserem Handeln beimessen, zunächst nicht vereinbar erscheint. Andersch kommt 1914 in einer Umgebung zur Welt, die er als vergleichsweise öde in Erinnerung hat. In seinem autobiographischen Bericht *Die Kirschen der Freiheit* (1952) heißt es: »Wenn ich an [meine Kindheit] denke, ergreift mich wieder das Gefühl der Langeweile, das mich umklammert hielt, als ich zwischen den charakterlosen Fassaden der bürgerlichen Mietshäuser aufwuchs, aus denen der Münchner Stadtteil Neuhausen besteht. Meine damals schon bebrillten Augen blickten in eine Landschaft verwaschener Häuserfronten, toter Exerzierplätze, aus roten Ziegelwänden zusammengesetzter Kasernen (…). Noch heute, wenn ich nach München komme, kann ich der Lockung nicht widerstehen, mit der Trambahn zur Albrechtstraße zu fahren und, im Durchwandern der Straßen meiner Kindheit, das Gefühl faden Wartens noch einmal auszukosten, das mich als Knabe hier umgab.« Auch die Schule kann dem jungen Andersch nicht weiterhelfen: Das Wittelsbacher Gymnasium, das er besucht, hat zwar noch einen guten Namen, betreibt jedoch Unterricht nach Vorschrift; die Lehrer sind nationalistisch gesinnt oder lustlos, manche haben frühzeitig resigniert. So bleibt die Schule »nur ein Intermezzo in einer Welt, die mich mit Überdruß erfüllte«, ihr Ertrag ist dürftig: »Ich mußte das Gymnasium bereits am Ende der Untertertia verlassen; zwar erwarb ich mir in Deutsch und Geschichte die besten Noten, aber ich war – auch in meinem späteren Leben – niemals in der Lage, eine Sprache nach grammatikalischen Gesetzen zu erlernen oder mathematische Formeln zu verstehen, die über die einfachsten Rechenmethoden hinausgehen, ebensowenig wie es mir gegeben ist, philosophischen Gedankengängen folgen zu können, wenn sie sich in der Sprache begrifflicher Deduktionen vollziehen. Der schreiende Mißklang zwischen meiner Eins in Deutsch und meiner Fünf in Griechisch verleitete die in reinem Wissenschaftsdenken erzogenen Lehrer zu der Annahme, ich wolle nur das lernen, was ich lernen wolle. Sie hätten besser daran getan, einzusehen, daß ich überhaupt nichts ›lernen‹ wollte; was ich wollte, war: schauen, fühlen und begreifen.«

Alfred Andersch wächst in einem nationalistisch geprägten Elternhaus auf. Sein Vater hat, vorsichtig gesprochen, nicht viel Glück im Leben: Er beginnt als Tierarzt, versucht sich als Buchhändler, Immobilienkaufmann und Versicherungsvertreter, ohne auch nur annähernd erfolgreich zu sein. Den Krieg macht er als überzeugter Patriot mit, erhält dabei die eine oder andere Auszeichnung, für die er sich aber buchstäblich nichts kaufen kann. Der Krieg geht verloren, was Vater Andersch nicht begreifen kann; die deutsche Niederlage sieht er als Demütigung an, die nach umgehenden Korrekturmaßnahmen verlangt. Schon bei der Rückkehr ins Zivilleben wird ihm klargemacht, daß man auf einen wie ihn nicht gewartet hat: »Als er dem Zug, der ihn in den Münchner Hauptbahnhof brachte, entstieg, wurden ihm von Revolutionären die Achselstücke heruntergerissen. Er kam nach Hause, nicht nur ein geschlagener, sondern auch ein entehrter Held, und führte von da an ein halbmilitärisches Leben in Verbänden weiter, die ›Reichskriegsflagge‹ oder ›Deutschlands Erneuerung‹ hießen. Wenn man zu denen gehört, die den Hartmannsweilerkopf im Sturm genommen haben, wird man wohl unfähig zu begreifen, daß die geschichtlichen Entscheidungen nicht dort fallen, wo man durch ein Scherenfernrohr die feindlichen Stellungen ausspäht.« Verzweifelt versucht der Vater, die fünfköpfige Familie durchzubringen, aber er ist kein Geschäftsmann. Zudem hat der Krieg Spätfolgen, die bevorzugt diejenigen treffen, die schon gestraft genug sind: »Als ein Granatsplitter ausschwärte, den er noch im Bein trug, schloß sich die Wunde nicht mehr, und das Leiden warf ihn aufs Bett. Von meinem vierzehnten bis zu meinem sechzehnten Jahre wohnte ich dem Sterben meines Vaters bei. Ich sah die Zehen seines rechten Fußes vom Brand schwarz werden und sah, wie er ins Krankenhaus geschafft wurde, wo man ihm das rechte Bein abnahm. Wieder einmal kehrte er in unsere schon Spuren des Elends zeigende Kleinbürgerwohnung geschlagen zurück. Wenn ich das Klappern seiner Krücken hörte, wich ich in andere Zimmer aus, weil ich seine Reden, die stets um die Themen der nationalistischen Politik kreisten, nicht hören wollte.«

Eines Tages sieht Andersch den Vater regungslos auf der Straße stehen. Er stützt sich auf seine Krücken, will nach der Beinamputation eigentlich versuchen, vorsichtig wieder gehen zu lernen, wagt es aber nicht, sich in Bewegung zu setzen. »Etwas fürchterlich Tragisches war um ihn (…). Seine Bekannten hatten sich von dem armen Mann zurückgezogen, und auch wir, die Familie, hatten ihn im Geiste schon verlassen. Sein Leben war zerstört, alle seine Pläne waren gescheitert, und sein Körper war dem Tode geweiht. In diesem Augenblick, als er sich unbeobachtet glaubte, war sein stolzes, männliches Gesicht von Leere und Trauer erfüllt, blicklos starrten seine Augen über den glatten Asphalt der Straße hinweg in den Abgrund der Jahre.« Der Sohn hat böse Vorahnungen, er will dem Vater helfen. »Aber ich kam zu spät.

Noch während ich lief, sah ich, wie er sich verfärbte, wie er die Krücken losließ und auf das Pflaster hinschlug. In seiner tiefen Ohnmacht lag er sehr still, und die Trauer seines Gesichtes war auf einmal zur Ruhe gekommen; in der Erschöpfung enthüllte das Haupt aus gelbem Wachs eine Menschen-Natur, die sich aus Selbstlosigkeit einer politischen Idee verschrieben hatte und daran zugrunde ging.« Der Sturz des Vaters ist der Anfang vom Ende, aber das Ende kommt nicht als Erlösung, sondern zieht sich: »Die notdürftig zum Schließen gebrachte Wunde seines Beinstumpfs brach auf und ging in Brand über, der nicht mehr zu heilen war. Er versank in eine zwei Jahre dauernde Agonie aus Morphiumräuschen und Schmerzanfällen. In den Nächten habe ich ihn, zwischen verzweifeltem Stöhnen, oft beten gehört.« Das Leiden des Vaters summiert sich zu einem heroischen Abgang der unscheinbaren Art: Ein Leben, das nur noch Schmerz ist, muß ausgehalten werden, weil die Umstände, die auch die Familie etwas angehen, es so verlangen: »Mein Vater wäre durchaus der Mann gewesen, diesem Leben selbst ein Ende zu bereiten. Aber dann wäre er nicht als ein ›hundertprozentig Kriegsgeschädigter‹ gestorben, wie es in der entsetzlichen Sprache des Versorgungswesens heißt, und meiner Mutter wäre nach seinem Tode keine Rente zugefallen. So nahm er es auf sich, unter der Geißel eines Grans Zucker, das sein Blut nicht ausscheiden konnte, dem Tode entgegengemartert zu werden.«

Der junge Andersch entzieht sich dem häuslichen Martyrium, wann immer es geht. Dabei entdeckt er einen Ort für sich, der nicht viel hermacht, bei genauerem Hinsehen aber Qualitäten zu erkennen gibt, aus denen sich Ansporn und Herausforderung für die eigenen, gerade erst in Gang gekommenen Gedankenspiele ableiten lassen. »Ich (...) floh, wenn ich Zeit hatte. Fuhr oft mit dem Rad nach Schloß Schleißheim bei München, das von Neuhausen aus in einer knappen Stunde zu erreichen war. Hätte auch nach Nymphenburg fahren können, das unserer Wohnung viel näher lag, zog aber Schleißheim vor. Dort waren nur wenige Menschen. Das Schloß, nichts weiter als ein großes, festliches Haus, erhob sich, weiß und etwas verwahrlost, über die Bäume eines bayerischen Dorfplatzes. Man ging zur Linken durch eine Pforte im Eisengitter in den Park.« Dieser Park hat nichts Besonderes, gleicht eher einem überdimensionierten Garten, der schon länger nicht mehr die Pflege bekommt, die er eigentlich verdient. Dennoch zieht er die Blicke seines Besuchers an und lädt zum Träumen ein: »Da war nichts als eine mäßig breite Blumenfläche, geschwungene Petunien-Rabatten, und dann die große Allee aus alten Bäumen und Eichen- oder Buchsbaum-Hecken, die den stillen Wassergraben begleitete bis zu dem kleinen Gartenschloß im hinteren, schon ganz verwilderten Teil des Parks, nur ein Pavillon, der leer war, bis auf ein paar dunkle Jagdbilder, die an den verlassenen Wänden hingen. Merkwürdig, daß die Abgeschlossenheit eines Parks, eines weißen Schlosses, stiller Blumen mir das Gefühl einer verwunschenen Unendlichkeit mitteilen konnte.« Andersch wird in unspektakulärer Umgebung ein Zuspruch zuteil, der über den gegebenen Anlaß hinausreicht und wiederverwendbar erscheint. Die dazugehörige Inspiration öffnete das Tor zu einer anderen und besseren Welt: »Ich fand, auf einer Bank im Park von Schleißheim sitzend, was ich an den Sonntagvormittagen, wenn der Eintritt frei war, auf den Bildern der Pinakothek suchte, im grünen Schmelz der Madonna Grecos, im Grau und Rosa einer Verkündigung Filippino Lippis, im klaren Traum-Venedig Canalettos – das Aroma der Kunst. Das perlhafte Weiß der Gartenfront des Schlosses drang in mich ein, während ich in den Gedichten Verlaines oder in Wolfensteins Rimbaud-Übertragungen las. Ich träumte wieder von der Unbekannten, die schon so oft im Traum vor mir gestanden, empfand A schwarz, E weiß, I rot, U grün, O blau, Vokale, im Blüten-Anblick drängend zu mir hergetrieben, und bildete mich auf diese Weise, wie man wird sagen können, autodidaktisch heran.«

Anderschs Inspiration läßt sich auf das mehr zu erahnende als handfeste Schöne ein, das überall zum Vorschein kommt, wenn man denn bereitwillig genug ist, es sehen zu wollen. Es bedarf dafür eines anderen Blicks, der nachfaßt und eine Sicht der Wirklichkeit ermöglicht, die der Oberfläche mißtraut und tiefer reicht. Eine solche Wesensschau an den Eingängen des zeitlos Schönen verführt zum flüchtigen Glück der Erfüllung, das dem Ich kaum mehr Beachtung schenkt, sondern schon nah an der Selbstvergessenheit steht: »Vergaß so die Toten der Revolution, die Langeweile von Neuhausen, die Schulmisere, die Deklassiertheit meiner kleinbürgerlichen Familie, ja selbst das Stöhnen meines Vaters, und begann mein eigenes Leben, indem ich durch die Gitterpforte der Pubertät und des Schlosses zu Schleißheim in den Park der Literatur und der Ästhetik eintrat.«

Nach dem Abgang von der Schule absolviert Andersch eine Buchhändlerlehre. Er kommt damit zwar dem schönen Schein der Literatur näher, muß aber feststellen, daß der nicht alltagstauglich ist; mit literarischen Mitteln läßt sich weder gegen die herrschende Arbeitslosigkeit noch gegen die politische Spaltung der Gesellschaft angehen. Als Andersch nach Abschluß seiner Lehre wie 75000 andere Münchner auch arbeitslos wird, weigert er sich, dies wie die meisten anderen als Resultat höherer Mächte oder der Weltwirtschaftskrise zu begreifen. Andersch hingegen setzt auf Widerstand; er tritt der Kommunistischen Partei bei, die ihm das überzeugendste Welterklärungsmodell zu bieten hat. »(...) witternd sog ich das Aroma von Leben ein, das mir half, mich aus meiner kleinbürgerlichen Umwelt zu befreien. Das Wort ›Revolution‹ faszinierte mich. Mit der Schnelligkeit jähen Begreifens vollzog ich den Übertritt von den nationalistischen Doktrinen meines Vaters zu den Gedanken des Sozialismus, der Menschenliebe, der Befreiung der Unterdrückten, der Internationale und des militanten Defaitismus.« Der Entschluß, Kommunist zu werden, stellte sich nahezu zwangsläufig ein; alles sprach dafür, seine Herkunft, sein bisheriger Werdegang, schließlich die Umstände selbst, die eine Radikalisierung des Denkens, auf der einen wie der anderen Seite, geradezu herausforderten. »Die Entscheidung für den Kommunismus war selbstverständlich auch ein Protest gegen die Unfähigkeit des Elternhauses, mir die Verhältnisse zu erklären, aber sie war auch wirkliche Überzeugung. Ich bin nicht einfach aus irgendeinem leeren Protestimpuls zu den Kommunisten gelaufen, sondern aus Überzeugung.« Andersch widmet sich dieser neuen Überzeugung nicht ohne Ehrgeiz, er wird Organisationsleiter des Kommunisten Jugendverbands Südbayern, hält Schulungskurse ab und schreibt Artikel für das Parteiblatt *Neue Zeitung*. Am

8. März 1933 wird er erstmals verhaftet und kommt ins Konzentrationslager Dachau, wo es ihm besser ergeht als anderen. Nach knapp drei Monaten läßt man ihn wieder frei: »Mein lumpiges Vierteljahr Haft zählt nicht gegen die zwölf Jahre, die viele meiner Genossen hinter dem Draht von Lagern verbrachten. Ich bin im Mai 1933 schon wieder aus dem Konzentrationslager Dachau entlassen worden, weil meine Mutter mit den Papieren meines Vaters die Gestapo belagerte und einen Gnadenerweis erwirkte, dem Andenken des um die nationalistische Sache so verdienten Mannes zu Ehren.« Ein halbes Jahr später wird Andersch zum zweiten Mal verhaftet, und wieder ist es »die liebenswürdige Entschlossenheit« seiner Mutter – sie ist »mit der Unwiderstehlichkeit einer Österreicherin aus der alten Monarchie begabt« –, die ihn vor der Deportation bewahrt. Der erneute Gefängnisaufenthalt gibt Andersch zu denken, er resigniert, noch bevor der Kampf verloren ist. Eine merkwürdige Mutlosigkeit macht ihm zu schaffen, die womöglich auch daher rührt, daß ihm in bedrängter Lage auf einmal die Schwäche der kommunistischen Ideologie deutlich wird, die zwar zur Haupt- und Staatsphilosophie taugt, den einzelnen jedoch im Interesse des Großen und Ganzen im Stich läßt. »Ich besaß nicht mehr das stoische und bedenkenlose Gefühl, wie damals in Dachau, wo ich niemals Angst gehabt hatte, obwohl ich in die Strafkompanie eingereiht worden war. Jeder, der zur Strafkompanie gehörte, war rasch von einem Nimbus umgeben. Wir fühlten, daß wir eine Elite bildeten. Aber davon war jetzt nichts mehr übriggeblieben. An jenem Tage wäre ich zu jeder Aussage bereit gewesen, die man im Verhör von mir verlangt hätte. Man hätte mich

nicht einmal zu schlagen brauchen.« Andersch wird entlassen. Er weiß, daß er einen Neuanfang wagen muß: »Als ich das Gebäude der Polizeidirektion verließ und unter die späte Sonne eines Münchner Septembertages trat, in deren Licht die graue Renaissance-Front der Michaels-Hofkirche auf der anderen Straßenseite eingesponnen war wie in ein silbernes Spinnennetz, wußte ich, daß ich meine Tätigkeit für die Kommunistische Partei beendet hatte.«

In den nächsten Jahren wählt Andersch eine Art inneres Exil, in dem die aus den Fugen geratene Welt möglichst keine Rolle mehr spielen soll: »Ich antwortete auf den totalen Staat mit der totalen Introversion.« Aber das geht schief, die Wirklichkeit läßt sich nicht ausblenden, überfordert zudem eine Ästhetik, die allenfalls noch für den Privatbereich taugt. Andersch ist deprimiert: »(...) welches Brackwasser der Gefühle, Ideen, Meinungen! Dumpfe, stillstehende Luft über dem allmählichen Einfalten der Seele.« Er heiratet, gönnt sich eine Italienreise, arbeitet als Werbetexter in einer Hamburger Fotopapierfabrik, unternimmt erste Schreibversuche. Im Frühjahr 1940 wird er erstmals zur Wehrmacht einberufen, man schickt ihn nach Nordfrankreich, wo er als »Rechnungsführer« einer Baukompanie tätig ist, bis er, eher zufällig, einen Gesetzespassus in den Wehrmachtsmitteilungen entdeckt, dem zu entnehmen ist, daß ehemalige KZ-Insassen in der Truppe unerwünscht sind und umgehend auszumustern seien: »Und das wurde ich dann auch, so daß ich mitten im Krieg von 1941/42 zu Hause war.« An diesem Vorgang, den man »moralisch bedenklich« nannte, hat sich später Kritik entzündet; man hielt Andersch vor, nach 1945 aus Gründen pazifistischer »Selbststilisierung« seine »Vita geschönt« und »strategischen Gebrauch von der jüdischen Herkunft seiner Frau« gemacht zu haben (Sebald; Döring u.a.).

1943 wird Andersch erneut einberufen. Er dient als Obergrenadier in Dänemark. Dort reift eine Entscheidung in ihm, die er im Rückblick als geradezu unwiderstehlich ansieht. »Es klang romantisch, aber es war eine ganz klare und simple Sache. Mußte weg. Wußte es zum erstenmal ganz sicher, als ich auf der jütischen Heide lag, irgendwo bei Randers, versteckt im Heidekraut, und die Sturmgeschütze beobachtete, die auf uns zukamen, bei der Divisionsübung im März 1944. War ein tolles und herrliches Gefühl, wie ich da lag und es mir überlegte. Dänemark war ein gutes Land für solche Entschlüsse (...), sie war ganz einfach da, die Freiheit, in Dänemark.« Als Andersch nach Italien versetzt wird, läßt sich die Idee der Freiheit nicht mehr abschütteln. Ihre Zeit ist gekommen und fordert Verwirklichung ein. »An Pfingsten 1944 lief mein Leben endlich auf den Punkt zu, auf den es seinen für mich unsichtbaren Kurs gehalten hatte. (...) Eine Nacht wird kommen, dachte ich, in der ich allein sein werde, ohne auf jemanden warten zu brauchen. Endgültig allein. Allein und frei. Außer Gesetz und Befehl. Aufgenommen von der Nacht und der Wildnis der Freiheit.« Bevor Andersch am 7. Juni 1944 desertiert und zu den Amerikanern überläuft, widerfährt ihm ein Augenblick beispielloser Hellsichtigkeit; es ist, als ob sein Leben angehalten würde, um sich in einem Moment innigster Bewußtheit eine neue Bestimmung zu geben. Nie zuvor, so erscheint es ihm in dieser Nacht, ist er mehr bei sich selbst gewesen. »Das Ligurische Meer war ein glänzendes Silberschild unterm Vollmond. Nur Nächte können so knochenbleich hell sein. So beinbleich hell, vom Mondlicht überstrichen, flach, mit riesigen Schlagschatten, aber tief, blaudunkel tief, wo im blaudunklen Laub der Bäume süß der Akazienduft strich.«

Die Entscheidung, die Andersch trifft, mutet im nachhinein allerdings weniger poetisch als sachlich begründet an: Freiheit ist eine Augenblickssache, läßt sich aus Notwendigkeiten herleiten und bleibt akut gefährdet: »Zwischen Angst und Mut treten die beiden anderen natürlichen Eigenschaften des Menschen, Vernunft und Leidenschaft. Sie führen die Entscheidung, die er zwischen Mut und Angst zu treffen hat, herbei. In jenem winzigen Bruchteil einer Sekunde, welcher der Sekunde der Entscheidung vorausgeht, verwirklicht sich die Möglichkeit der absoluten Freiheit, die der Mensch besitzt. Nicht im Moment der Tat selbst ist der Mensch frei, denn indem er sie vollzieht, stellt er die alte Spannung wieder her, in deren Strom seine Natur kreist. Aufgehoben wird sie nur in dem einen flüchtigen Atemhauch zwischen Denken und Vollzug. Frei sind wir nur in Augenblicken. In Augenblicken, die kostbar sind.« Diese Freiheit ist kostbar, aber auch ein wenig theorielastig: Im praktischen Vollzug wirkt sie nur unauffällig mit, man tut, was man tun muß und vielleicht gleich darauf wieder bereut. Im übrigen, so Andersch, sollte man die Stimmungen nicht unterschätzen, die uns antreiben; sie mögen unscheinbar sein, manchmal kaum benennbar, sorgen jedoch dafür, daß Freiheit nicht einschläft, sondern sich immer wieder herausgefordert fühlt: »Die Freiheit ist nur eine Möglichkeit, und wenn man sie vollziehen kann, so hat man Glück gehabt – worauf es ankommt, ist: sich die Anlage zur Freiheit zu erhalten. (...) Zur Freiheit disponiert, schweben unsere

Eigenschaften im Äther der Stimmung. Ohne die Gewitterschwüle oder die Passatwinde, ohne den Dieselöl-Duft oder die Park-Gefühle, welche die Stimmung uns zuträgt, würden Mut und Angst, Vernunft und Leidenschaft sogleich tot zu Boden sinken. Was uns umgibt, ist die Luft der Stimmung, die als ätherisches Element zugleich das ästhetische ist. Der Park zu Schleißheim. Als der Stimmung Ausgesetzte machen wir Kunst.«

Die nächsten sechzehn Monate bringt der ehemalige deutsche Soldat Alfred Andersch in amerikanischen Kriegsgefangenenlager zu, wo er seine ganz persönliche »Freiheit unter Ausschluß der Öffentlichkeit« erlebt. Er hat Zeit zu lesen, beschäftigt sich mit amerikanischer Literatur, der gegenüber er »einen großen Nachholbedarf« hat, und wird Redakteur der Lagerzeitung *Der Ruf – Blätter für deutsche Kriegsgefangene*. Als der Krieg vorbei ist und er in die fremd gewordene Heimat zurückkehrt, empfindet er dies wie eine Zwangsüberstellung. »Hinter den Stacheldrähten waren Zeit und Raum aufgehoben. Jetzt trat ich wieder in Zeit und Raum ein, unter Kiefernschatten, in einem Nachmittagslicht bei Darmstadt. Ich fühlte Furcht. Ich fürchtete mich vor Deutschland. Die Zeit Deutschland, der Raum Deutschland kamen als Dunkelheit auf mich zu, als Katastrophe, als Chaos. Die Freiheit des Kriegsgefangenenlagers war das Gegenteil von Chaos gewesen. Das Chaos Deutschland war eine Drohung.«

Die Drohung wird allerdings nicht wahr gemacht, das Chaos weicht einer Ordnung, in der sich Andersch, den die forcierte Restaurationspolitik der Bundesrepublik irritiert, einrichten kann. Insgesamt meint man es gut mit ihm. Er gehört der Gruppe 47 an und wird schließlich zum innovativen Rundfunkredakteur, der eine Zeitlang, zumindest solange die Vorgaben politischer Nichteinmischung beachtet werden, an die sich die Rundfunkanstalten halten zu müssen glauben, frei schalten und walten darf. Ein lange entbehrter Enthusiasmus bestimmt die Tagesarbeit: »Es schien uns selbstverständlich, daß die Bücher – die von Hitler unterdrückten Bücher, vor allem aber die nach dem Faschismus entstandenen und weiter entstehenden Werke – eine neue Welt entstehen lassen würden. Ganz unbewußt – wir kannten damals weder das Wort noch den Begriff – haben wir nach dem Prinzip Hoffnung gelebt. Was für Narren wir doch waren. Wir haben an die Literatur geglaubt! Nur deshalb haben wir, ohne uns einen Augenblick zu besinnen, und fast wahllos, Texte gesendet. Ein neuer Text – und das Leben würde sich ändern!« Das Leben aber änderte sich nicht, zumindest nicht so, daß das Gegenbild einer anderen und vor allem besseren Welt realistischer wurde. Gerade die Literatur, die von gutgemeinter Selbstüberschätzung nie ganz frei ist, mußte ein weiteres Mal ihr prinzipielles Ungenügen erkennen, was auch für den Kulturbetrieb galt, dem Andersch, nach Jahren desillusionierender Wort- und Textarbeit, ein vernichtendes Zeugnis ausstellte: »Kultur ist heute (...) das Anti-Künstlerische schlechthin; sie ist als Etat, terminiertes Programm, Tagung, ›Gespräch‹, Spielplan, paritätisch fixiertes Ausstellungswesen, Organisation von Akademien und Festspielen, Selbstkontrolle, ›Förderung‹ und Erziehung nichts anderes als ein totaler Versuch, den Strahlungskern der Kunst und des schöpferischen Denkens einzuzäunen und unschädlich zu machen.«

1958 zieht Andersch mit seiner Familie in das entlegene Tessiner Bergdorf Berzona. 1972 nimmt er, auch aus Enttäuschung über die anhaltende Restaurationspolitik der Bundesrepublik, die Schweizer Staatsbürgerschaft an. Er stirbt am 20. Februar 1980; eines seiner letzten Gedichte endet, ausgehend von der Lebensspanne, die dem Kollegen Goethe vergönnt war, mit einer listigen Einsicht: »1749 – 1832. – Ordnung ist / wo du beide Zahlen / nebeneinander siehst: / Geburts- und Todesdatum / Wer nur das eine besitzt / ist noch nicht fertig / – Und hieran / kranken die meisten / lebenden Künstler: / sie sind noch nicht tot.«

Als Schriftsteller ist Andersch, der zwischen 1957 und 1974 (u.a.) seine großen Romane *Sansibar oder der letzte Grund*, *Die Rote*, *Efraim* und *Winterspelt* veröffentlicht, durchweg ein Unbequemer geblieben. Mit seinem Gedicht ›artikel 3 (3)‹, das den sogenannten Radikalenerlaß aufs schärfste kritisierte, löste er 1976, speziell in den Reihen staatstragender Kulturfreunde, einen Aufschrei der Empörung aus; sie fühlten sich in die Nähe der Nazis gerückt, was bei Zeilen wie diesen nicht ganz abwegig erschien: »(...) das neue kz / ist schon errichtet / die radikalen sind ausgeschlossen / vom öffentlichen dienst / also eingeschlossen / ins lager / das errichtet wird / für den gedanken an / die veränderung / öffentlichen dienstes / – die gesellschaft / ist wieder geteilt / in wächter / und bewachte / wie gehabt – ein geruch breitet sich aus / der geruch einer maschine / die gas erzeugt.« Dennoch war Andersch kein Radikaler mit eingeengter Weltsicht, im Gegenteil: Das seinerzeit überaus emsig betriebene parteipolitische Engagement seiner Kollegen, insbesondere von Günter Grass, der für die SPD ins Feld zog, die Andersch

»eine besonders harmlose, total domestizierte Partei« nannte, fand er eher lachhaft als respekteinflößend; dem Sozialismus, nach wie vor der Linken liebster Zufluchtsort, hatte für ihn schon länger abgewirtschaftet und blieb bestenfalls als Idee präsent, was allerdings zu einer Theorielastigkeit führt, die »das Leben auf immer neue Flaschen der Begriffe zieht« und zur »deutschen Form eines allgemeineren Syndroms« wird: »der europäischen linken Krankheit zum Tode. Ein Begriffsdenken, welches es erlaubt, Auschwitz ›einzuordnen‹, ist (…) nichts anderes als ein einziger geistiger Krankheitsherd.«

Literatur ist nicht gleich Literatur, wußte Andersch: Will sie Bleibendes leisten, muß sie wegkommen vom »wuchernden Sekundären«, von gefallsüchtiger Mitteilungssucht und Geschwätzigkeit, die uns heute, mehr denn je, zu schaffen machen: »Sekundär-Literatur, die sich für die Geschichte selbst hält, weil sie sich aufregt und diskutiert (…) ist nur Symptom, nichts weiter. Große Literatur tut etwas anderes, sie bereitet lange und langsame Entwicklungen vor, sie streut in ein paar Gedanken und ein paar Formen Samen aus, die die Welt erneuern und sie an etwas Altes erinnern.«

# *Das Weltlabyrinth*
## Dürrenmatt und seine Stoffe

*Friedrich Dürrenmatt,*
*geb. am 5. Januar 1921 in Konolfingen,*
*gest. am 14. Dezember 1990 in Neuenburg*

Der Mensch, einmal ins Leben befördert, ohne zu wissen, warum, muß sich in der Welt zurechtfinden, ja er sieht sich sogar vor die Aufgabe gestellt, seine Welt erst zu schaffen und dort, nach Maßgabe der eigenen Möglichkeiten, heimisch zu werden. Die Anfänge jeder Selbstfindung sind spannend und rätselhaft zugleich; ob es nach geglücktem Beginn aber Fortschritte gibt, auf die sich aufbauen läßt, ist nicht ausgemacht. Der Schriftsteller Friedrich Dürrenmatt, an sich kein Freund breit ausgewalzter Selbstauskünfte, hat der eigenen Biographie dennoch intensive Aufmerksamkeit geschenkt, allerdings im Interesse der Sache, die nicht die Person, sondern das mit ihr verbundene Werk war. Wie entstehen die »Stoffe«, die einen Schriftsteller in Beschlag nehmen, fragte sich Dürrenmatt und sah sich dabei zur wiederholten Rückschau auf sein Leben veranlaßt. Leben und Werk bilden eine Einheit, die nicht festgefügt, sondern in ständiger Bewegung ist; ihre Deutung hängt von den Befindlichkeiten des Betrachters und den Zeitumständen ab, denen er ausgeliefert ist. Je weiter man dabei zurückschaut, desto schwieriger erscheint es, das eigene Ich in Lebenssituationen wiederzufinden, aus denen sich eindeutige Schlußfolgerungen ziehen lassen; allerdings suggerieren frühe Erinnerungen eine Eindringlichkeit, der man sich, auch wenn sie nur nachträglicher Deutung geschuldet sein mag, kaum entziehen kann. Dürrenmatt hatte keine Scheu, weit zurück zu fragen, er hielt dies sogar, im literarischen Eigeninteresse, für unverzichtbar. »Ich glaube, daß alles Wichtige, alles Entscheidende sich auf die Jugend zurückführt. Dies ist keine Erkenntnis, die ich – etwa von der Psychoanalyse – übernommen, sondern eine Erfahrung, die ich selber gemacht habe, indem ich über meine Werke, meine Ideen, meine Arbeit nachdachte. Ich bin auf dem Dorfe aufgewachsen, in einem Mischdorf: Es gab dort eine große Fabrik, eine Milchsiederei, verschiedene andere Fabriken, ringsherum waren Bauernhöfe und Bauerndörfer und -weiler, die ihre Produkte in dieses Zentrum brachten. Mein Vater war dort Pfarrer, und ich wuchs in einer gewissen sozialen Isolierung auf, weil ein Pfarrerssohn in einem Dorfe etwas ganz Bestimmtes darstellt.«

Das Dorf, in dem der Pfarrerssohn Dürrenmatt das Licht der Welt erblickt, heißt Konolfingen und liegt im Kanton Bern. Dürrenmatts Umgebung ist christlich geprägt, wobei die Mutter etwas frommer ist als der Vater, der sich schon von Amts wegen um eine gewisse Glaubensfestigkeit zu bemühen hat. Beim ältesten Sohn Friedrich stößt er allerdings auf Widerstand. Er ist zwar phantasiebegabt und lesewillig, findet die Heilige Schrift, aus der ihm seine Mutter erzählt, aber nur dort spannend, wo sie nicht heilig, sondern eher abenteuerlich, ja unglaubwürdig anmutet. Er empfindet seine Umgebung eher als verwinkelt und verschachtelt: »Das, was ich vom Dorf in der Erinnerung behalten habe, ist merkwürdigerweise der Eindruck eines Labyrinths: Das Dorf war umstellt von Kornfeldern, Weizenfeldern, und in diese Felder führten unzählige kleine Gänge, in die man hineinkroch. Dann sind da die Scheunen der Bauernhöfe: Das Heu wird geschichtet, und das Heu wird so geschichtet, daß auch Gänge entstehen, durch die man schlüpfen kann. Auch ist das Dorf für einen Jungen etwas Undurchschaubares; gibt es da doch diese rätselhaften älteren Personen, diese Welt der Erwachsenen, die man nicht versteht.« Die Welt der Erwachsenen, bevölkert von rätselhaften älteren Personen, hat den Jugendlichen gegenüber ein Macht- und Deutungsprivileg, dem der Umstand zugrunde liegt, daß jede Jugend einmal endet und gleichsam per Zwangseinweisung ins Erwachsenendasein überführt wird; spätestens dann ist die Kindheit abgelebt und gilt, je nach Sichtweise, als verlorenes Paradies oder verschwendete Zeit. Pädagogisch wertvollen Lektüreempfehlungen kann Dürrenmatt generell nicht viel abgewinnen: »Was wir lesen sollten, war jene Lektüre, die die Erwachsenen bei den Kindern gerne sehen, weil sie sich wünschen, die Wirklichkeit des Kindes wäre so, wie die Jugendschriftstellerinnen sie darstellen.« Dürrenmatt sucht sich seinen eigenen Weg zu den Büchern, er liest Karl May und Jules Verne, die inzwischen als Klassiker durchgehen, findet aber auch Zugang zu leicht anrüchigem Schriftgut: »Von der Welt, von der die Erwachsenen wenig wußten, wie wir glaubten, von der Welt jenseits des Dorfes und der nahen Stadt, jenseits des Ferienkurorts in den Bergen, berichteten kleine Hefte: John Klings Abenteuer, die wir am Bahnhofskiosk erstanden. (...) Sie erzählten von großen Bösewichten, von unermeßlich reichen Bankiers, von Waffenhändlern, Gangsterchefs und Nabobs, die über Goldminen, Ölfelder und Finanzimperien regierten, Politiker bestachen und Völker ausbeuteten. Die unzähligen Hefte wanderten in der Sekundarschule von Hand zu Hand, geheim, denn die Lehrer versuchten, sie zu unterdrücken, der Meinung, für uns sei das ›gute Jugendbuch‹ die einzig richtige Lektüre: Als der Deutschlehrer mein Pult untersuchte, fand er ganze Stöße der verfemten Hefte. Zum Glück hatte ich die gelesen und nicht die Jugendbücher, denn der Kitsch brachte uns die Binsenwahrheit bei, daß die Welt der Erwachsenen in Unordnung war, nicht die der Kinder, und es kam mir vor, als hätte der liebe Gott mit seinen Zehn Geboten die Hauptschurkereien gar nicht geahnt, zu denen der Mensch fähig ist: Ich begann am Weltgebäude meiner Jugend zu rütteln, allzu schnell sollte es einstürzen.«

1935 nimmt Dürrenmatts Vater eine Stelle als Pfarrer am Diakonissenhaus in Bern an, die Familie muß umziehen. Der Wechsel vom Dorf in die Stadt erweist sich als nicht ganz unproblematisch, denn Konolfingen, anfangs als Labyrinth erfahren, war mit den Jahren zu einer Art Heimat geworden. Nun muß Dürrenmatt erleben, daß das wahre Labyrinth die Stadt ist: »Aus dem Übersichtlichen, aus den vertrauten Schleichwegen in den Kornfeldern, Tennen und Wäldern, verirrte ich mich ins Unübersichtliche, aus dem es keinen Weg nach außen mehr gab. Das Labyrinth wurde Wirklichkeit. Labyrinthisch waren schon die ersten Eindrücke gewesen: die langen Gänge des evangelischen Lehrerseminars (...), die erleuchteten geheimnisvollen Gassen (...), Erinnerungen, mich in unterirdischen Gängen und Räumen zu bewegen, die sich später bestätigten.« Der Erfahrung des Labyrinths begegnet Dürrenmatt zunächst offensiv, er setzt sich in Bewegung, durchstreift die Stadt, erkundet ihre Grenzen, was dazu führt, daß er sich des öfteren verläuft. Seine innere Unruhe wird er damit nicht los, er stellt sich ihr auf andere Weise: »In der Großstadt war ich in der vollen Pubertät, und mein Nicht-Verstehen wurde nun nicht etwa dadurch aufgehoben, daß ich besonders viel las, sondern es trieb mich dazu, fast ständig zu zeichnen. (...) Ich habe immer gezeichnet. Das Zeichnen war für mich eine Abwehr, eine Verdrängung des Nicht-Verstandenen. Ich konnte das, was mich bedrängte, irgendwie bildlich darstellen. Aber nicht sprachlich.«

Auch auf dem Gymnasium gibt es Probleme, Dürrenmatt ist kein guter Schüler, er probt den Aufstand, wo immer es geht: »Ich mußte immer wieder repetieren, dem buckligen Griechischlehrer gegenüber streikte ich, stolz warf ich Schulbuch und Heft zum Fenster hinaus, der Pädagoge lächelte spöttisch, ich hatte mich zwar impulsiv befreit, aber im Frühjahr mußte ich die Schule verlassen. Die unglücklichen Eltern lieferten mich an eine großzügig geleitete Privatschule ab, ein Sammelbecken von an Gymnasien gescheiterten Existenzen und zäh arbeitenden Einzelgängern, die gezwungen waren, die Maturität ohne Gymnasium zu bestehen. Ich gehörte zu den gescheiterten Existenzen.« Im Rückblick erscheint diese Zeit als Zwangsveranstaltung, der man entweder gar nicht oder nur auf Grund glücklich hinzustoßender Umstände entkommen konnte; das Labyrinth ließ ihn nicht los, es hatte nicht nur eine äußerliche Fassade der Stadt Bern, sondern breitete sich auch zunehmend im inneren Denkbetrieb des Schülers Dürrenmatt aus. »Noch war ich nicht geboren, geschweige denn abgenabelt; unfertig, besaß ich nichts als eine chaotische Phantasie, die mich von der Realität abschloß und mich unbeholfen machte, linkisch, ohne Manieren, die mir jetzt noch fehlen; eine Zeit, an die ich mit Ungerechtigkeit und Haß zurückdenke, in der ich die ersten Wunden erhielt, die nie verheilten, gleichgültig, ob ich sie mir selber oder ob andere sie mir zufügten. Die Jahre schleppten sich dahin, unendlich langsam, eine Zeit, in der ich nichts mit mir anzufangen wußte, mir selbst im Wege stand, produktiv sein wollte, ohne produktiv sein zu können.« Das Versprechen der Eltern, nach bestandenem Abitur dürfe er Malerei studieren, gab schließlich den nötigen Schub: Bei einem Studenten nimmt der unbequeme Schüler Nachhilfeunterricht und schafft schließlich ein mittelmäßiges Abitur. Malerei studiert er danach trotzdem nicht, zu schlecht waren die Urteile anderer Maler über sein expressionistisches Schaffen. Daß er Künstler werden muß, weiß er genau, doch noch ist er hin- und hergerissen zwischen der Malerei und der Schriftstellerei. Eher aus Verlegenheit und um dem Wunsch des Vaters nach einem »ordentlichen Studium« nachzukommen, schreibt er sich schließlich an der Universität Bern für Germanistik und Kunstgeschichte ein, wechselt nach nur einem Jahr an die Universität Zürich – ein Versuch, aus dem Berner Labyrinth »ins Freie« zu kommen. Von dort kehrt er nach zwei Semestern mit einer Gelbsucht nach Bern zurück, wo er es noch einmal an der Universität versucht, diesmal mit Psychologie, Nationalökonomie und im Hauptfach Philosophie.

Von den Philosophen, mit denen er sich beschäftigt, steht ihm Kierkegaard am nächsten, über ihn möchte er promovieren, hat auch einen tragfähigen Titel (*Kierkegaard und das Tragische*), unter dem sich Überlegungen aller Art versammeln lassen, aber eine Dissertation hat nun mal den Nachteil, daß sie geschrieben werden muß, was mit einer Art von Arbeit verbunden ist, für die der Student Dürrenmatt wenig Sympathie aufzubringen vermag. Inzwischen hat er, der weiterhin regelmäßig malt und zeichnet, erste Schreibversuche unternommen. Der Zettel, den er an der Tür seines Studentenzimmers anbringt und auf dem »Friedrich Dürrenmatt, nihilistischer Dichter« steht, deutet darauf hin, was aber schon damals nicht ganz ernst zu nehmen ist. Von Dürrenmatts frühen Werken ist ein kürzerer Text erhalten geblieben, der im Dezember 1942 entsteht, den beschaulichen Titel *Weihnacht* trägt, aber nicht unbedingt festlich klingt: »Es war Weihnacht«, heißt es darin lapidar. »Ich ging über die weite Ebene. Der Schnee war wie Glas. Es war kalt. Die Luft war tot. (...) Ich sah einen Körper auf dem Schnee liegen. Es war das Christkind. Die Glieder weiß und starr. Der Heiligenschein eine gelbe gefrorene Scheibe. (...) Ich hatte Hunger. Ich aß den Heiligenschein. Er schmeckte wie altes Brot. Ich biß ihm den Kopf ab. Alter Marzipan. Ich ging weiter.«

Seiner Studentenzeit kann Dürrenmatt im Rückblick nicht viel abgewinnen, es sind verlorene Jahre. Aber man hat damals ohnehin andere Sorgen: »Vier der fünf Jahre, die ich als Student verstreichen ließ, fielen in den Zweiten Weltkrieg. Im Sommer 1942 rückte ich in die Rekrutenschule ein, während viertausend Kilometer östlich auf dem gleichen Kontinent die Schlacht von Stalingrad begann, angekündigt von einer Siegesmeldung des Großdeutschen Rundfunks, die Stadt sei erobert.« Es verwundert nicht, daß Dürrenmatt als Soldat keine gute Figur machte, er wollte es auch nicht. Zudem hatte er körperliche Defizite, die sich im Ausbildungsbetrieb nicht verbergen ließen und strafverschärfende Maßnahmen zur Folge hatten. »Ich war ein linkischer Rekrut, unfähig, an der Kletterstange mehr als zwei Meter hochzukommen, selbst das ›Helmabnehmen‹ machte mir Mühe, so daß ich zur Strafe nur mit Turnhose und Helm bekleidet Sport treiben mußte; der Befehl machte den Leutnant verlegener als mich. Die Ausbildung war blödsinnig, Drill, Gebrüll und eine endlose Schuhputzerei vor dem Hauptverlesen, die Schuhe schienen der schweizerischen Armee das Wichtigste, als dächte sie unterschwellig ans Davonlaufen, während sie oberschwellig den Widerstand übte.« Dürrenmatt leistet Widerstand, und das liest sich im Rückblick so: »Bevor ich (...) in einen Primaten zurückverwandelt werden konnte, begannen sich meine Augen zu wehren, sie waren ohnehin stets entzündet, und wenn ich Kimme und Korn zusammenbrachte, sah ich das Ziel nicht, und sah ich das Ziel, brachte ich Kimme und Korn nicht zusammen (...). Um meine Kurzsichtigkeit zu demonstrieren, kam mir der Einfall, im Kasernenhof Briefträger statt Offiziere zu grüßen, worauf mich eine ärztliche Untersuchungskommission in den Hilfsdienst versetzte, meiner Augen wegen, wie sie behaupteten. In Wirklichkeit war die Armee wohl froh, mich loszuwerden (...).« Dürrenmatts militärische Karriere endet, noch bevor sie begonnen hat, das Bedauern darüber hält sich in Grenzen. »Als ich mich in der Kaserne abmeldete, mußte der Kommandant aus der Offizierskantine geholt werden; er kam schwankend, eine patriotische Kirschfahne wehte mir entgegen. Er setzte sich hinter seinen Schreibtisch (…), gähnte, ein alter Mann ohne jede Chance zum Heldentum, wie das Land, das er vertrat. Ich nahm das Dienstbüchlein von seinem Schreibtisch, er nahm mich nicht mehr wahr, auch die Korridore waren leer. Ich ging durch das Kasernentor, ein heißer Sommermittag, ich trottete die paar Straßen von der Kaserne nach Hause zurück: die unrühmliche Rückkehr eines unrühmlichen Soldaten einer Armee, die das Schicksal davor bewahrte, Ruhm zu ernten: um so unrühmlicher, wenn sie ihn nachträglich ernten will.«

1945 hat die lange währende quälende Suche nach der eigenen Bestimmung endlich ein Ende. Dürrenmatt entscheidet sich, Schriftsteller zu werden, ein Entschluß, der, nach Auskunft der Erinnerung, so plötzlich über ihn hereinbricht, daß er im Laufschritt vollzogen werden muß: »Ein Hinausrennen ist ein Hineinrennen. Wenn ein Fünfundzwanzigjähriger sich nicht nur entschließt, indem er aus dem Schatten hinaus über einen Platz rennt, den Trolleybus zu erreichen, der ihn nach Hause bringen würde, sein Studium fahrenzulassen, um Schriftsteller zu werden, so ist das nicht so verwunderlich, der Fünfundzwanzigjährige hätte schließlich auch auf seinem Spurt nach dem Bus die Entscheidung treffen können, Maler zu werden, was er doch immer werden wollte, doch wenn der gleiche Fünfundzwanzigjährige, während er losrennt, sich gleichzeitig noch entschließt, seine sinnlose Rebellion gegen den Glauben seines Vaters aufzugeben, wovon er lebte, die ihn aufrecht und in Schwung hielt, sieht die Angelegenheit schon bedenklicher aus (…).« Es ist ein Spurt zu sich selbst, den Dürrenmatt unternimmt; warum er gerade zu diesem Zeitpunkt stattfindet, entzieht sich seiner Kenntnis. Die Ankunft im Ziel allerdings erweist sich als lohnend. »Hat der Fünfundzwanzigjährige dies einmal eingesehen, so ist sein Rennen über den in der Sonne liegenden Platz in die Schriftstellerei und in den Glauben eins. Nicht daß er zum Glauben seines Vaters überlaufen würde, gerade diese Unmöglichkeit wird der Grund sein, in seine eigene Schriftstellerei und in seinen eigenen Glauben hineinzurennen, den Glauben seines Vaters« aber »wird er plötzlich achten.« Dürrenmatts Entscheidung eröffnet nicht nur eine neue theoretische Beschlußlage, sondern hat auch praktische Konsequenzen, die, vordergründig zumindest, zunächst eine gewisse Erleichterung bedeuten: »Damit aber kann er auch nicht mehr objektiv von dem schreiben, was seine Aufgabe gewesen wäre, von Kierkegaard und dem Tragischen, er wird seine Dissertation liegenlassen und sein Studium aufgeben, er wird nur noch subjektiv von sich reden können (...) Die Schriftstellerei und der Glaube sprechen die gleiche Sprache.«

Im Rückblick erscheint Dürrenmatt dieses literarische Schlüsselerlebnis wie ein eigens für ihn konzipiertes Dramolett, er spielt die Hauptrolle, ist Dramaturg und Regisseur in einer Person – ein denkwürdiger Auftritt mit weitreichenden Folgen. »Ich mußte Schriftsteller werden, nicht nur weil ich mein Denken als Stoff, sondern auch weil ich einen neuen Ausgangspunkt gefunden hatte, von dem aus ich in die Schriftstellerei starten konnte: die Bühne. (...) Indem die Vorstellung einer Bühne mich aus dem Gefängnis meiner Prosa und meines Zeichnens befreite, fand ich meinen Glauben an mich selbst, den Glauben, Schriftsteller zu sein (wie oft sollte dieser Glaube noch erschüttert werden). Ich rannte gleichzeitig von mir fort und zu mir hinein.«

1947 wird Dürrenmatts erstes Theaterstück *Es steht geschrieben* am Schauspielhaus Zürich aufgeführt und fällt mit Pauken und Trompeten durch. Die folgenden Jahre werden schwierige Jahre: Der Autor Dürrenmatt, der sich inzwischen auch als Familienvater zu beweisen hat, muß Einkünfte erzielen, er schreibt mit Blick auf mögliche Erträge, nicht aus künstlerischem Sendungsbewußtsein.

1956 schafft Dürrenmatt den Durchbruch mit der »tragischen Komödie« *Der Besuch der alten Dame*, in der die amerikanische Milliardärin Claire Zachanassian (geb. Klara Wäscher) ihrem Schweizer Heimatdorf Güllen eine Milliarde verspricht, wenn es ihren früheren Liebhaber, der sie einst mit einem Kind sitzenließ, zur Strecke bringt. Als der Lehrer von Güllen Frau Zachanassian darum bittet, ihren perfiden Plan fallenzulassen, und an ihre Menschlichkeit appelliert, bekommt er zur Antwort: »Die Menschlichkeit (...) ist für die Börse der Millionäre geschaffen, mit meiner Finanzkraft leistet man sich eine Weltordnung. Die Welt machte mich zu einer Hure, nun mache ich sie zu einem Bordell. Wer nicht blechen kann, muß hinhalten, will er mittanzen. Ihr wollt mittanzen. Anständig ist nur, wer zahlt, und ich zahle. Güllen für einen Mord, Konjunktur für eine Leiche.«

Von nun an ist Dürrenmatt ein prominenter Autor, der fast alle Genres bedient; er schreibt weiterhin Theaterstücke (*Die Physiker*, 1962; *Der Meteor*, 1966, u.a.), Hörspiele (*Das Unternehmen der Wega*, 1954) und Kriminalromane, darunter *Der Richter und sein Henker* (1950) und *Das Verspre-*

*chen* (1958), die auch verfilmt werden. Und wenn es für einen Autor denn schon mal gut läuft, kann er auch damit rechnen, daß man ihm, wie es Dürrenmatt folgerichtigerweise widerfährt, wichtige Literaturpreise zuspricht (*Schillerpreis* der Stadt Mannheim 1959, *Österreichischer Staatspreis für Europäische Literatur* 1984, *Büchnerpreis* 1986 u.a.) und sogar den einen oder anderen Ehrendoktorhut aufsetzt. Dürrenmatt registriert es mit Genugtuung, hält sich damit aber nicht länger auf als unbedingt nötig. Ohnehin ist er ein Einzelgänger, der im Literaturbetrieb die üblichen Verdächtigen am Werk sieht. Mehr noch als früher legt er Wert auf seine Unabhängigkeit, die eine Kopfsache bleibt. »Ich pflege meine Abneigungen wie meine Freundschaften. Man gewöhne sich nicht allzu viele ab, und deshalb gewöhne ich mir die psychoanalytische Methode gar nicht erst an, die analytische genügt mir. Ein Tischler braucht sich nicht zu rechtfertigen, warum er kein Metzger oder Bäcker geworden ist. Wie mit den Berufen geht es auch mit den Denkmethoden, die einer wählt. Ich bin weder Psychoanalytiker noch Soziologe; die geistigen Voraussetzungen, mit denen ich die Aufgabe zu lösen versuche, die meine Neugier mir selbst gegenüberstellte, sind andere. Ich glaube auch an Nuancen im Denken, an persönliche Denkstile, welche die Denkmethoden prägen. Meine sind die eines Schrifstellers, der glaubt, mit einer ganz bestimmten schriftstellerischen List seine Umwelt und sich selbst analysieren und damit ausdrücken und darstellen zu können – um freilich, indem ich diese List anwende, mich selbst zu überlisten.«

Zu seinem sechzigsten Geburtstag wird er mit einer opulenten Werkausgabe geehrt, die auch heute noch eine Fundgrube für kluge Einsichten ist. Er freut sich darüber, ist aber auch amüsiert: »So viele Bücher!« Mit zunehmendem Alter wurde Dürrenmatt immer mehr zum Philosophen unter den Dichtern, ihn interessierte, was die Welt im Innersten zusammenhält, wobei er vergnügt feststellen durfte, daß uns eine verbindliche Antwort darauf vorenthalten wird. Die Wissensfortschritte des Menschen sind dennoch immens; er durchschaut alles mögliche, bleibt sich selbst aber ein Rätsel. »Als Organisation von Materie betrachtet, ist weder eine Milchstraße noch ein Quasar, weder der Rote Überriese Aldebaran noch der Gelbe Zwerg, den wir unsere Sonne nennen, sondern der Mensch das komplizierteste Gebilde der uns bekannten Welt, sowohl in seinem Aufbau als auch in seinen ineinandergreifenden chemischen Prozessen oder in seinem Reagieren auf äußere Reize: dieses Wesen, (...) aus dem genetischen Code einer einzigen Zelle zusammengewachsen, gesteuert von der überaus vertrackten materiellen Struktur seines Gehirns, das sein Bewußtsein, sein Denken, sein logisches Schließen hervorbringt, aber auch sein Unbewußtes, seine Instinkte bestimmt, seine unberechenbaren Emotionen und Aggressionen, ja, seine ungeheuerliche Irrationalität, der gegenüber das Tier gleichsam als rationales Wesen erscheint.« Vor sich selbst kapitulieren sollte der Mensch allerdings nicht, zumindest nicht vorschnell und ohne Anlaß. Was er erzielen kann, gerade auch im Blick auf die eigene Geschichte, sind Annäherungswerte, aus denen sich wiederum Folgerungen für die Zukunft ableiten lassen, der Dürrenmatt insgesamt eher skeptisch gegenübersteht; unser Wissen, betont er, ist vergangenheitshörig und muß es auch sein. »Gleichzeitigkeit sagt nichts aus. Ferne rückt erst mit der Zeit näher. Die Wirklichkeit weitet sich nur allmählich aus. (…) Wir treiben im Fluß der Zeit dahin, aber die Ufer dieses Flusses sind nur schemenhaft zu erkennen, nicht einmal die Richtung, die er einschlägt, ist genau auszumachen. Daß wir von den Ländereien, die er hinter sich ließ, einige Kunde haben, trügt. Was die Zeit zurückläßt, ist Vergangenheit und damit nur noch mittelbar. (…) Würden die Vergangenheiten aufgehoben, stürzte das Weltall vom Rande her auf uns zu. Der Urzustand der Welt stellte sich wieder her, von dem wir uns kein Bild machen können, weil er bildlos wäre (…). So verhilft uns allein die Vergangenheit zu Bildern, das Auseinanderstieben der Milchstraßen, die Expansion des Weltalls, mögen diese Bilder noch so unvollkommen, noch so sehr von den Kategorien unseres Denkens geprägt sein.«

Feste Gewißheiten bekommt der Mensch, wie Dürrenmatt ihn sieht, nicht zugeteilt, er muß sich mit Wahrheitsfindung nach Hausmacherart begnügen. Das aber hält die Lebens- und Denkspannung hoch, man läuft nicht Gefahr, sich in einem künstlich abgeschotteten Weltanschauungsbunker einzuhausen und vor der Zeit alt zu werden. Eine offene, für Irritationen anfällige Philosophie, wie sie Dürrenmatt vertritt, hat es mit dem täglichen Geschäft des Zweifelns zu tun, für Trost, den manche ja auch von der Literatur erwarten, ist da kein Platz. »Ich habe einmal gesagt, das Schlimmste, was ich mir vorstellen kann, ist, daß ich an einer Buchhandlung vorübergehe und dort im Fenster ein Büchlein sehe mit dem Titel ›Trost bei Dürrenmatt‹. Dann muß ich sagen: Jetzt bin ich fertig. Literatur darf keinen Trost geben. Trost können andere Dinge geben. Literatur, glaube ich, darf nur beunruhigen.« Was Trost und Beunruhigung angeht, setzt Dürrenmatt auf Bewährtes, er bleibt Selbstversorger: »Meine Produktion ist mein Trost, mein aktives Handeln, mein Mich-Ausdrücken, das Formulieren der Trostlosigkeit ist mein Trost. Ich liebe das Wort Verzweiflung nicht, weil ich kein verzweifelter Mensch bin, weil ich mich doch auszudrücken vermag. Leben ist Bewegung. Trost hat etwas von Unbewegtheit. Deshalb bin ich gegen den Trost. Ich will nicht trösten. Ich kann nicht über mich hinaus. Was mich anspornt: etwas zu formulieren, etwas zu machen, auch wenn das ganz unsinnig ist (…). Das Tun ist wichtig.«

Der von Menschen dominierte Betrieb auf Erden verlangt ein Mitmachen, und sei es nur unter Protest; eines Tages jedoch ist Schluß, man wird abberufen. Braucht man nicht spätestens dann, in der Stunde des Todes, Trost, einen Gott gar, auf den sich alle unsere Resthoffnungen richten? Dürrenmatt sagt, es muß auch so gehen: »Bis jetzt habe ich keinen Gott gefunden, der mir einleuchtet. Ich denke oft an meinen Vater, der sagte, es sei für ihn schrecklich vorzustellen, daß man nach dem Tode nichts mehr sei. Also für mich ist das überhaupt nichts Schreckliches. Für mich ist das Nichts-mehr-Sein überhaupt keine schreckliche Vorstellung. Warum soll man sein? Also wenn man nichts mehr ist, ist man eben nichts mehr.«

In seiner Arbeit, die Scheitern auf hohem Niveau kultiviert, ist Dürrenmatt ganz bei sich selbst, wobei er weiß, daß das Glück, das er dabei (zumindest zeitweise) empfindet, ein prekäres Glück ist, es kann jederzeit widerrufen werden. Im Schreiben schafft sich das Ich eine Welt, die, auch wenn sie zunächst bekannt anmutet, zur großen Unbekannten wird, zum Niemandsland, das neu entdeckt und vermessen werden will. »Schreiben ist eine dialektische Bewegung. Schreiben ist ein ständiges Fortschreiten an sich, ein Vertiefen; Schreiben ist eine Form des Denkens, eine ganz bestimmte Technik des Denkens, ein mit Gleichnissen arbeitendes Denken. Warum schreibt man? Man wird ständig zu neuen Bildern gereizt. Bilder sind Antworten, die man auf die Wirklichkeit gibt. Versuche, mit der Wirklichkeit fertig zu werden in Form von Gegenwelten. (...) Man erzählt Geschichten. Die Wirklichkeit ist wie ein Steinbruch, aus dem man diese Geschichten herausbricht. Und ich glaube, das Ganze, das ganze Werk gibt vielleicht einmal ein Bild – was man von jedem Werk sagen kann –; ein Werk kann nur in sich zu Ende gedacht werden, aber nicht als ganze Wirklichkeit; und es wird auch nur einen Teil der Wirklichkeit beleuchten können. (...) Es ist, als ob man mit einer Taschenlampe in einen dunklen Raum hineinleuchtet.« Was der einzelne mit Hilfe seiner Taschenlampe zu sehen bekommt, ist wenig, aber auch in der Masse, also unter sehr vielen Brüdern und Schwestern, sind die Sichtverhältnisse eingeschränkt. Zu erkennen ist immerhin, daß die Menschheit sich in eine gefährliche Lage manövriert hat; das war zu Dürrenmatts Zeit schon so und hat sich zwischenzeitlich nicht gebessert, eher im Gegenteil. »Ich glaube, daß die heutige Menschheit in einer biologischen Krise steckt, daß sie sich in einer gefährlichen Krankheit befindet, aus biologischen Gründen, indem sie so zahlreich geworden ist. Man weiß heute eigentlich alles, wie man überleben könnte. Man hat noch nicht gelernt, es anzuwenden. Die Menschheit ist evolutionär in einen Engpaß geraten.« Dennoch besteht Hoffnung, für eine Kapitulation ist es zu früh. Mag es, aus Sicht des Solisten, auch den Anschein haben, daß eine »Chance allein noch beim einzelnen liegt«, so ist das Überleben der Menschheit doch längst eine Gemeinschaftsaufgabe geworden: »Was alle angeht, können nur alle lösen. Jeder Versuch eines einzelnen, für sich zu lösen, was alle angeht, muß scheitern.«

Die Welt, die er, auf seine Weise, zu durchschauen lernte, ist für Dürrenmatt dennoch rätselhaft geblieben; sie war ihm das *Labyrinth*, aus dem er, ein ums andere Mal, seine *Stoffe* bezog. Im Rückblick ließ sich seine Werkgeschichte somit als Lebensgeschichte deuten, die zwar einen verläßlichen roten Faden zu erkennen gibt, dennoch aber auch ganz anders hätte verlaufen können. Notwendigkeit und Freiheit ergänzen sich; die Resultate ihres Zusammentreffens sind ergebnisoffen, nehmen in der Retrospektive aber gern etwas Schicksalhaftes an. Dürrenmatt wollte davon nichts wissen, er hat das Weltlabyrinth nicht als Schicksalsgarten gesehen, in dem sich jeder verlaufen kann, sondern als persönliches Leitbild für Erkenntnisbemühungen, mit denen wir kleinere Erfolge und, wiederkehrend, das große Scheitern einfahren. »Was heute gilt, galt damals: Dramaturgie des Labyrinths, Minotaurus. Indem ich die Welt, in die ich mich ausgesetzt sehe, als Labyrinth darstelle, versuche ich, Distanz zu ihr zu gewinnen, von ihr zurückzutreten, sie ins Auge zu fassen wie ein Dompteur ein wildes Tier. Die Welt, wie ich sie erlebe, konfrontiere ich mit einer Gegenwelt, wie ich sie erdenke.« Dabei fängt ein Autor nie ganz von vorne an: »Nun sind die Bilder, zu denen man greift, nicht zufällig, auch sie sind schon etwas Vorhandenes, jedes Gedachte ist schon einmal gedacht, jedes Gleichnis schon einmal angewandt worden. In der Phantasie gibt es nichts Neues, alle Strukturen gehen auf Urstrukturen, alle Motive auf Urmotive, alle Bilder auf Urbilder zurück.« Diese Urmotive sind es, an denen sich Dürrenmatt orientiert, nicht literarische Vorbilder oder gar literaturtheoretische Ansätze. Was zählt, ist das Leben, nicht die Literatur, die, zumal wenn sie nur in den Betriebszellen feuilletonistischer Geschäftigkeit kursiert, Gefahr läuft, sich in sich selbst zu verlieren. Dürrenmatt ist dieser Gefahr nicht erlegen, er wußte um seine Herkunft, hat sie immer wieder bedacht und beim Wort genommen: »Entscheidender sind die Eindrücke, die durch die ›vorliterarischen‹ Eindrücke zur Literatur werden. Die Kornfelder und die Gänge im Tenn der Bauernhäuser wurden mir durch die Sage vom Minotaurus, die mir mein Vater erzählte, zum Labyrinth, und so war mir das Bild des Labyrinths schon vertraut, als ich noch im Dorf lebte: ich rettete es in die Stadt hinüber, fand es durch sie nicht nur bestätigt, sie aktualisierte es noch, indem sie es durch die literarischen und philosophischen Einflüsse verstärkte, die unvermeidlich waren (...).« Dürrenmatt hat seine Literatur einer Selbstbefragung unterzogen, die so lange anhielt, wie es nötig war, also ein Leben lang. Die *Stoffe* sind dem Schriftsteller Friedrich Dürrenmatt nicht ausgegangen, sie kehren wieder, verlangen nach veränderten Antworten und Einsichten. Über die Gedankenarbeit, die damit verbunden war, hat Dürrenmatt in Essays Auskunft gegeben, die sich auch als erinnerte, in pointierte Momentaufnahmen zerlegte Selbstbiographie lesen lassen. »Der Versuch, die Geschichte meiner Stoffe zu schreiben, verlangt ein neues Überdenken (...). Ein Einfall rief einen anderen, eine Erinnerung eine andere und eine Assoziation eine weitere hervor. (...) Indem ich meine alten Fabeln aufgriff, griff ich mich selber auf, allzusehr bin ich mit meinen Stoffen verwoben und in sie hineingesponnen. Mein Irrtum, mein Schreiben sei dem gewachsen.«

# *Literaturhinweise*

Die folgende Literaturliste kann keinen Anspruch auf Vollständigkeit erheben, sie will es auch gar nicht. Genannt werden vor allem solche Werke, die für den Autor besonders informativ waren. Da seine eigenen Vorlieben schon immer mehr den Lebensgeschichten galten, die sich um literarische und philosophische Werke ranken, liegt der Schwerpunkt des Literaturverzeichnisses im biographischen Feld.


*Ich bin nur eine Mühle*
Lessing und der Glaube an die Vernunft

Gotthold Ephraim Lessing, Werke. Hg. v. Herbert G. Göpfert (u.a.). Carl Hanser Verlag, München 1970 ff.

Wolfgang Drews, Gotthold Ephraim Lessing in Selbstzeugnissen und Bilddokumenten. Rowohlt Verlag, Reinbek 1962

Dieter Hildebrandt, Lessing. Biographie einer Emanzipation. Carl Hanser Verlag, München 1979

Hugh Barr Nisbet, Lessing. Eine Biographie. C.H. Beck Verlag, München 2008

Wilhelm von Sternburg, Gotthold Ephraim Lessing. Rowohlt Verlag, Reinbek 2010

*Das alles schläft in dir*
Herder und die Sprache des Herzens

Johann Gottfried Herder, Werke in zehn Bänden. Herausgegeben von Günter Arnold und Martin Bollacher. Deutscher Klassiker Verlag, Frankfurt a. M. 1985 ff.

Rudolf Haym, Herder nach seinem Leben und seinen Werken dargestellt. Aufbau-Verlag, Berlin 1954

Friedrich Wilhelm Kantzenbach, Johann Gottfried Herder in Selbstzeugnissen und Bilddokumenten. Rowohlt Verlag, Reinbek 1970
Norgard Kohlhagen/Siegfried Sunnus, Eine Liebe in Weimar. Caroline Flachsland und Johann Gottfried Herder. Quell Verlag, Stuttgart 1993
Michael Zaremba, Johann Gottfried Herder. Prediger der Vernunft. Böhlau Verlag, Wien und Weimar 2002

*Einem Nachtwandler ähnlich*
Goethe und der Gebrauchswert der Literatur

Johann Wolfgang Goethe, Werke. Hamburger Ausgabe. Hg. v. Erich Trunz. Verlag C.H. Beck 1981
Johann Wolfgang Goethe, Leben und Welt in Briefen. Zusammengestellt v. Friedhelm Kemp. Carl Hanser Verlag, München 1978
Karlheinz Schulz, Goethe. Eine Biographie in sechzehn Kapiteln. Reclam Verlag, Stuttgart 1999
Nicholas Boyle, Goethe. Der Dichter in seiner Zeit. Verlag C.H. Beck, München 1999
Richard Friedenthal, Goethe. Sein Leben und seine Zeit. Piper Verlag, München 1963
Peter Boerner, Johann Wolfgang von Goethe in Selbstzeugnissen und Bilddokumenten. Rowohlt Verlag, Reinbek 1964
Peter Schünemann (Hg.), Unwandelbar G. Ein Lesebuch zu Goethes Leben. Verlag C.H. Beck, München 1998
Katharina Mommsen, Goethe-Lesebuch. Insel Verlag, Frankfurt a.M. 1992
Ernst Beutler, Essays um Goethe. Insel Verlag, Frankfurt a.M. 1995
Otto A. Böhmer, Der junge Herr Goethe. Albrecht Knaus Verlag, München 1999
Goethe. Sein Leben erzählt von Otto A. Böhmer. Diogenes Verlag, Zürich 2005

*Wie die erste Liebe*
Schiller und das große Band der Schöpfung

Friedrich Schiller, Werke in drei Bänden. Hg. v. Herbert G. Göpfert unter Mitwirkung von Gerhard Fricke. Carl Hanser Verlag, München 1966

Friedrich Burschell, Friedrich Schiller in Selbstzeugnissen und Bilddokumenten. Rowohlt Verlag, Reinbek 1958
Peter-André Alt, Schiller. Eine Biographie. Verlag C.H. Beck, München 2004
Walter Schafarschik, Friedrich Schiller. Reclam Verlag, Stuttgart 1999
Rüdiger Safranski, Friedrich Schiller oder die Erfindung des Deutschen Idealismus. Carl Hanser Verlag, München 2004
Friedrich Schiller. Sein Leben erzählt von Otto A. Böhmer. Diogenes Verlag, Zürich 2005

### *Das Auge des Todes*
### Jean Paul und die Entdeckung des fügsamen Ich

Jean Paul, Werke. Hg. v. Norbert Miller. Carl Hanser Verlag, München 1959 ff.
Uwe Schweikert, Jean Paul. J.B. Metzlersche Verlagsbuchhandlung, Stuttgart 1970
Günter de Bruyn, Das Leben des Jean Paul Friedrich Richter. S. Fischer Verlag, Frankfurt a.M. 1976
Rolf Vollmann, Das Tolle neben dem Schönen – Jean Paul. Deutscher Taschenbuch Verlag, München 2000
Eduard Berend (Hg.), Jean Pauls Persönlichkeit in Berichten der Zeitgenossen. Akademie Verlag, Berlin 1956
Wolfgang Harich, Jean Pauls Revolutionsdichtung. Akademie Verlag, Berlin 1974

### *Es ereignet sich aber das Wahre*
### Hölderlin und das unschuldigste aller Geschäfte

Friedrich Hölderlin, Werke und Briefe. Hg. v. Friedrich Beißner und Jochen Schmidt. Insel Verlag, Frankfurt a.M. 1969
Peter Härtling, Hölderlin. Roman. Luchterhand Verlag, Neuwied 1976
Peter Härtling (Hg.), Behalten Sie mich immer in freundlichem Angedenken. Briefe von und an Hölderlin. Verlag Kiepenheuer & Witsch, Köln 1994
Pierre Bertaux, Hölderlin. Suhrkamp Verlag, Frankfurt a.M. 1978
Martin Heidegger, Erläuterungen zu Hölderlins Dichtung. Klostermann Verlag, Frankfurt a.M. 1981

Ulrich Häussermann, Friedrich Hölderlin in Selbstzeugnissen und Bilddokumenten. Rowohlt Verlag, Reinbek 1961
Gunter Martens, Friedrich Hölderlin. Rowohlt Verlag, Reinbek 1996
Dieter Henrich, Der Grund im Bewußtsein. Untersuchungen zu Hölderlins Denken. Klett-Cotta Verlag, Stuttgart 1992

*Immer nach Hause*
Novalis und das Feuer des Schönen

Novalis, Werke. Hg. v. Gerhard Schulz. C.H. Beck Verlag, München 1969
Novalis, Dokumente seines Lebens und Sterbens. Hg. v. Hermann Hesse und Karl Isenberg. Insel Verlag, Frankfurt a.M. 1976
Novalis für Gestreßte. Ausgewählt von Ursula Michels-Wenz. Insel Verlag, Frankfurt a.M. 2001
Herbert Uerlings, Novalis. Reclam Verlag, Stuttgart 1998
Hermann Kurzke, Novalis. C.H. Beck Verlag, München 1998
Gerhard Schulz, Novalis in Selbstzeugnissen und Bilddokumenten. Rowohlt Verlag, Reinbek 1969

*Eine Oper im Geiste*
Hoffmann und die Faxen des Seins

E. T. A. Hoffmann, Werke. Hg. v. Herbert Kraft und Manfred Wacker. Insel Verlag, Frankfurt a.M. 1967
Rüdiger Safranski, E. T. A. Hoffmann. Eine Biographie. Carl Hanser Verlag, München 1984
Susanne Gröble, E. T. A. Hoffmann, Reclam Verlag, Stuttgart 2000
Hartmut Steinecke, Die Kunst der Fantasie. E. T. A. Hoffmanns Leben und Werk. Insel Verlag, Frankfurt a.M. 2004

*Wenn man Tränen schreiben könnte*
Kleist und die Kunst, sich das Leben schwerzumachen

Heinrich von Kleist, Werke und Briefe in 4 Bde. Hg. v. Siegfried Streller (u.a.). Aufbau-Verlag, Berlin 1993
Kleist, Geschichte meiner Seele. Die Lebenszeugnisse der Briefe. Hg. v. Helmut Sembdner. Insel Verlag, Frankfurt a.M. 1977
Gerhard Schulz, Kleist. Eine Biographie. Verlag C.H. Beck, München 2007

Peter Staengle, Heinrich von Kleist. Deutscher Taschenbuch Verlag, München 1998
Sabine Doering, Heinrich von Kleist. Reclam Verlag, Stuttgart 2009

## *Was ist aus uns geworden*
## Brentano und die Phantasie des zerrissenen Herzens

Clemens Brentano, Werke. Hg. v. Wolfgang Frühwald, Bernhard Gajek u. Friedhelm Kemp. Carl Hanser Verlag, München 1978
Clemens Brentano, Gedichte, Erzählungen, Briefe. Hg. v. Hans Magnus Enzensberger. Insel Verlag, Frankfurt a.M. 1981
Hartwig Schultz, Schwarzer Schmetterling. Zwanzig Kapitel aus dem Leben des romantischen Dichters Clemens Brentano. Berlin Verlag, Berlin 2000
Helene M. Kastinger Riley, Clemens Brentano. J.B. Metzlersche Verlagsbuchhandlung, Stuttgart 1985
Robert Walser, Aufsätze. Hg. v. Jochen Greven. Suhrkamp Verlag, Frankfurt a.M. 1985
Requiem für eine romantische Frau. Die Geschichte von Auguste Bußmann und Clemens Brentano. Überliefert von Hans Magnus Enzensberger. Insel Verlag, Frankfurt a.M. 1996

## *Zündend fürs ganze Leben*
## Eichendorff und das Herz der Welt

Joseph von Eichendorff, Werke. Hg. v. Ansgar Hillach und Klaus-D. Krabiel. Winkler Verlag, München 1970 ff.
Joseph von Eichendorff, Von versunknen schönen Tagen. Ein Eichendorff-Lesebuch. Hg. v. Otto A. Böhmer. Deutscher Taschenbuch Verlag, München 1987
Günther Schiwy, Eichendorff. Der Dichter in seiner Zeit. Verlag C.H. Beck, München 2000
Paul Stöcklein, Joseph von Eichendorff in Selbstzeugnissen und Bilddokumenten. Rowohlt Verlag, Reinbek 1963
Wolfgang Frühwald (Hg.), Joseph von Eichendorff. Leben und Werk in Texten und Bildern. Insel Verlag, Frankfurt a.M. 1988
Eichendorff. Sein Leben erzählt von Otto A. Böhmer. Diogenes Verlag, Zürich 2007

*Man arbeitet sich durchs Leben*
Droste-Hülshoff und die Träume des Tages

Annette von Droste-Hülshoff, Sämtliche Werke. Hg. v. Günther Weydt und Winfried Woesler. Winkler Verlag, München 1973

Annette von Droste-Hülshoff, Die Briefe. Hg. v. Karl Schulte Kemminghausen. Wissenschaftliche Buchgesellschaft, Darmstadt 1968

Annette von Droste-Hülshoff, Bei uns zulande auf dem Lande. Hg. v. Otto A. Böhmer. Insel Verlag, Frankfurt a.M. 1983

Peter Berglar, Annette von Droste-Hülshoff in Selbstzeugnissen und Bilddokumenten. Rowohlt Verlag, Reinbek 1967

Winfried Freund, Annette von Droste-Hülshoff. Deutscher Taschenbuch Verlag, München 1998

Walter Gödden, Die andere Annette. Annette von Droste-Hülshoff als Briefschreiberin. Ferdinand Schöningh Verlag, Paderborn 1991

*Nicht fürchten die Menschen*
Gotthelf und die Liebe zum Emmental

Jeremias Gotthelf, Ausgewählte Werke in 20 Bänden. Hg. v. Walter Muschg. Birkhäuser Verlag, Basel 1948

Gotthelf spricht. Worte von Jeremias Gotthelf aus seinen sämtlichen Schriften zusammengestellt von Hugo Clemens. Brunnen-Verlag, Gießen und Basel 1954

Heiko Postma, Der Unzeitgeistliche. Über den kampfstarken Pfarrer und Schriftsteller Albert Bitzius alias Jeremias Gotthelf. Jmb-Verlag, Hannover 2008

E. Y. Meyer, Der Ritt. Ein Gotthelf-Roman. Folio Verlag, Wien 2004

Karl Fehr, Jeremias Gotthelf. Büchergilde Gutenberg, Zürich 1954

Friedrich Seebaß, Jeremias Gotthelf. Pfarrer, Volkserzieher und Dichter. Brunnen-Verlag, Gießen und Basel 1954

*Nichts als ein Dichter*
Heine und das Selbstbewußtsein der Freiheit

Heinrich Heine, Sämtliche Schriften. Hg. v. Klaus Briegleb. Carl Hanser Verlag, München 1968 ff.

Gerhard Höhn, Heine-Handbuch, J.B. Metzlersche Verlagsbuchhandlung, Stuttgart 2004

Christian Liedtke, Heinrich Heine. Rowohlt Verlag, Reinbek 2006
Edda Ziegler, Heinrich Heine. Leben und Werk. Albatros Verlag, Düsseldorf 2004
Wolfgang Hädecke, Heinrich Heine. Eine Biographie. Carl Hanser Verlag, München 1985
Wilhelm Große, Heinrich Heine. Reclam Verlag, Stuttgart 2000
Heinrich Heine. Seine Leben erzählt von Otto A. Böhmer. Diogenes Verlag, Zürich 2005

## *Eine entsetzliche Gleichheit*
## Büchner und der Fatalismus der Geschichte

Georg Büchner, Werke und Briefe. Hg. v. Karl Pörnbacher. Carl Hanser Verlag, München 1988
Georg Büchner, Werke und Briefe. Hg. v. Franz Josef Görtz. Diogenes Verlag, Zürich 1988
Jan-Christoph Hauschild, Georg Büchner. Rowohlt Verlag, Reinbek 2004
Jürgen Seidel, Georg Büchner. Deutscher Taschenbuch Verlag, München 1998
Karlheinz Hasselbach, Georg Büchner. Reclam Verlag, Stuttgart 1999
Hans Mayer, Georg Büchner und seine Zeit. Suhrkamp Verlag, Frankfurt a.M. 1977
Kasimir Edschmid, Georg Büchner. Eine deutsche Revolution. Desch Verlag, München 1966

## *Kein Klang der aufgeregten Zeit*
## Storm und das Lied von der Heimkehr

Theodor Storm, Sämtliche Werke. Hg. v. Karl Ernst Laage und Dieter Lohmeier. Deutscher Klassiker Verlag, Frankfurt a. M. 1987 f.
Hartmut Vincon, Theodor Storm. Rowohlt Verlag, Reinbek 2004
Georg Bollenbeck, Theodor Storm. Eine Biographie. Insel Verlag, Frankfurt a.M. 1988
Winfried Freund, Theodor Storm. Reclam Verlag, Stuttgart 1999
Paul Barz, Theodor Storm. Wanderer gegen Zeit und Welt. Aufbau-Verlag, Berlin 2004

*Des Tages leise Ahnung*
Keller und das Didaktische im Poetischen

Gottfried Keller, Sämtliche Werke. Hg. v. Thomas Böning, Gerhard Kaiser (u.a.). Deutscher Klassiker Verlag, Frankfurt a.M. 1985 ff.
Klaus-Dieter Metz, Gottfried Keller. Reclam Verlag, Stuttgart 1995
Bernd Breitenbruch, Gottfried Keller in Selbstzeugnissen und Bilddokumenten. Rowohlt Verlag, Reinbek 1990
Gerhard Kaiser, Gottfried Keller. Artemis Verlag, Zürich und München 1985
Adolf Muschg, Gottfried Keller, Kindler, München 1977

*Das Große spricht für sich selbst*
Fontane und die Gunst der späten Ankunft

Theodor Fontane, Werke, Schriften und Briefe. Hg. v. Walter Keitel u. Helmuth Nürnberger. Carl Hanser Verlag, München 1962 ff.
Helmuth Nürnberger, Theodor Fontane in Selbstzeugnissen und Bilddokumenten. Rowohlt Verlag, Reinbek 1968
Theodor Pelster, Theodor Fontane. Reclam Verlag, Stuttgart 1997
Heinz Ohff, Theodor Fontane. Leben und Werk. Piper Verlag, München 1995
Edda Ziegler/Gotthard Erler, Fontane. Lebensraum und Phantasiewelt. Eine Biographie. Aufbau-Verlag, Berlin 1996
Helmuth Nürnberger, Fontanes Welt. Siedler Verlag, Berlin 1997

*Die Stimmen, die da kommen sollen*
Rilke und die Arbeit eines Sommers

Rainer Maria Rilke, Sämtliche Werke. Hg. v. Rilke-Archiv in Verbindung mit Ruth Sieber-Rilke besorgt durch Ernst Zinn. Insel Verlag, Frankfurt a.M. 1975
Rainer Maria Rilke, Briefe. Hg. v. Rilke-Archiv in Weimar in Verbindung mit Ruth Sieber-Rilke besorgt durch Karl Altheim. Insel Verlag, Frankfurt a.M. 1987
Wolfgang Leppmann, Rilke. Scherz Verlag, Bern 1981
Donald A. Prater, Ein klingendes Glas. Das Leben Rainer Maria Rilkes. Carl Hanser Verlag, München 1986
Lou Andreas-Salomé, Rainer Maria Rilke, Insel Verlag, Leipzig 1928

Egon Schwarz, Das verschluckte Schluchzen. Poesie und Politik bei Rainer Maria Rilke. Athenäum Verlag, Frankfurt a.M. 1972

Heinz Ludwig Arnold (Hg.), Rilke? Kleine Hommage zum 100. Geburtstag. Edition Text + Kritik, München 1975

Hans Egon Holthusen, Rainer Maria Rilke in Selbstzeugnissen und Bilddokumenten. Rowohlt Verlag, Reinbek 1958

## *Das Spiel kommt zu Würden*
## Thomas Mann und die Textur der Vergänglichkeit

Thomas Mann, Gesammelte Werke in Einzelbänden. Hg. v. Peter de Mendelssohn. S. Fischer Verlag, Frankfurt a.M. 1980 ff.

Thomas Mann, Altes und Neues. Kleine Prosa aus fünf Jahrzehnten. S. Fischer Verlag, Frankfurt a.M. 1953

Katia Mann, Meine ungeschriebenen Memoiren. S. Fischer Verlag, Frankfurt a.M. 1976

Golo Mann, Erinnerungen und Gedanken. Eine Jugend in Deutschland. S. Fischer Verlag, Frankfurt a.M. 1991 ff.

Klaus Schröter, Thomas Mann in Selbstzeugnissen und Bilddokumenten. Rowohlt Verlag, Reinbek 1964

Hermann Kurzke, Thomas Mann. Das Leben als Kunstwerk. Verlag C.H. Beck, München 1999

Heinrich Breloer, Die Manns. S. Fischer Verlag, Frankfurt a.M. 2003

## *Mehr Sehnsucht als Erfüllung*
## Hesse und die Stufen des Lebens

Hermann Hesse, Sämtliche Werke in 20 Bänden. Hg. v. Volker Michels. Suhrkamp Verlag, Frankfurt a.M. 2001 ff.

Bernhard Zeller, Hermann Hesse in Selbstzeugnissen und Bilddokumenten. Rowohlt Verlag, Reinbek 1993

Helga Esselborn-Krumbiegel, Hermann Hesse. Reclam Verlag, Stuttgart 1996

Siegfried Unseld, Hermann Hesse – eine Werkgeschichte. Suhrkamp Verlag, Frankfurt a.M. 1985

Volker Michels (Hg.), Über Hermann Hesse (2 Bde.), Suhrkamp Verlag, Frankfurt a.M. 1976 f.

Ralph Freedman, Hermann Hesse. Autor der Krisis. Suhrkamp Verlag, Frankfurt a.M. 1982

*Den inneren Menschen erfinden*
Musil und der andere Zustand

Robert Musil, Gesammelte Werke. Hg. v. Adolf Frisé. Rowohlt Verlag, Reinbek 1978

Robert Musil, Briefe. Hg.v. Adolf Frisé. Rowohlt Verlag, Reinbek 1957

Karl Corino, Robert Musil. Leben und Werk in Bildern und Texten. Rowohlt Verlag, Reinbek 1988

Hans-Georg Pott, Musil. Wilhelm Fink Verlag, München 1984

Hans Mayer, Der Repräsentant und der Märtyrer. Suhrkamp Verlag, Frankfurt a.M. 1971

Wilfried Berghahn, Robert Musil in Selbstzeugnissen und Bilddokumenten. Rowohlt Verlag, Reinbek 1993

*Als ein Traum, als ein Schweben*
Kafka und das nichtgelebte Leben

Franz Kafka, Gesammelte Werke in acht Bänden. Hg. v. Max Brod. S. Fischer Verlag, Frankfurt a.M. 1969

Anthony Northey, Kafkas Mischpoche. Klaus Wagenbach Verlag, Berlin 1988

Elias Canetti, Der andere Prozeß. Kafkas Briefe an Felice. Carl Hanser Verlag, München 1969

Hans-Gerd Koch (Hg.), Als Kafka mir entgegenkam. Erinnerungen an Franz Kafka. Klaus Wagenbach Verlag, Berlin 1995

Margarete Buber-Neumann, Kafkas Freundin Milena. G. Müller Verlag, München 1963

Hartmut Binder, Kafka. Der Schaffensprozeß. Suhrkamp Verlag, Frankfurt a.M. 1983

Heinz Politzer, Franz Kafka. Der Künstler. Suhrkamp Verlag, Frankfurt a.M. 1978

Klaus Wagenbach, Franz Kafka in Selbstzeugnissen und Bilddokumenten. Rowohlt Verlag, Reinbek 1964

Hanns Zischler, Kafka geht ins Kino. Rowohlt Verlag, Reinbek 1996

*Eingerahmt von Dunkelheiten*
Roth und der Abglanz des Himmels

Joseph Roth, Werke. Hg. v. Klaus Westermann und Fritz Hackert. Verlag Kiepenheuer & Witsch, Köln 1989 ff.

Joseph Roth, Ich zeichne das Gesicht der Zeit. Essays – Reportagen – Feuilletons. Hg. v. Helmuth Nürnberger. Wallstein Verlag, Göttingen 2010
Helmuth Nürnberger, Joseph Roth in Selbstzeugnissen und Bilddokumenten. Rowohlt Verlag, Reinbek 1981
Wilhelm von Sternburg, Joseph Roth. Eine Biographie. Verlag Kiepenheuer & Witsch, Köln 2009
Soma Morgenstern, Joseph Roths Flucht und Ende. Erinnerungen. Zu Klampen Verlag, Lüneburg 1994

*Die gewissen Möglichkeiten*
Brecht und die Unbedenklichen

Bertolt Brecht, Gesammelte Werke. Werkausgabe in 20 Bänden. Suhrkamp Verlag, Frankfurt a.M. 1990
Marianne Kesting, Bertolt Brecht in Selbstzeugnissen und Bilddokumenten. Rowohlt Verlag, Reinbek 1959 ff.
Hans Mayer, Erinnerung an Brecht. Suhrkamp Verlag, Frankfurt a. M. 1996
Werner Mittenzwei, Das Leben Bertolt Brechts oder Der Umgang mit den Welträtseln. Aufbau-Verlag, Berlin 1986
Franz-Josef Payrhuber, Bertolt Brecht. Reclam Verlag, Stuttgart 1995
Reinhold Jaretzky, Bertolt Brecht. Rowohlt Verlag, Reinbek 2006

*Der unsichtbare Kurs*
Andersch und der Augenblick der Freiheit

Alfred Andersch, Gesammelte Werke in zehn Bänden. Hg. v. Dieter Lamping. Diogenes Verlag, Zürich 2004
Bernhard Jendricke, Alfred Andersch. Rowohlt Verlag, Reinbek 1988
Stephan Reinhardt, Alfred Andersch. Eine Biographie. Diogenes Verlag, Zürich 1990
Irene Heidelberger-Leonard/Volker Wehdeking (Hg.), Alfred Andersch. Perspektiven zu Leben und Werk. Westdeutscher Verlag, Opladen 1994
Jörg Döring/Markus Joch (Hg.), Alfred Andersch ›revisited‹. Werkbiographische Studien im Zeichen der Sebald-Debatte. De Gruyter Verlag, Berlin 2011

*Das Weltlabyrinth*
Dürrenmatt und seine Stoffe

Friedrich Dürrenmatt, Werkausgabe in 37 Bänden. Diogenes Verlag, Zürich 1998

Friedrich Dürrenmatt, Gespräch mit Heinz Ludwig Arnold. Verlag Die Arche, Zürich 1976

Peter Rüedi, Dürrenmatt oder Die Ahnung vom Ganzen. Diogenes Verlag, Zürich 2011

Heinrich Goertz, Friedrich Dürrenmatt. Rowohlt Verlag, Reinbek 1987

Ulrich Weber, Friedrich Dürrenmatt oder von der Lust, die Welt nochmals zu erdenken. Haupt Verlag, Bern 2006

Jan Knopf, Friedrich Dürrenmatt. C.H. Beck Verlag, München 1988

Charlotte Kerr, Die Frau im roten Mantel. Piper Verlag, München 1992

Elisabeth Brock-Sulzer, Friedrich Dürrenmatt. Stationen seines Werks. Diogenes Verlag, Zürich 1986

Heinz Ludwig Arnold, Querfahrt mit Friedrich Dürrenmatt. Diogenes Verlag, Zürich 1998

*Otto A. Böhmer*
*im Diogenes Verlag*

Denken mit Arthur Schopenhauer. Vom Lauf der Zeit, dem wahren Wesen der Dinge, dem Pessimismus, dem Tod und der Lebenskunst. Hg. und mit einem Nachwort von Otto A. Böhmer, Zürich 2007

Friedrich Nietzsche. Sein Leben erzählt von Otto A. Böhmer. Zürich 2007

Joseph von Eichendorff. Sein Leben erzählt von Otto A. Böhmer. Zürich 2007

Friedrich Schiller. Sein Leben erzählt von Otto A. Böhmer. Zürich 2005

Heinrich Heine. Sein Leben erzählt von Otto A. Böhmer. Zürich 2005

Johann Wolfgang Goethe. Sein Leben erzählt von Otto A. Böhmer. Zürich 2005

»Otto A. Böhmer brilliert mit lakonischen Formulierungen, mit starken Bildern, die bleiben.«
*Thomas Widmer/Die Weltwoche, Zürich*

# *Joseph Roth*
# *im Diogenes Verlag*

»Die schönsten Bücher Roths zeichnen sich durch eine sonderbare Mischung aus Naivität und Skepsis aus, aus östlicher Phantasie und westlicher Paradoxie, aus christlicher Demut und jüdischem Zweifel. Er gehört zu den großen deutschen Stilisten in der ersten Hälfte des zwanzigsten Jahrhunderts. Seine Prosa verblüfft noch heute durch Anschaulichkeit und Exaktheit der Darstellung. Roth war ein elementarer, ein oft impulsiver Geschichtenerzähler.« *Marcel Reich-Ranicki*

»Er war ein Poet im ursprünglichen Sinne des Wortes, der Schöpfer eines Alls. Kaum ein Gesamtwerk ist von größerem Charme.« *Ludwig Marcuse*

»Roth konnte Stimmungen und Erfahrungen, die gewöhnlich nur in Musiken auszudrücken sind, in Sprache übersetzen. Etwas Ähnliches wie ein Schubert der Prosa ist er auf diese Art geworden.«
*André Heller / Frankfurter Allgemeine Zeitung*

*Das Spinnennetz*
Roman
Auch als Diogenes Hörbuch erschienen, gelesen von Ulrich Matthes

*Hotel Savoy*
Roman
Auch als Diogenes Hörbuch erschienen, gelesen von Hans Korte

*Die Flucht ohne Ende*
Ein Bericht. Roman
Auch als Diogenes Hörbuch erschienen, gelesen von Martin Wuttke

*Hiob*
Roman eines einfachen Mannes
Auch als Diogenes Hörbuch erschienen, gelesen von Peter Matić

*Radetzkymarsch*
Roman
Auch als Diogenes Hörbuch erschienen, gelesen von Michael Heltau

*Tarabas*
Ein Gast auf dieser Erde. Roman
Auch als Diogenes Hörbuch erschienen, gelesen von Joseph Lorenz

*Beichte eines Mörders, erzählt in einer Nacht*
Roman
Auch als Diogenes Hörbuch erschienen, gelesen von Wolfram Berger

*Das falsche Gewicht*
Die Geschichte eines Eichmeisters
Roman
Auch als Diogenes Hörbuch erschienen, gelesen von Joseph Lorenz

*Die Kapuzinergruft*
Roman
Auch als Diogenes Hörbuch erschienen, gelesen von Peter Matić

*Die Geschichte von der 1002. Nacht*
Roman
Auch als Diogenes Hörbuch erschienen, gelesen von Michael Heltau

*Die Legende vom heiligen Trinker*
Erzählung
Auch als Diogenes Hörbuch erschienen, gelesen von Mario Adorf

*Der Leviathan*
*und andere Meistererzählungen*
Ausgewählt von Daniel Keel. Mit einem Nachwort von Stefan Zweig
Ausgewählte Meisterzählungen auch als Diogenes Hörbuch erschienen: *Der Leviathan,* gelesen von Senta Berger, sowie *Triumph der Schönheit,* gelesen von Peter Simonischek

Außerdem erschienen:

*Joseph Roth – Leben und Werk*
Essays und Zeugnisse. Herausgegeben von Daniel Keel und Daniel Kampa

# *Alfred Andersch im Diogenes Verlag*

*Gesammelte Werke*
in zehn Bänden
Kommentierte Ausgabe
Herausgegeben von Dieter Lamping
Kommentare der Bände 1–7 von Dieter Lamping, der Bände 8–10 von Axel Dunker

Alle Bände auch einzeln erhältlich

Band 1: *Sansibar oder der letzte Grund · Die Rote*

Band 2: *Efraim*

Band 3: *Winterspelt*

Band 4: *Erzählungen 1*

Band 5: *Erzählungen 2 Autobiographische Berichte*

Band 6: *Gedichte und Nachdichtungen*

Band 7: *Hörspiele*

Band 8: *Essayistische Schriften 1*

Band 9: *Essayistische Schriften 2*

Band 10: *Essayistische Schriften 3*

Die Texte der folgenden Taschenbücher entsprechen denjenigen der textkritisch durchgesehenen Edition *Gesammelte Werke*:

*Die Kirschen der Freiheit*
Ein Bericht

*Sansibar oder der letzte Grund*
Roman
Auch als Diogenes Hörbuch erschienen, gelesen von Hans Korte

*Geister und Leute*
Zehn Geschichten

*Die Rote*
Roman

*Ein Liebhaber des Halbschattens*
Drei Erzählungen

*Efraim*
Roman

*Mein Verschwinden in Providence*
Neun Erzählungen

*Winterspelt*
Roman

*Der Vater eines Mörders*
Eine Schulgeschichte
Auch als Diogenes Hörbuch erschienen, gelesen von Hans Korte

Außerdem erschienen:

*Materialien zu Die Kirschen der Freiheit*
Herausgegeben von Winfried Stephan

Stephan Reinhardt

*Alfred Andersch*
Eine Biographie. Mit zahlreichen Abbildungen, Anmerkungen und Zeittafel

# *Friedrich Dürrenmatt im Diogenes Verlag*

Werkausgabe in 37 Bänden mit einem Registerband

Jeder Band enthält einen Nachweis zur Publikations- und gegebenenfalls Aufführungsgeschichte sowie zur Textgrundlage

**● Das dramatische Werk**

*Es steht geschrieben/ Der Blinde*
Frühe Stücke

*Romulus der Große*
Eine ungeschichtliche historische Komödie in vier Akten. Neufassung 1980

*Die Ehe des Herrn Mississippi*
Eine Komödie in zwei Teilen (Neufassung 1980) und ein Drehbuch

*Ein Engel kommt nach Babylon*
Eine fragmentarische Komödie in drei Akten. Neufassung 1980

*Der Besuch der alten Dame*
Eine tragische Komödie. Neufassung 1980

*Frank der Fünfte*
Komödie einer Privatbank. Neufassung 1980

*Die Physiker*
Eine Komödie in zwei Akten. Neufassung 1980

*Herkules und der Stall des Augias/Der Prozeß um des Esels Schatten*
Griechische Stücke. Neufassung 1980

*Der Meteor/ Dichterdämmerung*
Zwei Nobelpreisträgerstücke. Neufassungen 1978 und 1980

*Die Wiedertäufer*
Eine Komödie in zwei Teilen. Urfassung

*König Johann/ Titus Andronicus*
Shakespeare-Umarbeitungen

*Play Strindberg/ Porträt eines Planeten*
Übungsstücke für Schauspieler

*Urfaust/Woyzeck*
Zwei Bearbeitungen

*Der Mitmacher*
Ein Komplex. Text der Komödie (Neufassung 1980), Dramaturgie, Erfahrungen, Berichte, Erzählungen. Mit Personen- und Werkregister

*Die Frist*
Eine Komödie. Neufassung 1980

*Die Panne*
Ein Hörspiel und eine Komödie

*Nächtliches Gespräch mit einem verachteten Menschen/Stranitzky und der Nationalheld/Das Unternehmen der Wega*
Hörspiele und Kabarett

*Achterloo*
Achterloo I / Rollenspiele (Charlotte Kerr: ›Protokoll einer fiktiven Inszenierung‹; Friedrich Dürrenmatt: ›Achterloo III‹) / Achterloo IV / Abschied vom Theater
Mit Personen- und Werkregister

● **Das Prosawerk**

*Aus den Papieren eines Wärters*
Frühe Prosa

*Der Richter und sein Henker / Der Verdacht*
Die zwei Kriminalromane um Kommissär Bärlach
Auch als Diogenes Hörbücher erschienen, gelesen von Hans Korte

*Der Hund / Der Tunnel / Die Panne*
Erzählungen
›Die Panne‹ auch als Diogenes Hörbuch erschienen, gelesen von Christian Brückner

*Grieche sucht Griechin / Mister X macht Ferien / Nachrichten über den Stand des Zeitungswesens in der Steinzeit*
Grotesken

*Das Versprechen*
Requiem auf den Kriminalroman /
*Aufenthalt in einer kleinen Stadt*
Fragment
›Das Versprechen‹ auch als Diogenes Hörbuch erschienen, gelesen von Hans Korte

*Der Sturz / Abu Chanifa und Anan ben David / Smithy / Das Sterben der Pythia*
Erzählungen

*Justiz*
Roman

*Minotaurus / Der Auftrag oder Vom Beobachten des Beobachters der Beobachter / Midas oder Die schwarze Leinwand*
Prosa
›Der Auftrag‹ auch als Diogenes Hörbuch erschienen, gelesen von Charlotte Kerr und Gert Heidenreich

*Durcheinandertal*
Roman

*Labyrinth*
Stoffe I–III: ›Der Winterkrieg in Tibet‹ / ›Mondfinsternis‹ / ›Der Rebell‹. Vom Autor revidierte Neuausgabe. Mit Personen- und Werkregister
Auch als Diogenes Hörbuch erschienen, gelesen von Wolfgang Reichmann

*Turmbau*
Stoffe IV–IX: ›Begegnungen‹ / ›Querfahrt‹ / ›Die Brücke‹ / ›Das Haus‹ / ›Vinter‹ / ›Das Hirn‹. Mit Personen- und Werkregister

*Theater*
Essays, Gedichte und Reden. Mit Personen- und Werkregister

*Kritik*
Kritiken und Zeichnungen. Mit Personen- und Werkregister

*Literatur und Kunst*
Essays, Gedichte und Reden. Mit Personen- und Werkregister

*Philosophie und Naturwissenschaft*
Essays, Gedichte und Reden. Mit Personen- und Werkregister

*Politik*
Essays, Gedichte und Reden. Mit Personen- und Werkregister

*Zusammenhänge*
Essay über Israel. Eine Konzeption /
*Nachgedanken*
unter anderem über Freiheit, Gleichheit und Brüderlichkeit in Judentum, Christentum, Islam und Marxismus und über zwei alte Mythen. 1980
Mit Personen- und Werkregister

*Versuche /*
*Kants Hoffnung*
Essays und Reden. Mit Personen- und Werkregister

*Gedankenfuge*
Essays. Mit Personen- und Werkregister /
*Der Pensionierte*
Fragment eines Kriminalromans (Text der Fassung letzter Hand)

*Registerband*
*zur Werkausgabe*
*Friedrich Dürrenmatt*
Chronik zu Leben und Werk. Bibliographie der Primärliteratur. Gesamtinhaltsverzeichnis. Alphabetisches Gesamtwerkregister. Personen- und Werkregister aller 37 Bände

Außerhalb der Werkausgabe lieferbar:

## ● Gespräche

*Gespräche 1961–1990*
4 Bände in Kassette. Band 1: Der Klassiker auf der Bühne 1961–1970. Band 2: Die Entdeckung des Erzählens 1971–1980. Band 3: Im Bann der ›Stoffe‹ 1981–1987. Band 4: Dramaturgie des Denkens 1988–1990. Herausgegeben von Heinz Ludwig Arnold. In Zusammenarbeit mit Anna von Planta und Jan Strümpel

## ● Briefe

Max Frisch/Friedrich Dürrenmatt
*Briefwechsel*
Mit einem Essay des Herausgebers Peter Rüedi. Mit zwei Faksimiles

## ● Einzelausgaben

*Der Richter und sein Henker*
Kriminalroman. Studienausgabe mit zahlreichen Fotos aus dem Film und einem Anhang
Auch als Diogenes Hörbuch erschienen, gelesen von Hans Korte

*Der Verdacht*
Kriminalroman. Mit einer biographischen Skizze des Autors
Auch als Diogenes Hörbuch erschienen, gelesen von Hans Korte

*Die Panne*
Eine noch mögliche Geschichte
Auch als Diogenes Hörbuch erschienen, gelesen von Christian Brückner

*Grieche sucht Griechin*
Eine Prosakomödie

*Das Versprechen*
Requiem auf den Kriminalroman
Auch als Diogenes Hörbuch erschienen, gelesen von Hans Korte

*Justiz*
Roman

*Minotaurus*
Eine Ballade. Mit Zeichnungen des Autors

*Der Auftrag*
oder Vom Beobachten des Beobachters der Beobachter. Novelle in vierundzwanzig Sätzen
Auch als Diogenes Hörbuch erschienen, gelesen von Charlotte Kerr und Gert Heidenreich

*Durcheinandertal*
Roman

*Der Pensionierte*
Fragment eines Kriminalromans (Bibliophile Ausgabe). Text der Fassung letzter Hand. Faksimile des Manuskripts. Faksimile des Typoskripts mit

handschriftlichen Änderungen. Mit einem Nachwort von Peter Rüedi und einem editorischen Bericht

*Der Pensionierte*
Fragment eines Kriminalromans (Text der Fassung letzter Hand). Mit einem möglichen Schluß von Urs Widmer und einem Nachwort von Peter Rüedi

*Drei Kriminalromane*
Der Richter und sein Henker / Der Verdacht / Das Versprechen

*Albert Einstein*
Ein Vortrag

## ● Anthologien und Sammelbände

*Das Mögliche ist ungeheuer*
Ausgewählte Gedichte. Mit einem Nachwort von Peter Rüedi

*Das Dürrenmatt Lesebuch*
Herausgegeben von Daniel Keel. Mit einem Nachwort von Heinz Ludwig Arnold

*Meine Schweiz*
Ein Lesebuch. Herausgegeben von Heinz Ludwig Arnold, Anna von Planta und Ulrich Weber. Mit einem Vorwort von Heinz Ludwig Arnold

*Denken mit Friedrich Dürrenmatt*
Ausgewählt und zusammengestellt von Daniel Keel und Anna von Planta

## ● Das zeichnerische Werk

*Die Heimat im Plakat*
Ein Buch für Schweizer Kinder

*Die Mansarde*
Die Wandbilder aus der Berner Laubeggstraße. 24 Abbildungen mit Texten von Friedrich Dürrenmatt. Mit einem Essay von Ludmila Vachtova

## ● Über Dürrenmatt

Elisabeth Brock-Sulzer
*Friedrich Dürrenmatt*
Stationen seines Werkes. Mit Fotos, Zeichnungen, Faksimiles

*Über Friedrich Dürrenmatt*
Essays, Zeugnisse und Rezensionen. Mit Chronik und Bibliographie. Herausgegeben von Daniel Keel. Verbesserte und erweiterte Ausgabe 1998

*Friedrich Dürrenmatt Schriftsteller und Maler*
Ein Bilder- und Lesebuch zu den Ausstellungen im Schweizerischen Literaturarchiv Bern und im Kunsthaus Zürich

Heinz Ludwig Arnold
*Querfahrt mit Friedrich Dürrenmatt*
Aufsätze und Reden

Peter Rüedi
*Dürrenmatt oder Die Ahnung vom Ganzen*
Biographie

*Dürrenmatt*
Sein Leben in Bildern. Herausgegeben von Anna von Planta, Ulrich Weber, Monika Stefanie Boss, Kati Hertzsch, Winfried Stephan, Margaux de Weck